# ÉLÉGAMMENT VÔTRE

# OLIVIA GOLDSMITH

# ÉLÉGAMMENT VÔTRE

ROMAN

*traduit de l'américain*
*par Edith Ochs*

Albin Michel

*Ce roman est une œuvre de fiction. Bien qu'il comporte des références à des gens et des lieux réels, celles-ci ne servent qu'à créer un cadre réaliste. Tous les autres noms, personnages, lieux et incidents sont le produit de l'imagination de l'auteur. Toute ressemblance avec des personnes existant ou ayant existé, des événements ou des lieux est pure coïncidence.*

*Titre original :*
FASHIONABLY LATE
© Olivia Goldsmith, 1994
Publié avec l'accord de Harper Collins Publishers, Inc.

*Traduction française :*
© Éditions Albin Michel S.A., 1996
22, rue Huyghens, 75014 Paris

ISBN : 2-226-08661-7

*Première partie*

# LE BLUES DES STYLISTES

> *Celui qui ne voit dans la mode que la mode est un sot.*
>
> Honoré de BALZAC

Chapitre 1

# On récolte ce qu'on a cousu

Privilège des stars, c'est avec un certain retard que Karen Kahn et son mari, Jeffrey, passèrent sous le feu des projecteurs des photographes pour entrer au Waldorf Astoria, sur Park Avenue. En cet instant, Karen eut l'impression d'avoir atteint le sommet. C'était le gala annuel du Oakley Award, et Karen allait recevoir ce 38ᵉ oscar de la mode américaine pour l'ensemble de son œuvre. Si elle ne pouvait pas se permettre d'arriver à son heure ce soir-là, c'était à désespérer.

Après avoir franchi le hall, ils s'engagèrent dans l'ascenseur en laiton Arts déco, seuls une dernière fois avant la cohue. Karen regarda Jeffrey et ne put s'empêcher de sourire. Bientôt, elle allait être entourée par le gratin des stylistes, des journalistes de mode, et des femmes du monde, celles qui s'habillent haute couture. Elle qui s'était usée au boulot, qui avait tellement rêvé qu'une chose pareille lui arrive un jour, elle avait du mal à croire qu'elle était à présent la reine de la fête.

« J'aurai mis presque vingt ans à être la vedette d'un soir », lâcha-t-elle à Jeffrey, qui baissa les yeux sur elle et sourit. Contrairement à Karen, qui se savait quelconque physiquement, Jeffrey était joli garçon. Elle avait beau savoir que le smoking pouvait donner du charme aux hommes qui en étaient le plus dénués, elle était toujours sidérée par l'effet qu'il faisait sur un tombeur comme Jeffrey, que l'habit rendait à la fois séduisant et distingué. Un cocktail fatal. L'éclat du satin des revers en pointe mettait en valeur son abondante chevelure poivre et sel. Il portait, sur les boutons de sa chemise et aux manches, les cabochons en saphir qu'elle lui avait offerts la veille au soir. Comme elle s'y attendait, ils allaient parfaitement avec le bleu délavé de ses yeux.

« L'art de se faire désirer, approuva-t-il. Il faut savoir programmer avant le premier lifting l'oscar qui couronne l'œuvre d'une vie.

— Je n'y avais pas pensé, dit-elle gaiement. Quelle veine, alors ! Mais même si j'avais été liftée d'abord, je passerais encore pour un petit génie.

— Tu es mon petit génie à moi, rétorqua Jeffrey en lui serrant le bras. Souviens-toi que tu n'étais rien quand je t'ai connue. » L'ascenseur parvint à l'étage. « Et maintenant, tu vas voir ce que c'est, d'arriver au top. »

Avant que les portes Arts déco s'écartent, il s'inclina pour lui embrasser la joue, en prenant soin de ne pas abîmer son maquillage. Quelle chance d'avoir un homme capable de comprendre qu'on pouvait avoir envie d'un baiser, mais pas d'un rouge à lèvres qui bave ! Oui, elle avait de la chance, et elle était vraiment heureuse. Tout dans sa vie marchait à la perfection – sauf son « état ». A moins que le docteur Goodman n'ait des nouvelles qui... elle s'arrêta net. Ce n'était pas le moment de se laisser aller à ce que Jeffrey appelait « son obsession ». Elle s'était promis, à elle ainsi qu'à lui, de profiter sans réserve de cette soirée.

Dès l'ouverture des portes, Karen aperçut côte à côte Nan Kempner et Mrs Gordon Getty, deux lanceuses de mode, et collecteuses de fonds de la bonne société, l'une et l'autre en Saint Laurent. « Tu ne crois pas qu'elles auraient pu mettre un petit quelque chose à moi, non ? siffla-t-elle entre ses dents sans se départir une seconde de son sourire.

— Chérie, tu n'as jamais fait du clinquant comme Saint Laurent », lui rappela Jeffrey.

Réconfortée, elle fonça au-devant de la foule et effleura brièvement de sa joue celles des deux femmes.

Le troupeau de paparazzi était plus nombreux que d'habitude. On dirait que la haute couture est devenue le dernier spectacle à la mode, songea Karen. Cela l'avait déjà frappée, mais elle ne s'y faisait pas. Il était rare qu'une manifestation professionnelle ne réunisse pas une curieuse faune – jet-set, Hollywood et rock-stars. Tandis qu'elle se sentait pressée contre « Sly » Stallone, qui était venu accompagné de son dernier mannequin, elle s'efforça de conserver un air détaché. Paulina la somptueuse se tenait aux côtés de son mari, Rick Ocasek ; Clint Eastwood aux côtés de Frances Fisher, superbe pour quelqu'un qui vient juste d'accoucher. L'équipe télé d'Ellé Halle était également de la fête et tentait apparemment d'avoir Christie Brinkey dans le champ. Billy Joel n'avait pas l'air d'être avec elle, mais David Bowie était bien là, avec Iman... Et ça, se dit Karen, c'était seulement le hall.

Un vacarme énorme provenait de la salle de bal, où Karen et Jeffrey étaient attendus. En un temps record, Karen salua Harold Koda, du Metropolitan Museum of Art Costume Institute, Enid Haupt, une des doyennes les plus riches et les plus généreuses de New York, Georgina von Etzdorf, une autre styliste, et Beppe Modenese au crâne chauve, qui cherchait à polir l'image de l'industrie de la mode italienne aux États-Unis. Ils dépassèrent Gianni Versace, escorté par sa sœur et sa muse, l'irrésistible blonde Donatella. Et à l'heure qu'il était, Jeffrey et Karen n'avaient pas encore pénétré dans la salle de bal. Pas de doute, c'était réussi. Karen en fut ravie, non seulement à titre personnel, mais aussi pour la profession tout entière.

« Ma foi, le club est au complet, fit-elle avec un sourire. Au moins, quand ils m'offrent une fête, ils ne font pas les choses à moitié. »

Avant qu'elle ait eu le temps de s'en réjouir, ils furent interrompus : « Oh, mais c'est Kubla Kahn ! » lança une voix aigre derrière eux. Karen cligna des yeux, se retourna et vit le visage ratatiné de Tony de Freise, un autre couturier de la Septième Avenue, dont l'étoile était sur le déclin.

« Non, c'est *Karen* Kahn, rectifia Jeffrey.

– Ouais, et c'est sa fête », grinça-t-il. Il se tut, regarda alentour et pinça les lèvres. « J'y ai eu droit, moi aussi. Mais ne vous prenez pas la tête. On vous porte aux nues pour mieux vous bousiller après. » Il haussa les épaules et fit demi-tour. « A bientôt sur les pentes. »

Karen soupira, mais s'efforça de conserver son sourire. La jalousie existait dans tous les corps de métier, mais elle semblait particulièrement exacerbée dans le milieu de la mode. Pourquoi ? Difficile à dire. Belle, la mère de Karen, avait résumé d'une phrase lapidaire la manière dont les problèmes se réglaient au lycée, dans la salle des professeurs : « La bagarre est d'autant plus féroce que l'enjeu est mince. » Peut-être que la bagarre était d'autant plus féroce dans le milieu de la mode que l'enjeu était important. La mode s'était mondia-lisée durant les années quatre-vingt. Les profits étaient plus colossaux que jamais... et les couteaux plus affûtés.

« Eh bien, quelle agréable perspective ! souffla Karen. J'ai l'impression d'être la Belle au bois dormant au moment où surgit la fée Carabosse.

– Au diable Carabosse ! répondit Jeffrey. Personne ne s'intéresse plus à Tony, de nos jours.

– C'est exactement ce qu'il était en train de dire. »

Exhibant un sourire imperturbable, elle décida de ne pas se laisser émouvoir par l'incident. Elle devait à présent affronter le reste de la foule. Aux côtés de Jeffrey, elle pénétra dans la salle de bal et fut happée par ses concurrents et confrères. Il y a sûrement des gens bien parmi eux, se dit-elle pour se rassu-rer. C'est alors qu'elle aperçut Norris Cleveland.

Karen s'efforçait de consacrer le plus clair de son temps et de son énergie à l'atelier, loin des potins et des mauvaises langues. Elle s'efforçait aussi de ne ressembler à personne, tant par sa manière d'être que par son travail. Mais s'il y avait quelqu'un dans le milieu qu'elle ne supportait pas, c'était bien celle qui venait en cet instant à sa rencontre. Pour Karen, Norris Cleveland était pire qu'une mauvaise styliste.

C'était à ce genre de styliste que les artistes de la mode devaient leur mauvaise réputation. Elle était paresseuse et sans originalité. Au mieux, ses vêtements étaient tristes ou importables, mais – et c'était ce *mais* qui faisait la différence – elle avait un véritable talent pour se faire des amis bien placés, de sorte que ses soirées, ses bons mots et sa dernière collection étaient cités dans tous les journaux, revues et émissions de télévision qui comptent. Évidemment, parler de « ses » créations était pure charité, car Norris piquait des idées à droite et à gauche. Ces derniers temps, elle s'était mise à imiter le style de Karen. Mais le comble, c'est qu'elle n'était même pas capable de copier correctement. Résolue à ne pas se laisser gâcher sa soirée, Karen sourit à Norris, ou du moins elle grimaça un semblant de sourire.

Aussi mauvaise gestionnaire que styliste, Norris avait épousé un gros portefeuille de Wall Street quelques années plus tôt, de sorte que sa maison avait été sauvée de la faillite par un nouvel apport de liquidités. Si les ragots qui circulaient sur la Septième Avenue étaient fondés – à savoir que le mari de Norris commençait à se lasser de signer des chèques et d'être appelé « Mr Cleveland » –, le sourire de Norris n'en semblait nullement affecté. Elle fonça sur Karen, bras ouverts, révélant son corps malingre enveloppé d'un fourreau de jersey jaune. Et, tandis que Norris faisait un bruit de lèvres à la hauteur des oreilles de Karen, celle-ci entendit le moteur des caméras. Allez savoir pourquoi, les caméras suivaient toujours Norris Cleveland à la trace. S'agissait-il véritablement de la presse, ou était-ce simplement des types payés par l'entreprise de Norris ?

« Félicitations, ma chérie », susurra-t-elle de sa voix rauque de collégienne, si fréquente chez les femmes habituées aux déjeuners en ville. Alors que Norris s'était toujours montrée aimable à son égard, Karen la sentait, au fond, jalouse et malveillante. Pour elle, Karen n'était qu'une parvenue. « Je suis si heureuse pour toi. » Et comment donc ! Puis Norris se tourna vers Jeffrey et mit la main sur son bras. « Vous devez être tellement fier », dit-elle, et sa manière de le dire avait quelque chose d'insultant. De nouveau, les caméras se mirent à l'œuvre, et Karen se demanda si elle ne ferait pas les frais d'un recadrage quand la photo passerait dans *Town and Country*.

Jeffrey se contenta de rire. « Norris ! Quelle toilette !

— Mais c'est que vous n'êtes pas les seuls à fêter quelque chose ce soir, répliqua-t-elle, sans se départir de son sourire. Vous savez la nouvelle ? Je vais lancer mon parfum ! »

Seigneur ! Combien d'argent son mari avait-il dû encore débourser ? On ne pouvait pas lancer un parfum à moins de dix ou quinze millions de dollars. Un bon lancement coûtait trois fois plus. Et seuls les meilleurs arrivaient à durer.

Karen détestait le commerce du parfum. C'était la vache à lait d'une grande partie des gens de la profession, et cela depuis que Coco Chanel en avait eu l'idée, mais on savait bien que cela n'avait rapporté que de l'argent et des problèmes à Coco. Pourtant, pour Norris, c'était l'idéal. Sans une once de culpabilité, elle pourrait vendre des petites boîtes avec son nom dessus à des femmes désespérées qui rêvaient d'amour.

« Bonne chance ! murmura Karen, soulagée de sentir que Jeffrey l'entraînait de nouveau. Je la déteste, lâcha-t-elle entre ses dents.

— Et elle le sait », assura-t-il.

Karen et Jeffrey avançaient au milieu de la foule. C'était merveilleux et, pourtant, difficile à croire. Tout le monde voulait la saluer. Elle était vraiment comme Cendrillon au bal. Et si elle avait passé la majeure partie de sa vie à genoux dans son atelier, ce soir elle recueillait le fruit de ses efforts.

« Le vrai fric, droit devant, souffla Jeffrey en étreignant son bras. Un pilier de la communauté, ce Pillar... »

Bobby Pillar, le type qui avait monté tout seul un nouveau réseau de télévision et qui lançait maintenant sa chaîne de téléachat, venait à leur rencontre. Karen l'avait déjà rencontré une ou deux fois, mais à présent, le sourire épanoui, les mains tendues, il avançait vers eux. « La reine du jour ! » s'écria-t-il, et au lieu de lui serrer la main, il la pressa contre lui. Elle fut surprise mais, après tout, c'était ça, Hollywood. Toujours en avance sur les modes, on y avait renoncé dans les années quatre-vingt-dix au pseudo-baiser joue contre joue pour un assaut frontal. Bobby l'observa fièrement, comme s'il l'avait inventée. « Alors ? Quand est-ce que tu crées une collection rien que pour moi ? »

Karen eut un geste d'impuissance. Il y avait du *hamische* en Bobby. Il était chaleureux, familier, et il fleurait bon son Brooklyn natal. « Pas ce soir, dit-elle gaiement.

— Il faut qu'on parle, répliqua-t-il en riant. Il faut que tu voies le genre de came dont je parle. »

Jeffrey lui dit bonjour, quelqu'un d'autre salua Bobby, et Karen et Jeffrey purent poursuivre leur chemin. Quand ils furent hors de portée, Jeffrey se retourna pour fusiller Bobby du regard. « Qu'est-ce qu'il croit ? lança-t-il, furieux. Ce type vend de la quincaillerie et des pantalons en polyester à taille élastique. Même s'il a besoin à tout prix de rehausser son image, pas question de compromettre ton nom là-dedans. Regarde ce qui est arrivé à Cher, et pourtant elle n'a fait que du commercial.

— C'est tout de même agréable d'être désirée », souligna Karen en haussant les épaules. Elle était loin de se sentir outragée. Son mari était très mignon, mais c'était un snob. Certes, il pouvait se le permettre. Il venait d'une famille de Juifs allemands aisés qui possédaient une petite fortune dans l'immobilier à Manhattan. Il avait fréquenté les écoles privées et avait toujours fait partie d'un monde plus reluisant que le sien. Il était quelqu'un qu'on sollicite, alors qu'elle n'était qu'une jeune Juive de Brooklyn.

Lentement, elle continua d'avancer dans la foule avec Jeffrey jusqu'à leur table, où Defina Pompey les attendait debout, grande et majestueuse telle une colonne d'ébène. Karen et Defina avaient derrière elles plus de dix ans de travail en commun. Quinze ans plus tôt, Defina était le mannequin le plus demandé de New York et à présent encore, même avec Linda Evangelista dans les parages, Karen pouvait comprendre pourquoi. Son amie était toujours superbe, plus belle que Beverly Johnson ou Naomi Campbell au mieux de leur forme. Aujourd'hui où un défilé sans plusieurs mannequins noirs paraîtrait parfaitement ringard, il était difficile de se souvenir que cette femme avait ouvert la voie pour toutes les femmes de couleur. Defina était plongée dans une discussion animée avec une jeune femme en noir d'une maigreur inquiétante et un homme élégant à l'air italien. Defina avait le don des langues et parlait avec aisance l'espagnol, l'italien et le français. Ce qui ne l'empêchait pas de bavarder aussi avec son voisin de palier.

Defina adressa un sourire éclatant à Karen, de l'autre côté de la table. Elle portait une robe longue en jersey blanc, que Karen avait créée spécialement pour elle et, par-dessus, une veste ample, une merveille pour toute femme voulant camoufler une taille un peu alourdie. Depuis l'époque où elle était mannequin, Defina avait pris de l'ampleur et de la maturité, au propre comme au figuré.

A la table voisine, Karen pouvait voir Doris et Donald Fisher. Ce dernier venait de lancer les boutiques The Gap et, avec Peter Haas Senior de la famille Levi Strauss, il inondait le marché de denim. Ils avaient avec eux Bill Wolper, de NormCo, le plus puissant groupe dans le secteur de la mode, ces dernières années. Nul n'ignorait que c'était le prêt-à-porter qui permettait de faire fortune dans le business. L'argent n'avait jamais coulé à flots sur la Septième Avenue. Comme aimait à le lui répéter Jeffrey : « C'est en construisant des Ford, et pas des Lincoln, que Henry Ford a fait fortune. »

Tous ceux qui étaient assis à sa table étaient là pour l'encourager et la soutenir. A côté de Jeffrey et de Defina, il y avait Mercedes, accompagnée d'un ami visiblement gay. Mercedes appartenait à cette génération qui avait toujours en réserve des amis pour lui servir d'escorte dans les réceptions. Tout le monde savait que Mercedes Bernard était lesbienne, même si personne n'osait y faire allusion. Seule Defina avait eu le culot de la traiter une fois de « bouffeuse de gazon ».

A coté de Mercedes, Casey Robinson, leur vice-président du marketing, avait avec lui son compagnon, Ray. Karen soupira de nouveau ; une bouffée de gratitude l'envahit à l'idée qu'elle avait rencontré et épousé Jeffrey dès le début de sa carrière. Tant de femmes déploraient le manque d'hommes hétérosexuels dans le milieu.

Karen adressa un sourire à Casey, Mercedes, Defina et consorts. Tous ceux qui étaient assis à sa table, ce soir-là, l'avaient aidée à se hisser au sommet. En apprenant qu'on lui attribuait un oscar, elle avait décidé de partager son succès avec eux plutôt qu'avec sa famille. Celle-ci n'avait pas participé de la même manière et, dans une certaine mesure, sa présence aurait compliqué les choses. Elle célébrerait l'événement avec sa mère et sa sœur plus tard. Elle se sentait un peu fautive, mais Carl avait su résumer la situation d'une phrase : « Il s'agit de choisir entre les inviter et te gâcher ta soirée, ou ne pas les inviter et avoir une supersoirée en te sentant coupable. Si tu veux mon avis, joue la culpabilité ! La culpabilité, c'est comme un muscle. Il faut apprendre à s'en servir. »

Comme s'il avait attendu cet instant précis pour se matérialiser, le grand corps lourd au crâne chauve de son ami d'enfance lui apparut soudain, se dirigeant vers elle. La tablée n'aurait pas été complète sans Carl. Depuis l'époque de South Side High School, à Rockville Centre, Long Island, il était resté son meilleur supporter. Pour ne pas dire le seul. Pas question de compter sur sa mère et sa sœur cadette pour soutenir le rêve de Karen de fabriquer de beaux vêtements, somptueux et faciles à vivre. Belle était trop femme pratique, trop critique pour comprendre les rêves, et la pauvre Lisa, plus jeune que Karen, avait trop besoin de soutien pour pouvoir en donner. Seul Carl, avec son optimisme invétéré, son sens de l'humour, et la machine à coudre de sa mère, avait encouragé Karen. Il avait été son premier fabricant et allié. A présent, il était là pour la serrer dans ses bras.

« *Brava, brava, brava!* rugit-il, et il lui appliqua deux baisers sonores sur les joues.

— *Grazie!* » répliqua Karen, épuisant avec ce mot toutes ses connaissances en italien. Elle avait souffert le martyre pour apprendre le français, parce que Jeffrey y tenait pour sa carrière. Karen n'avait pas le don des langues comme Defina. Elle avait conservé l'accent nasillard de Nostrand Avenue, où sa famille habitait avant que son père puisse s'offrir Rockville Centre.

« Dites-moi, comment avez-vous fait pour obtenir un succès aussi énorme ? » demanda Carl d'une voix d'animateur en prenant pour micro un couteau à beurre.

Brusquement, Leila Worth, la maîtresse de cérémonie, monta sur le podium installé dans un coin de la scène. « Puis-je réclamer votre attention ? » roucoula-t-elle dans un système de retransmission ultrasophistiqué de façon à couvrir les braiments et les hennissements des *mavin*, les professionnels de la mode. Comme on le sait, ces gens-là sont loin d'être des calmes. Enfin, tout le monde s'installa.

La suite de la soirée se déroula dans une sorte de brouillard. Il y eut l'inévitable défilé de plats indigestes et le baratin de plusieurs intervenants qui pérorèrent sur les Oakley Awards passés, sur l'industrie de la confection et sur la collecte de fonds. Le bourdonnement des conversations atteignait un niveau presque intolérable entre chaque discours, sur un fond musical sans originalité de Lester Lannin. Puis les lumières se tamisèrent et Leila Worth remonta sur le podium.

« Nous sommes réunis ici ce soir pour rendre hommage à un grand nom de la mode américaine. » Karen sentit la chair de poule courir sur ses bras et dans son dos. C'était bien d'elle qu'il s'agissait ? Elle regarda le poulet nageant dans la sauce hollandaise et le riz sauvage, intacts dans son assiette. Alors, elle était un grand nom de la mode ? Elle ne savait pas si elle était bouleversée, gênée ou contrariée. Peut-être les trois à la fois. Est-ce que Coco Chanel, son idole, se sentait partagée, elle aussi, quand on la portait aux nues ? Non, sans doute, mais Coco était vraiment une grande. Karen restait figée, avec l'impression d'être à la fois Miss America et un imposteur. Elle tenta de se concentrer de nouveau sur ce que disait Leila. Après tout, on ne recevait pas tous les jours un oscar pour l'ensemble de son œuvre.

« Au cours de ces vingt dernières années, la mode américaine a donné le ton au reste du monde », affirma Leila. Qu'allaient en penser les créateurs français et italiens présents dans la salle ? Cela dit, si ce n'était pas tout à fait vrai, cela le devenait un peu plus chaque année. L'Amérique avait créé un système qui permettait de diffuser la vision d'un créateur dans tous les coins de la planète. Cela avait pris trente ans, mais les Oakley Awards avaient été l'un des rouages qui avaient permis d'attirer l'attention des revues de mode et des acheteurs sur les créateurs américains. On pouvait pardonner à Leila cet excès de langage.

« Personne ne représente la mode américaine, personne ne connaît mieux la femme américaine que la créatrice à laquelle nous rendons hommage ce soir. Depuis dix ans, c'est un festival ininterrompu de vêtements somptueux, luxueux et si agréables à porter. Nul n'a une plus grande maîtrise de la forme, de la couleur, de la matière que Karen Kahn. En voici quelques exemples. »

Le projecteur dirigé sur Leila s'éteignit et, sortant des coulisses, de ravissantes jeunes femmes se mirent à défiler. La voix désincarnée de Leila poursuivit, décrivant au passage certains modèles dont elle souligna l'importance ou l'originalité. Là, dans la pénombre, Karen pouvait regarder à loisir. Elle ne perdit rien du spectacle, véritable anthologie de son œuvre au cours des dix dernières années. Elle salua au passage le fourreau épaulé avec sa veste en maille, le blazer destructuré et les pantalons au tombant impeccable, et même la robe du soir en maille de soie coupée dans le biais, alors que le style habillé n'était pas son fort. Les vêtements bougeaient, jouaient avec la lumière, semblant à la fois servir de décor et faire partie intégrante des corps superbes qu'ils enveloppaient. Là résidait l'éternelle énigme que Karen s'efforçait de résoudre : comment dissimuler, révéler, tout en formant un prolongement naturel du corps féminin.

Avec la plupart de ces créations, elle avait réussi, et pendant un instant, un instant délicieux, elle se sentit heureuse de ce qu'elle avait fait. Elle n'était pas un *wunderkind*, un petit génie – bon sang, elle avait tout de même la quarantaine. Mais si elle avait eu l'impression d'avoir été négligée pendant des années, elle pouvait à présent se dire qu'elle était reconnue avec ce retard obligé qui était le privilège des stars. La salle était sous le charme. Et quand le dernier modèle – un ensemble cardigan et caleçon en laine d'une belle couleur chocolat de la saison précédente, accompagné d'une simple tunique en chiffon – eut effectué une ultime virevolte, Leila lança son nom. Karen se leva tout naturellement et traversa l'espace vide et scintillant de la piste de danse qui conduisait à la scène.

L'ovation fut assourdissante, mais ses battements de cœur ne l'étaient pas moins à ses oreilles. Était-elle correctement coiffée ? Elle savait que son pantalon de satin et sa veste en cachemire bordée d'un galon également en satin accrochaient la lumière. Les projecteurs l'éblouirent, mais elle s'y attendait et elle s'efforça de plonger les yeux dans le noir sans ciller. Leila la serra dans ses bras, et les applaudissements redoublèrent, comme dans toutes les cérémonies de remise d'oscar. Karen regarda la salle où se pressaient tous ceux qui avaient un nom dans le monde de la haute couture.

« Merci, mes amis ! » lança-t-elle.

Elle s'apprêtait à partir avec Jeffrey lorsque Willie Artech s'approcha de leur table. Willie était un autre styliste, à peine plus jeune que Karen, dont la boutique commençait à s'imposer sur la Septième Avenue. Cinq ans plus tôt, il était le type qui grimpait, mais un manque de liquidités et le non-respect des dates de livraison – un péché mortel dans le monde de la fringue – avaient terni son étoile. Le sida aussi. Maintenant, il se tenait là, tout seul, dans une queue-de-pie qui flottait sur son corps décharné.

« Félicitations, Karen », dit-il. Il leva son verre d'un geste mal assuré. « Ceux qui vont mourir te saluent ! »

Les convives qui étaient à la table de Karen et qui, pour la plupart, ramassaient leurs affaires, se figèrent sur place.

« J'espérais bien décrocher l'oscar, ce soir, mais l'homosexualité n'a plus la cote. » Il haussa les épaules. « *Res ipsa loquitur.* Ça veut dire : " Les faits parlent d'eux-mêmes " en latin. » Il sourit, un sourire de tête de mort. « Ça tombe plutôt bien, non ? Un homme mort qui parle une langue morte. » Sa voix se cassa et il pencha la tête. « Ce fut une dure soirée. J'espérais l'avoir. Je n'ai pas d'enfants. J'aurais aimé laisser quelque chose derrière moi pour qu'on ne m'oublie pas, murmura-t-il.

– Je regrette, Willie », répondit Karen tout bas.

Carl se leva. Son compagnon était mort deux ans plus tôt. « On y va, Karen », dit-il. Jeffrey, qui était allé chercher les manteaux, revint et aida Karen à enfiler le sien. Ils abandonnèrent la table, laissant Willie seul et vacillant.

Defina passa son bras sous celui de Karen. « Ne le prends pas pour toi, chuchota-t-elle. Tu sais comment sont les stylistes gays. Ils voient leur mère partout et, ce soir, c'est toi qui y as eu droit. »

Malgré les efforts de Defina, c'était une fin pénible pour une soirée fabuleuse, et Karen ressentit comme un coup de poignard. Elle imaginait très bien ce que Willie Artech, le spectre apparu à leur table, ressentait.

« Seigneur, soupira Carl comme ils quittaient la salle. Face à l'éternité, qu'est-ce que t'as à foutre d'un oscar ! »

Mais Karen, son Oakley serré contre elle, la main de nouveau posée d'un geste protecteur sur son ventre infécond, ne partageait pas tout à fait ce point de vue.

# Chapitre 2

## Stérile

Le lendemain de la cérémonie du Oakley Award, Karen était assise, abasourdie, dans la salle d'attente du docteur Goldman et s'efforçait de faire face au verdict qui venait de tomber : stérilité définitive.

Au fond, elle l'avait toujours su. Dès le départ et tout au long des tests, traitements, examens, malgré les doutes de Jeffrey et son armada de médecins, elle savait que c'était de sa faute, et que son état était irrémédiable.

Chose curieuse, lorsque le docteur lui annonça la nouvelle, Karen eut brusquement envie de retrouver sa vraie mère. Après tout, ce n'était peut-être pas si bizarre. Peut-être était-ce une réaction typique des femmes stériles adoptées pendant leur enfance ? Allez savoir !

C'est maintenant qu'elle aurait eu besoin d'aide. Elle avait été trop heureuse la veille et, à présent, il fallait payer. L'oscar, la foule scintillante, le bonheur, tout s'estompa dans son souvenir, comme si cela s'était produit dans un passé très lointain ou dans une autre vie. C'était dangereux, autant de bonheur. La preuve.

Après deux ans et demi d'essais infructueux, de rapports sexuels programmés, réglementés, de tests douloureux, humiliants, de spécialistes et de conseillers conjugaux, il était évident qu'il y avait quelque chose de grave. Pas de quoi être surpris ! Rien d'inattendu là-dedans. Le verdict était tombé : stérilité définitive. Plus de spécialistes, plus de ther-momètres vaginaux, plus de rendez-vous médicaux au milieu de la journée au moment précis de l'ovulation. Plus de dou-leurs, plus de frais, plus de soucis. Et plus d'espoir.

Elle était assommée.

Était-ce l'absence d'espoir qui lui avait donné envie de retrouver sa mère biologique ? Elle ne savait pas d'où l'idée avait surgi – ce désir de se sentir complète qu'aucun bébé ne viendrait satisfaire. Jusque-là, elle n'avait pas tellement pensé à sa vraie mère, mais à présent, c'était un besoin qui la frap-pait au creux de l'estomac, avec une telle force qu'elle en était malade.

Elle repensa à Willie Artech. De tous les événements de la veille, seule son image surnageait, intacte. Jeffrey ne lui reprochait-il pas souvent de retenir surtout les choses néga-tives ? Ma foi, elle ne choisissait pas. Pour l'instant, c'était Willie Artech, mourant, qui aurait voulu avoir des enfants pour que quelqu'un se souvienne de lui.

Pourtant, ce n'était pas pour cela qu'elle souhaitait avoir un enfant, pas exactement. C'était plutôt pour se sentir rat-tachée à la trame de la vie et pour faire de son couple une vraie famille. Eh bien, peu importaient ses raisons, elle n'aurait pas d'enfant. C'était peut-être pour cela qu'à la place, elle voulait retrouver sa mère. Sa véritable mère.

Pas possible pour elle de se confier à Belle, ni concernant le bébé qu'elle n'aurait jamais, ni concernant sa mère biolo-gique. Comme toujours, les sentiments de Belle passaient en premier. Elle était comme cette mère qui trouve sa fille morte sur le carreau, suicidée, et qui s'écrie : « Comment a-t-elle pu me faire ça à moi ? » Oui, Belle lui jouerait la grande scène du deux. Belle ne voulait entendre parler que des oscars. Le succès lui plaisait, pas l'échec.

Pis encore, pendant des années, Belle avait poussé Karen et Jeffrey à faire des enfants. Ce serait horrible d'avoir à reconnaître qu'elle avait raison. Nous aurions dû essayer plus tôt, admit Karen. Mais j'étais tellement prise par ma carrière. Se tailler une place dans le monde de la mode n'a pas été de tout repos. Et une fois le pied à l'étrier, comment ne pas pousser l'avantage? Et lorsque ça a vraiment commencé à marcher, entre le boulot, le succès et les voyages, on n'a pas eu le temps. Je pensais que les bébés, ça viendrait plus tard.

Sauf que maintenant, il n'y en aurait plus. Karen ressentit un élancement au niveau des ovaires. La culpabilité? Une ovulation fantôme? Le docteur avait précisé que sa stérilité n'était pas entièrement liée à l'âge. « Certes, l'âge aggrave le problème, mais il est fort possible que vous n'auriez jamais pu concevoir. » Je n'ai peut-être pas lieu de me sentir coupable d'avoir autant tardé, se dit-elle, et elle fit de son mieux pour le croire.

Mais sa mère n'y croirait pas. Belle aurait trop envie de lui dire non seulement que c'était entièrement de sa faute, mais aussi qu'elle l'avait prévenue. Si Belle n'avait pas toujours raison, cela arrivait assez souvent et elle savait le clamer suffisamment haut pour paraître inattaquable. Karen avait une mère intelligente, mais pas franchement réconfortante. En cet instant, même si l'expérience lui avait enseigné depuis longtemps que très peu de gens avaient de bonnes relations avec leurs parents, elle aurait voulu pouvoir pleurer sans honte ni retenue contre une poitrine aimante. Pas étonnant que les hommes se fassent consoler par les femmes : le sein exerçait un attrait puissant. Pourtant, inutile de chercher un réconfort auprès de Belle. Ce n'était peut-être pas par hasard que Belle était aussi plate. Alors, si les hommes se font consoler par les femmes, qui les femmes ont-elles pour les consoler? Leurs copines.

Des copines, Karen en avait trois : Lisa, sa sœur, Defina, et Carl, qui, sans appartenir au sexe féminin au sens anatomique du terme, pouvait y prétendre dans tous les autres sens. Or, Defina fêtait leur succès de la veille, et Carl, s'il était toujours disponible pour elle, habitait à Brooklyn, alors que Lisa se trouvait chez Belle, à Long Island, et attendait sa venue. Karen soupira. Elle avait envie de vomir. Elle ne trouverait pas de soulagement avant de retourner ce soir auprès de Jeffrey. Et encore! Car s'il parvenait à la rassurer dans tous les autres domaines, il était trop intimement impliqué dans celui-ci pour qu'elle puisse compter sur lui. Leur odyssée commune pour faire un enfant l'avait presque fait craquer et leur mariage s'en trouvait plus ébranlé qu'elle n'aurait voulu l'admettre.

« Mrs Kahn? » L'infirmière avait pris un ton interrogatif. Dans la salle d'attente, il y avait quatre autres femmes, dont une seule était visiblement enceinte. Elle lisait la rubrique mode du *New York Times* où il était question du gala des Oakley Awards. Oui, c'est moi, se dit-elle. Karen Kahn. Mrs Kahn. Allez, ma fille, debout. Ne dégobille pas, ne te casse pas la figure, et ne donne pas l'occasion à la pouffe en cloque de te demander si tu peux lui avoir des robes de grossesse au prix de gros! Karen devait faire comme si la pièce ne chavirait pas autour d'elle. Ses genoux trouvèrent la force de la soulever et elle traversa la salle en trois enjambées. Karen était une grande fille robuste, avec de longues jambes et, malgré force régimes, elle était loin d'avoir la taille mannequin. C'est pourquoi elle savait faire des vêtements qui dissimulaient les cuisses et camouflaient la taille. Elle serra autour d'elle, telle une armure, ses pulls en cachemire et son châle assorti.

« Oui? » demanda-t-elle à l'infirmière qui lui décocha un grand sourire poli comme si ce n'était pas la pire journée de sa vie. Sa plus belle soirée, suivie d'un enfer. Vingt-quatre heures qui secouent. « Cela fera sept cent quarante-trois dollars », annonça la femme d'un ton aimable, sans aucune honte. Karen ouvrit la glissière de son sac De Vecchi et en tira son chéquier. Elle fouilla pour trouver son Mont-Blanc, en vain. L'infirmière, toujours souriante, lui glissa un Bic. Les mains de Karen tremblaient. Elle tenta d'écrire un « sept » sur la ligne en pointillé, mais on aurait dit un serpent écrasé sur la route. Rien à faire. Elle déchira le

chèque, reposa le stylo sur le comptoir et fourra son chéquier dans son sac.

« Envoyez-moi la facture », lança-t-elle, et la colère lui
donna la force de franchir la porte de l'ascenseur et de sortir
de l'immeuble. Comment pouvait-on vous demander de
l'argent pour vous annoncer ce genre de nouvelles ? Ses
lèvres tremblaient, mais elle ne pleurerait pas. D'ailleurs,
Karen ne pleurait jamais. Elle se retrouva sur Park Avenue.
La marquise au-dessus de l'entrée claquait au vent et une
pluie fine avait commencé à projeter partout cette couleur
brunâtre, telle la fumée de bois humide, qui recouvre New
York les après-midi de mauvais temps.

Parfait, se dit-elle. Je ne vais jamais trouver de taxi pour
me conduire à Penn Station sous ce crachin. J'aurais dû
prendre la limousine, comme me le conseillait Jeffrey.
J'aurais dû la prendre non pas pour aller à la gare mais pour
me conduire carrément jusqu'à Long Island. Mais qu'est-ce
qui déconne avec moi ? Pourquoi je ne peux pas me lâcher
les baskets ? Karen Kahn, femme du peuple – c'est
l'influence de mon père. Karen se sentit submergée par le
besoin de s'apitoyer sur elle-même, et toutes ses dernières
défenses craquèrent. « Oh, je vous en prie, dit-elle tout haut.
Je vous en supplie. »

Et sa prière fut exaucée. Un taxi s'arrêta devant la marquise et déposa deux hommes. Elle s'y engouffra avec
reconnaissance et prit une profonde inspiration. « Penn
Station », annonça-t-elle au chauffeur, qui portait le costume traditionnel d'un pays du tiers monde qu'elle n'aurait
pas été capable de localiser sur la carte. Il hocha la tête et
elle pria le ciel qu'il sût dans quelle direction il devait aller.

Elle s'abandonna contre le dossier cabossé. Elle avait osé
prier pour obtenir un taxi ! C'est bien ma chance, songea-
t-elle. Mes vœux essentiels restent sans réponse, mais quand
la bonne fée se sent en veine, c'est un taxi que je demande.
Dommage que je n'aie pas demandé un bébé à la place.

Elle jeta un œil à sa montre, une vieille Rolex en or pour

homme, la seule à pouvoir donner un semblant de fragilité à son poignet épais. Le taxi traversait péniblement le cœur de Manhattan. Elle n'aurait jamais le train de quatre heures sept. Elle serait en retard.

« Combien jusqu'à Long Island ? demanda-t-elle.

– JFK ? questionna-t-il avec un soupçon d'accent pakistanais.

– Non, Rockville Centre. A Long Island. Juste un peu plus loin que l'aéroport », mentit-elle. Elle était à bout. Pourtant, il n'était pas sûr qu'elle ait assez de liquide pour le payer. Un des petits avantages du succès, c'est que Karen n'avait pas remis les pieds dans une banque depuis des lustres. Sa secrétaire lui donnait du liquide, mais Karen se retrouvait toujours à court. Elle avait pris l'habitude de fourrer des billets de cent dollars dans la poche de ses sacs, pour les urgences. Elle en ouvrit une et, heureusement, les cent dollars étaient là. Elle sortit le billet, en lissa les plis et le montra au chauffeur à travers le petit espace réservé au paiement. Il eut un regard avide et mit le compteur en marche.

« Comment on y va ? » demanda-t-il. Ce n'était pas vraiment un accent pakistanais. Son drôle de boléro était tout à fait intéressant. S'il était en faille... Bref, il n'était pas pakistanais. Afghan, peut-être ?

Avec un peu de chance, s'ils parvenaient à échapper aux embouteillages de l'heure de pointe, elle arriverait à temps chez Belle pour le dîner.

Karen lui fit prendre à l'est, et s'adossa contre le siège à peine rembourré, les mains toujours crispées sur son ventre désespérément vide. Tout ira bien, se dit-elle. Jeffrey comprendra. Il ne sera pas trop déçu et on pourra commencer à parler adoption. On est peut-être un peu vieux selon les critères de l'agence Spence-Chapin, mais Sid pourrait sans doute organiser une adoption privée, ou lui recommander des avocats qui s'occupent de ça. Puisque l'argent ne posait pas de problème, ils auraient leur bébé. Tout irait bien.

Jamais elle ne se résignerait.

Le taxi sortit enfin du tunnel. Le crachin tournait au déluge et, dans moins de vingt minutes, le VanWyck Expressway deviendrait impraticable. « Vite ! » dit-elle au chauffeur, espérant éviter la pluie et les bouchons. Vite, répéta-t-elle pour elle-même, en se forçant à croire qu'une fois chez sa mère, tout s'arrangerait.

## Chapitre 3

# Taillée dans une autre étoffe

Karen Kahn, née Lipsky, avait été adoptée par Belle et Arnold Lipsky à l'âge de trois ans et demi. Ce fut donc une adoption tardive. Pourtant, il restait à Karen très peu de souvenirs de sa petite enfance et aucun de ce qui avait précédé sa venue au 42-33 Ocean Avenue, à Brooklyn, chez Belle et Arnold. Était-ce normal ? Elle n'en savait rien, mais le traumatisme de la séparation aurait sans doute suffi à créer une amnésie chez n'importe quel enfant. Elle savait vaguement que quelqu'un s'était occupé d'elle, mais ses vrais souvenirs commençaient avec sa mère adoptive. Belle poussant sa poussette sur Ocean Avenue en direction de Prospect Park. A quatre ans, Karen devait être trop grande pour ça, mais peut-être Belle voulait-elle s'imaginer que Karen était encore un bébé. Et peut-être que Karen voulait aussi le croire.

Elle se souvenait très bien de la poussette : de ses rayures bleues et blanches et de sa ridicule petite guirlande de pompons autour de la capote. Avec elle lui revenaient le tintement des clochettes du marchand de glaces du Bungalow Bar et l'extraordinaire petite cahute — complète, y compris le toit de bardeaux — à l'arrière du camion. Elle se rappelait sa mère lui tendant sa première glace, et combien elle avait aimé non seulement le goût mais aussi le contraste entre la glace orange vif et la crème blanche, onctueuse, du milieu.

Belle Lipsky n'était peut-être pas la figure maternelle

idéale. Petite et fluette, très soignée de sa personne, elle portait d'immuables ensembles coordonnés. Sans être jolie – elle avait les traits trop aigus, trop pincés pour cela –, elle était toujours bien mise. Karen était fière de l'allure de sa mère. Elle se souvenait surtout de ses chapeaux, déjà *de trop* [1] dans les années cinquante. Belle les avait abandonnés à regret et pour Karen, ils représentaient le comble de l'élégance. Pourtant, les vêtements de Belle étaient faits « pour les yeux et pas pour les mains ». Du plus loin qu'elle s'en souvînt, Karen savait que les vêtements de sa mère et les siens devaient rester propres, et sa chambre bien rangée. Belle était une obsédée de l'ordre, et leur appartement de Brooklyn paraissait aussi stérile que le système reproducteur de Belle.

Belle et Arnold étaient mariés depuis seulement un an quand ils adoptèrent Karen. Celle-ci se sentait gênée à l'idée d'être née avant le mariage de ses parents, mais personne n'y fit jamais allusion. Un jour, Belle avait dit en riant que Karen avait su se faire désirer avant de rejoindre la famille. Karen savait quand il valait mieux se taire. D'ailleurs, on lui avait appris à ne pas soulever certaines questions. Son adoption était un sujet tabou. Elle avait appris, en grandissant, à se tenir tranquille, à rester propre et à se taire. Arnold était du reste un homme très silencieux et il savait, tout comme Karen, que s'il y avait quelque chose à dire, ce serait Belle qui le dirait.

Le taxi se rapprochait de Rockville Centre. Le chauffeur marmonnait entre ses dents. Pourvu qu'il ne me laisse pas tomber ici, au bord de l'autoroute! se dit Karen. La pluie s'était transformée en un véritable déluge. Karen se sentait aussi fragile que la Blanche DuBois de Tennessee Williams. Et, comme pour Blanche, en cet instant, son sort dépendait de la gentillesse des étrangers.

---

1. En français dans le texte.

Elle donna des indications au chauffeur qui continuait de marmonner et le taxi s'arrêta enfin devant la maison de brique aux haies soigneusement taillées. Elle lui tendit le billet de cent dollars et lui indiqua comment repartir, puis, soulagée, elle descendit de la voiture et regarda la maison. Les lumières du plafonnier, dans la salle de séjour, scintillaient dans l'obscurité. Sa mère et sa sœur l'attendaient.

Karen soupira. Même si Belle était peu démonstrative et d'une propreté maladive, elles avaient au moins une chose en commun : leur intérêt pour les vêtements avait été un lien entre elles, ne serait-ce qu'un temps. Et si ce n'était pas un amour inconditionnel, elles y avaient trouvé leur compte l'une et l'autre pendant plusieurs années.

Tout avait changé, bien sûr, avec la naissance de sa sœur cadette.

Lisa ne lui ressemblait pas du tout. Évidemment, puisque moi, on m'a adoptée, rectifia Karen. Mais cela la surprenait encore parfois quand elle revoyait Lisa après une longue absence. Elles étaient tellement différentes. A présent, Lisa, petite et svelte, se tenait dans le living. Mince, tendue comme une corde de violon, elle avait une ossature délicate, l'image même de ce que les New-Yorkais appellent « une princesse juive ». En fait, Lisa ressemblait beaucoup à leur mère qui, malgré les années, avait conservé la silhouette filiforme d'une adolescente et une nervosité qui lui donnait une allure juvénile.

Le regard de Lisa traversa le séjour impeccable et rutilant : « Mais regardez qui est là ! » s'écria-t-elle avec un large sourire. Elle était ravissante et Karen se demanda si ses modèles, si spectaculaires sur les grandes femmes mais sans intérêt pour les petites, n'étaient pas une manière inconsciente de se venger. Karen adorait sa sœur, mais c'était une véritable enfant gâtée. De six ans plus jeune que Karen, sa naissance avait été inespérée pour ses parents, qui avaient depuis longtemps accepté leur stérilité. La venue de Lisa avait été pour Belle une victoire, le triomphe même de sa féminité. La grossesse lui avait donné non seulement un éclat nouveau, mais aussi un adorable bébé à habiller, amuser et exhiber. Au moment où Karen devenait aussi empotée qu'entêtée, Belle se trouvait dotée d'un enfant sans histoires.

Lisa avait accepté tous les rubans et fanfreluches que sa sœur s'était mis à refuser. D'ailleurs, elle les portait encore. Lisa écoutait scrupuleusement les conseils de sa mère et tout semblait facile pour elle. A l'école, elle récoltait de bonnes notes ; puis, après un an à Hofstra University, elle avait ouvert sa propre boutique. Elle avait épousé Leonard à sa sortie de la faculté de médecine et, à l'instar de sa mère, avait abandonné son travail pour s'occuper de ses filles. Elle était à l'évidence la préférée de Belle.

C'était du moins le point de vue de Karen. Car Lisa, elle le savait, se disait que c'était Karen qui avait été favorisée ; Karen qui, en tant qu'aînée, avait été le plus chouchoutée et était toujours considérée comme la plus futée, la plus douée, celle qui réussit. En fait, ma mère a un talent politique, songea Karen qui ne put retenir un sourire ; Belle était capable de donner à chacune de ses filles l'impression que l'autre avait un statut privilégié. Mais ce n'était peut-être pas uniquement la faute de Belle. Les sœurs étaient peut-être toujours comme ça ? Aînée contre cadette, fille adoptive contre fille naturelle. Peut-être que les sœurs n'arrivaient jamais à se dépêtrer de ces sottises. Et malgré tout ça, elle aimait tendrement Lisa. Elle l'avait aimée et protégée dès la première fois qu'elle l'avait vue, tout bébé.

« Comment s'est passée ta journée ? » s'enquit Belle.

Karen repensa à la calamiteuse séance d'essayage où elle s'était bagarrée avec Elise Eliott, une de ses dernières clientes, puis à une dispute qu'elle avait eue avec Jeffrey, et enfin l'abominable épisode de la clinique. Elle parvint pourtant à sourire. « Super, fit-elle, car elle savait d'expérience que c'était la seule réponse que Belle pouvait entendre. Et toi ?

— Formidable, répliqua Belle gaiement. On est allées chez Neiman-Marcus et Lisa m'a acheté un ensemble extra. C'est elle qui a insisté.

– Oh, c'était en solde », précisa Lisa en haussant les épaules comme si c'était trois fois rien.

Toujours aussi folles... Karen n'en revenait pas de leur fringale de shopping. Avant d'avoir un nom, elle avait fait l'effort de les piloter dans la plupart des show-rooms de la Septième Avenue, malgré le dérangement et la mauvaise volonté que cela provoquait souvent. Et comme les célèbres sœurs Gabor, elles s'étaient vite fait la réputation de rendre plus de vêtements qu'elles n'en achetaient. Mais Karen avait compris que faire les magasins, pour elles comme pour beaucoup de femmes, était une activité qui jouait un rôle déterminant dans l'entretien des liens affectifs. C'était comme le sport pour les hommes : même si un père ignorait presque tout de la vie de son fils, ils arrivaient toujours à discuter d'un match. Les rapports entre Lisa et Belle passaient par le shopping. Une fois adultes, Karen et sa mère avaient cessé de faire ces expéditions ensemble. Depuis que Karen dessinait des modèles, Belle la trouvait « trop spéciale », et aussi « trop terne ». « Il faut de la couleur », déclarait-elle. Pour Belle, cela voulait dire du rouge, du turquoise, du bleu roi. Et même maintenant que les femmes payaient une fortune pour porter les créations de Karen, entre autres à cause de son sens raffiné de la nuance, sa mère continuait de lui reprocher son goût « spécial ».

Elle se força à sourire : « Où est papa ?

– Oh, tu connais ton père. Il doit faire des heures supplémentaires sur un dossier pourri. » Au bout de plus de quarante ans de mariage, Belle n'avait pas pardonné à son mari de n'être qu'un avocat syndical. « Pas un véritable avocat », comme Belle aimait à le répéter. Il s'était refusé à entrer dans un cabinet de Park Avenue où il aurait gagné confortablement sa vie. Il s'était constitué sa propre clientèle et ne refusait jamais une consultation gratuite. « Sortir de Harvard pour ça ! Quand il aurait pu se faire des millions », se lamentait-elle sans arrêt.

« Alors, on mange ? » interrogea Belle. Elle passa sous

l'arcade qui conduisait à la salle à manger, où trois couverts étaient disposés sur la table en acajou de style Sheraton. La porcelaine était ravissante – du Royal Doulton – et les cristaux étincelaient. Un minuscule pot de violettes ornait chaque place. Si Belle était loin d'être un cordon-bleu, elle savait décorer une table. Comme, pour elle, faire la cuisine était salissant et mettait du désordre partout, elle avait découvert les surgelés bien avant tout le monde et servait, comme disait Karen, « des plateaux d'hôpital ».

Combien de fois elles avaient dîné ainsi. « Les trois filles », disait sa mère. Belle parlait souvent d'elle à la troisième personne : « Les trois filles vont faire les magasins », disait-elle quand elles roulaient en direction d'Alexander ou de Loehman. Quand elle faisait une embardée, elle lançait : « Elle ferait mieux de faire gaffe », ou « Elle ferait mieux d'ouvrir l'œil. » Elle était aussi décalée par rapport à elle-même que par rapport à ses filles. Karen soupira. Elle avait envie de voir son père ce soir. Ils ne se parlaient pas beaucoup, sauf du travail, mais il y avait chez Arnold quelque chose de solide, de paisible et de réconfortant qu'on ne trouvait pas chez Belle. Après l'abominable épisode de la clinique et le trajet sous la pluie, la place déserte de son père reflétait ses multiples absences dans sa vie. Une souffrance familière. Il l'aimait sans doute, se dit-elle, mais il n'était jamais là. Étonnez-vous après ça si la moindre marque d'attention venant d'un homme lui montait à la tête.

Pourtant, ce n'était sûrement pas la seule raison. Elle ne pouvait s'en prendre à Arnold. Lisa avait toujours su se faire désirer, alors que son père ne lui avait pas accordé plus d'intérêt. Avait-elle ça en elle, ou était-ce parce qu'elle était jolie ? Même maintenant, avec les rides minuscules qui commençaient à marquer la peau autour de ses yeux et de sa bouche, elle était encore assez séduisante pour que les hommes se retournent sur son passage. Mais en vérité, c'était Stephanie, la fille aînée de Lisa – qui avait hérité non seulement du visage de sa mère mais aussi du corps long et mince d'Arnold – qui allait être la vraie beauté de la famille.

Comme si elle avait lu dans ses pensées, Lisa lui sourit :
« Tu ne peux pas savoir combien Stephanie est aux anges à
l'idée de faire ce stage. » Stephie, qui n'avait pas de très bons
résultats scolaires, avait choisi de suivre une filière professionnelle et Karen avait accepté de la prendre à mi-temps.

« Ce n'est pas dangereux de la laisser aller seule en ville
tous les jours ? » demanda Belle. Lisa et sa famille habitaient
Inwood, à Long Island.

« Maman, elle va avoir dix-sept ans. Elle entre en terminale
l'an prochain. Tous les jeunes de sa classe ont un boulot.
Mais eux, ils doivent se contenter des Burger King et de
J.C. Penney. A mon avis, elle peut venir à bout des quatre
rues à traverser entre Penn Station et le show-room de
Karen. »

Belle débarrassa les assiettes à salade et essuya machinalement une tache de vinaigrette près de la place de Karen.
C'était un reproche muet. Puis elle se rendit à la cuisine pour
chercher le plat suivant, aussi frugal que le précédent.

Lisa eut un geste d'impuissance. Belle ne changerait pas.
« Tu vas bien ? » interrogea Lisa en baissant la voix. Karen
secoua la tête. « Qu'est-ce qu'il y a ? Le docteur ? s'enquit
Lisa, le visage tendu.

— Pas maintenant, l'interrompit Karen en pointant le
menton vers la cuisine, où Belle s'activait. Parlons d'autre
chose. »

Sa sœur acquiesça et reprit, d'un ton normal : « C'est vrai,
ce que je te dis pour Stephanie. Elle a besoin de faire quelque
chose de ce genre, je t'assure. Et les sous ne seront pas de
trop. »

Lisa était toujours à court d'argent. Cela déconcertait
Karen. Même si Leonard gagnait confortablement sa vie, sa
sœur avait constamment des problèmes avec son compte en
banque et ses cartes de crédit. Ce qui ne l'empêchait pas de
continuer à dépenser. Depuis longtemps, elle rapportait
subrepticement ses achats chez elle et les dispersait dans la
maison. Comme elle n'avait pas d'argent à elle, elle devait

supplier son mari pour qu'il lui donne du liquide. Karen fré-
missait d'horreur quand elle s'imaginait à la place de sa sœur.
Malgré tout, Lisa semblait préférer manquer d'argent mais
avoir tout son temps, plutôt que de chercher un emploi.
Depuis qu'elle avait fermé sa boutique – un passe-temps plus
qu'une affaire – elle n'avait plus travaillé. L'idée même la
remplissait d'effroi.

Belle revint avec le plat de résistance, si l'on peut dire. A
côté de minces tranches de poulet étaient disposées quelques
branches de brocolis rachitiques. Pour Belle, rien ne devait
être cuit *al dente*, sauf le dessert, une gelée incroyablement
caoutchouteuse. A ce jour, Karen ne savait pas comment elle
s'y prenait pour obtenir une couche aussi coriace sur le dessus.

« Je suis ravie d'avoir l'occasion de voir Stephanie un peu
plus souvent », assura Karen. En fait, ce n'était pas sans réticences qu'elle prenait sa nièce comme stagiaire. D'ailleurs, sa
décision avait mis Jeffrey hors de lui : « Les filles du show-
room sont déjà assez jalouses comme ça, lui avait-il déclaré,
non sans raison. Pas la peine d'en rajouter. » Il faut
reconnaître qu'il n'avait jamais beaucoup aimé Lisa ou Leonard. Il les trouvait trop provinciaux, trop terre à terre, et il
leur reprochait de trop gâter leurs enfants. « Et par-dessus le
marché, ça ne va pas améliorer le moral de Tiffany », avait-il
ajouté après coup, faisant allusion à la seconde fille de Lisa.
Karen était bien forcée d'en convenir.

« Comment va Tiff ? » demandait-elle à présent. Tiffany
était la cadette, et elle était obèse. Bâtie plus ou moins
comme Karen, elle était à treize ans presque aussi grande que
sa sœur, Stephanie, mais elle pesait le double. Intelligente au
demeurant, elle était bonne élève, mais tout le monde
s'accordait à reconnaître qu'elle était perturbée. Tout le
monde, sauf Belle. Pour elle, l'obésité de la jeune fille ne
tenait qu'à un manque de volonté et au dépit.

« Elle va bien, répondit Lisa, sur ses gardes.

– Enfin, toujours aussi grosse, tu veux dire », rectifia Belle

en plantant son couteau dans son morceau de poulet.
« Grosse et détraquée. »

Sur le coup, Karen se sentit à deux doigts de s'évanouir.
Elle avait déjà entendu ça avant. Quand ? La mémoire lui
revint. Elle se revit assise à la même place, les soirs où, adolescente, elle venait de se faire traiter de grosse et de détraquée
par Belle. Le même ton sans appel.

« Grosse et détraquée », répéta Belle. Les deux sœurs firent
comme si elles n'avaient rien entendu.

« Alors, quand vas-tu à Paris ? demanda Lisa pour changer
de sujet.

— Pas avant la fin du mois, et peut-être plus tard si cela ne
s'arrange pas. J'ai l'impression de ne pas en finir avec la collection, cette saison. Quand je pense qu'on a choisi de faire
notre premier défilé à Paris cette année. Tu me vois montrer
une espèce de robe-sac dans la ville de Coco Chanel et de
Worth ! » La soirée des Oakley Awards, qui s'était déroulée
moins de vingt-quatre heures plus tôt, lui paraissait remonter
aux temps préhistoriques. Où était passé son enthousiasme ?
son assurance ? S'étaient-ils taris dans le cabinet du docteur
Goldman ? « Un styliste ne vaut que ce que vaut sa dernière
collection, déclara-t-elle.

— Oh, tu dis ça à chaque saison, la reprit Lisa.

— Peut-être que tu n'es vraiment pas prête », suggéra Belle.

Comment se pouvait-il que la foi aveugle de sa sœur la
blesse autant que le manque de confiance de sa mère ? Je dois
demander l'impossible, se dit-elle. Certes, la journée avait été
rude. Mais Lisa avait toujours l'air de croire que les choses
marchaient toutes seules pour Karen, alors que Belle voyait
toujours en elle un bébé impuissant.

« Ben moi, j'aimerais bien aller à Paris, reprit Lisa. On n'y
est pas retournés depuis notre lune de miel. Mais avec les
frais pour la *bat mitzvah* de Tiff, Leonard dit qu'on ne risque
pas de prendre des vacances cette année. » Était-ce une façon
détournée de lui demander une place dans l'avion pour
Paris ? Avant que Karen puisse répondre, Belle s'interposa.

« Mais tu dépenses beaucoup trop pour cette *bat mitzvah*, de toute façon. Qu'as-tu besoin de cars ?

— Des cars ? s'étonna Karen.

— Pour transporter les gens de la synagogue jusqu'à la réception », expliqua Lisa.

Belle claqua la langue d'un air désapprobateur avant d'en revenir à Tiffany. « Qu'est-ce qu'elle va porter pour la cérémonie ? s'enquit-elle. Pas cet horrible taffetas vert, j'espère.

— Maman, si ça lui plaît !

— Elle est affreuse avec, et ces photos lui resteront pour le restant de ses jours. Elle t'en voudra toute sa vie de ne pas le lui avoir dit. Ses enfants lui demanderont pourquoi sa mère l'a laissée mettre cette horreur.

— Mais c'est une robe de chez Ralph Lauren !

— Peut-être, mais qui peut porter un écossais vert et rouge, en taffetas par-dessus le marché ? Tu n'es pas d'accord ? ajouta-t-elle en s'adressant à Karen.

— Oh, je n'ai pas vu la robe », répondit Karen sans se compromettre. Comme Arnold et la Suisse, Karen cultivait l'art de la neutralité.

« Venez voir ce que je vais me mettre, moi », annonça joyeusement Belle, et aussitôt, ses filles se levèrent. La table de Belle se quittait sans regret. Lentement, Karen suivit les deux femmes dans le couloir, traversa la chambre principale jusqu'au saint des saints, la penderie. Elle avait pris de l'ampleur depuis l'époque de Brooklyn et occupait à présent l'ancienne chambre de Karen ; celle de Lisa était réservée aux vestes et aux manteaux.

Karen songea à Coco Chanel qui, vers la fin de sa vie, habitait au Ritz, mais conservait pratiquement toute sa garde-robe dans son appartement de la rue Cambon. Seulement, pour Coco, ces vêtements, c'était sa vie. Elle n'avait pas de filles, pas de mari, pas de famille. Les vêtements de Belle remplissaient l'espace laissé par le départ de ses enfants. Karen se demandait parfois si la garde-robe ne finirait pas par envahir toute la maison et si Belle ne devrait pas aller vivre ailleurs.

« Salut tout le monde. » La voix d'Arnold leur parvint de l'entrée. Le père adoptif de Karen frôlait les un mètre quatre-vingt-dix, mais il se tenait tellement voûté qu'on avait du mal à se rendre compte de sa taille réelle. Ses costumes avaient dû avoir de la tenue dix ans plus tôt. Belle, si méticuleuse, était incapable de lui donner un air soigné. Il entra dans la chambre, sa serviette avachie sous un bras, deux journaux froissés sous l'autre. « J'aurais dû me douter que vous étiez là », dit-il en souriant. Il paraissait fatigué. Quand il se pencha pour embrasser Karen, elle vit les cernes sous ses yeux.

C'était un brave homme. Quand elle allait au lycée, il lui arrivait, le week-end, d'accompagner son père à son bureau. Il prenait alors le temps de lui expliquer les droits des travailleurs et le pouvoir des syndicats. Elle se souvenait encore du poème de Margaret Widdemer, écrit en 1915, qu'il avait accroché derrière la porte de son bureau. Deux vers hantaient sa mémoire : *Ma petite sœur j'ai enfermée loin de la vie, de la lumière / (Pour une rose, pour un ruban, pour une guirlande dans mes cheveux.)* Ironie du sort, Arnold consacrait sa vie à se battre pour les droits des salariés du textile, alors que Belle recherchait sans arrêt la bonne affaire qui ne pouvait qu'être basée sur leur exploitation.

« Tu es rentré ? interrogea Belle. Il y a du poulet, précisa-t-elle après coup.

— J'ai déjà mangé, répondit-il. Salut, mon chou », ajouta-t-il à l'adresse de Lisa, qui avait sorti la tête de la penderie pour tendre sa joue. Il n'embrassa pas Belle, et Belle ne fit pas un geste vers lui. Mais après tout, elle était plongée dans son univers.

« J'ai du travail, marmonna-t-il en tournant les talons.

— Tiens, c'est nouveau ! » murmura Belle.

Sur le coup, Karen se demanda si elles n'avaient pas, toutes les trois, effarouché Arnold ou s'il avait simplement appris à combler les trous. Elle regarda son dos voûté s'éloigner dans le couloir. Puis Belle reprit la parole.

« Et maintenant, elle va vous montrer quelque chose. » Les

deux filles savaient qu'elle parlait d'elle-même. Lisa attendit
la suite, mais Karen retourna avec un soupir dans la chambre
et s'assit sur une causeuse. Sur le plateau inférieur de la table
basse se trouvait, comme toujours, l'album relié en cuir de
l'époque de Brooklyn. Belle, qui n'en était pas fière, ne le
montrait que rarement. Karen eut l'impression de le remarquer pour la première fois.

« Alors, qu'est-ce que tu penses de ça ? » Belle exhibait un
ensemble robe et veste dans le style David Hayes. Très reine
Elizabeth. Belle fidèle à elle-même. « Regardez-moi ça ! »
s'écria-t-elle en leur montrant la doublure de la veste, une
réplique inversée du motif noir et turquoise de la robe. Karen
hocha la tête, exaspérée, mais Lisa eut l'air d'apprécier.

« C'est vraiment chouette. »

Belle plongea la tête dans le placard. Dans l'intervalle, Lisa
regarda Karen : « Appelle-moi ce soir. Dis-moi ce qui se
passe. » Karen approuva en silence.

« Et qu'est-ce qu'elle a trouvé pour aller avec ? » Karen les
regarda disparaître toutes les deux dans l'antre béant. Vive
comme un serpent, Karen profita de leur absence pour
s'emparer du vieil album qu'elle posa sur ses genoux. Elle
l'ouvrit à la première page, où quatre photographies jaunis-
santes représentaient Belle et Arnold le jour de leur mariage.
Karen en connaissait déjà le contenu par cœur et elle prit
rapidement l'enveloppe de papier bulle collée sur le rabat
intérieur. Elle contenait des images disparates que Belle
n'avait pas collées, mais qu'elle n'avait pu se résoudre à élimi-
ner. Karen entendit sa mère et sa sœur pousser des cris
d'admiration. Dans un instant, elles allaient la réclamer.

Elle sortit une poignée de clichés noir et blanc qu'elle étala
sur ses genoux. Elle en cherchait deux en particulier. Elle
trouva tout de suite le premier : une photo d'elle bébé, à deux
ans ou peut-être un peu moins. Belle avait dû recevoir ces
photos de la vraie mère de Karen. Sur l'une, elle était couchée
sur le dos dans un berceau avec une grenouille en caoutchouc
à côté d'elle. Elle s'en souvenait, de cette grenouille. Elle était

vert foncé, couleur des feuilles de lilas, sauf le ventre, qui était jaune-vert et la langue, rouge vif.

Il lui fallut plus de temps pour retrouver l'autre photo. Elle y était un peu plus grande, vêtue d'un ensemble de ski, et se tenait devant la porte d'une maison. Elle savait que l'ensemble était bleu roi. Quel âge avait-elle ? On distinguait nettement les briques du mur et le sommet de sa tête atteignait la sixième rangée. Sur la porte, une porte en bois simple, peinte en noir, se détachait le chiffre 2881. Karen prit les deux photos, rangea le reste dans l'enveloppe et elle venait juste de remettre l'album à sa place lorsque Belle et Lisa entrèrent, sa mère brandissant à bout de bras un sac en daim turquoise comme si elle tenait le Saint-Graal.

« Regardez ce qu'elle a trouvé ! » claironnait Belle.

Karen tapota du bout du doigt les photos qu'elle venait de fourrer en hâte dans sa poche. « Mais regardez donc ce qu'elle a trouvé ! » répéta Belle, et Karen secoua la tête. Et elle, qu'avait-elle trouvé... ?

## Chapitre 4

## Sur le fil du rasoir

La Lincoln se gara devant chez elle, sur West End Avenue. Karen avait téléphoné à l'agence avant de quitter sa mère pour qu'une voiture vienne la chercher à la gare de Long Island Rail Road. Elle descendit avant que le chauffeur ne se précipite pour lui ouvrir la porte. C'était drôle, Jeffrey insistait pour avoir une limousine et se refusait à ouvrir lui-même sa portière, alors que Karen se contentait d'une simple berline noire et n'attendait jamais que le chauffeur vienne l'aider. L'influence d'Arnold ? A moins que ce ne soit la différence entre celui qui a grandi dans de la soie et l'enfant issu de la classe moyenne : le premier se fiche de laisser d'autres faire le travail à sa place. Le grand problème de Karen, comme l'avait souligné dans ses conclusions un consultant payé à prix d'or, c'était son « incapacité à déléguer ». Elle ne pouvait pas. Elle faisait le boulot mieux ou plus vite que les autres, ou les deux à la fois, et en plus, elle était sûre qu'il était bien fait. Alors pourquoi aurait-elle dû rester coincée dans cette Lincoln en attendant que Joey, Tim ou Mohammed en fasse le tour en courant ?

Elle passa sous le dais vert anglais de la résidence où elle et Jeffrey habitaient et, comme toujours, atteignit la porte avant que George le portier ne l'ouvre. En fait, ce n'était peut-être pas son incapacité à déléguer, mais l'incompétence des autres qui posait problème.

« Bonsoir, Mrs Kahn ! » lança-t-il avec entrain, abandonnant la revue qu'il cachait dans le tiroir, bien qu'il lui soit strictement interdit de lire pendant les heures de service.

Le West Side s'était embourgeoisé depuis dix ans, mais de nombreux sans-abri et quelques toxicos traînaient toujours dans les rues. A New York, les gardiens d'immeubles devaient se montrer vigilants. Certes, elle aurait dû signaler son infraction, mais ne le ferait pas. « Hello, George », soupira-t-elle, puis elle appuya sur le bouton de l'ascenseur juste avant que le malheureux se précipite à travers le dallage noir et blanc de l'entrée. Dans la poche de son imper, elle sentit sous sa paume la surface fendillée des deux vieilles photographies. Elles la réconfortèrent. La porte de l'ascenseur s'écarta et elle entra dans la cabine en acajou tandis que George posait son doigt ganté de blanc sur le bouton du septième étage. « Merci, George », murmura-t-elle avant que la porte se referme enfin.

Ils habitaient l'immeuble depuis leur mariage. C'était un progrès énorme, à côté du logement sans ascenseur que Karen louait à l'époque sur Amsterdam Avenue. L'acompte payable à la signature correspondait au cadeau de mariage des parents de Jeffrey, qui critiquaient Karen, l'appartement, le quartier et – par-dessus tout – l'adresse, dans le West Side. « Qu'est-ce que vous reprochez à la Cinquième Avenue ? s'était étonnée Sylvia, la mère de Jeffrey. Ou à Park ? Nous y avons vu un adorable petit trois-pièces à un prix tout à fait raisonnable. Et vous aurez besoin de place quand viendront les enfants. » Mais Karen n'avait pas voulu en démordre et Jeffrey s'était rangé à son avis. Celui-ci, il est vrai, aimait jouer les iconoclastes.

L'endroit ressemblait plus à un loft ou à un atelier qu'à un appartement classique, et Karen l'avait aimé pour ses défauts autant que pour son volume impressionnant. A quoi bon une cuisine où l'on peut manger ? Elle ne cuisinait pas. Elle avait des centaines, voire des milliers de livres chez elle, mais pas un seul livre de cuisine. En revanche, elle avait un classeur avec les menus à emporter de chaque restaurant de New York qui livrait. Ils étaient classés par pays d'origine – thaï, chinois, mexicain, etc. La minuscule cuisine correspondait exactement à leurs besoins. Le seul appareil ménager dont elle n'aurait pu se passer était le téléphone.

Elle avait adoré l'appartement dès le premier coup d'œil, et cela n'avait pas changé. Un peu comme ses sentiments pour Jeffrey. On pouvait reprocher à Karen d'avoir des jugements à l'emporte-pièce, mais pas de manquer de loyauté. Alors qu'ils pouvaient désormais s'offrir un endroit plus onéreux, elle se bagarrait contre Jeffrey pour rester. C'était son havre.

Elle traversa le minuscule palier qu'ils partageaient avec la vieille Mrs Katz, la locataire de l'appartement situé au nord, et tourna la clé dans la serrure. Devant elle se déployaient dix mètres de parquet et une rangée de sept fenêtres. En fait, les deux du milieu étaient des portes à double battant donnant accès à un balconnet qui dominait la cime des ginkgos plantés sept étages plus bas. Les volets extérieurs étaient peints en vert charleston – trois doses de noir pour une de vert, un coloris élégant et commode compte tenu de la crasse qui sévissait à New York. Aux fenêtres, des bacs de géraniums blancs grimpants et de lierre conféraient aux lieux une touche champêtre. Par beau temps, le soleil jouait sur les vitres et le sol, créant un ravissant clair-obscur.

La pièce, très haute de plafond, servait de séjour et de bibliothèque. Le mur situé au nord était tapissé, du sol au plafond, de rayonnages vitrés débordants de livres. Deux toiles – l'une, ancienne, de Jeffrey et l'autre de leur ami Perry Silverman – décoraient les murs blancs.

Contre le mur de droite se trouvait une table de réfectoire de quatre mètres de long, qu'ils avaient rapportée de France. Le dessus était composé de trois larges planches de cerisier, encaustiquées pendant deux cents ans par des religieuses françaises pour qui la cire d'abeille et l'huile de coude n'avaient aucun secret. Autour de la table, une douzaine de chaises capitonnées de blanc. C'était une vacherie, ce lin blanc dans une salle à manger new-yorkaise, mais après chaque dîner, Karen faisait l'inspection des meubles, un mélange de soude et de détachant à la main. Et le résultat en valait la peine, car la fraîcheur du blanc contre la patine de la table était un véritable enchantement.

Seul autre mobilier dans la pièce, une console en demi-lune au décor rococo. Karen s'était bagarrée pendant des jours avec Jeffrey jusqu'à ce qu'il l'autorise à l'acheter à une vente chez Christie's. Il trouvait ça « vulgaire », « pédé » et « outré ». En fait, ce qu'il ne disait pas, c'est qu'il trouvait ça trop voyant. Jeffrey et ses parents souffraient de ce que Karen appelait « le syndrome Ralph Lauren », qui frappe ceux qui aspirent plus que tout à se fondre dans la masse. A son avis, c'était un problème courant chez les riches Juifs new-yorkais.

C'était la première fois depuis leur mariage tout neuf qu'ils étaient en désaccord et, pour la première fois, Jeffrey avait réglé la question en proposant un « vrai marché ». Dès lors, quand ils étaient amenés à conclure un compromis de taille, ils faisaient un marché. C'était une sorte de jeu qu'ils prenaient très au sérieux, une sorte de donné pour un rendu avec des règles bien établies. Elle pouvait avoir ceci s'il avait cela. Jeffrey avait renoncé à la peinture pour gérer l'affaire de Karen, mais elle lui avait accordé toute liberté financière. Et elle avait accepté de construire une villa à Westport, s'il l'autorisait à conserver leur appartement. La table en demi-lune avait été le premier compromis et, en échange, elle l'avait laissé accrocher la peinture de son ami Perry, alors que cette toile ne lui plaisait pas.

« Jeffrey? » lança-t-elle, et elle entendit sa voix, provenant du couloir. Elle retira son imper, sa veste et son châle en cachemire, et les jeta sur une des chaises de la salle à manger. Elle se laissa tomber sur les coussins du sofa et envoya promener ses semelles compensées en daim avant de relever les pieds.

« Tu rentres tôt, remarqua Jeffrey. Je viens juste d'arriver du boulot. » Il s'arrêta à la porte pour la regarder. « Le dîner s'est mal passé ? Lisa a déjà appelé, elle voulait te parler. Vous n'avez pas pu discuter pendant le repas ? » Il ramassa son manteau. Sans un mot, il se dirigea vers la penderie cachée derrière les rayonnages et accrocha la veste. Elle sentit le reproche tacite. N'épouse jamais un homme plus maniaque que toi, dirait-elle à sa fille si elle en avait une un jour. Elle poussa un soupir.

« Je ne supporte plus. Belle me rend dingue.

— Belle rend dingue tout le monde. Cela va de soi. »

Elle hocha la tête. « Comment s'est déroulé le boulot ? » demanda-t-elle. Jeffrey avait passé la matinée à enregistrer sa prestation pour l'émission télévisée d'Ellé Halle — ils étaient interviewés l'un et l'autre — et le reste de la journée en dehors du bureau en réunions avec les gens de NormCo. Elle préférait laisser NormCo de côté pour le moment.

« Très bien. En progrès sur tous les fronts.

— Tu as dit des choses gentilles sur moi aux types de la télé ?

— Ben voyons ! Je leur ai dit que tu étais nulle au lit mais un sacré cordon-bleu.

— Un double mensonge ! » s'écria-t-elle en essayant de lui donner une tape. Elle était curieuse de savoir ce qu'il avait dit réellement devant les caméras, mais il était à parier qu'elle n'en tirerait rien. Il la ferait marcher.

« Comment s'est passée la séance d'essayage d'Elliot ?

— Un fiasco. » Pas autant, pourtant, que la visite chez le médecin. Mais elle ne prononça pas le nom du docteur Goldman. « Elise n'était pas heureuse. Rien ne marche pour la collection. Et en plus, Tangela est impossible.

— Je me demande pourquoi tu ne la largues pas.

— D'abord, c'est la fille de Defina. Ensuite, quand elle est bonne elle est géniale. Et elle n'est pas pire que les autres mannequins-cabines. Bref, on a passé six heures dessus.

— Non, tu y as passé six heures. Elle, elle s'est contentée de rester debout. »

Bon, sans doute valait-il mieux avoir un mari allergique

aux mannequins et à leur caractère capricieux que d'en avoir
un qui passe son temps à les sauter. Mais là, elle était complètement vidée et en avait assez d'écouter ses récriminations. En
outre, ils avaient tout le reste de la soirée pour eux, une
chance qui ne se représenterait pas avant la semaine suivante,
compte tenu de la réunion avec NormCo, des derniers prépa-
ratifs pour le mariage d'Elliot et des trois galas de charité où
ils étaient attendus. Ils étaient devenus très demandés, ces
derniers temps.

« Que t'a fait Ernesta pour le dîner ?

— Qu'est-ce qu'elle me fait, d'habitude ? Du poulet, des
légumes à la vapeur, une salade, et cette foutue gelée de
régime avec des morceaux de fraises épais comme du papier à
cigarettes. Total, soixante-trois calories et demie.

— Tu veux te commander un plat ?

— Non, ça vaut pas le coup. Je vais manger en râlant,
conclut-il avec un sourire. Tu veux remettre ça ? Je sais ce que
vaut la cuisine de Belle. » Il avait vraiment le sourire ravageur.
Même quand il se conduisait comme un sale gosse, il arrivait
presque toujours à l'embobiner avec son expression irrésistible.

Pour une femme, c'est un joli coup d'épouser son idole,
mais ça vous met définitivement en position de faiblesse.
Karen avait adoré Jeffrey dès l'instant où ses yeux s'étaient
posés sur lui. Il était tout le contraire de ce qu'elle était. Il
avait de la classe, il était très séduisant, et par-dessus le marché, il sortait de Yale, où il avait fait les beaux-arts. Ils
s'étaient rencontrés alors qu'il s'encanaillait à Brooklyn, prenant des cours et enseignant le dessin à Pratt. Son regard
avait traversé sans la voir la modeste apprentie styliste qu'elle
était, mais Karen avait été estomaquée par son charme, son
humour et son allure. Elle avait toujours eu l'impression
qu'elle lui avait mis le grappin dessus.

« Bon, j'ai rassemblé tous les chiffres pour NormCo, reprit
Jeffrey. En arrangeant un peu la sauce, on présente plutôt pas
mal. J'ai évidemment surévalué l'inventaire d'environ deux

cents pour cent, mais je laisse le soin à leurs experts financiers de tirer ça au clair. Ils ne peuvent pas nous accuser de malhonnêteté. Au pire, ils peuvent nous reprocher un optimisme exagéré. » Il se leva et se dirigea vers la cuisine.

« Alors tu comptes demander combien ? hasarda-t-elle.

— L'astuce, c'est de ne rien demander et de les laisser venir. Il faut que ce soit eux qui fassent la première offre. J'espère seulement qu'ils ne mégoteront pas. J'aimerais qu'on soit à l'aise. »

Ils mirent rapidement la table. Même s'ils n'avaient personne à dîner, Jeffrey tenait à manger dans de la porcelaine avec des serviettes damassées, des couverts en argent, malgré les récriminations d'Ernesta qui se plaignait d'avoir à frotter chaque pièce à la main. Seule, Karen mangeait dans la casserole, debout derrière l'évier. Mais Jeffrey ne l'entendait pas de cette oreille. Karen prit une profonde inspiration. Le moment était mal choisi, mais c'était pour eux la seule occasion de discuter tranquillement.

« J'ai vu le docteur Goldman aujourd'hui, dit-elle en se mordant la lèvre.

— Alors, qu'est-ce qui nous attend, maintenant ? » Son sourire avait disparu et l'aigreur du ton la fit tressaillir. « Des lavements au vin chaud ? Des douches intimes au Coca-Cola ? Oh, Karen...

— Eh bien, fit-elle en s'efforçant de sourire, la bonne nouvelle, c'est que nous n'avons plus rien à faire. La mauvaise, c'est que c'est fichu. »

La petite ride verticale entre les sourcils, seule marque visible de l'âge sur son beau visage bronzé, se creusa. Il passa la main dans son épaisse chevelure poivre et sel. Les yeux, si bleus, si clairs, se voilèrent. « Je suis navré », dit-il. Il lui prit la main à travers la table. « Je suis navré », répéta-t-il. Puis il baissa les yeux sur son assiette et ils restèrent assis en silence.

Alors qu'ils faisaient le parcours du combattant, ils avaient passé un de leurs fameux « marchés » : si Karen ne pouvait pas concevoir ou si le sperme de Jeffrey était trop faible, ils n'iraient pas plus loin. Pas de fécondation *in vitro* ni d'insé-mination artificielle. Pour eux, c'était non seulement doulou-reux et humiliant, mais aussi immoral de dépenser autant d'argent et d'efforts, quand le monde était rempli de bébés non désirés. A présent, en voyant la tête penchée de Jeffrey et en sachant que c'était elle qui ne pouvait pas concevoir, elle se demandait s'il regrettait leur accord.

« Tu as encore faim ?

— De toi », dit-il. Puis, sans lâcher sa main, il lui fit traver-ser la pièce et l'entraîna dans le couloir jusqu'à leur chambre. La lumière tamisée éclairait doucement les draps de chez Frette, ses préférés. Il l'attira vers le lit, s'arrêta et l'entoura de ses bras. Puis il fourragea dans son cou et chuchota, la voix rauque :

« Oh, ma chérie, tu verras, tout ira bien. Prends-le du bon côté : plus de thermomètres, plus de calendriers, plus de pré-lèvements de sperme. » Il l'embrassa au creux du cou et elle sentit un frisson lui parcourir l'échine. « Maintenant, tout mon sperme rien que pour toi. » C'était si bon, ses bras enroulés autour d'elle. Il était grand et, avec lui, elle se sentait petite. Elle pressa son corps contre le sien. « Je t'aime, tu sais, murmura-t-il.

— Alors, prouve-le », répondit-elle, et ils tombèrent sur le lit, affamés l'un de l'autre.

Plus tard, comme elle était lovée dans ses bras, les superbes draps tout chiffonnés et ramenés autour d'elle, Karen se tourna pour voir son profil. Il était parfait et, fondu dans de l'or, il passerait pour la tête d'un empereur romain. Elle pro-mena la main sur le sternum de Jeffrey, puis suivit la douce ligne de duvet qui descendait de sa poitrine jusqu'à l'aine. C'était si attendrissant. Il était tellement attendrissant.

« J'ai envie de rechercher ma mère », murmura-t-elle.

Il était sur le point de s'endormir. « Ça ne t'a pas suffi, ce soir ?

– Non, je pensais à ma vraie mère. »

Il se tut quelques instants. Karen crut qu'il s'était endormi. « Pour quoi faire ? lâcha-t-il enfin avec un soupir agacé.

– Je ne sais pas. J'en ai envie, c'est tout. »

Il se mit sur le dos pour la regarder. « Pourquoi veux-tu soulever un autre couvercle pourri ? Tu ne crois pas qu'on a assez à gérer pour le moment ? » Il tendit le bras gauche pour qu'elle vienne se blottir contre lui. Elle se sentit réconfortée par sa chaleur.

« Jeffrey, vraiment, ça t'est égal ? Pour le bébé, je veux dire ? »

Il la serra contre lui. « Karen, il y a longtemps que j'ai fait une croix. Nous avons déjà tellement de chance. Pourquoi devrions-nous tout avoir ? Cela ne pourrait que tenter le diable.

– Ne sois pas superstitieux, le réprimanda-t-elle, alors qu'elle l'était autant que lui. De toute façon, nous pouvons avoir tout. Je vais appeler Sid demain pour lui demander de nous arranger une adoption. J'ai parlé à Joyce ; elle dit qu'ils ont des contacts au Texas. »

Jeffrey se tourna sur le côté et posa la tête au creux de son bras. « Qu'est-ce que tu racontes ?

– Je parle d'une adoption privée, Jeffrey. C'est beaucoup plus cher, mais plus facile aussi que par les voies officielles. De toute façon, nous sommes peut-être déjà trop vieux pour ça. Et apparemment, ils ont plein de bébés à adopter au Texas.

– Tu sais ce qui cloche, chez toi ? C'est pas tes ovaires, mais ta tête. Tu es obsédée. C'est de famille.

– Quoi ?

– Ta mère est une obsédée, ta sœur est une obsédée, et tes nièces sont des obsédées. Et toi, tu es obsédée par cette histoire de bébé. »

Ce n'était pas le moment de rétorquer que cela, au moins, n'était pas inscrit dans son patrimoine génétique. « En quoi suis-je obsédée ? Tu n'en veux pas, toi, d'un bébé ?

– Karen, je ne veux pas du bébé d'un autre, surtout d'un enfant venant du Texas. Je suis un Juif new-yorkais. Qu'est-ce que je ficherais d'un petit cow-boy ?

– Tu l'aimerais. »

Jeffrey s'assit dans le lit. « Minute ! dit-il d'une voix sans timbre. J'ai toujours pensé qu'on pouvait très bien se passer de bébé. C'est toi qui t'es mis ça en tête. Bon, j'ai joué le jeu. Maintenant, il semble qu'on ne puisse pas en avoir un à nous. D'accord, je m'incline. Mais je ne veux pas élever celui d'un autre. »

Karen sentit son estomac se nouer et la chair devenir moite dans son dos et sur ses cuisses. Elle s'assit à son tour et le toisa du regard.

« Allez, Karen, ne me regarde pas comme ça. Tu ne peux pas me demander une chose pareille. Il n'avait jamais été question de ça jusqu'ici. Ce n'était pas inscrit au programme. L'adoption n'est pas au programme. On ne sait jamais sur qui on tombe dans ce genre d'affaires.

– Je ne te savais pas si opposé au principe.

– Tu ne m'as jamais posé la question. Tu voulais un bébé à toi. C'est de ça qu'on a parlé. Je ne raffolais pas de l'idée, mais j'imagine que c'est le cas de la plupart des hommes au départ. C'est naturel. Ça, par contre, ce n'est pas naturel. Et regarde ce que ça donne. Regarde l'histoire de Woody Allen. Et Burt Reynolds et Loni Anderson. Quand des gens connus adoptent un enfant, il y a toujours des problèmes. Et c'est affreux quand la mère biologique revient sur sa promesse. Sans compter que c'est le coup de la roulette russe, génétiquement parlant. Est-ce que le tueur en série, Son of Sam, n'était pas un enfant adoptif ? Et l'autre, à Long Island ? Comme je disais, tu ne sais jamais sur qui tu tombes.

– Mais, Jeffrey, je suis un enfant adoptif !

– Ouais, mais pas moi. Je savais que tu avais été adoptée, mais je savais aussi ce que tu étais devenue. C'est autre chose que de s'occuper du rejeton d'une pauvre abrutie qui a couché avec tout le Texas. Est-ce que tu sais ce que ça peut donner ?

– Je n'en crois pas mes oreilles. » Était-ce la raison pour laquelle il avait accueilli si froidement l'idée qu'elle pourrait rechercher sa propre mère? Karen tendit la main et effleura son épaule. Pensait-il qu'elle était le rejeton d'une pauvre abrutie qui avait couché avec tout le Texas? Et l'était-elle? Elle n'avait pas le courage de lui poser la question. « Jeffrey, je t'en prie. »

Il s'écarta: « Comment peux-tu me demander une chose pareille? » Il se leva et traversa la pièce. La clarté venue de la fenêtre tomba sur ses épaules et éclaira son flanc, long et mince.

« Où vas-tu? demanda-t-elle.

– Je vais prendre une douche », lança-t-il.

Et Karen eut nettement l'impression qu'un peu plus, il l'aurait frappée.

## Chapitre 5

# Travaux forcés

Karen n'avait pas appelé Lisa la veille au soir, et il était trop tôt le lendemain matin quand elle partit de chez elle. Elle arriva au bureau à sept heures et demie, mais cela n'avait rien d'inhabituel. Depuis qu'elle avait eu sa première employée – Mrs Cruz de Corona, Queens –, elle venait de bonne heure. Une bonne douzaine d'années plus tard, Mrs Cruz était toujours avec elle et, chargée de la bonne marche d'un atelier de plus de deux cents personnes, elle faisait partie de ses deux principales modélistes. Mrs Cruz faisait un long trajet en métro, avec un changement, pour parvenir au 550 de la Septième Avenue. Pourtant, chaque matin, Karen retrouvait Mrs Cruz au pied de l'immeuble légendaire qui abritait à présent KKInc, et elles prenaient ensemble l'ascenseur jusqu'au neuvième étage, dont elles ouvraient les portes. En montant, elles passaient devant les show-rooms et les bureaux de Ralph Lauren, d'Oscar de la Renta, de Donna Karan et de Bill Blass. Le monde de la mode étrangère était également là, représenté par Karl Lagerfeld et Hanae Mori. Cette adresse était celle du temple de la haute couture aux États-Unis. Karen éprouvait toujours un frisson en voyant son nom inscrit à côté des autres sur le tableau du rez-de-chaussée.

Mais Karen savait aussi que la voie était étroite. En janvier 1985, bien avant son arrivée dans les lieux, le show-room de Halston Originals dans le prestigieux building avait été démantelé. Tout le mobilier et les accessoires qui n'avaient pas été enlevés furent rachetés par la locataire suivante, une nouvelle venue dans le monde du prêt-à-porter, Donna Karan.

Plus personne ne songeait à Halston. On l'avait oublié. Il avait été le premier styliste américain à vendre son nom et, ce faisant, avait signé son arrêt de mort. Une société brevetait les produits Halston, tandis que le pauvre Roy Halston Froleich se voyait interdire légalement l'utilisation de ce nom qui était le sien. Même s'il avait été amplement dédommagé, on l'avait spolié de son travail et de son identité. Karen eut une pensée pour le pauvre Willie Artech. Qu'allait-il advenir de son travail et de son nom ? Elle frissonna et se tourna vers sa voisine.

« Bonjour, Mrs Cruz », dit-elle en souriant à la petite femme robuste, dont les cheveux noirs avaient deux centimètres de gris à la racine. En scrutant son visage, Karen se rendit compte que Mrs Cruz avait vu grandir ses enfants et ses petits-enfants durant les années où elles avaient travaillé côte à côte, alors que Karen n'avait aucune descendance. « Comment se porte votre dernier petit-fils ? s'enquit-elle.

— Il est gras comme un petit cochon. Et comment ça va, vous, ce matin, Karen ? s'inquiéta Mrs Cruz, qui ajouta en indiquant le sac en papier qu'elle portait à la main : Vous voulez du *pan de manteca* tout frais ?

— Mrs Cruz, vous voulez ma mort ! C'est moi qui vais devenir grasse comme un cochon. J'ai juré de me mettre au régime ce matin.

— Eh, vous êtes bien assez mince comme ça, la rabroua Mrs Cruz. Café ? »

Karen ne pouvait résister au café cubain que Mrs Cruz transportait dans une énorme thermos en métal, ni à son pain délicieux. « Oui, s'il vous plaît. Avec une mince tranche de *pan de manteca*. »

Mrs Cruz sourit, ravie. Au neuvième, la porte était déjà ouverte. Cela, en revanche, n'était pas normal. Y avait-il un voleur dans la place ou un concurrent était-il venu fouiller dans ses cartons ? Karen avait entendu parler de centaines d'astuces auxquelles avaient recours les revues de mode et les couturiers pour fouiner, pour espionner, ou pour avoir un scoop. Ainsi, un journal envoyait régulièrement chez tous les créateurs, y compris chez KKInc, de jolies filles qui se faisaient passer pour des mannequins. Le mois dernier, Defina en avait surpris une en train d'esquisser un dessin. Une fois, un dessinateur s'était fait passer pour l'employé d'un fleuriste pour livrer en main propre un énorme bouquet à Karen pendant qu'elle passait en revue sa collection. Il travaillait pour le compte d'une maison rivale, sans doute Norris Cleveland, mais on n'avait jamais pu le prouver. Comme le bruit courait à présent qu'elle était chargée du mariage d'Elise Elliot, quelqu'un pouvait vouloir lui chiper ses idées. A moins que NormCo n'ait diligenté une équipe pour se livrer clandestinement à un audit de leurs comptes ? Et si, pis encore, c'était l'équipe de télévision travaillant pour Ellé qui avait eu l'idée de lui faire une visite surprise pour commencer la journée ? Elle se demanda si elle avait le temps de se mettre un peu de blush avant de tomber dans ce guet-apens. Elle y renonça, mais ne put s'empêcher de vérifier rapidement son reflet dans la cloison métallique de l'ascenseur. Finalement, les deux femmes haussèrent les épaules en échangeant un regard. L'entrée donnait directement dans le show-room.

Les lumières étaient allumées et Defina Pompey, debout près du portant en chrome, passait les vêtements en revue, faisant cliqueter les cintres au passage. Defina n'arrivait jamais avant dix heures, et parfois même plus tard. Cela était depuis longtemps une pomme de discorde entre elles, mais les rares fois où Defina avait consenti à faire un effort avaient convaincu Karen qu'elle préférait se passer de sa présence plus tôt. Defina vivait la nuit. Mais le matin, elle était redoutable.

« *Ay, caramba !* » marmonna Mrs Cruz en parcourant vivement la moquette beige en direction de la porte des ateliers. Defina déroutait Mrs Cruz et lui faisait peur. D'une part, Defina parlait l'espagnol avec l'accent de la meilleure société madrilène, de sorte que la Cubaine avait du mal à la comprendre. Comment une Noire américaine de Harlem pouvait-elle parler comme ça? En outre, tout l'atelier savait que Defina faisait de la magie. Mrs Cruz s'arrangeait pour éviter à tout prix Defina.

Karen adressa un sourire prudent à son amie. Celle-ci se renfrogna.

« T'es dans la panade, ma vieille, grommela Defina.

— Ça n'a rien de nouveau, soupira Karen en se dirigeant vers son bureau, situé à l'autre bout de l'entrée. Qu'est-ce qui se passe? Comment se fait-il que tu sois déjà là?

— J'ai dû penser à la collection pour Paris pendant que je dormais. Ça m'a réveillée.

— Alors là, c'est vraiment la poisse. Une explosion nucléaire ne pourrait pas te tirer du lit.

— Bon, d'accord, il n'y a pas que la collection, reconnut Defina. Tangela est rentrée à six heures du matin en faisant un tel boucan que je n'ai pas pu me rendormir. » Plus belle encore que Defina l'avait été, Tangela était une source de problèmes pour elles deux. Karen soupira. Si Tangela avait passé la nuit dehors, les séances d'essayage allaient être rudes cet après-midi à l'atelier.

Mrs Cruz entra précipitamment avec deux tasses de café fumant. Elle les posa en silence sur la table de travail de Karen et s'éclipsa aussi vite. Karen s'abandonna dans le fauteuil pivotant en cuir derrière la table et poussa un autre soupir.

Elle avait embauché Defina quelques mois à peine après Mrs Cruz. Defina était grande, noire, belle, et affamée. Elle n'avait pas changé, sauf qu'elle avait pris une vingtaine de kilos depuis. Naomi Sims avait fait la couverture de *Fashions of the Times* en 1967, mais il avait fallu encore beaucoup de temps pour que les femmes de couleur soient acceptées dans les défilés. Fauchée, acculée, Karen avait pris Defina dans sa première présentation de mode, à une époque où aucun couturier n'avait encore utilisé de mannequin noir. La collection et Defina avaient fait sensation et, depuis, l'une et l'autre étaient devenues inséparables, malgré le mariage de Karen, les multiples aventures de Defina, la naissance de Tangela, dont Karen était la marraine, et ainsi de suite. Defina avait la charge du show-room et des mannequins-cabines, dirigeait le commercial et il lui arrivait même, à l'occasion, de prendre des commandes. Karen et Defina étaient indissolublement liées, chacune se souvenant des mille détails insignifiants de plus de dix années de travail en commun, à raison de dix, douze, voire quinze heures par jour.

« Écoute, combien de fois as-tu passé la nuit dehors quand tu avais dix-huit ans ? lui rappela Karen. C'est normal pour les jeunes, non ?

— Ouais, mais moi, je laissais pas le gars me tringler sur la table de la cuisine en réveillant ma mère, rétorqua Defina en secouant énergiquement la tête. Il lui avait retiré sa culotte et il lui aplatissait ses petites fesses noires sur ma table en marbre blanc comme de la pâte dans un moule à tarte. Il avait déjà grimpé sur la table et sorti ses bijoux de famille quand je suis arrivée.

— Qu'est-ce que t'as fait ?

— J'ai foutu cet enfoiré dehors ! C'est ma maison, ma cuisine, ma table ! J'ai pas envie de nettoyer les sales poils de ce minable. » Étant donné la taille de Defina — elle mesurait plus d'un mètre quatre-vingts — Karen savait qu'elle était capable de jeter un homme hors de son élégante maison située sur la 138ᵉ Rue Est. Ce ne serait pas la première fois.

Defina croisa les bras et se détourna, les yeux considérant fixement la vitre.

« Tu sais le plus triste de l'histoire ? Je me suis demandé, oh, juste une minute, si je n'étais pas un peu jalouse. D'accord, je sais que ce type est nul, mais j'ai eu comme un doute. Tu sais, ça fait presque six mois que j'ai personne. Et c'est pas près de s'arranger... »

Karen lui tapota l'épaule d'un geste réconfortant. « Eh, n'oublie pas, ce n'est pas de ta faute. C'est l'époque qui veut ça. Aucune de mes copines ne trouve de type correct. Si je n'avais pas Jeffrey, je me tuerais.

– Alors, imagine une célibataire de presque quarante balais et noire par-dessus le marché. Laisse béton ! Je suis larguée. Un black qui a un job, et quelque chose dans la cafetière et dans le pantalon, il ne peut qu'être vissé à mort par la pouffe avec qui il vit. »

Elle s'interrompit un instant puis haussa les épaules d'un air las : « Tu sais bien comment c'est, reprit-elle en renonçant à l'argot de Harlem dont elle se servait, semblait-il, pour se protéger. Il m'arrive de me sentir seule, mais je ne veux pas me fixer. Et je ne veux pas d'un Blanc. Oh, ce n'est pas que les propositions affluent ces derniers temps, ajouta-t-elle avec une grimace. Mais quel exemple ce serait pour Tangela ? Je voulais qu'elle soit noire, et fière de l'être. Je voulais aussi qu'elle reçoive une bonne éducation et qu'elle connaisse les trois " Mets " : l'opéra, le musée et l'équipe de base-ball. Peut-être que j'attendais trop d'elle. Je savais qu'elle se sentirait un peu à part, mais elle n'est tout de même pas la seule Noire cultivée de sa génération ! Il y en a des fils de docteurs, d'avocats... Ceux-là deviendront des types bien. C'est pourquoi il est si important que Tangela rencontre dès maintenant un gars comme ça plutôt qu'un putain de dealer comme ce pauvre minable. »

Karen lui pressa gentiment le bras, puis se dirigea vers son fauteuil. Defina se tourna vers elle. « Ça y est, j'ai une idée, fit-elle brusquement en retrouvant son accent black. J' vais lui jeter un sort. J' vais aller chez Madame Renaud et lui jeter un putain de sort. »

Impossible de savoir si elle était vraiment sérieuse quand elle parlait de ses histoires de sorcellerie. Defina voyait souvent Mme Renaud, et Karen ne savait pas au juste si celle-ci lisait les lignes de la main, pratiquait le vaudou ou pis encore. Mais elle se gardait bien de poser des questions.

« Qu'est-ce que tu as dit à Tangela ?

– Ce que j'ai dit ne compte pas. Ce qui compte, c'est ce

qu'elle a entendu. Et elle n'a rien entendu. Strictement rien. Elle a simplement tourné de l'œil. J'ai pas pu la tirer de là. J'ai dû la laisser, cul nu, là où elle était, sur la table en marbre. Elle a dû se coller un sacré tour de reins. » Elle se prit la tête dans les mains. « Cette fille n'a donc aucune honte ? »

Sa lèvre inférieure était rose et tremblait. Karen se leva et s'approcha de Defina, qu'elle prit dans ses bras ; ce qui, vu sa taille, n'était guère facile. Elle la tint contre elle, jusqu'à ce que son amie lui rende son étreinte. « Dee, ne t'en fais pas pour elle, ça lui passera. C'est une brave gamine. »

Defina s'essuya les yeux. « Je me suis tuée à l'élever. Qui aurait cru qu'elle deviendrait si jolie ? Crois-moi, c'est une calamité pour une Noire. Ça ne t'apporte que des ennuis. Elle est trop jolie.

— C'est ce que disait de toi ta grand-mère ! s'écria Karen en riant. Tu parles exactement comme elle. »

Defina avait été élevée par sa grand-mère après que sa mère eut succombé à une overdose.

« Tiens ! Tu as raison, reconnut-elle, rassérénée. Et en fin de compte, je n'ai pas si mal tourné. »

Karen éclata de rire. « Ça, c'est toi qui le dis ! Je t'ai vue, avec ce photographe lors du gala du Oakley Award. Est-ce qu'il était seulement majeur, au moins ?

— Oublions le passé, veux-tu ? » Defina s'interrompit et regarda son amie d'un air grave. « Mais, à propos, comment ça s'est déroulé hier, chez ton toubib ? »

Karen détourna la tête, juste un peu, en direction des fenêtres.

« Oh, très bien, dit-elle, tout en sachant que Defina ne s'en tiendrait pas là.

— Ben voyons ! Et la duchesse de Kent est ma cousine, hein ? Qu'est-ce que t'as, ma grande ? T'essaie encore de cacher des choses à la tante Defina ?

— Non, mais... écoute, je n'ai pas envie d'en parler.

— Mon chou, je te l'ai dit cent fois : si tu veux un bébé, viens avec moi chez ma guérisseuse et...

— Defina, arrête, tu veux ? Tu sors de Columbia University, alors ne me parle pas de vaudou ! Il n'y aura pas de sang de poulet versé en mon nom. Je sais que tu ne crois pas un mot de ces histoires.

— Ce n'est pas du vaudou. Ces trucs de paysans, très peu pour moi. Mais Madame Renaud a des pouvoirs. »

Si la mère de Defina était une Américaine de Caroline du Sud, son père était haïtien. Élevée à Harlem par la mère de son père, la vieille Mrs Pompey, Defina avait le goût du bizarre. Depuis deux ans, elle suppliait Karen de consulter Madame Renaud pour sa stérilité, et elle avait même rapporté à Karen un petit sachet de velours, bien fermé, avec lequel elle devait dormir. Seuls Dieu et Madame Renaud savaient ce qui se trouvait à l'intérieur. Karen ne devait pas l'ouvrir, et du reste, elle n'en avait pas envie. Le fait qu'elle avait glissé le sac sous son oreiller pendant quelques nuits donnait la mesure de son désarroi. Puis Ernesta était tombée dessus en faisant le lit et l'avait jeté. Peu importe, puisque cela n'avait pas marché.

« Très bien, pigé, on change de sujet. Alors, écoute : je m'inquiète pour le défilé de Paris. Vrai de vrai.

— Super ! Comme si j'étais pas assez à cran ! Merci de me saper un peu plus le moral. Tu veux que je saute par la fenêtre ou quoi ?

— Te connaissant, repartit Defina sans se démonter, tu me crierais encore en tombant que je dois couper du velours ! »

Karen éclata de rire. C'était la plus vieille blague qui circulait dans le milieu du prêt-à-porter new-yorkais : le fabricant qui, désespéré, à court d'idées, se jette par la fenêtre et, en tombant, voit ce que ses concurrents préparent. Alors il crie à son associé : « Sam, coupe du velours ! » Karen savait qu'elle avait le métier dans le sang.

« Karen, reprit Defina avec sérieux. La collection n'est pas mauvaise, mais c'est pas le top.

— Génial, quel réconfort ! J'aurai au moins atteint la médiocrité. Et juste à temps pour présenter ma collection à

Paris! Qu'est-ce que je dois faire? Me copier? Tu sais ce que disait Chanel? "Quand je ne pourrai plus créer, je serai fichue."

— Eh, Karen, ne le prends pas pour toi. C'est une question de business, c'est tout.

— Écoute, tu ne m'es d'aucune aide. Sois gentille, ne te pointe plus aux aurores. En fait, si jamais je te revois au bureau avant dix heures, tu es virée. »

Defina lui tira la langue et tourna les talons. Désormais, elle éviterait Karen le reste de la journée, mais au moins elle avait réussi à vider son sac.

Les carnets de croquis vierges sur sa table effacèrent son sourire. Karen avait toujours du mal à démarrer. Quand elle dessinait, elle travaillait à toute allure, utilisant trois blocs à la fois, de sorte qu'elle passait de l'un à l'autre si elle coinçait sur un détail. Elle ouvrit le tiroir pour en sortir un crayon n° 6 — elle avait besoin de la liberté que lui permettait sa mine douce — quand elle fut interrompue. Agacée, elle leva les yeux.

« Oui, Mrs Cruz? »

Il était très rare que Mrs Cruz s'aventure dans les bureaux de devant. Que se passait-il?

« Vous voulez du café?

— Non, merci tout de même. » Elle se sentit fautive. Prise par la discussion avec Defina, elle avait oublié de finir son café. Il était froid maintenant. « Ça ira. »

Sans répondre, Mrs Cruz prit la tasse, jeta le liquide froid dans un pot et le remplaça par du café fumant. Karen le prit et eut son premier sourire de la journée. On a tous besoin d'un peu d'attention.

« Karen, j'allais vous parler quand on a pris l'ascenseur, mais on est tombées sur Defina. J'ai quelque chose à vous dire. Les filles bavardent, à l'atelier. Je leur dis de se taire, mais elles continuent. Il paraît qu'on va être vendu. Et il y aura des licenciements. Ce n'est pas bon pour le travail. Qu'est-ce que je dois dire? Ou peut-être que vous pourriez leur parler, vous? »

Karen regarda Mrs Cruz par-dessus le bord de sa tasse. Les négociations avec NormCo étaient secrètes. Personne n'était censé être au courant, mais les choses finissent toujours par se savoir. Allons, Karen n'avait rien à reprocher à ses employées. Les ouvriers du textile avaient toujours été exploités, et même si Karen s'était efforcée de ne pas en faire autant, elle ne pouvait leur reprocher de s'inquiéter pour leur emploi.

« Mrs Cruz, je vous garantis qu'aucun poste n'est menacé. Vous avez ma promesse. Vous pouvez dire ça aux autres ? »

Mrs Cruz acquiesça d'un sourire. Elle avait un bon sourire, qui découvrait des petites dents irrégulières comme des perles. « Je le leur ai déjà dit, mais je le redirai. Plus fort. » Elle fit mine de remplir de nouveau la tasse de Karen, mais celle-ci refusa.

« Non merci, j'ai déjà eu mon compte de *shpilkiss*. » Mrs Cruz avait vécu assez longtemps dans l'univers de la confection pour comprendre le mot « énervement » en yiddish. Elle quitta la pièce.

Le téléphone sonna.

« Karen ? » Elle reconnut le ton geignard de Lenny, leur comptable. « Écoutez, je m'excuse de vous déranger... » S'excuser était une manie chez lui. « Mais KKInc va avoir du retard dans le paiement de l'impôt retenu à la source. La dernière fois, vous m'avez fait promettre de vous prévenir si cela venait à se reproduire. Donc maintenant, vous êtes au courant. Ne dites pas à Jeffrey que je vous l'ai dit.

— Combien leur devons-nous ?

— C'est pas énorme. Environ vingt-quatre mille.

— Alors, pourquoi on ne paie pas ?

— Jeffrey dit qu'il a besoin de calculer le coefficient.

— Nom de Dieu ! Lenny, nous devons à notre personnel de verser d'abord leurs impôts. En plus, on va avoir à payer des pénalités de retard. » Sa voix devint plus perçante. A quoi bon faire des reproches à Lenny. Il ne faisait qu'exécuter les ordres et, cette fois au moins, il l'avait prévenue. « Merci, Lenny, soupira-t-elle. Je vais m'en occuper. »

Enfin seule, elle ferma les yeux et tenta de se ressaisir. Sur le mur d'en face était encadrée une citation de Chanel : « La couture c'est comme l'architecture : tout est affaire de proportions. » Elle consacrait habituellement les deux heures tranquilles du matin dans son bureau à dessiner des croquis. Sans cela, à quoi lui serviraient les mannequins cet après-midi à l'atelier ?

Allons, elle ne ferait rien de bon avant le déjeuner. La discipline n'y changerait rien. Karen avait appris d'expérience à développer sa force créatrice et savait s'obliger à garder le derrière sur une chaise jusqu'à ce que quelque chose se passe. Mais elle savait aussi d'expérience quand rien n'allait se produire. Et ce jour-là, c'était le cas. Elle se sentait ébranlée. Voyons les choses en face, se dit-elle. Tu as besoin de faire du superbon boulot et tu n'es pas en état de le faire.

« Tante Karen ? » Elle leva les paupières, ravie cette fois d'être interrompue. Sa nièce, la fille aînée de Lisa, passait la tête par la porte entrebâillée.

« Stephanie ! Hourra ! Tu as réussi à venir jusqu'ici sans encombres ? Prête à bosser ? » Karen sourit à sa nièce malgré un moment de panique. Bon sang de bon sang ! Comment avait-elle pu oublier ? C'était le premier jour du stage de Stephanie, mais Jeffrey, pas plus que Casey, n'avait réussi à trouver quel travail on pourrait lui confier. Restait Janet, la secrétaire, mais la photocopieuse aurait vite fait de lui casser les pieds. Karen avait eu l'intention d'y réfléchir, mais ses autres préoccupations l'en avaient empêchée.

Elle regarda sa nièce. Elle était vraiment délicieuse. Elle avait une fraîcheur que le maquillage ou l'éclairage ne pouvaient imiter. Seules la jeunesse et la santé vous donnaient cet éclat. Elle avait un corps parfait, taille trente-huit. Faisait-elle exactement du trente-huit ? Stephanie pourrait peut-être travailler comme mannequin-cabine. Il faut dire que Tangela pouvait se montrer une telle peste, parfois. Sur la Septième Avenue, il y avait deux types de mannequins, très différents : les mannequins-cabines, ou de studio, qui servaient aux essayages à l'atelier et au show-room, et les mannequins de podium. Les premiers n'avaient pas besoin d'être jeunes ou jolis, même si cela ne gâchait rien, mais leur corps devait être parfaitement proportionné. Les vêtements étaient taillés à leurs mesures et toutes les tailles étaient ensuite établies à partir de l'original, en ajoutant ou en retirant quelques centimètres. Comme tout dépendait de l'ajustage, un bon mannequin-cabine parfaitement proportionné pouvait travailler régulièrement et fort bien gagner sa vie. Un mauvais mannequin pouvait gâcher toute une collection. A ses débuts, Ralph Lauren pensait à sa femme Ricky quand il dessinait. Il avait pris comme mannequin-cabine Buffy Birrittella, qui était aussi petite que Ricky, pour ajuster ses chemises. Même dans les grandes tailles, aucune femme qui n'était pas faite comme Buffy ne pouvait porter ses chemises. En revanche, Susan Jordan, qui avait la quarantaine bien sonnée, travaillait encore pour trois stylistes du 550, et elle pouvait faire la pluie ou le beau temps en donnant son avis sur un vêtement.

Pourtant, on ne voyait jamais la pauvre Susan dans un défilé. Elle n'avait jamais eu le look pour ça. Tangela aussi était parfaitement proportionnée mais n'avait pas le look. Elle pourrait fort bien gagner sa vie dans le show-room, mais elle avait d'autres ambitions.

En revanche, on n'exigeait pas des mannequins de podium, même s'ils participaient parfois aussi aux essayages, qu'ils aient des proportions idéales. Mais ils devaient être jeunes, séduisants et, surtout, avoir ce quelque chose en plus qui passe la rampe. Karen savait d'expérience l'importance du mannequin. Une fille bien choisie pouvait faire des prodiges ; elle pouvait cacher les défauts d'un mauvais modèle, et faire passer du vieux pour du neuf. Voilà pourquoi les top models peuvent imposer de tels tarifs.

Karen évalua sa nièce du regard. Elle pourrait peut-être convenir au studio. Elle allait demander à Mrs Cruz de lui prendre ses mensurations. Stephanie n'avait aucune assurance, aucune contenance, mais elle n'en aurait pas besoin dans le show-room. Finalement, même si elle était là par piston et pour déculpabiliser sa tante, elle allait pouvoir se rendre utile. Cependant, que faire d'elle dans l'immédiat ? Sa tante n'était-elle pas censée l'emmener déjeuner ou lui faire faire le tour du propriétaire ? Sauf que Karen n'en avait pas le temps. Elle regarda sa montre : elle avait déjà perdu une heure. Janet était peut-être là ? Elle sonna sa secrétaire et fut soulagée quand elle entendit le lourd accent nasal de Janet sortir de l'interphone. « Pouvez-vous venir ? » demanda-t-elle en adressant un sourire à Stephanie.

Janet apparut derrière la jeune fille.

« Stephie, tu connais Janet, n'est-ce pas ? Janet, prévoyez une demi-heure avec Stephie en fin de matinée pour lui montrer les lieux. Puis vous l'amènerez à Mrs Cruz pour qu'on prenne ses mensurations... Tu pourras peut-être aider au studio, ajouta-t-elle d'un ton détaché. D'accord, Stephie ? »

La gamine, éberluée, hocha la tête. Karen sourit : « Tu passeras simplement le reste de la journée dans le show-room à me regarder travailler avec Tangela. Elle t'expliquera un tas de choses. OK ? » De nouveau, Stephie opina, et Janet l'emmena avec elle.

Karen regarda fixement les pages griffonnées sur les blocs, devant elle. Elle les arracha, les jeta et ferma les yeux un moment. Puis elle reprit le crayon et reporta son attention sur ses carnets. Elle s'en doutait : rien ne venait. Elle attendit : toujours rien.

Au fil des années, elle avait mis au point un certain nombre de stratagèmes pour faire venir l'inspiration. Tantôt elle feuilletait des livres de mode ou des collections de peintures — elle avait beaucoup puisé dans les idées de la Renaissance. Tantôt, elle allait faire un tour, traversant parfois des dizaines de rues, pour regarder ce que portaient les gens, les passants les plus mal fagotés étant parfois plus intéressants que les autres. Les erreurs faisaient travailler son imagination. Karen pouvait aussi aller faire de la gymnastique ; quand son corps bougeait, son esprit se libérait, déclenchant spontanément des images. Ou elle pouvait simplement se plonger dans sa penderie. Non pas pour voir ce qu'elle avait mais pour voir ce qui lui manquait. C'est difficile, bien sûr, de combler les vides, d'imaginer ce dont on a besoin. Pourtant, c'était ainsi que la jupe longue en jean avait vu le jour, cinq ans plus tôt, et elle était devenue un classique. De même que toute sa collection griffée de vêtements en molleton. Quand décidément rien ne marchait, elle allait parfois faire du shopping avec Defina. Elles faisaient du lèche-vitrines, taillaient une bavette avec les vendeuses, et surtout observaient les autres clientes.

Peut-être qu'elle pourrait faire ça, aujourd'hui, pour stimuler son imagination ? Elle avait mis des heures à s'endormir après sa dispute avec Jeffrey, et elle était déjà aussi épuisée, que si c'était la fin de la journée. Elle allait se traîner. Il y avait la réunion avec NormCo à préparer, et la pression constante de la nouvelle collection et du défilé à Paris. Sans compter une présentation privée à Chicago et un dîner dans la semaine avec une journaliste de *Women's Wear*. Et surtout, il y avait cette interview pour la grande émission télévisée, une heure avec Ellé Halle – une idée de Mercedes pour bien marquer le coup après l'oscar. *Oï Veï !*

Janet, qui était jeune et encore impressionnée par Karen, s'affairait autour de la porte. Finalement, elle frappa et glissa la tête par l'entrebâillement.

« Je voulais seulement vous rappeler que Mrs Paradise et Elise Elliot doivent venir aujourd'hui. »

Zut ! Elise Elliot, une grande star de l'époque d'Audrey Hepburn, avait effectué un super come-back avec l'œuvre de Larry Cochran, dont la critique avait chanté les louanges. Maintenant, l'actrice et le réalisateur étaient sur le point de se marier. Comme il avait trente ans de moins que sa fiancée, tout Hollywood et tout New York – des villes qui pourtant en avaient vu d'autres – ne parlaient plus que de ça.

Elle était venue demander l'aide de Karen. Les toilettes

n'avaient aucun secret pour elle et elle avait l'habitude qu'on l'écoute. Malgré sa fortune, elle comptait chaque sou. Et comme toutes celles dont la beauté avait été unanimement célébrée, elle pleurait sur la sienne et tentait d'accéder une dernière fois à la perfection. Elle avait rendu Karen folle pendant les essayages.

« Nom de Dieu! » Chaque fois que Karen jurait, Janet, qui était une bonne petite catholique du Bronx, se figeait sur place. Par ailleurs, ayant fréquenté l'école paroissiale, Janet avait également le mérite d'être la seule des moins de trente ans à savoir l'orthographe – preuve que les sœurs étaient capables de vous enseigner autre chose que le sens du péché. Elles lui avaient également inculqué la faculté de se plier à l'emploi du temps élastique de Karen. Oui, les religieuses de Notre-Dame-du-Bon-Secours avaient bien formé la petite Janet. Elles lui avaient appris à endurer.

« Vous voulez que je modifie le rendez-vous? demandat-elle. Je leur ai dit que c'était à confirmer. Elles ont dit qu'elles pouvaient se plier à vos impératifs. »

Ça, c'était du flan. Elise Elliot était aussi souple qu'un bloc de ciment. Certes, un bloc de ciment raffiné, charmant, mince, magnifique. « Non », répondit simplement Karen. On ne repousse pas un rendez-vous avec une légende. Elise Elliot avait été une star pendant près de trente ans. Les créations de Karen auraient une presse fabuleuse et auraient droit à la rubrique « Star Tracks » dans *People*. En attendant, elle vivait un véritable cauchemar, et sans Annie Paradise, l'écrivain, qui était intervenue personnellement, Karen aurait tout laissé tomber. Mais c'était Annie qui lui avait recommandé Ernesta, de sorte que Karen avait une dette à son égard. Elle aurait tout fait pour elle.

« Vous savez que les types de la télé viennent cet aprèsmidi? »

Là, c'était trop! Putain, quand cela s'arrêterait-il? « Non, je ne savais pas, je croyais qu'ils avaient tout, sauf mon interview avec Ellé Halle. Je croyais qu'après l'enregistrement de Jeffrey, hier, c'était fini.

– Ils veulent juste des séquences pour illustrer. Vous savez, le show-room et l'atelier. Peut-être un autre essayage.

– Nom de nom ! » Karen ne pouvait pas refuser, de toute façon. Plus elle grimpait, moins elle était maîtresse de la situation. « Dites à Mercedes de s'occuper d'eux. Ils mettent toujours du bordel. Dites-leur que je ne suis pas disponible.

– OK, OK. » Et Janet se retira.

Il fallait qu'elle quitte le bureau. Elle allait ranger son bureau et, si Defina était de meilleure humeur, elles pourraient aller traîner chez Saks, ou demander une voiture pour aller carrément à Paramus. Karen préférait les centres commerciaux de banlieue aux magasins new-yorkais, moins en prise sur la réalité. Allons, pour le moment, autant laisser tomber l'espoir de trouver des idées. Elle rassemblait ses carnets pour les mettre dans son grand tiroir quand Jeffrey entra dans la pièce. « Salut, chérie », lança-t-il d'un ton joyeux.

Les hommes la tuaient, vraiment. Il ne se rendait compte de rien ? Elle était encore malade de leur discussion de la veille. Blessée et déçue. Et elle était en colère à cause de son retard d'impôts. Elle lui avait déjà dit qu'elle n'était pas d'accord. Il avait voulu agrandir la société et lui avait juré qu'ils avaient assez de couverture pour ça. Cela aussi la mettait hors d'elle, mais si elle se lançait dans ce débat, ils allaient encore se disputer, et elle n'avait pas encore digéré la scène de la veille.

« Jeffrey, c'est quoi, cette histoire d'impôts ? On a de nouveau des problèmes ? »

Il cligna des yeux. C'était le seul signe de surprise qu'il laissait échapper. « Non, aucun.

– Est-ce qu'ils sont payés ?

– Pas encore.

– Pourquoi ? On est à échéance, non ?

– Karen, pourquoi ne me laisses-tu pas gérer l'affaire tranquillement ? Tu savais qu'en se lançant dans le prêt-à-porter, on ne pourrait pas faire la soudure pour rembourser nos emprunts si on ne faisait pas quelques bonnes saisons. Bon, on a les commandes mais on n'a pas de liquidités et j'ai des ennuis avec les mandataires. Alors si je dois emprunter à Pierre pour payer Paul, c'est momentané. De toute façon, le percepteur n'est jamais content, alors qu'est-ce que ça change ?

— Mais cet argent n'est pas à nous. Le personnel l'a gagné. Tu m'avais promis de ne pas recommencer.

— Eh bien si, voilà. Ne me regarde pas comme si j'étais un criminel ! Je fais ça pour toi. Prends-le comme un prêt temporaire de la part de tes employés chéris et négocié par ton mari chéri. » Il déposa un baiser sur sa joue. « J'aimerais passer en revue la compta avec toi avant la présentation à NormCo, reprit-il d'un ton détaché. Tu comprendras mieux ainsi ce que je veux dire. On pourrait le faire ce week-end, s'il n'y avait pas ce foutu brunch. » Karen avait invité leurs deux familles dans la maison de Westport. Ils étaient bien obligés de fêter son oscar ensemble et, de toute façon, ils ne s'étaient pas revus depuis des mois. « Je connais ton amour des chiffres... »

Alors là, c'était le coup de grâce : plus question de travailler, songea-t-elle avec un pincement au cœur. « Ça ira, dit-elle.

— Cet après-midi m'irait, personnellement, poursuivit-il. Il faut que tu comprennes bien tous les chiffres. Ce serait mauvais pour notre crédibilité si tu passais pour une espèce d'étalagiste. » Ce type était incroyable. Les affaires sont les affaires. On aurait cru qu'il ne s'était rien passé la nuit dernière.

« Jeffrey, je ne suis pas idiote et je ne suis pas non plus une étalagiste.

— Oh, tu sais bien ce que je veux dire. Je ne veux pas que les employés s'imaginent que tu ne piges rien à l'entreprise et que tu es comme toutes ces grandes folles de stylistes. »

Elle planta son regard dans le sien : « Pourquoi ? C'est ce que tu penses, toi ?

— Mais non, bien sûr. Je te connais, moi ! »

Sa blague était vraiment malvenue. « Allons, j'ai du travail qui m'attend, lâcha-t-elle du bout des lèvres, et elle sonna Janet. Envoyez-moi Defina. Je suis prête. »

Jeffrey comprit qu'il était congédié, ce qui n'était pas pour lui plaire. « Bon, sois prête à midi, on a du pain sur la planche », marmonna-t-il en tournant les talons. Au moment où il quittait le bureau, Defina arrivait dans l'entrée. Il ne lui accorda pas un regard.

« Il y a de la joie ! lui lança-t-elle au passage. Il suffit de vous voir ce matin pour vous guérir de l'envie du mariage... Qu'est-ce qui se passe ?

– Les hommes ! Impossible de vivre avec...

– Et impossible de vivre sans », acheva Defina.

Karen s'empara de son sac et mit du rouge à lèvres.

« Ce qui est sûr, c'est que je ne serai pas de retour pour lui à midi. » Elle s'arrêta un instant au bureau de Janet. « Annulez les mannequins, essayez de remettre à demain la séance d'essayage avec Miss Elliot et dites à mon mari qu'il laisse tomber la révision des comptes en vue de la réunion avec NormCo. Je ne serai pas de retour avant trois heures. »

Elle mettait le pied dans l'ascenseur lorsque la nouvelle réceptionniste cria en brandissant le combiné : « C'est votre sœur. Vous prenez ? »

Bordel ! Elle avait oublié de téléphoner à Lisa : « Dites-lui que je la rappellerai de la voiture », cria-t-elle juste avant que les portes de la cabine se referment.

## Chapitre 6

## Les deniers de la mode

Lisa ferma la porte de la maison et poussa un soupir de soulagement. Le pire de la matinée était enfin derrière. Cela n'avait pas été plus dur qu'à l'ordinaire, mais c'était assez pénible comme ça. Elle avait réussi à fermer les yeux sur la longueur réduite de la jupe de Stephanie et sur l'indécence des énormes fesses de Tiff alors qu'elle empêchait les deux sœurs de se chamailler en présence de leur père. Elle avait réussi à faire partir Leonard en lui arrachant deux cents dollars sous prétexte qu'elle devait faire vidanger la Mercedes. Qu'elle aille se faire foutre, cette Mercedes ! L'argent lui servirait à elle. Pas question de faire des miracles avec une somme pareille, mais comme elle était toujours à court de liquide, là, au moins, son portefeuille ne serait pas vide.

En retraversant le couloir de leur maison de style colonial, Lisa s'arrêta devant la table du petit déjeuner. Son regard parcourut les reliefs du repas. Stephanie, comme d'habitude, n'avait rien mangé. Tiff, elle, avait dûment épongé non seulement son assiette, mais aussi celles de sa sœur et de son père. Lisa avait suivi la scène qui se reflétait dans les portes vitrées. Elle n'avait rien dit. Une nouvelle scène était au-dessus de ses forces. Cette gamine n'avait pas treize ans et elle faisait déjà du quarante-quatre. Elle aurait l'air d'un monstre pour sa *bat mitzvah*.

Lisa se crispa. Elle imaginait déjà la satisfaction qu'en retireraient ces salopes du centre communautaire juif d'Inwood. Lisa n'y pouvait rien. Ils devraient subir cette humiliation supplémentaire, mais elle savait depuis longtemps que les régimes ou les punitions ne servaient à rien. Ils l'avaient envoyée deux ans de suite dans des camps de vacances pour enfants obèses, mais même là, Tiff avait réussi à prendre du poids. Avait-elle rongé de l'écorce, et l'écorce faisait-elle grossir? Personne ne savait comment elle avait réussi cet exploit, mais le dernier directeur du camp avait « suggéré » à Lisa de rechercher un « soutien psychologique » et de ne pas leur renvoyer Tiff l'année suivante.

Lisa quitta la pièce. Camille, la femme de ménage, venait à neuf heures; elle s'occuperait de nettoyer. La vue du jaune d'œuf figé dans les assiettes la rendait malade. Et alors? Elle n'arrivait pas à tenir sa fille pré-adolescente. Eh bien qu'on me fasse un procès! En tout cas, Lisa avait une certitude : cela ne l'empêcherait pas d'être la plus belle à la *bat mitzvah*. Elle allait enfin avoir l'occasion de briller. Car, il fallait bien le reconnaître, elle qui avait des fringues superbes n'avait guère la possibilité de les mettre. La fête qu'elle donnait pour Tiff lui permettrait de se rattraper.

Leonard avait perdu patience depuis longtemps. « La mode, c'est du racket pour obliger les femmes à consommer », disait-il. Comme la plupart des hommes, il ne comprenait rien à rien. A vrai dire, il ne gagnait plus autant que par le passé, mais n'était-ce pas le cas de tout le monde dans les années quatre-vingt-dix? Pourtant, même si sa clientèle avait un peu régressé et si les rentrées se faisaient plus lentement, ça ne l'empêchait pas d'être radin. Et peut-être un peu jaloux aussi? Depuis leur mariage, il avait perdu la plupart de ses cheveux et pris de la brioche, alors qu'elle faisait toujours du trente-six. Après tout, Leonard n'avait peut-être pas tellement envie qu'elle soit très à son avantage. Et il en avait d'autant moins envie que ça lui coûtait de l'argent.

Si elle avait pu prévoir qu'il aurait ce genre de comportement, elle ne l'aurait jamais épousé. Pourtant, il fallait reconnaître qu'elle s'était bien débrouillée, vu son genre de beauté. Son tort avait été de ne pas améliorer sa situation dix ans plus tôt, comme d'autres femmes de son entourage. Du coup, elle se retrouvait coincée à Inwood avec un dermatologue, alors qu'elle aurait pu être à Park Avenue avec un cardiologue. Lisa soupira.

Avec plus d'argent, elle pourrait vivre correctement. Mais comment faire ? Elle ne ressemblait pas à sa sœur. Karen savait gagner de l'argent, alors que Lisa savait le dépenser. Évidemment, elle possédait des actions dans l'entreprise de Karen, mais Leonard s'était tué à lui dire qu'elle ne pouvait pas les vendre parce que c'était une société privée. Elle ne comprenait pas ce que cela changeait, mais bon, c'était comme ça. Aussi les actions n'étaient-elles plus à ses yeux qu'une liasse de paperasses sans valeur et quand elle avait un besoin désespéré d'argent, elle vidait son placard pour descendre une pile de vêtements à la friperie du coin. Un mois, elle avait réussi à se faire sept cent cinquante-neuf dollars de cette manière. Évidemment, les fringues lui avaient coûté dix fois plus à l'achat, mais comme elle n'avait plus envie de les remettre... Elle avait pu s'offrir un super sac en croco à la place. Ce n'était pas exactement celui qu'elle voulait – juste un compromis.

Avec un autre soupir, elle tourna le dos à la collection arc-en-ciel qui se trouvait dans son placard et regarda le téléphone, près du lit qu'elle partageait encore avec Leonard. Elle détestait s'asseoir sur un lit défait. Elle prit le combiné et resta debout à côté de la table de nuit. Karen avait une tête épouvantable, hier soir, le visage gonflé et le teint brouillé. Lisa était inquiète. Pourquoi Karen ne l'avait-elle pas rappelée ? Elle avait promis de le faire. Allons, elle allait lui passer un petit coup de fil.

Ce fut la secrétaire qui décrocha : « Elle dit qu'elle va vous rappeler de la voiture », assura l'employée.

Lisa se mordit la langue, mais pas très fort, avant de répondre négligemment. « Très bien », et elle raccrocha. Bon,

Karen était occupée. Elle dirigeait une grosse affaire. Mais Lisa se sentit vidée de son énergie.

Elle avait parfois l'impression que la vie des autres était plus réelle que la sienne. Sans force, elle s'attaqua à la tâche la plus ardue de la journée : comment s'habiller ?

Qui serait-elle aujourd'hui ?

« Est-ce que tout est prêt pour la présentation privée ? demanda Karen à Defina quand elles furent installées dans la limousine.

— C'est drôle que tu demandes ça ! J'ai justement la liste sur moi. » Defina extirpa une feuille de papier de son énorme sac Bottega Veneta. Comme la plupart des New-Yorkaises, elle portait ce que Karen avait baptisé un *schlep-bag*, une espèce de besace ou de fourre-tout en cuir ou en toile qu'elles emportaient partout avec leur porte-monnaie. Un jour, se dit Karen, elle dessinerait le parfait *schlep-bag*, avec assez de place pour contenir toutes les affaires que les femmes trimbalent, mais sans gâcher la ligne de leurs vêtements.

« Où va-t-on ? s'enquit le chauffeur.

— Bonne question, fit Defina en se tournant vers Karen. Où va-t-on ? » répéta-t-elle.

On fait marche arrière, eut envie de répondre Karen. Retour aux années soixante-dix, quand les femmes allaient encore dans les grands magasins comme les quatre « B », Bonwit, Bendel, Bergdorf et Bloomingdale. Quand mes ovaires fonctionnaient encore, quand mon travail me passionnait, quand je croyais pouvoir faire un bébé. Mais Bonwit avait fermé ses portes, Bloomingdale avait été vendu, Bendel avait déménagé, et plusieurs magasins jugés coupables d'entente illicite sur les prix avaient dû payer pour éviter d'être poursuivis par des organisations de consommateurs. Rien n'était plus comme avant. A quoi bon regarder en arrière ? « Allons au nouveau Barney, s'exclama Karen. Madison et la 61ᵉ, s'il vous plaît. »

La limousine prit à gauche sur la 34ᵉ Rue et se dirigea vers Madison Avenue. Karen se laissa aller contre le dossier de la banquette et regarda la rue, à l'abri de ses lunettes noires et des vitres teintées de l'auto. Malgré cette double protection, les passantes avaient l'air carrément hideux. Comme d'habitude, les deux extrêmes de l'éventail étaient représentés. Il y avait celles qui se croyaient invisibles dans la rue et portaient des pulls déchirés, des pinces dans les cheveux et le maquillage de la veille. Comment réagissaient-elles quand elles tombaient sur une copine? se demanda Karen. A l'inverse, d'autres s'attifaient comme pour entrer en scène. Ces dernières n'étaient pas nombreuses dans le coin. C'était le quartier où la classe moyenne, ou ce qu'il en restait, venait faire ses emplettes. Les jours de gloire – quand Gimbel se méfiait de Macy et que Orbach expédiait en secret des dessinateurs aux présentations de collections parisiennes afin d'avoir les nouveautés avant les autres – avaient depuis longtemps disparu. Gimbel avait fermé ses portes. Orbach était parti et même le grand ancêtre, B. Altman, n'existait plus. Macy était le dernier survivant dans le quartier. Karen observa le flot de piétons en manteaux et vestes mal coupés et de couleur criarde, qui s'engouffraient par les portes à tambour de l'entrée, sur Herald Square.

« Arrêtez-vous ici! s'écria-t-elle brusquement.

– Putain, je l'aurais juré! gémit Defina.

– Vous pouvez nous attendre ici? demanda Karen au chauffeur sans écouter son amie.

– Ma petite dame, Jésus lui-même ne pourrait pas se garer sur la 34ᵉ. Et si je tourne, je risque de mettre trois quarts d'heure à faire le tour du pâté de maisons.

– Bon, alors on vous quitte là. On prendra un taxi. » Elle ouvrit la portière avant qu'il fasse mine de descendre.

« C'est le plus court trajet en limousine de l'histoire, grommela Defina. Karen, Macy est à deux rues du bureau.

– Je ne savais pas qu'on irait chez Macy, s'excusa Karen.

– C'est ça! Et moi, j'aurais préféré qu'on aille ailleurs. »

Defina regarda autour d'elle, l'air écœuré. Les sans-abri étaient affalés le long de la rambarde du petit square, auquel les journaux et les papiers gras qui volaient dans la rue retiraient tout attrait. « Mon chou, tu es sûre que tu n'as pas confondu Madison Avenue avec Madison Square Garden ? L'une est une jolie rue avec plein de choses qui vous font craquer, et l'autre est l'endroit où les fans de hockey les plus débiles de Long Island viennent pour se bastonner. C'est là qu'on est. »

Sans se démonter, Karen se dirigea vers l'entrée du grand magasin populaire. « Je veux voir comment vit l'autre moitié de New York, rétorqua-t-elle.

— Chiche, coco, tu me paies le déjeuner chez Bice (c'était le restaurant branché des couturiers : prononcer *Bitché*) et je te montre Harlem. » Karen lança un regard noir à son amie, qui se tut avant de lui emboîter le pas.

Macy était un bazar, un souk, une agora. Depuis la naissance du premier marché, l'humanité s'était préparée à la complexité et à la diversité de la 34e Rue. Karen se tourna vers Defina. « C'est ici que les gens de la rue achètent », lâcha-t-elle, et elle prit la direction des escalators.


« Allons regarder le rayon de Norris Cleveland », proposa Karen au deuxième étage.

Il n'y avait pas grand choix, à part une jupe plissée copie conforme de celle que Karen avait sortie trois saisons plus tôt. Sauf que celle de Karen ne tirait pas sur le ventre comme celle-ci parce qu'elle ne l'avait pas coupée dans le biais. « Faudrait un trente-quatre avec de l'estomac pour que ça tombe bien », ricana Defina. Elle prit l'étiquette et leva le sourcil : « Et ils demandent huit cents sacs pour ça ! »

Avant qu'elles se mettent à observer les clientes, Karen lui proposa d'aller voir les produits fabriqués par NormCo. Ils finançaient la collection de prêt-à-porter de Bette Mayer. Une vendeuse leur dit de monter au quatrième.

L'espace était immense, avec peu de vendeurs. Elles mirent dix minutes à trouver la boutique Bette Mayer. C'était une styliste peu inspirée, qui s'était fait un nom en lançant la première la soie délavée pour les vêtements bas-de-gamme. Mais les formes, toujours les mêmes, manquaient d'originalité : mêmes blazers et ensembles coordonnés avec, pour seule variante, la taille des revers ou le rembourrage des épaules. Dos à dos entre deux portants, Karen et Defina firent glisser les cintres d'un geste machinal. « Beurk ! fit Defina en sortant une veste. Regarde-moi cette doublure. »

C'était la Berezina. La doublure pendait lamentablement hors de la manche et cloquait déjà au niveau de la poitrine. « L'architecture et la couture ont la même fonction, a dit un jour Paco Rabanne. Je suis devenu un architecte des femmes. » Ma foi, Bette Mayer ne risquait pas d'abriter grand monde entre ses murs. Cette veste n'était vraiment pas une affaire. Après un séjour chez le teinturier, il n'en resterait rien.

« *Made in USA* », murmura-t-elle, interloquée, en vérifiant l'étiquette au dos du vêtement. Au moins, Arnold serait fier d'elle si elle faisait affaire avec NormCo, puisqu'elle était contre la délocalisation. Mais serait-elle fière de s'associer avec Wolper, le directeur général de NormCo ? Elle allait devoir se bagarrer salement pour une garantie de qualité. Est-ce que Robert l'avocat avait gardé ça aussi dans sa manche ?

« Cette cochonnerie vient également d'ici, signala Defina. Je croyais que tout ce qui se situait dans cette gamme de prix se fabriquait hors de nos frontières.

— Ben, pas de problèmes avec les syndicats, à l'étranger. Mon papa dit qu'on y enchaîne les gens à leur machine à coudre en leur jetant juste un morceau de viande crue de temps à autre. Évidemment, il est connu pour ses idées socialo. » Pourtant, en passant en revue l'ensemble des vêtements, elles constatèrent que tous étaient fabriqués aux USA. « Comment font-ils pour être aussi bon marché ?

– Ça me tue. »

Karen se battait contre les dures réalités du monde de la mode depuis qu'elle avait créé sa griffe. Les ensembles sur mesure des riches sont loin d'être rentables pour une maison de haute couture. On a certes du mal à croire qu'une robe du soir en peau de soie à douze mille dollars est fabriquée à perte et pourtant, tel est souvent le cas. Les femmes fortunées qui s'habillent chez les grands couturiers leur coûtent de l'argent. Pour gagner sa vie, Karen devrait faire comme les autres : vendre des produits bon marché pour le prêt-à-porter. Ironie du sort, c'était encore la classe moyenne qui casquait et qui, avec les bénéfices, soutenait la haute couture. En digne fille d'Arnold, cette situation mettait Karen mal à l'aise. Mais elle adorait son travail.

Elle considéra un instant la camelote qu'elle avait sous les yeux. « Qui dessine cette saleté ? demanda Karen.

– En tout cas, ce n'est pas toi, mon chou. Je me demande si Bette l'a seulement vue. Elle n'est tout de même pas aussi nulle. »

Pourtant, les dessinateurs étaient de moins en moins nombreux à savoir couper. Tout était une question de ligne et de tissu. Il fallait savoir dompter l'étoffe tout en la gardant vivante. Ce qu'elle avait sous les yeux n'avait jamais eu de vie. Bon Dieu, cela la tuerait de voir son nom sur une horreur pareille. « NormCo fabrique quoi d'autre ?

– Happening, c'est eux aussi, non ?

– Oui, je crois, allons voir. » C'était une marque relativement nouvelle de jeans et de vêtements décontractés. Après deux ans d'existence, elle s'était fait racheter la saison dernière par NormCo.

Elles parcoururent le cinquième étage. Karen commençait à avoir faim, mais il était beaucoup trop tôt pour déjeuner. Un brunch, peut-être ? Du coup, Westport lui revint en mémoire.

« Eh, Dee...

– Oui ?

– Tu veux venir à Westport pour un brunch, dimanche ? Viens avec Tangela.

– Je me demandais quand tu m'inviterais à voir la maison de Jeffrey. Mais pour manger... ? » Elle réfléchit un instant. « Karen, je t'adore, mais tu es une handicapée question cuisine. »

Karen fit la grimace. « On ne se moque pas des handicapés. Contente-toi de dire que je suis un peu faiblarde sur le plan culinaire. De toute façon, ne t'inquiète pas. J'emporte tout de New York.

– Dans ce cas, c'est un oui franc et massif », fit Defina avec un large sourire.

Elles mirent dix minutes à trouver la boutique qu'elles cherchaient et dix de plus à parcourir les rayons. Le résultat n'était guère emballant.

« Disons qu'ils rattrapent le manque de dessin par la variété. Qu'est-ce qui leur est arrivé ?

– NormCo... ? » Karen savait que la règle fondamentale du commerce voulait qu'on essaie de faire la même chose que les autres dans la même gamme de prix, mais plus vite, mieux et moins cher. Happening y arrivait autrefois, mais c'était terminé.

« Et cela se vend ?

– Demandons à une vendeuse.

– Si on en trouve une... »

Defina partit en quête d'informations, et revint quelques minutes plus tard. « S'arrachaient comme des petits pains la saison dernière. Stagnent depuis, annonça-t-elle.

– Super ! Laissons NormCo tuer notre marque.

– A t'entendre, on croirait que tu n'as pas le choix. Fais ce que dit Nancy Reagan : "Vous n'avez qu'à dire non."

– Les choses ne sont pas aussi simples. »

Elles passèrent encore deux heures dans le grand magasin, puis allèrent déjeuner au Mac 61, un restaurant branché situé dans le sous-sol de Barney. Comme Karen broyait du noir, Defina tenta de lui changer les idées.

« Les meilleures pompes ? » interrogea-t-elle.

C'était un de leurs jeux favoris depuis des années. Aucune introduction n'était nécessaire.

« Roger Vivier. »

Defina releva la tête, réfléchit un instant puis approuva. Ce n'était pas toujours aussi facile et il leur arrivait d'argumenter pendant des jours. « Meilleur fleuriste ? renvoya Karen.

— Renny », rétorqua Defina en haussant les épaules comme si cela allait de soi. « Meilleures contrefaçons ?

— Pour les sacs ? Les robes ? Ou quoi ?

— Les robes.

— Victor Costa. Demande-m'en un vraiment dur.

— Les sacs ?

— José Suarez. »

Defina s'insurgea. « Ce ne sont pas des contrefaçons. Ils n'ont pas la griffe, mais ce sont exactement les mêmes sacs faits par le même fabricant. Sauf pour Hermès.

— Si, ce sont quand même des faux. S'ils n'ont pas la griffe, ce ne sont pas des originaux.

— Si un arbre tombe dans la forêt... », répondit Karen, mais elle ne put s'empêcher de sourire. Avec ses blagues, Defina avait réussi à la rendre de meilleure humeur. Elle n'appela même pas Jeffrey pour annuler et elle oublia, une fois de plus, de passer un coup de fil à Lisa.

# Chapitre 7

## De fil en aiguille

Pendant des semaines, Karen, qui menait déjà une vie de dingue, avait été gênée par l'équipe de tournage qui préparait l'émission d'Ellé Halle. Richard, le réalisateur, lui avait recommandé de ne pas tenir compte de leur présence, de faire comme s'ils n'étaient pas là, mais c'était un vœu pieux, évidemment ! D'autre part, elle devait soigner son apparence tant qu'ils étaient dans les parages. Rien de tel pour démolir son image que d'avoir l'air négligé ! Certes, dans un face-à-face, elle avait assez de vitalité et de classe pour passer la rampe, mais rien à faire, elle n'était pas photogénique. Malgré son talent et son énergie, la caméra ne se laissait pas séduire. Elle transmettait froidement les faits. Karen savait qu'elle n'était pas très jolie, pas très mince, et plus très jeune. Et la caméra ne lui faisait grâce de rien. Ce n'était pas de la parano : Janet avait une étagère entière de classeurs bourrés de coupures de presse et de photos, et Karen n'était vraiment bien sur aucune. Seulement, pour Jeffrey et Mercedes, l'oscar était l'occasion rêvée pour qu'Ellé Halle consacre à KKInc un de ses « Looks », émission qui représentait une heure d'antenne. Et il ne manquait plus à présent, pour finir le montage, que l'interview de Karen par Ellé Halle en personne.

Karen était pétrifiée. L'enregistrement était programmé pour l'après-midi, et elle était aussi détendue que si on allait lui dévitaliser une dent. A tout prendre, elle aurait préféré le dentiste. Car elle ne se faisait aucune illusion : en dépit de son sourire et de sa voix douce, Ellé Halle adorait pratiquer des extractions et, avec elle, pas question d'anesthésie ! Son point fort consistait à mettre le doigt sur un point sensible de la personnalité de son invité et à s'acharner jusqu'à ce que la victime cède et exhibe aux yeux de tous la racine pourrie et le reste. Des aveux et des larmes arrachés en douceur donnaient tout son piquant à l'émission. Bien que la journaliste parût pleine de chaleur et de compassion aux téléspectateurs qui l'adoraient et lui étaient fidèles, Karen ne faisait aucune confiance à quelqu'un qui passait sa vie à étaler sur le réseau national la souffrance d'autrui.

Karen avait rencontré Ellé à deux reprises. Chaque fois, cette femme grande, blonde, lisse et autoritaire s'était montrée agréable. Mais n'en disait-on pas autant de Belle, quand on ne la connaissait pas ? « Allons ! lança Mercedes comme Karen s'apprêtait à partir pour le studio. Ce n'est tout de même pas la mort !

— Est-ce qu'on n'a pas dit la même chose à Marie-Antoinette avant que tombe le couperet ? »

Mercedes haussa un sourcil. « Vous avez déjà abordé cette idée du martyre avec un psy ? » grinça-t-elle. Elle regarda sa montre. « Bon, faut y aller. On ne va pas se mettre ces gens-là à dos en jouant les vedettes.

— Où est Jeffrey ? demanda Karen en attrapant son manteau.

— Il est avec Casey et des gus du service financier. » Il s'agissait sans doute des types de NormCo. « Il ne vient pas, ajouta-t-elle.

— Comment ça, il ne vient pas ? » Elle sentit son visage blêmir, le sang refluer vers son cœur, qui se mit à battre à grands coups. « Il faut qu'il vienne, il ne peut pas me lâcher.

— Personne ne vous lâche, Karen, la reprit Mercedes. C'est moi qui vous accompagne. »

Karen ne chercha même pas à se montrer polie. Non, elle

avait besoin avec elle de quelqu'un qu'elle aimait. « Defina, dit-elle. On emmène Defina. » Elle ne pourrait jamais s'en tirer seule. Elle ne supportait pas l'idée de se vendre, et de parler non pas de ses créations mais de sa vie devant vingt millions de personnes sans un minimum de soutien. Qu'est-ce que ça leur apportait de connaître sa vie ? N'étaient-ce pas les vêtements qui comptaient ?

Janet leva les yeux. Elle sentit venir la crise. « Defina n'est pas encore arrivée », prévint-elle.

Les mains de Karen se mirent à trembler. S'il le fallait, elle irait dans le bureau de Jeffrey, elle interromprait la réunion. Rien n'était aussi important que cette foutue interview. Elle avait besoin de savoir que Jeffrey se rongeait pour elle pendant qu'elle se faisait cuisiner par Ellé Halle. Et si cette femme avait appris que Karen était une enfant adoptive et qu'elle lui sortait sa mère, sur le plateau ?

Depuis le début, c'était Jeffrey qui pensait qu'elle méritait non seulement d'être reconnue, mais aussi de gagner plus d'argent.

Il étudiait la peinture à l'époque où elle allait à son école de stylisme. Elle était si neuve, si naïve. Elle n'était jamais sortie avec un garçon − c'était Carl qui l'escortait au bal de fin d'année, au lycée. Aussi Jeffrey l'avait-il éblouie, au point qu'elle le suivait pratiquement partout, lui faisait ses courses, lui ramassait ses affaires, tel un gentil toutou devant un superbe lévrier afghan. Il l'aimait bien, il lui arrivait même de coucher avec elle, mais cela n'impliquait aucun engagement de sa part. Il couchait avec beaucoup de filles. Avec les plus jolies, et aussi avec Karen. Jeffrey la trouvait marrante et ils étaient bons copains, mais pas question que les choses aillent plus loin, Jeffrey avait été clair là-dessus. Elle avait beau l'adorer, elle n'était pas assez sotte pour le lui dire et n'attendait rien de plus.

Après avoir obtenu son diplôme, elle avait tout fait pour rester en contact avec lui. Il ne l'appelait jamais, mais semblait content de l'entendre. En quittant l'école, elle avait eu la chance de décrocher un job chez Liz Rubin, une véritable légende, la première femme styliste du sportswear à avoir sa propre société sur la Septième Avenue. Karen avait commencé comme assistante parmi une demi-douzaine d'autres. Six mois plus tard, elle était devenue le bras droit de Liz.

Karen s'était imaginé que Liz l'aimait pour ses idées. C'était faux. Elle se souvenait de leur dernière bagarre : une histoire de boutons sur une veste. Liz, que la modestie n'étouffait pas, avait retouché un dessin de Karen et hurlé quand Karen avait voulu remettre les boutons de manière asymétrique. « C'est de l'esbroufe, avait crié Liz. Cette veste est un classique. Chez Liz Rubin, on fait du classique. » Karen l'avait fusillée du regard. « Moi, je fais comme je le sens. Et ces boutons, sur ma veste, doivent traverser le devant en diagonale. »

Cette histoire de boutons avait changé sa vie. Car Liz l'avait virée.

Pendant deux jours, Karen se terra chez elle à pleurer. Elle n'avait rien d'autre à faire et personne à qui parler. Même Carl avait ses limites. C'est alors qu'elle se rendit compte qu'elle n'avait pas de vie en dehors du travail. Elle appela la maison, mais Belle ne fut d'aucun secours et Lisa n'était encore qu'une gamine confite dans l'adoration de sa grande sœur. Alors, en désespoir de cause, elle téléphona à Jeffrey, qui partageait avec Perry Silverman un loft minable dans le bas de Broadway. (Ses parents lui avaient offert un pied-à-terre à Sutton Place, mais c'était trop bourgeois au goût de Jeffrey.) Les deux jeunes gens l'invitèrent chez eux, la sortirent, la firent boire et la consolèrent. Ils se moquaient sûrement d'elle et de son désarroi dès qu'elle avait le dos tourné. « Après tout, ce n'est qu'un job », répétait Jeffrey. Et Karen avait tenté d'expliquer, d'une langue que le bourbon avait rendue pâteuse, que c'était plus que ça.

« Pourquoi m'a-t-elle virée ? se lamentait-elle encore et encore. Mais pourquoi ? »

Jeffrey avait éclaté de rire! Il osait rire! Pourtant, curieuse-ment, cela l'avait réconfortée. « Elle était jalouse, parce que tu avais raison. Elle fait dans le classique mais ce que tu fais est original. Et tu as eu le culot de le lui dire en face.

— Ah bon! J'ai fait ça, moi? fit Karen, interloquée.

— Pardi! rétorqua-t-il comme si ça sautait aux yeux. C'est pour ça qu'elle t'en veut. » Il passa un bras autour d'elle pendant qu'elle pleurait sur son épaule. Puis il l'emmena au lit.

Pendant un mois, elle chercha du travail le jour et passa la plupart de ses nuits avec Jeffrey. On lui offrit alors un poste chez Blithe Spirits pour sortir sa propre ligne de sportswear. Prix modérés, mais une qualité un peu supérieure à la moyenne. Ça n'avait pas le chic de la Septième Avenue, mais elle aurait sa griffe. Karen Lipsky pour Blithe Spirits. Jeffrey lui conseilla d'attendre, et l'avenir lui donna raison. Elle obtint quatre fois le salaire qu'elle gagnait chez Liz. Pour la première fois, elle gagnait plus d'argent qu'elle n'avait le temps d'en dépenser. Non que la somme fût si importante mais elle n'avait plus une minute à elle. Créer sa propre col-lection, ça ne se faisait pas tout seul.

Juste avant la présentation, elle rappela Jeffrey. Ils se voyaient beaucoup moins ces derniers temps à cause de ses horaires déments. « Je peux venir? avait-elle demandé comme à son habitude. J'ai peur d'avoir tout faux. Je peux passer la nuit chez toi? » Un silence funeste avait accueilli ses paroles. Que se passait-il? Quelque chose avait changé et elle avait été trop occupée pour s'en rendre compte.

« Karen, avait-il déclaré avec ménagement. Tu sais que je t'aime beaucoup, mais il y a une chose que je dois te dire. Je vais me marier. »

Complètement retournée, elle alla trouver Carl, bien sûr. « J'aurais dû lui dire que je l'aimais, hoquetait-elle entre deux sanglots. J'aurais dû lui téléphoner plus souvent.

— Non, pas du tout. Il t'aurait plaquée plus tôt. Tu as au moins ta fierté pour toi.

— Je ne veux pas de ma fierté, je veux Jeffrey », pleurnichait-elle comme une enfant. Alors Carl lui dit tout sur les hommes, de la même façon que Jeffrey l'avait initiée au monde du travail. « Il t'aime bien, Karen. Sûr qu'il t'aime beaucoup. T'es marrante, rigolote, futée. Et tu es sexy. Je peux en juger, même si moi, je suis gay. Mais tous les Jeffrey du monde choisiront la beauté, la classe et les relations plutôt qu'une fille rigolote et futée. Il vient d'un milieu friqué. Tu vaux dix fois mieux qu'elle, mais June Jarrick est la nièce d'un sénateur. C'est pas juste, mais c'est comme ça. »

Elle vit l'annonce de leurs fiançailles dans le *Times*. Aujourd'hui encore, alors qu'elle descendait les marches pour prendre la limousine qui la conduirait au studio d'Ellé, elle se souvenait de sa douleur et de la sensation de vide qu'elle avait éprouvée ensuite.

Sa nouvelle collection avait eu un énorme succès ; tout le monde se l'arrachait. On commença à parler d'elle dans les revues de mode et dans la presse professionnelle. Mais elle était affreusement malheureuse. Le travail ne suffisait plus. Les autres hommes n'étaient que des fantômes comparés à Jeffrey. Elle fit des croix sur son calendrier pour chaque jour qui passait et la séparait de la date funeste du mariage. Puis, un beau jour, elle reçut un coup de fil de Liz Rubin.

« Il faut que je te voie, Karen, déclara-t-elle sans ambages. Tu peux venir tout de suite ? »

Karen n'hésita pas. Elle fut effarée par l'allure de Liz. Sa minceur avait cédé la place à une maigreur squelettique. Karen ne dit rien, Liz non plus. Ce n'était pas la peine. « J'ai vu ce que tu as fait pour Blithe Spirits. C'est très bon », décréta-t-elle. Ce fut la première et la dernière fois qu'elle fit un compliment à Karen. « Reviens travailler ici. J'ai besoin que quelqu'un reprenne la maison. Les docteurs me donnent six mois. Je veux que tu prépares la collection de printemps. »

D'autres filles auraient peut-être dit non, mais pas Karen. Elle était revenue, et Liz était morte le jour de la fête des Mères. Karen, à vingt-cinq ans, était l'héritière du trône. La presse, prête à gober n'importe quelle histoire à l'eau de rose, s'était emballée pour la collection de printemps de Liz Rubin et le conte de fées vécu par Karen. On l'appela « la princesse héritière de la mode ». Carrie Donovan lui consacra un article dans le supplément magazine du *Times* et elle fit la couverture de « M ». Et si son nom ne figurait pas sur la griffe, c'était sans importance. C'était sa manière à elle de rendre hommage à Liz, c'était son mémorial.

Le travail l'avait empêchée de penser à Jeffrey. Mais, malgré quelques aventures, elle savait toujours précisément dans combien de jours le grand raout aurait lieu. Elle passait des heures à fixer l'image de June Jarrick. June, parfaite dans sa robe de lin blanc, avec deux rangs de vraies perles. De temps à autre, n'en pouvant plus, elle allait prendre un verre avec Perry, en principe pour se distraire, en réalité pour lui arracher des bribes d'informations.

« Passe la main, Karen », lui conseillait Carl, mais elle continuait de gratter la cicatrice. Le mariage n'était plus que dans six semaines quand Jeffrey lui écrivit un mot lui demandant un rendez-vous.

Elle aurait dû refuser, mais en était incapable. Ils sortirent boire un verre. Après avoir bu, ils mangèrent et, après avoir mangé, ils firent l'amour. Forcément. Ça avait toujours bien marché au lit entre eux deux.

Karen n'avait pas posé de questions. La première nuit, ils avaient fait l'amour pendant des heures. Jeffrey s'accrochait à elle comme un noyé et elle avait accepté son désespoir comme un hommage. Elle était partie tôt le lendemain sans le réveiller ni lui laisser de message. Il l'avait appelée au bureau une heure plus tard. C'était la première fois qu'il lui téléphonait.

Karen refusait de penser qu'il trompait sa fiancée avec elle, comme il l'avait auparavant trompée avec June. Elle ne pouvait pas vivre sans la douceur de son corps, et elle sentait qu'il en était de même pour lui. Il débarquait chez elle tous les soirs, quelquefois à minuit, et elle ne lui demandait jamais d'où il venait. Elle le laissait entrer. Elle n'en souffla pas un mot à Carl, car il l'aurait houspillée. Trois semaines exactement avant la cérémonie, il la demanda en mariage. « Tu vas être riche et célèbre, déclara-t-il. Karen Kahn, ça sonne beaucoup mieux que Karen Lipsky. » Si sa demande manquait de romantisme et venait un peu tard, elle se consola en se disant qu'il avait l'art de se faire désirer. Son vague sentiment de culpabilité fut submergé par une vague de bonheur qui noya tout. Il avait pris seul sa décision, elle n'y était pour rien, et c'était tant pis pour June. Après tout, elle l'avait aimé la première.

Le studio, situé sur la 57ᵉ Rue Ouest, produisait une demi-douzaine de talk-shows. On conduisit Karen dans une salle verdâtre tout en longueur pour lui présenter Paul Swift, le producteur. Il la confia à son tour à son assistante qui lui fit traverser une multitude de pièces pour la remettre entre les mains de la maquilleuse. Karen s'était déjà maquillée, mais la grande rousse l'observa d'un œil critique. « Il va falloir qu'on refasse tout, décréta-t-elle. Les lumières vont vous donner une tête de papier mâché. Je vais commencer par un fond de teint plus foncé, puis je vais vous ombrer le cou et la gorge et vous amincir un peu le nez. »

Quand la séance de maquillage fut terminée, le producteur surgit. Il voulait la ramener saine et sauve dans la salle verdâtre. Ils traversaient le couloir quand une silhouette familière, courte et trapue, vint à sa rencontre.

« Karen, t'es super! s'écria Bobby Pillar.

— Je te laisse juge. Un propriétaire de chaîne, même si ce n'est pas celle-ci, sait de quoi il parle, répondit Karen avec un sourire. Qu'est-ce que tu fabriques par ici?

— Tout et rien. Peut-être que je vais te regarder. Je suis sûr que tu es très naturelle à la télévision.

— Une catastrophe naturelle, sûrement, grinça-t-elle. Pourvu que je ne fasse pas pipi dans ma culotte.

— Quand bien même! Ils couperont au besoin, rétorqua-t-il en riant. Et si on déjeunait ensemble un de ces jours?

— Absolument, approuva-t-elle, mais elle fut soulagée

d'entendre son escorte se gratter la gorge et lui presser le coude avec agacement.

– Ellé vous attend », couina Paul Swift d'une voix de lamento.

« Alors, d'après vous, comment les vêtements devraient-ils agir sur une femme ? demanda Ellé.

– Ils devraient la flatter, et aussi la réconforter. Et ils devraient la protéger », déclara Karen. S'habituant peu à peu aux lumières, elle avait l'impression de se montrer divertissante et sincère. Ellé Halle se rapprocha d'elle, se penchant en avant dans son élégant fauteuil blanc à oreillettes.

« Qui, diriez-vous, mérite de connaître le succès dans le monde de la mode aujourd'hui ?

– Je pense que le succès revient à ceux qui arrivent le mieux à concilier les exigences du monde extérieur de la femme avec ses rêves intérieurs. » Cela avait-il l'air cuistre ? En tout cas, c'était sa conviction.

« Alors que pensez-vous des créations de Christian Lacroix ? Ou des autres couturiers qui se distinguent par leurs excès ? »

Lacroix avait été le premier couturier français en vingt ans à s'installer à New York. Après une énorme publicité qui avait salué ses premières collections, il avait commencé à décliner. Ses actionnaires avaient perdu des millions. C'était là un des pièges que Karen redoutait tant. Ellé espérait qu'elle s'en prendrait à un de ses concurrents. Ou Karen mordait à l'hameçon et c'était la guéguerre, ou elle refusait et avait l'air d'une gourde, au risque de se rendre coupable du pire des péchés audiovisuels : ennuyer son public.

Karen détailla Ellé. Tirée à quatre épingles, elle était en Ungaro. Ses cheveux formaient un savant échafaudage, composé de dizaines de petites mèches blondes. Dès qu'il y avait une pause dans l'enregistrement, deux personnes se précipitaient pour vérifier les mèches. En revanche, personne ne s'était soucié de recoiffer Karen. Peut-être ses cheveux étaient-ils collés par la sueur à cause de l'éclairage?

« La diversité est quelque chose de merveilleux. Je trouve que les hommes et les femmes devraient avoir un maximum de choix. Pour ma part, en revanche, je n'aime pas porter de costumes, si ravissants soient-ils. » Cela devrait régler la question une bonne fois.

« Ainsi, pour vous, Lacroix n'est qu'un costumier de théâtre? » Ellé n'allait pas laisser Karen s'en tirer à si bon compte.

Non, se dit Karen, pour moi, tu n'es qu'une salope. Toutefois, elle fit un effort pour garder l'air amical et parvint même à rire. « Non, attendez! C'est vous qui avez dit ça, ce n'est pas moi! » Comment avait-elle réussi à retomber sur ses pattes? Elle ne le saurait jamais.

« On se copie beaucoup dans votre profession, n'est-ce pas? Ainsi, beaucoup de gens disent que lorsqu'on regarde les derniers modèles de Norris Cleveland, on croit voir ceux de Karen Kahn de l'an dernier. Qu'est-ce que cela vous fait? »

Karen rit, mal à l'aise. « Vous savez ce qu'on dit aussi? Qu'il n'y a rien de nouveau sous le soleil. Nous puisons tous notre inspiration dans le monde qui nous entoure. Si j'ai pu en inspirer certains, j'en suis flattée si c'est bien fait et déprimée si ce n'est pas le cas. Norrel est un grand styliste, et il dit qu'il s'est contenté de réinterpréter Chanel durant toute sa carrière. »

Ellé tourna la page, mais aussitôt apparut sur son visage cet air de sollicitude bien connu de son public qui annonçait l'estocade. Karen se retint.

« Les femmes vous aiment parce que vous représentez le succès en affaires. Vous, vous avez su réussir dans un monde d'hommes. Alors, d'après vous, que ressent votre mari à être votre commandant en second? Cela n'a-t-il jamais posé de problèmes dans votre couple? Ce n'est pas facile pour un homme d'abandonner les commandes à sa femme et votre mari est, si j'ose dire, un type très dynamique. »

Bon sang, qu'est-ce que Jeffrey avait bien pu lui sortir dans son interview ?

« Jeffrey n'a rien abandonné du tout, il est responsable de la direction de l'entreprise. Il a toujours été derrière moi pour me pousser.

— Alors, vous reconnaissez qu'il est derrière, et non devant. C'est vous la force créatrice.

— Non, ce n'est pas ce que j'ai dit. » Hors d'elle, Karen détourna les yeux. « Nous n'avons pas un rapport de rivalité, nous nous complétons. Je construis des vêtements. Il construit la société. Nous créons l'un et l'autre.

— Pourtant, c'est bien vous qui avez reçu l'oscar ? susurra Ellé.

— Certainement, et Jeffrey en est très fier.

— C'est très moderne, approuva la journaliste. Cela ne le gêne pas que vous ayez une majorité de blocage dans la société ? C'est bien vous qui possédez la majorité des parts, non ? »

Bordel ! D'où tenait-elle ça ? Elle ne pouvait pas l'avoir appris de Jeffrey, et c'était une société privée. Où les assistants d'Ellé étaient-ils allés fouiner ? En attendant, si Karen niait, elle mentait, et si elle confirmait, elle risquait d'humilier Jeffrey. Les secondes s'éternisèrent. Elle devait trouver quelque chose. « Oh, je n'ai pas une bien grosse majorité, vous savez. Et puis, nous sommes très satisfaits l'un et l'autre de la manière dont la société évolue. D'ailleurs, nous avons tout lieu de l'être, non ? »

Ellé ne répondit pas. « Vendrez-vous un jour ? » fut sa contre-attaque.

Karen prit une profonde inspiration. « C'est une idée qui n'est pas à l'ordre du jour. Mais qui sait ? Tout peut arriver. »

La sueur perlait sur sa lèvre supérieure. Elle aurait voulu faire une pause, avaler un verre d'eau et demander à Defina comment elle s'en sortait. Jeffrey était-il arrivé ? Ses réponses le faisaient-elles bondir ? Ne pourrait-elle pas s'interrompre cinq minutes pour récupérer ?

Ce ne fut pas nécessaire. Car à cet instant précis, Ellé se pencha vers elle et lui toucha la main. « Merci infiniment d'être venue ici ce soir », susurra-t-elle. Comme Karen s'apprêtait à répondre : « Je vous en prie », Ellé tourna sa chevelure impeccable vers le réalisateur, au-delà des éclairages. « Faut-il des plans supplémentaires ? » Karen resta assise, attendant la réponse.

Quand tout fut fini, Karen s'attendait à ressentir un énorme soulagement. Elle s'en était tirée haut la main, et il ne s'était rien passé de scandaleux. Ellé n'avait pas exhibé sa vraie mère sur le plateau.

Mais curieusement, elle se sentait déçue.

## Chapitre 8

## En avoir ou pas

Karen détestait la campagne.

Quand elle allait sur ses sept ans, ses parents s'étaient imaginé qu'il était bon pour elle de quitter Brooklyn pour l'été. Ils avaient loué un bungalow à Freehold, dans le New Jersey. Sa grossesse étant très avancée, Belle ne supportait pas la chaleur qui régnait en ville. Mais comme il faisait finalement aussi chaud dans le New Jersey, la malheureuse restait allongée toute la journée sur une chaise longue. Karen avait passé les premiers jours à parcourir seule les sentiers environnants. Quand elle trouva un talus couvert de fraises des bois, elle s'en empiffra, sans remarquer que les baies poussaient au milieu de sumacs vénéneux. Qui à Brooklyn avait jamais entendu parler de plantes empoisonnées ? L'enfant avait eu une terrible crise d'urticaire – sur les mains, le visage, l'intérieur de la bouche – qui lui avait valu deux semaines de lit.

Aussi, quand Jeffrey eut envie d'une maison de campagne, Karen ne manifesta aucun enthousiasme. Évidemment, Westport, dans le Connecticut, ne ressemblait à la campagne que de loin – c'était plutôt une extension de l'Upper East Side new-yorkais, avec des pelouses en plus. Pourtant, Karen s'en serait bien passée. Avec tout le mal que lui donnaient ses horaires surchargés et la gestion du quotidien, un surcroît de responsabilités domestiques ne l'emballait guère. Mais comme Jeffrey n'en démordait pas, ils avaient conclu un de leurs fameux marchés : ils conservaient l'appartement sur le West Side puisque Karen y tenait, et ils faisaient construire à Westport.

C'était une maison magnifique, Karen devait en convenir. Jeffrey avait tout fait et c'était son chef-d'œuvre. Elle était située en retrait de la route, à l'ombre de deux énormes érables et, à l'arrière, elle longeait la rivière sur deux cents mètres. Et il fallait reconnaître que les vastes pièces aux murs blancs, aux meubles démesurés, étaient spectaculaires.

Comme Ernesta refusait de faire le déplacement à Westport, Karen devait s'adresser pour le week-end à une femme de ménage du coin. Mais Mrs Frampton ne la soulageait guère. Il fallait tout lui expliquer en détail et si souvent que Karen trouvait plus simple de faire les choses elle-même. Ce matin-là, un beau dimanche ensoleillé, Karen s'efforçait d'obtenir son aide pour préparer le brunch.

C'était le seul repas que Karen prenait le risque d'organiser. Faute de pouvoir compter sur un traiteur ou sur Ernesta, elle n'avait pas prévu de dîner. Le brunch, c'était relativement facile ; des *bagels*, des fruits et un beau plateau de fromages de chez Stew Leonard, avec du poisson fumé rapporté de la ville. Même Jeffrey, très à cheval sur ce genre de détails, admirait ses brunchs.

Ayant terminé de couper les *bagels* en deux, Mrs Frampton attendait debout, l'air absent, à côté du comptoir. « Pourriez-vous les poser sur un plateau ? demanda Karen. Le bleu ovale devrait aller. » Mrs Frampton hocha la tête et s'accroupit devant les placards de la cuisine pour chercher. La cuisine possédait des dizaines de placards peints en blanc et avec une porte vitrée, de sorte que tout ce qu'ils contenaient devait être rangé avec soin. Il y avait également un évier à trois bacs, un lave-vaisselle intégré et un réfrigérateur assez vaste pour contenir un quartier de bœuf. L'ensemble était habillé de bois pour préserver le style rustique de la pièce. N'ayant occupé les lieux que quelques mois, Karen ne s'était pas encore servie du four et n'avait utilisé la plaque halogène que pour se chauffer de l'eau pour un thé. Une idée en appela une autre.

« Avez-vous mis le café en route? demanda-t-elle à la femme de ménage.

— Non, Mrs Kahn.

— Alors, pourriez-vous le faire? Remplissez la cafetière à ras bord. Il nous faudra au moins douze tasses. Et quand vous verrez qu'il n'en reste qu'un fond, pourriez-vous en mettre une autre en route? Et pourriez-vous moudre du café d'avance? Jeffrey aime le mélange goût noisette. »

Elle voulait juste une gentille petite réunion, où la matinée et le début d'après-midi se passeraient sans histoires, sans disputes, pour que tout le monde reparte content. Certes, elle remplissait ses obligations, mais n'était-ce pas toujours le cas? Combien de fois Belle ne lui avait-elle pas rappelé qu'elle n'avait pas reçu sa famille ou celle de Jeffrey depuis des mois? Ce brunch lui permettait de régler toutes ses dettes sociales d'un coup. Le sentiment de culpabilité est forcément héréditaire, remarqua Karen, puisque vous le tenez de votre mère. Au départ, le prétexte avait été la prochaine *bat mitzvah*, la communion de sa nièce, mais c'était en même temps l'occasion de revoir le reste de la famille et les amis. En fait, même si elle était débordée, elle adorait ses nièces et voulait que Tiff se sente à la fête.

Elle espérait qu'il y aurait une bonne ambiance. Stephanie rencontrerait Tangela pour la première fois en dehors du travail et elle voulait que les deux jeunes filles sympathisent. En fait, si Karen ne pouvait avoir d'enfant, ce serait la seule famille qu'elle aurait jamais. Aussi espérait-elle que, pour une fois, Belle réussirait à s'entendre avec Sylvia, la mère de Jeffrey, et qu'elle-même ne se sentirait pas mal à l'aise en présence des deux sœurs de son mari.

On peut toujours rêver...

La sonnette retentit. Jeffrey n'eut pas l'air d'entendre; il avait mis un CD de Mozart – il aimait écouter du classique pendant le week-end, alors qu'elle aurait préféré les Spin

Doctors ou même un vieux tube des Stones. Karen se précipita à la porte.

Defina attendait, avec à la main un plat couvert de papier
d'aluminium ; Tangela l'escortait. « Quel bonheur de te voir,
lança Karen, soulagée. Un coup de main sera le bienvenu et
je ne suis pas encore prête à recevoir des critiques.

— Eh bien, mon chou, ravie de tomber sur toi. Je te jure, si
j'avais sonné par erreur chez quelqu'un d'autre, on risquait de
se faire arrêter ou envoyer à l'entrée de service. Est-ce que les
Noirs sont autorisés dans cette ville ?

— Uniquement s'ils ont les moyens », répliqua Jeffrey d'un
ton sec, et il finit de descendre l'escalier qui conduisait à
l'entrée. Il avait l'air sur les nerfs, il détestait les réceptions de
famille. Super ! Un bon point en faveur du rapprochement.
« Je vais vous débarrasser de vos manteaux. » Karen prit le
plat que lui tendait Defina, qui se défit de son long manteau
de vison. Karen en détestait le toucher, elle ne portait pas de
fourrures, mais elle savait combien Defina en était fière.
C'était même un peu tard dans la saison pour ce genre de
vêtements, mais bon, et alors ? Tangela portait le vieux vison
blanc de sa mère, et il fallait reconnaître que, sur elle, il avait
de l'allure.

« Je ne savais pas ce que tu préparais, alors j'ai apporté du
*cornbread,* ça va avec tout.

— Je n'ai pas encore essayé avec du hareng mariné, mais si
ça se trouve, ça va faire un malheur, répliqua Karen. Genre
*soul food* à la russe.

— Je lui avais dit de ne pas apporter ce machin, gémit Tangela. Mais elle n'a rien voulu entendre. Elle n'en fait qu'à sa
tête. » La jeune fille se tourna vers Jeffrey, qui lui retirait son
manteau, et lui décocha non seulement un sourire éclatant,
mais haussa les sourcils en lui coulant un regard ravageur.
« Merci », souffla-t-elle.

Jeffrey haussa les sourcils à son tour, échangea un coup
d'œil dubitatif avec Karen et disparut avec les vêtements.
Defina suivit Karen dans la cuisine. « Qu'est-ce que je peux
faire ?

– Trouve-toi un siège, dit Karen. J'allais juste mettre ces croissants et les pains au chocolat dans le four. » Elle aligna une douzaine de viennoiseries sur la plaque et l'enfourna. Mrs Frampton considérait-elle Defina d'un air désapprobateur, ou n'était-ce que le fruit de son imagination ?

On frappa à la porte. Jeffrey fit entrer Perry Silverman. Il était resté le meilleur ami de Jeffrey, un des rares que Karen aimait sincèrement. Perry avait continué de peindre et s'il ne faisait pas une carrière très brillante ces temps-ci, c'était un excellent peintre – ou, du moins, l'avait-il été. Ça marchait assez bien pour qu'il ait conservé le loft qu'il partageait jadis avec Jeffrey à Soho. Il se consacrait à sa peinture et, tous les deux ans environ, une exposition lui était consacrée.

Karen l'avait invité pour plusieurs raisons et, entre autres, parce qu'elle se sentait coupable. La petite Lottie, sa fille, avait attrapé à neuf ans une forme de leucémie particulièrement virulente, qui l'avait emportée assez vite, malgré un traitement de pointe à Sloan Kettering. A présent, plus rien n'allait entre June et Perry, mariés depuis onze ans. Perry était une loque, il avait même annulé récemment sa prochaine exposition. A part les parties de poker avec Jeffrey, Perry semblait n'aller nulle part et ne voir personne. Karen s'était sentie obligée de l'inviter, mais elle était surprise qu'il ait accepté.

Perry l'embrassa sur les deux joues, pas le genre mondain où on embrasse dans le vide, mais deux bons gros baisers. Elle le serra dans ses bras.

« Mmmm, ça fait du bien », fit-il. Puis il salua Defina et Tangela, et son regard fit le tour de la pièce. « Bienvenue au Connecticut, où le charme est de rigueur.

– De même que la ségrégation raciale », lança Defina.

Karen leva les yeux au ciel. Génial ! Ces deux-là allaient se charger du travail de sape et, du même coup, mettre Jeffrey à cran. Foutu début pour son brunch. « Venez, que je vous montre la maison », leur proposa Karen. Ils franchirent les portes battantes de la cuisine et passèrent dans le living.

« Sainte mère ! s'écria Defina. C'est aussi grand qu'une
église.

— Maman », la réprimanda Tangela d'une voix gémis-
sante. Elle regarda Jeffrey, qui lui tendait un gobelet de jus
d'orange. « Je trouve ça magnifique, minauda-t-elle, mais
Jeffrey ne lui accorda aucune attention.

— Que prends-tu, Defina ? » s'enquit-il. La sonnette tinta
et Karen alla ouvrir. C'était Sylvia et les sœurs de Jeffrey.
Depuis la mort de son mari, Sylvia passait le plus clair de son
temps en compagnie de Sooky et de Buff, ses filles. Sooky –
Susan – était mariée à Robert, un avocat qui s'occupait de
toutes les questions juridiques pour KKInc, tandis que Buff –
Barbara – avait divorcé d'avec Robert, qui travaillait dans une
banque d'affaires. Les deux sœurs étaient le genre jeunes filles
de bonne famille, qui avaient réussi à complexer Karen pendant toute sa scolarité. Elles étaient vives, spirituelles, la
langue acérée, et elles ne dépassaient pas la taille trente-six.

D'emblée, Karen éprouva un affreux sentiment de solitude. Tous ces gens avaient l'air d'acteurs, d'étrangers.
Qu'avait-elle à voir avec eux ? La différence entre sa mère et
celle de Jeffrey était criante. Cette dernière paraissait plus
jeune et, en un sens, plus vieille que Belle. Inconditionnelle
de Sonia Rykiel, elle avait plus de naturel et de classe, de
sorte qu'on lui donnait, de loin, la quarantaine. Toutefois, la
couleur de ses cheveux et son visage au maquillage léger révé-
laient son âge.

Rien n'existait pour Sylvia en dehors de son fils. Comme
elle l'aimait ! Tout était prétexte à le caresser, le tapoter, lui
toucher la joue ou lui ébouriffer les cheveux. Pour elle, c'était
un dieu. Karen ne comprenait cela que trop bien, elle éprouvait la même chose à l'égard de Jeffrey.

Le père de Jeffrey voulait qu'il entre dans l'entreprise familiale, une société immobilière, mais avec l'aide de sa mère,
Jeffrey avait résisté, était entré à l'École des beaux-arts et était
devenu un artiste. Karen savait le sacrifice que cela avait
représenté pour lui de renoncer à son rêve pour s'occuper de

la société, et éprouvait encore une reconnaissance mêlée d'une bonne dose de culpabilité. Heureusement, au bout de presque dix ans, il s'était remis à la peinture. Il comptait évidemment sur le contrat NormCo pour reprendre ses billes. Il le méritait, il fallait le reconnaître. Elle devrait se montrer plus conciliante.

« Venez voir, si ça vous dit », annonçait Jeffrey à la cantonade, et il ouvrit la porte conduisant à son atelier. Jusque-là, il avait été plutôt discret concernant son travail, mais semblait à présent désireux de le montrer à sa mère ainsi qu'à quiconque en avait envie.

C'est alors qu'Arnold arriva. Karen accueillit son père, alla lui chercher du café et l'installa sur la banquette, tandis que Sylvia, Sooky, Robert l'avocat, Buff, Belle, Lisa, Tangela et Stephanie emboîtaient le pas à Jeffrey. Debout près de la desserte, la grosse Tiff engloutissait un autre *bagel*. Elle était affreuse ! Karen fut prise de pitié pour la gamine – elle aussi avait été une adolescente envahie de bourrelets, et encore n'avait-elle pas eu à rivaliser avec une sœur aînée belle comme un cœur.

L'air détaché, Karen s'approcha de la fillette. « Tiff, tu n'as pas envie de voir les peintures d'oncle Jeffrey ?

– Non », lâcha-t-elle, en empoignant un autre *bagel*. Était-ce le troisième ou le quatrième ?

« Moi non plus, ça me dit rien, renchérit spontanément Perry. Si j'y vais, il va vouloir que je lui dise ce que j'en pense. »

A vrai dire, Karen n'était pas franchement transportée par l'œuvre de son mari. Mais qu'est-ce qu'elle y connaissait ? Ses nus lui paraissaient trop rutilants, trop clinquants, plus dignes de *Penthouse* que d'*Art News*. Cela voulait-il dire que Perry ne les aimait pas non plus ? Elle respectait son jugement et adorait ses toiles pleines de subtilité. Elle l'observa un instant. Avait-il bu ? Était-il saoul ? Oh, elle n'irait pas le lui reprocher. Si elle souffrait le martyre à l'idée qu'elle ne pourrait pas avoir d'enfant, que pouvait-il éprouver ? Lottie était une enfant adorable. En imaginant la douleur de Perry, elle se demanda si la stérilité n'était pas une bénédiction.

De longs yeux étroits, un nez aquilin et une bouche généreuse, Perry était joli garçon. Dommage qu'il ne fût pas plus grand et qu'il perde ses cheveux, se dit Karen, se surprenant elle-même. Elle n'avait jamais vraiment prêté attention au physique de Perry. Était-ce parce que June n'était plus avec lui?

« Jeffrey m'a parlé de l'émission d'Ellé Halle. C'était comment?

— Comme de nager avec un barracuda.

— C'est programmé pour quand?

— Dans deux semaines, paraît-il. Mais on ne sait jamais avec eux. »

Les portes battantes de la cuisine s'ouvrirent.

« Je crois qu'il y a un problème à la cuisine », lança Defina. Karen renifla et l'odeur aigre du beurre brûlé la saisit.

« Merde! » Elle courut à la cuisine. Elle était envahie de fumée. Bon sang de bon sang, où était passée Mrs Frampton? Elle sortit du four les croissants noircis.

« Putain! Regarde s'il m'en reste quelques-uns au congélateur, tu veux? Et mets en route le ventilateur. On peut peut-être aérer la cuisine avant qu'ils reviennent de l'atelier.

— Pas de risque! »

Comme pour lui donner raison, Belle entra dans la pièce. « Tu n'avais pas mis la minuterie? C'est quand même pas une affaire de régler la minuterie!

— Je ne sais pas comment cette saloperie marche, explosa Karen.

— Elle ne sait même pas comment ça marche dans sa propre cuisine! » s'exclama Belle, ce qui laissa Defina interloquée. Karen savait bien que l'emploi de la troisième personne impliquait que Belle, pour sa part, n'était pas aussi stupide. Karen soupira.

De nouveau, la porte s'ouvrit et Sylvia passa la tête. « Tout va bien? » claironna-t-elle, l'air innocent. Pourquoi Karen allait-elle s'imaginer que Sylvia était ravie qu'il y ait un problème?

Defina répondit à sa place. « Ouais. Le poisson-chat sera prêt dans une minute. Vous voulez vos paupiettes bien cuites ou pas trop?

— Euh, bien cuites, s'il vous plaît, murmura Sylvia en s'éclipsant, Belle sur les talons.

— Des paupiettes bien cuites? répéta Karen, qui éclata de rire. Mais tu détestes ça!

— Et puis, zut. Elle n'en sait rien, et du coup, elles se sont tirées toutes les deux, non? » Defina ouvrit la porte du congélateur. « Bon, tu n'as plus de croissants, mais il y a trois paquets de *buns* au sucre. Jette-moi tes horreurs et mets du papier alu directement sur la grille du four. » Bientôt, les *buns* furent à point.

Pendant ce temps, Arnold s'était glissé dans la cuisine sans se faire remarquer. Karen leva les yeux. Il était adossé contre le mur.

« Tu veux du café? » demanda Karen.

Arnold fit non de la tête. « En revanche, si tu as un Pepto?

— Tu vas bien? » Non, ça n'avait pas l'air d'aller. Les avait-elle intoxiqués avec le poisson?

« Ce n'est rien, murmura-t-il. Pas pire que d'habitude. » Elle lui donna quelques comprimés roses et il s'en alla.

Mrs Frampton réapparut. D'où sortait-elle? « Ça doit cuire dix minutes, lui dit Karen d'un ton sec. Mettez-les ensuite sur un plateau et apportez-les à côté. » Mrs Frampton la regarda, l'air impassible. Defina prit le bras de Karen et la ramena au salon, où les invités discutaient encore de la peinture de Jeffrey.

« C'est magnifique! Tu ne trouves pas, Leonard? s'extasiait Lisa. Allons, franchement?

— Mais oui », concéda-t-il, et elle parut soulagée.

Sylvia se tenait, comme d'habitude, auprès de Jeffrey, son bras entrelacé au sien. « Vous avez vu ses tableaux? demanda-t-elle à Karen. Ils sont merveilleux, non? Si... si... évocateurs! »

C'était certainement le dernier mot qui convenait aux nus de Jeffrey. Il les appelait des études, et avait dit à Karen qu'il cherchait surtout à se refaire la main. Et, comme il se doit pour des études, celles-ci étaient assez hésitantes et frustes, sans grande subtilité. Évocateurs, ses nus ? Karen sourit à sa belle-mère. Jeffrey était aux anges. Mais elle ne put s'empêcher de remarquer l'air renfrogné de Perry. Comme il avait arrêté de peindre, ce n'était sûrement pas agréable pour lui d'entendre tout le monde s'extasier sur la production d'un autre.

« Je les trouve frémissants, décréta Buff. Tu n'es pas d'accord, Perry ? » Buff avait vraiment l'air de faire du gringue à Perry.

« Frémissants ? s'étonna Perry. Au sens de tremblotants ? » Buff se tourna vers lui, mais fut interrompue par Tangela.

« Qui vous sert de modèle ? » s'enquit-elle, aguicheuse.

Karen faillit éclater de rire. On aurait dit que toutes les femmes couraient derrière les bonshommes. Defina fronça les sourcils. « Et qui c'est qu'tu crois qu'il prend, comme modèle, l' mari de ta patronne, hein ? » grinça-t-elle entre ses dents. Elle prit le bras de sa fille et l'entraîna à l'écart. Jeffrey haussa les épaules.

Karen lui sourit, juste au moment où Belle et Robert l'avocat venaient se joindre à leur groupe. « Raconte, pour Elise Elliot, fit Belle. Elle est sympa ?

— Ah, voilà une femme qui sait vieillir, intervint Sylvia. Une grande dame ! »

Karen revit le vent de panique qu'Elise avait fait souffler dans l'atelier, lança un coup d'œil à Jeffrey et approuva avec grâce. « Oui, c'est quelqu'un de tout à fait charmant.

— Est-ce qu'elle s'est fait lifter ? intervint Buff. Je veux dire, elle a des cicatrices ? »

Karen fit signe que non. De toute façon, c'étaient des choses qui ne se répétaient pas.

« Alors, c'est quand, le grand jour ? demanda Robert l'avocat.

— Vous êtes invités ? voulut savoir Belle.

— Évidemment ! » s'exclama Jeffrey, vexé. Il n'était pas un simple fournisseur des riches et des puissants.

« Eh bien, Belle, on dirait que votre fille va décrocher le gros lot ! renchérit Robert l'avocat.

— Vous êtes en retard, c'est déjà fait ! rectifia Belle.

— Foutaises ! Je veux parler du gros lot, du vrai. L'acquisition par NormCo, ça c'est du sérieux. »

D'autres sociétés avaient déjà tourné autour de KKInc, mais aucune n'avait la surface de NormCo. Karen avait demandé à Robert l'avocat de n'en parler à personne. Comme Belle et Lisa possédaient des parts de la société, elle ne voulait pas leur donner de faux espoirs. Robert l'avocat était un connard.

« A quoi ça sert, d'avoir une grosse affaire ? demanda Arnold en s'approchant. Ma fille se débrouille très bien en étant à son compte.

— Allons donc ! Ça coûte, de lancer une collection de prêt-à-porter. Ils ont besoin de ce contrat. »

Arnold se tourna vers Karen.

« Tu penses comme lui ? Wolper est un pourri. Il a cassé deux syndicats, Karen. Ne te mets jamais avec un associé pourri. »

Il ne manquait plus que ça, songea Karen. Ça va être la bagarre. Elle adorait Arnold, mais il avait des préjugés à l'égard de toutes les grosses entreprises des États-Unis. Après tout, elle aussi avait une entreprise. « C'est seulement une rencontre préliminaire », dit-elle à son père, et aussitôt, elle se sentit fautive.

« Alors, demain, c'est le grand jour ? demanda Robert l'avocat en se servant au buffet. Tu te sens prête, Karen ?

— Je pense pouvoir m'en tirer, Bob. » Elle aimait l'appeler ainsi. Il était tellement pompeux que cela faisait du bien de le remettre à sa place. Pourquoi lui parlait-il comme si elle était débile ? Jeffrey lui aurait-il donné à entendre qu'elle ne comprenait décidément rien aux affaires ?

Plutôt que de prolonger la conversation, elle alla rejoindre Tiff, restée seule sur la banquette. A côté d'elle, sur la table basse, il y avait une assiette contenant trois *buns* gluants que Mrs Frampton avait réussi à réchauffer. Quand Karen s'assit à son tour, la fillette prit celui du dessus et mordit dedans. La vapeur s'échappa de la pâte brûlante, mais Tiff continua de mâcher en aspirant l'air entre ses dents pour le rafraîchir.

« Alors, tu dois attendre ta *bat mitzvah* avec impatience ?

— Non, grogna Tiff.

— Tu connais bien ta *Haftorah* ? » enchaîna Karen. La *Haftorah* est le passage de la Torah que l'enfant doit lire, en hébreu, devant la communauté rassemblée. « Moi, j'en serais incapable ! Je ne suis jamais allée au cours de religion, tu sais ?

— Quel bol !

— Qu'est-ce que tu vas mettre ?

— Qu'est-ce que ça peut faire, puisque de toute façon elle aura l'air d'une pouffiasse ? » l'apostropha Belle d'une voix retentissante. Tiff lança un coup d'œil furieux à sa grand-mère et prit un autre *bun*.

« Repose-moi ça ! lui ordonna Belle.

— Tu vas me forcer ? marmonna Tiff, la bouche pleine.

— Vous avez vu comment sa propre petite-fille lui parle ! Ne parle pas en mangeant !

— Je ne demande pas mieux », fit-elle en mordant dans la pâtisserie. Les conversations s'étaient tues et le silence régnait dans la pièce. Lisa vint les rejoindre. Excédée, Karen leva les yeux vers elle. Comme en réplique à sa sœur aînée, elle portait un des ensembles pull et caleçon que Karen avait sortis l'an passé. Mais Lisa l'avait rehaussé d'une ceinture Chanel ornée d'une centaine de clous Karl Lagerfeld. Il n'est pas facile de se trouver son propre style, Ivana Trump en est la preuve vivante. Karen savait qu'une fois, Ivana avait payé trente-sept mille dollars une veste cousue de perles de Christian Lacroix. Cela, bien sûr, avant son divorce. Loin de battre de tels records, Lisa dépensait beaucoup sans pour autant avoir trouvé un style qui lui convienne. D'ailleurs, les bottes en peau de serpent ne lui allaient pas. Décidément, il manquait deux choses à Lisa : un œil et une colonne vertébrale. Karen regarda sa sœur avec insistance – « fais taire Belle » signifiait clairement son regard.

« Maman, je t'en prie, dit Lisa, sans conviction.

– Tu n'as pas à me prier. Cette gamine n'a aucun self-control. Mais regarde-la ! Elle va se donner en spectacle. Elle mange comme un cochon alors que sa sœur mange comme un oiseau ! » Les mains de Belle allaient et venaient nerveusement sur le devant de sa veste et de sa jupe, comme si elle chassait des miettes imaginaires. Arnold vint les rejoindre et murmura quelque chose à l'oreille de sa femme. « Ne commence pas avec moi », couina Belle, excédée. Mais quand il lui prit le bras, elle le suivit docilement sur la terrasse.

Stephanie vint s'asseoir à côté de sa tante. Comme sa mère, elle était une négociatrice-née. « Quand est-ce que tu passes à la télé ? demanda-t-elle. J'adore Ellé Halle.

– Je crois que c'est programmé pour dans quinze jours.

– Oh, c'est merveilleux, embraya Lisa. Nous allons regarder l'émission tous ensemble. Tu veux venir ? »

A cette idée, Karen sentit la panique l'envahir. Elle répondit par un petit sourire vague : « Oh, peut-être. » Malgré son affection pour Lisa, elle avait de plus en plus de mal à la supporter. Lisa étant sans travail et Karen sans enfant, peut-être s'enviaient-elles mutuellement ? Karen avait l'impression que sa sœur vivait dans un tout autre univers que le sien, ce qui la culpabilisait encore plus.

« C'est super, pour moi, de bosser avec toi, dit Stephanie.

– C'est super pour moi aussi, mon chou », dit Karen en lui tapotant la jambe. Tiff attaquait le troisième *bun* ; une larme coulait sur sa joue. Karen eut un geste de compassion pour elle. Elle lui tapota la joue. « Tu sais ce que je t'offre pour ta *bat mitzvah* ?

– Un bazooka ? »

Karen éclata de rire. Cette gamine ne manquait pas d'humour. Après tout, drôle et futée comme elle l'était, elle s'en tirerait peut-être, elle aussi. « Non, tu vas recevoir des perles. Tu sais ce que dit ta grand-mère?

— Ouais, que je suis une pouffiasse. »

Karen tressaillit. « Non, elle dit qu'une femme doit avoir trois rangs de perles. Alors, moi, je t'offre le premier. Tu en auras un autre pour tes seize printemps, et un troisième quand tu auras vingt et un ans.

— Vrai de vrai? »

Pour la première fois de la journée, Karen vit un sourire éclairer le visage de Tiff. L'espace d'un instant, Tiff eut un curieux air de ressemblance avec Karen. Celle-ci lui donna un baiser. « Tu les veux maintenant? proposa-t-elle. Comme ça tu pourras les porter pour la cérémonie?

— Oui », souffla sa nièce. Karen la prit par la main pour l'emmener dans la chambre.

« Je peux venir aussi? demanda Stephanie.

— Non, répondit Karen avec douceur. Tu les verras dans une minute. »

Lorsqu'elle revint au salon avec Tiff, Tangela et Stephanie entourèrent la fillette, et Karen se rendit compte qu'elle voyait les deux jeunes filles ensemble pour la première fois. Ne sympathisaient-elles pas?

« Ouh là là! s'écria Tangela en prenant le collier. Elles sont magnifiques!

— Pourquoi tu ne m'as jamais offert de perles, à moi? » demanda Stephanie.

Toutes les sœurs sont-elles condamnées à la jalousie? « Parce que toi, tu n'as pas fait ta *bat mitzvah* et que, pour tes seize ans, tu as reçu des boucles d'oreilles en diamant. Tu n'as pas à te plaindre. » Karen se leva et s'approcha de la table. Elle se sentait vidée. Si seulement elle pouvait monter dans sa chambre et s'enfermer à clé, en laissant dehors tous ces gens! Elle se demanda comment ils réagiraient si sa vraie mère entrait brusquement dans la pièce. Elle ne pourrait se montrer pire qu'eux. Ils étaient si démoralisants. En regardant la table, Karen se rendit compte qu'elle mourait de faim. Elle avait toujours envie de manger quand elle n'avait pas le moral. Elle prit un *bagel* qu'elle tartina de fromage blanc aux fines herbes.

« Au risque de parler comme ta mère, tu n'as pas besoin de ça pour tes cuisses, remarqua Defina.

— C'est la poêle qui se moque du chaudron, non ? repartit Karen en mordant un grand coup dans son petit pain.

— Cette poêle-là, lui rappela Defina en se tapotant l'estomac, n'a pas à présenter sa collection à Paris à la fin du mois. » Elle s'empara du dernier *bun*, mordit dedans et attrapa l'assiette vide dans l'autre main. « Allons, faisons un peu de ménage. »

Karen la suivit à la cuisine et leva les yeux au ciel.

« J'ai beau me dire que toutes les familles sont des familles à problèmes....

— Chouchou, certaines ont plus de problèmes que d'autres. Ça m'étonne pas que les Blancs aient été si mauvais avec les Noirs. On devrait pas le prendre pour soi. En fait, ils sont mauvais aussi entre eux. A croire que pour eux, c'est naturel. » Elle fit passer à Karen les tasses à café sales. « Ta belle-mère n'arrête pas de me prendre pour la bonne, ajouta-t-elle. Est-ce que je devrais lui dire qu'avec son cul, elle devrait pas se promener en Rykiel ?

— Non, il vaut mieux pas, je pense », dit Karen en riant, tandis qu'elle disposait les tasses au bord de l'évier. A propos de bonne, où était passée Mrs Frampton ? Après ça, Karen allait la virer. « Je ne crois pas pouvoir retourner là-bas, ajouta-t-elle, les lèvres tremblantes. Moi qui voulais tellement que tout aille bien.

— Et moi, je voulais que Tangela fasse de l'architecture. Le secret du bonheur, c'est un savant dosage d'espérances modestes et d'insensibilité. Je sais que tu peux y arriver si tu te donnes un peu de mal.

— Tu sais le plus triste ? Je ne supporte pas le comportement de ma belle-mère envers Jeffrey. Je suis une vraie garce, hein ? Mais ça me rend dingue.

– C'est tout naturel, ma grande. Rappelle-toi la leçon qu'a reçue la princesse Di. Même quatre cents pièces, ce n'est pas assez, si tu dois vivre avec ta belle-mère.

– Alors c'est une histoire de belle-mère ?

– Tu sais ce qu'il dirait, Carl, s'il était ici ? » Defina imita avec succès le chuchotement confidentiel de leur ami. « On dit que Jackie non plus ne s'entendait pas avec Rose.

– Si seulement je savais qui je déteste le plus, dit Karen, un peu calmée. Robert l'avocat, Sylvia, mes belles-sœurs ou ma propre mère ?

– Prends ta mère, conseilla Defina avec un soupir. Bon sang, ma fille le fait bien ! » Les deux femmes échangèrent un petit sourire triste. Puis, avec un accent yiddish impeccable, Defina ajouta : « Tu veux que je les empoisonne, ceux-là ? » Karen éclata de rire. Defina revint à l'argot de Harlem. « Une spécialité à Madame Renaud. C'est pas encore trop tard, tant qu'ils ont à se goinfrer. »

Karen ne savait pas ce qu'elle devait penser quand son amie parlait de la magicienne. « C'est tentant, mais pas aujourd'hui. On peut toujours espérer que le hareng va s'en charger. »

Lisa passa la tête par l'entrebâillement de la porte. « Oh, tu es là. Écoute, Karen, je m'inquiète pour toi. On peut parler ?

– Pas tout de suite. » Zut ! Elle n'avait pas encore trouvé une minute pour discuter tranquillement avec sa sœur. Et à quand remontait leur dernier coup de fil ? De nouveau, elle se sentit prise en faute. Sa sœur ne connaissait même pas le diagnostic de Goldman.

« Bon, je vais m'éclipser, s'excusa Defina.

– Super, approuva Lisa. Eh, vous avez du rouge à lèvres sur les dents, lança-t-elle à Defina.

– Ah bon ? » Karen savait ce qui allait suivre, mais Lisa fit des yeux comme des soucoupes quand Defina retira son bridge pour l'essuyer d'un coup de serviette en papier. Puis elle remit en place ses fausses dents. « Merci », fit-elle avec un large sourire avant de retourner dans l'arène.

## Chapitre 9

# L'étoffe du succès

Dans le monde délirant de la mode, si une chose se produit une fois, c'est une tendance, deux fois, c'est une toquade, et trois fois, c'est un classique. Et dès le lendemain, c'est devenu ringard. Karen savait que, pour l'instant, elle était la coqueluche. NormCo le savait aussi. Mais, bon, l'an prochain, peut-être même la saison prochaine, elle ne ferait pas plus de bruit qu'un Tony de Freise. Elle venait d'apprendre, par la revue *Women's Wear Daily*, que Tony était déclaré en faillite. Cela pouvait lui arriver aussi.

Elle était prête pour la réunion avec NormCo, sauf qu'elle ne savait pas quoi se mettre.

Elle ouvrit son placard. Pour une fois, elle avait envie de noir. Aurait-elle l'air trop décontracté avec le deux-pièces en maille de soie? Elle se sentirait presque à l'abri avec un des ensembles en cachemire portant sa griffe – sa tenue basique avec la veste ou le châle coordonné. Mais ça pouvait faire trop sport. Et elle risquait aussi d'avoir trop chaud. Cela dit, elle était l'artiste, et Bill Wolper pas plus qu'un autre n'allait lui coller sur le dos un petit tailleur strict. Selon elle, pour qu'un tailleur ait de l'allure, il fallait qu'il donne l'impression qu'on était nue dessous. En fait, elle n'avait même pas un seul petit tailleur dans son placard. Justement, elle devait sa réputation au fait qu'elle avait libéré les femmes d'affaires de ce carcan.

Apparemment, Bill Wolper avait réussi, lui aussi, à libérer un certain nombre de ces femmes-là de leurs vêtements. A en croire les bruits qui couraient sur la Septième, il avait couché avec toutes. Karen ne l'avait encore jamais rencontré, mais elle avait vu des photos de lui, et il l'avait laissée froide. Son seul charme, à première vue, résidait dans la taille de son compte en banque.

Le téléphone retentit. Karen n'avait pas le temps de répondre, mais elle écouta, malgré elle, le message qu'enregistrait le répondeur. « Karen ? C'est Lisa. J'ai essayé de te joindre au bureau mais ça ne répondait pas. Je voulais m'excuser pour le brunch, ce n'était pas génial, je sais. J'espère que tu n'es pas fâchée ? Il faut qu'on se parle. » Il y eut une courte pause ; Lisa était encore au bout du fil. « Tu me manques, Karen », ajouta Lisa. Puis le bourdonnement de l'appareil fut suivi d'un déclic indiquant que la communication était coupée. Sur le coup, Karen se sentit fautive, elle aurait dû lui parler. Depuis combien de temps remettait-elle cette conversation ? Cela devenait de plus en plus difficile. La vie de Karen prenait de l'ampleur tandis que celle de Lisa se ratatinait. Mais elle ne pouvait pas le lui expliquer.

Karen prit dans la penderie le cardigan sans boutons, en soie anthracite, avec sa robe coordonnée. Elle enfila une nouvelle paire de collants Fogal. Pour vingt-six dollars, c'était un luxe ridicule, et en plus ils filaient si on avait le malheur d'éternuer, mais ils avaient une sensualité et une subtilité de ton que rien ne pouvait approcher – pas même ses ongles. Elle qui se souciait rarement de passer les gants de coton que Fogal fournissait pour limiter les dégâts fit exceptionnellement cet effort. Le haut était conçu de manière à comprimer la taille et les cuisses. Le genre de détail fort appréciable quand vous avez la quarantaine et que vous voulez une robe qui tombe bien !

Pourquoi toutes les femmes d'Amérique ayant dépassé l'âge nubile détestaient-elles leurs cuisses ? C'était en fait l'une des grandes préoccupations de sa vie, et une des clés de son succès. Sachant combien les femmes, toutes les femmes, détestaient leurs cuisses ou leur ventre, Karen dessinait pratiquement tous ses vêtements en fonction de cette vérité première. Elle leva les bras, se glissa dans le tissu soyeux et noua les manches du cardigan autour de la taille. Il pouvait être porté en gilet, bien sûr, mais elle s'en gardait bien. Ses employées comme ses clientes s'en servaient pour dissimuler la taille, les cuisses, les hanches. A huit cent soixante dollars, il représentait carrément une ceinture de luxe, mais il faisait de l'effet. L'ensemble avait l'air décontracté, confortable, et super. Et on s'y sentait superbien. Les vêtements doivent être doux à la peau. Pas question, pour Karen, de fabriquer un chemisier ou une robe en Lurex, qui risquait de gratter. Elle enfila des chaussures en chevreau dans le ton des bas, et alla s'inspecter dans la glace.

C'était génial. C'était mieux que génial, c'était parfait. Simple, mais faire simple n'est pas aussi facile qu'on le croit. Karen savait jusqu'où aller pour que le vêtement ne serve pas seulement à habiller, mais pour qu'il protège aussi. Ce foutu costume que les hommes revêtent pour aller travailler, c'était quoi ? Rien d'autre qu'une armure, style XX$^e$ siècle.

Elle regarda son reflet. La teinte lui allait à ravir, elle relevait la couleur châtain neutre de ses cheveux. Elle enfouit ses notes dans une pochette en cuir de même ton, puis, après réflexion, y ajouta les deux photos d'elle enfant. Elles étaient devenues comme sa carte American Express, elle ne sortait plus sans elles. Dernier regard à son image : c'était bien ; la soie donnait à la robe de l'énergie et le gilet camouflait ses points faibles. Elle ne put réprimer un soupir. Pourquoi fallait-il que ses points faibles, et en particulier la partie improductive de son corps, se situent justement là, sous les manches nouées du tricot ? Dans la glace, elle avait l'air sexy, raffinée, à son aise, respirant la réussite et l'assurance, sans clinquant ni lourdeur. Sans être jeune, elle n'avait pas encore atteint l'âge mûr. Du moins n'en avait-elle pas l'impression. Elle ne cherchait pas à se rajeunir, elle détestait l'air désespéré de ces femmes qui voulaient rester accrochées à leur passé. Son style reflétait sa vision de la vie, et elle savait que sa clientèle y était sensible. Après tout, ses fidèles étaient rarement des jeunes filles.

Question suivante : les accessoires. Un foulard ? Trop chichiteux. Elle en dessinait, mais en portait rarement. Du moins pas autour du cou. Elle les mettait à la taille, les nouait autour des cheveux, en décorait la bandoulière de son sac. Pourtant, là, il manquait quelque chose, pour rompre la ligne et attirer l'attention sur le visage. Un bijou, peut-être ?

Jeffrey l'attendait devant la porte dans la limousine. La présentation devait avoir lieu dans les bureaux de NormCo sur Park Avenue, au coin de la 50$^e$ Rue. Defina, Robert l'avocat et quelques-uns des principaux cadres de l'entreprise devaient les retrouver dans le hall. Dès qu'elle mit le pied dans la voiture, Jeffrey lui tendit un dossier : « Tu veux jeter un dernier coup d'œil sur les chiffres ?

– Non », fit-elle, et il eut le bon goût de ne pas insister.

Elle se sentait nerveuse. Il ne s'agissait pas d'une vente privée, où elle savait à l'avance le genre de questions qu'on allait lui poser et connaissait tout de la collection. Cela tenait plutôt de l'épreuve de maths du bac, où elle n'avait pas fait des étincelles. Comme autrefois, elle était sûre que si on lui demandait la valeur de $x$, elle répondrait de travers.

Comme s'il avait lu dans ses pensées, Jeffrey la mit en garde : « N'oublie pas, si on te demande à combien tu estimes KKInc, tu ne peux pas leur donner de chiffre. »

Elle hocha la tête, complètement à cran. Voilà, elle en était sûre : quelle que soit la valeur qu'elle donnerait à $x$, elle aurait tout faux.

Et $x$, c'était quoi, exactement ? Que vendait-on au juste, aujourd'hui ? Son nom ? Sa liberté ? Son personnel ? Karen se considérait comme douée pour le marketing, mais malgré ses bons résultats, elle se sentait marginale. Et un peu paumée. Dans le monde d'hommes où elle évoluait, il n'était question que de parts de marché, de garanties et de contre-garanties, de marges bénéficiaires et de taux d'intérêt. Elle leva les yeux sur Jeffrey. Ces colonnes de chiffres n'avaient aucun secret pour lui, mais comprenait-il ce qu'elle ressentait? N'était-ce pas elle qu'il essayait de vendre à NormCo? Comment appelle-t-on déjà les hommes qui vendent leur femme?

Jeffrey posa la main sur sa cuisse. Malgré les deux épaisseurs de maille, elle sentit que sa main était fraîche, presque froide. Avait-il peur, lui aussi? « Tu vas être formidable! dit-il. Tu les auras. » Elle ressentit dans la jambe une sorte de décharge électrique là où se trouvait sa paume. Quand avaient-ils fait l'amour pour la dernière fois? Le soir après son rendez-vous chez le docteur Goldman, le soir où il avait refusé qu'ils adoptent un enfant.

La limousine s'arrêta devant l'immeuble de NormCo, sur Park Avenue. La statue d'un homme en costume, un bras tendu, s'y trouvait avec, pour légende, le mot « Taxi! » Elle aperçut avec soulagement le visage sombre de Defina qui dépassait juste au-dessus du bras en bronze. « Le seul mec de New York qui peut rester aussi longtemps au garde-à-vous », fit Defina en lui tapotant affectueusement le bras. Karen descendit de voiture en riant. Elle avança d'un pas vif et assuré.

« Ça prend pas avec moi, chuchota Defina. Je sens que tu as une trouille d'enfer, mais eux n'y verront que du feu. Tu es super.

— Merci, sorcière. »

Defina sourit de toutes ses dents.

« Parfois, je suis vraiment contente de ne pas être blanche. Au moins, moi, je ne deviens pas couleur cachet d'aspirine quand j'ai les foies.

— Je rajoute un peu de blush, peut-être? » lui demanda Karen en lui rendant son sourire.

Karen fouilla dans la pochette en lézard et sortit son compact. « Enfin, faudra bien faire avec », soupira-t-elle.

Robert l'avocat, accompagné de quelques membres de son étude, Casey Robinson et Mercedes Bernard vinrent les rejoindre. Non seulement Robert l'avocat était blanc comme un linge, mais sa peau luisait de sueur.

Karen lui tendit froidement un mouchoir. « Ne leur montrez jamais que vous avez les jetons », fit-elle, citant la styliste Donna Karan. Puis, marchant en tête de la petite troupe, elle traversa le sol de marbre en direction des ascenseurs décorés du logo de NormCo. Elle donna son nom à l'agent de la sécurité et, quand l'ascenseur arriva, elle se tourna vers eux, leur décocha un large sourire et lança la phrase que la mère de Shirley Temple est censée avoir répétée à sa fille avant chaque tournage : « Fais des étincelles, Shirley, des étincelles ! » Puis, sans un mot, ils entrèrent dans l'ascenseur.

Si la salle de conférences était d'une austérité aseptisée, le panorama était somptueux : tout le sud de Park Avenue avec une vue imprenable sur le Chrysler Building et le centre de Manhattan. Quarante étages plus bas, à vingt rues de là, des ateliers remplis d'un bruit infernal regorgeaient d'immigrants affamés qui trimaient – sans doute pour des filiales de NormCo – pour des salaires de misère. Mais ici régnaient le calme et l'abondance.

Herb Becker entra par une porte discrète et s'approcha, la main tendue en signe de paix – ou pour montrer qu'il n'était pas armé. Becker était le responsable financier de NormCo, un vrai dur qui avait déjà passé beaucoup de temps avec Jeffrey et Lenny, le comptable de KKInc. Karen ne l'avait rencontré qu'une seule fois. Il lui prit la main et la secoua énergiquement de haut en bas comme si elle était une machine à sous sur le point de cracher le jackpot.

« Bienvenue chez NormCo. Bill vous attend. » Ils avaient tous, chez NormCo, une manière bien particulière de prononcer ce prénom, comme s'ils disaient « Sa Majesté ». Basil Reed, un Anglais, en faisait autant.

La salle de conférences, comme tout le reste chez NormCo – à part les bénéfices, bien sûr –, était relativement modeste. Des spots encastrés dans le plafond tout autour de la pièce donnaient l'impression que la table était suspendue dans un ovale de lumière. Une cafetière en argent entourée de tasses en porcelaine blanche était posée sur une desserte laquée.

A côté du café, il y avait des petits fours soigneusement empilés, du genre qui fond dans la bouche mais pas dans la main.

Bill Wolper se tenait à l'autre extrémité de la table et, bien qu'il fût de taille moyenne, il était assez impressionnant. Costaud sans être gras, il avait une grosse tête massive. Et pourtant, il avait incontestablement du charme. Frisant la soixantaine, il avait encore des cheveux noirs et brillants, et un teint superbe. Sans doute devait-il ses joues roses à une tension artérielle trop forte, se dit Karen, qui dut toutefois reconnaître qu'il avait de l'allure. Il lui tendit une large paume carrée, sans pour autant bouger de sa place. La montagne irait donc à Mahomet. Elle avança sans hâte en passant derrière la rangée de chaises vides et, à son tour, tendit la main. Il la prit et elle fut surprise par sa chaleur. A quoi s'attendait-elle, à une créature à sang froid, à un lézard ou un serpent, peut-être ?

« Bill, dit-elle en s'efforçant d'avoir l'air de prononcer un prénom, pas un titre.

— Karen Kahn, répondit-il, et il eut l'air de lui donner l'accolade. La lauréate du Oakley Award. » Il avait justement relevé ce dont elle était le plus fière. Ils se mesurèrent en silence, les yeux dans les yeux. Les siens étaient marron, et ses cils presque aussi sombres et épais que ses cheveux. Il avait deux rides, telles des parenthèses, entre la base du nez et la commissure des lèvres. Et quand il souriait, une fossette se creusait.

Qu'est-ce qui me prend ? se dit Karen. Voilà que je trouve Bill Wolper séduisant. Comme si cela entrait en ligne de compte. Tu le regardes comme s'il s'agissait d'aller au bal au lieu d'un mariage de raison. Qu'est-ce qui te prend ?

« Bon, on s'y met ? » proposa Jeffrey en sortant ses dossiers.

Herb Becker entama la séance par une présentation de NormCo et de toutes ses filiales. Karen regarda l'organigramme et réprima un soupir. Elle n'avait rien vu d'aussi compliqué depuis la sortie imprimante de son dernier scanner par ultrasons. Pourvu que NormCo n'ait pas de ratés

comme son système reproducteur! Brusquement, elle revit
l'image d'une petite fille croisée chez Macy, la douceur sati-
née de sa joue rebondie. Ce souvenir lui fit sauter une partie
des explications de Herb. Elle leva les yeux et s'aperçut que
Bill Wolper l'observait. Qui voyait-il au juste? La filiale en
bonne santé qu'il voulait acquérir, ou elle, Karen? Elle se sentit rougir.

« Karen, c'est le moment de faire ton intervention », lui
signala Jeffrey. Elle se leva et alla vers l'écran qui venait
d'apparaître, dissimulé par une cloison coulissante. Elle inspira profondément. « Bon, voilà de quoi il s'agit. KKInc n'est
pas comme les autres sociétés. Tout le monde dit sans doute
la même chose, mais pour une fois, c'est vrai. Chaque année
depuis cinq ans, nous avons augmenté notre volume de production entre deux et trois cents pour cent. Chaque année.
Et je ne crois pas que ce soit seulement une question de
chance. Ni même de merchandising. » Elle se tourna vers
Casey. « Il ne s'agit pas de nier les qualités de nos commerciaux, bien sûr. Mais la vraie raison, c'est que nous savons ce
que veulent les femmes et ce dont elles ont besoin. Nous
comprenons la femme d'aujourd'hui, parce qu'elle, c'est
nous.

— Tiens donc, certains d'entre nous sont la femme
d'aujourd'hui, releva Jeffrey avec un sourire.

— Et certains d'entre nous voudraient bien l'être », murmura Casey à l'oreille de Defina. Jeffrey lui jeta un regard
noir.

Karen lui sourit. « Tout est dans le dessin, voyez-vous. Et
dans la couture, nous avons la chance infinie de dessiner pour
le corps, de décider de ce qu'on révélera et de ce qu'on dissi-
mulera. Certains croient que la mode tourne autour de la
sexualité, ce qui est vrai en partie. Mais je ne crois pas que les
femmes suivent la mode pour plaire aux hommes. Elles le
font d'abord pour elles-mêmes. C'est un des derniers moyens
d'expression qui nous restent. On dit aussi que les vêtements
sont une nécessité, mais que la mode est un luxe. Donc les

femmes qui achètent nos créations ne cherchent pas seulement à exprimer leur personnalité ; elles le font aussi pour le luxe de posséder, car posséder ce luxe permet aussi à la femme de sentir sa place dans la société. Ce n'est pas à notre publicité, ni à notre service commercial, ni à la presse qui parle de nous que nous devons notre succès, bien que tout ceci, nous l'ayons. Nos clientes achètent nos produits parce qu'une fois qu'elles les ont mis, elles ne peuvent plus s'en passer. Parce que nos dessins sont vraiment bons. Alors, soit vous le croyez et nous faisons affaire ensemble, soit nous n'avons plus rien à nous dire. Si c'est seulement un nom que vous voulez vous payer, prenez-en un autre. Car si nous sommes fiers de notre nom, c'est qu'il est derrière nos dessins. » Elle regarda Bill droit dans les yeux. « Vous voyez ce que je veux dire ? »

Il soutint son regard et hocha la tête, l'air grave. Il ne l'avait pas quittée des yeux depuis qu'elle était arrivée. Qu'est-ce qu'il cherchait, au juste ? A flirter, à se foutre d'elle ou à traiter une affaire ? Est-ce qu'il comprenait vraiment ?

« Je vais vous montrer », poursuivit-elle en faisant un signe pour qu'on projette la première diapositive.

A partir de là, c'était facile. Elle leur montra sa collection en expliquant ses idées. Puis elle s'assit et Defina vint prendre la suite pour parler des opérations de licence. Casey aborda l'aspect commercial, et Jeffrey présenta les chiffres. Cela suscita quelques questions ardues de la part de Herb et de Basil sur la croissance phénoménale et la rentabilité décroissante, ainsi que sur les intérêts de la dette contractée pour le lancement. Mais Jeffrey prit tout sous son bonnet et reconnut les problèmes que leur avaient posés le remboursement des emprunts et le contrôle des prix. « C'est une des raisons pour lesquelles NormCo nous a intéressés », souligna-t-il. Il espérait du reste que NormCo, avec l'importance de son pouvoir d'achat, pourrait les aider à réduire ces coûts.

Il était près d'une heure. Bill Wolper se leva. « Cette réunion a été fort intéressante. Je tiens à vous remercier tous pour vos interventions et vos commentaires. » Basil, Herb et les autres membres de son équipe se mirent debout, aussitôt imités par Jeffrey et les collaborateurs de KKInc. Seule Karen s'attarda un instant. Alors, c'était fini ? Était-ce là sa seule récompense pour avoir craché ses tripes ? Elle se sentait vidée, elle avait l'impression d'avoir déçu tout le monde. Bill se pencha vers elle et lui prit la main. « J'ai un rendez-vous à déjeuner, malheureusement. Mais j'espère que vous accepterez que je vous invite une autre fois ? »

Elle leva les yeux. « Nous en serons ravis », intervint Jeffrey, et Karen quitta la table à son tour.

Ils sortirent de l'immeuble sans dire un mot – « comme des grands », aurait dit Casey. Mais dès qu'ils furent sur Park Avenue, Jeffrey ne put se retenir plus longtemps : « Ouais ! hurla-t-il. Ouais ! On les a eus. Je sens qu'on les tient.

– Tu es sûr ? demanda Karen.

– Sûr. Ils salivent. T'as pas vu ? On les a eus.

– Mais est-ce que nous, on les veut ? intervint Casey. Putain ! Les duettistes Basil et Herb, quel numéro ! Vous trouvez pas que leur nom fait penser à une nouvelle sauce salade ?

– Ils ont fait leur boulot, sans plus, assura Jeffrey. Et on ne s'est pas laissé entuber.

– Ben, moi, j'aimerais pas être entubé par ces deux-là, rétorqua Casey. Mais Karen, tu as été géniale. Ton exposé, c'était du béton !

– Ouais, mon chou, tu as été extra, renchérit Defina.

– Tu as été super ! assura Jeffrey.

– Mais vous aussi. Chacun de vous ! réussit à articuler Karen.

– Ils vont nous faire une offre à tout casser, décréta Robert l'avocat. A mon avis, plus qu'on ne s'y attendait. » Karen le voyait presque calculer son pourcentage.

« Je dirais vingt... vingt millions de dollars, suggéra Jeffrey.

– Ça ne veut pas dire qu'on va accepter », interrompit Karen. De nouveau, Bill Wolper lui revint en mémoire. Elle croyait qu'elle allait devoir se vendre, et elle était séduite. Elle se tourna vers Defina : « Qu'est-ce que t'en penses, toi?

— Je ne pige rien aux questions d'argent, mon chou, mais j'ai vu beaucoup trop de doubles K pour me sentir à l'aise. Tu vas me trouver hypersensible, mais s'il y avait eu un seul triple K [1], je sortais de là en hurlant.

— Ils se gardent la ligne KKK pour le Sud, plaisanta Casey. Là-bas, le facteur d'identification de la marque est garanti.

— KKInc, chez qui la race est toujours d'actualité, les sexes interchangeables et la réalité une option, ajouta Jeffrey. Vous savez comment on nous appelle, dans la profession? *Kinky*, les folles. Je vous jure, si jamais NormCo entend parler de ça, tout est fichu. »

Karen tenta de s'interposer. « Allons donc, Jeffrey! Il ne s'agit pas de la Midwest Corporate America, ni même de Wall Street. On est dans la fringue. C'est les folles et les métèques de tous bords qui habillent l'Amérique. Même le grand Blanc Bill Wolper doit savoir ça. »

Jeffrey se tourna vers elle, l'air furieux. Il était livide, le visage presque aussi gris que ses cheveux. « Bordel! s'écria-t-il. Putain de bordel! » Et Karen vit des larmes, de vraies larmes, perler sur ses longs cils noirs. « Mais vous n'avez rien pigé? Ça fait des mois que Robert et moi montons ce coup, des mois pour en arriver là. Si vous saviez combien on en a bavé à cause de cette dette qu'on se traîne! Ce contrat nous permettrait à tous – je dis bien, tous – de passer en classe Bentley Turbo R. Et vous, au lieu de me remercier, vous vous fichez de cette occasion unique comme si on en ramassait des dizaines à la pelle. Sais-tu que si nos créditeurs exigeaient le règlement immédiat des factures, on serait en faillite? Et si Munchin, Genesco ou un autre de nos fabricants décidait de ne pas nous expédier nos produits avant qu'on ait réglé les factures, on n'aurait pas un sou en caisse pour la prochaine collection? Il n'y aurait pas de collection, d'ailleurs. Je fais le

---

1. Allusion au Ku Klux Klan.

saut périlleux sans filet. Putain, vous n'êtes qu'un tas d'imbéciles. Non, pire, vous n'êtes que des gamins, de sales gamins. » Il tourna les talons et partit à grands pas sur la 50e Rue en direction de Lexington Avenue. La petite bande resta figée sur place. Puis, comme on pouvait s'y attendre, Robert lui courut après.

« Jeffrey, attends-moi ! » cria-t-il.

Les autres étaient comme paralysés. Ce fut Casey qui rompit le silence. « C'est quoi, une Bentley Turbo R ? » demanda-t-il. Personne ne répondit.

Finalement, Defina prit la parole. « Je n'aurais jamais cru que, pour Jeffrey, les enfants étaient pires que des imbéciles », dit-elle.

## Chapitre 10

## Mariage à la une

C'est uniquement lors des mariages que la bonne société new-yorkaise fraie avec la Septième Avenue. Après des semaines de discussions sur le dessin et d'interminables séances d'essayages, le mariage d'Elise Elliot et de Larry Cochran allait être célébré en l'église épiscopale de Saint-Thomas, sur la Cinquième Avenue. C'était l'une des églises les plus mondaines de New York, seulement dépassée par Saint-James sur Madison Avenue, un poil plus chic. Cela dit, du point de vue esthétique, il était difficile de trouver mieux que l'incroyable frise en pierre qui s'élève sur dix mètres derrière l'autel, avec un bas-relief sculpté d'inspiration médiévale.

L'église la mettait un peu mal à l'aise, mais il fallait reconnaître que les *goyim*, les non-Juifs, savaient avoir de la classe. Les autres stylistes de la Septième Avenue, à présent intégrés au meilleur monde, se sentaient-ils également déplacés devant un crucifix? se demanda Karen. Bien sûr, Calvin Klein possédait une collection de croix et Donna Karan avait sorti toute une collection de bijoux s'inspirant de ce symbole. Depuis Madonna, la religion était devenue un accessoire de mode.

L'orgue se mit à jouer. La musique sacrée, il n'y a pas mieux. Rien à voir avec *Hava naguila* et les danses israéliennes. L'église Saint-Thomas était le pendant américain de

Saint-Martin's-in-the-Field, une église anglaise aussi connue pour son chœur et sa liturgie que pour son architecture. Néanmoins, la beauté des lieux et de la musique passerait pour une fois au second plan, cédant la vedette à l'élégance de l'assistance rassemblée en cet auguste lieu pour célébrer une union incroyable, mais follement romantique.

Karen était venue sur place à plusieurs reprises pendant qu'elle travaillait sur les robes du mariage. Après tout, un costume doit aller avec le décor. Elise Elliot l'avait elle-même suggéré, et elle avait raison.

Elise était une des dernières grandes stars du cinéma ; elle avait connu l'époque où les studios non seulement réglementaient mais aussi orchestraient la vie des acteurs. Ces temps-là avaient disparu, mais elle avait assez de fortune personnelle et de jugeote professionnelle pour essayer de réussir le tour de force qui consistait à donner un maximum de publicité à l'événement tout en conservant sa dignité et un semblant d'intimité. Malgré les exigences de l'actrice, qui frisaient parfois l'obsession, Karen avait beaucoup d'admiration pour elle. Elle avait énormément de présence, les plus grands couturiers l'avaient habillée pendant trois décennies et plus. Au fond, peu de femmes comprenaient vraiment à quoi sert un vêtement, ce qui va ou ce qui cloche. Elise le savait et ses desiderata étaient fondés.

Mais, derrière la froide et belle façade, Elise avait la terreur de sombrer dans le ridicule. Elle avait une peur atroce de paraître son âge, sachant que les photographies allaient faire le tour du monde et qu'elle serait détaillée, critiquée et l'objet de toutes les railleries. Karen devait veiller à ce que cela ne se produise pas.

Et ce n'était pas chose facile. Apparemment, Elise aimait Larry avec la même passion que Karen éprouvait pour Jeffrey. Elise méritait donc une vraie robe de cérémonie. Mais si une mariée se doit d'être jeune et fraîche, comment Elise pouvait-elle avoir l'air fraîche sans qu'on l'accuse de chercher à se rajeunir ? Et pour compliquer encore un peu les choses, elle s'était choisi pour dames d'honneur la minuscule Annie Paradise, aux allures d'oiseau, et la corpulente Brenda Cushman. Il était impensable de les habiller pareil, mais Elise tenait à ce que leurs tenues soient coordonnées. Elle les voulait féminines et raffinées.

Les derniers invités faisaient leur entrée. Des membres de la meilleure société new-yorkaise, des créateurs qui habillaient Elise depuis des années, des Européens titrés, de jeunes mannequins, plus une bonne dose de célébrités hollywoodiennes. Donna Karan était assise à côté de son mari, Stephan Weiss, tous deux vêtus de noir. Si Calvin Klein ne semblait pas être de la cérémonie, sa femme Kelly était là, accompagnée de sa belle-fille, Marci. Kelly exhibait le fameux collier de perles de la duchesse de Windsor, que lui avait offert Calvin.

Karen regarda autour d'elle. Jean-Paul Gaultier arborait un costume dont les rayures évoquaient celles des pyjamas de prisonniers. Dans le contingent des ultrariches, Karen ne put repérer que Gianni Agnelli qui, comme toujours, avait une chemise américaine dont il avait, comme toujours aussi, déboutonné le col, de même que, comme toujours, sa montre était glissée sur le poignet de sa chemise. Norris Cleveland n'était pas accompagnée de son mari. Karen se demanda si les rumeurs de divorce étaient fondées et si Norris cachait un carnet de croquis dans son sac de chez Judith Leiber.

Dustin et Lisa Hoffman entrèrent, lui dans un costume quelconque, elle dans une sorte de robe monastique qui était peut-être une création de Jill Sanders. Une superbe créature, que Karen ne reconnut pas — elle n'avait guère le temps de regarder la télévision — portait quelque chose de totalement incongru, une dentelle de couleur bronze très collante, complètement transparente, les manches doublées de satin orange vif, des collants aubergine et des bottes en cuir aux genoux. « Qui est-ce ? murmura Karen.

— Tu veux dire : qu'est-ce que c'est ? rétorqua Jeffrey, qui avait des goûts très classiques en matière de mode. Son couturier doit détester les femmes. »

Jeffrey, comme beaucoup de femmes et de gens des médias, était convaincu que les stylistes détestaient les femmes. Ils s'imaginaient que les créateurs gays conspiraient pour rendre les femmes ridicules. Jeffrey les surnommait en bloc « la mafia gay ». Mais Karen n'était pas d'accord. Pour elle, les homosexuels de la mode aimaient les femmes, mais ils ne s'intéressaient qu'à celles qui étaient bâties sur le modèle gay : longues, grandes, minces, les épaules larges. Ils avaient souvent un style flamboyant, théâtral, délirant. Et avaient souvent aussi des idées pour se faire plaisir. En quelque sorte, les couturiers gays habillaient les femmes pour les rendre séduisantes aux yeux des homos.

Karen leva les yeux à temps pour capter l'arrivée du plus beau couple de New York, Cindy Crawford et Richard Gere, qui s'assirent côte à côte, la main dans la main. En dépit des rumeurs qui circulaient sur leur compte, ils avaient l'air heureux. Acteurs et top models pouvaient-ils jouer sans arrêt la comédie ? Michael et Diandra Douglas étaient, comme toujours, superbement vêtus, mais Al Pacino ressemblait à Al Capone en costume rayé. Curieusement, il était seul.

« Le fric et le talent ne sont pas synonymes de bon goût », commenta Jeffrey. Lui-même portait un costume sombre des plus classiques. Il détestait l'excentricité chez les hommes. Et ce côté-là plaisait à Karen. La mode lui paraissait-elle trop frivole pour qu'un homme s'y intéresse ?

Elle contempla son profil. Elle l'aimait tant. Malgré le fait qu'ils n'auraient pas d'enfant ensemble, qu'elle désapprouvait l'accord avec NormCo, et qu'il ne comprenait pas ou ne partageait pas son désir de fonder une famille, elle l'aimait. Et il l'aimait. Il avait sans doute raison concernant l'adoption, concernant sa mère biologique, et pour tout le reste aussi. Il avait toujours cru en ce qu'elle avait de meilleur, même quand elle n'y croyait pas. Quand il lui avait dit qu'elle avait du talent, elle l'avait cru. Et s'il n'avait pas été là pour la pousser ? Elle posa la main sur le lainage sombre de sa manche. Elle sentait les muscles fermes de son avant-bras sous l'étoffe. Elle pensa à Carl, seul à Brooklyn Heights. Jeffrey était tout ce qu'elle avait. Il ne lui en fallait pas plus.

L'orgue entonna la *Marche nuptiale*. La musique triomphale s'éleva au fond de la nef. Au même moment, toutes les têtes se tournèrent vers l'entrée. L'allée centrale, couverte d'un tapis rouge, était illuminée par des dizaines de projecteurs dissimulés dans la pénombre de la voûte. La cérémonie commençait.

En tendant la tête en direction de l'autel, Karen put apercevoir Larry Cochran, blond et dégingandé, qui venait d'entrer par une porte latérale pour attendre sa fiancée. Un autre jeune homme se tenait auprès de lui, plus petit, vêtu d'un costume moins bien taillé. Mais qu'importait le garçon d'honneur ! Dans les mariages, ce sont les femmes qui tiennent la vedette. Quand la musique s'éleva, Brenda Cushman apparut et commença à remonter lentement l'allée centrale.

Elle avait de l'allure, et Karen eut un soupir de soulagement. Elle lui avait dessiné une robe simple, bien épaulée pour soutenir le lourd balancement de la soie. La couleur seyait à la perfection à son teint mat ; ni rose ni gris, entre les deux. La robe était plus courte qu'on n'aurait pu s'y attendre, mais le mouvement au niveau de l'ourlet attirait l'attention sur les jambes magnifiques de Brenda. Pour Karen, un vêtement était également une question de mouvement. Une femme ayant des défauts avait besoin de force et de mouvement dans ses habits. Brenda, qui portait une brassée de freesias et de roses incarnates, avançait d'un pas sûr en direction de l'autel.

Annie Paradise suivit. Annie était bâtie comme Lisa, la sœur de Karen, petite et frêle. Karen avait pris la même soie lourde, mais dans un ton légèrement plus grisé – la différence était imperceptible. Bien que le décolleté carré fût également asymétrique, son fourreau était d'une simplicité presque orientale, qui accentuait la minceur d'Annie. La richesse de l'étoffe, la subtilité de la couleur prouvaient, comme le disait

Chanel, que « simplicité ne rime pas avec pauvreté ». Karen
pouvait se réjouir.

Puis l'orgue annonça la venue de la mariée. Comme le
reste de l'assistance, Karen tourna la tête, mais elle ne put
apercevoir Elise. Il y eut une pause, puis, comme Elise quittait les ombres projetées par la galerie surplombant l'entrée, le
silence fut troublé par un gigantesque soupir, hommage à la
beauté.

Elle marchait au bras de son oncle, un petit vieillard
qu'elle dominait de sa taille. Mais personne ne songea à plaisanter. La taille de celui-ci accentuait la prestance de la
mariée. A côté de lui, elle avait l'air d'une reine. Elle portait
la même soie lourde, mais de deux tons plus claire. Karen
avait conservé le décolleté carré, qu'elle avait rehaussé d'un
empiècement et d'une guimpe montante confectionnée dans
une dentelle de toute splendeur du même ton blanc rosé.
Cela dissimulait la gorge et le cou d'Elise jusqu'au menton,
parties devenues particulièrement vulnérables avec l'âge.
Comme pour poursuivre l'idée, Karen avait créé un voile
posé sur une couronne presque invisible et qui encadrait le
visage puis retombait en plis somptueux à l'arrière de la robe.
Celle-ci, presque sévère, avait une ligne princesse, mais les
manches ballonnaient généreusement, exposant aux regards
la même précieuse dentelle. Elise était ravissante.

Jeffrey prit la main de Karen. « Bon sang ! » murmura-t-il.
Puis il quitta Elise des yeux et se tourna vers elle. « Félicitations. » Et pour Karen, la fierté de son mari vint compléter sa
joie.

Dans l'allée, Elise Elliot dépassa Karen, son beau profil
regardant droit devant elle, confiante en sa beauté et en sa
dignité. Karen admira au passage la chute de la traîne et le
mouvement du voile. Derrière l'épaule d'Elise, Karen put distinguer le visage de Larry Cochran à l'approche d'Elise. Il
était transfiguré par l'amour et la surprise, bouleversé et peut-
être incrédule de voir venir à lui cette femme, véritable incar-
nation de la beauté éternelle. La foule était immobile, émue

par la perfection et la sérénité de la mariée. C'est seulement quand elle arriva à l'autel que le charme fut rompu et que les murmures reprirent en sourdine.

« Incroyable, chuchota Jeffrey. Je me fiche de ce que ça peut coûter, ça valait vraiment le coup! Ça va t'apporter encore plus que le Oakley Award. Mercedes a intérêt à faire le nécessaire pour assurer dans les médias. »

Mais, pour une fois, Karen ne s'intéressait pas au travail. Elle entendait autour d'elle les réflexions, les murmures qui exprimaient l'approbation, l'incrédulité, le désir et l'envie, mais elle ne les écoutait pas. Ce n'était pas un défilé de mode et elle ne vendait rien. Elle avait créé quelque chose de spécial, de toute beauté, et pour le moment, ce que pensaient les autres importait peu. En cet instant, le succès d'estime que lui prédisait Jeffrey ne comptait pas. Elle s'adossa contre le prie-Dieu et, tandis que les mariés échangeaient leurs vœux, elle eut l'impression que tout était enfin pour le mieux dans son monde à elle.

Elle se pencha vers Jeffrey. « Je me fiche de ce que propose NormCo, dit-elle. Je ne vends pas. »

Il se tourna vers elle. « Karen, on n'a peut-être pas le choix. Tu sais que si on ne se développe pas, on ferme. C'est peut-être là notre meilleure chance.

— Pas après ça. On va avoir des commandes fantastiques de partout. J'en suis sûre.

— Alors on aura encore plus de problèmes de liquidités. »

Elle le regarda dans les yeux, l'air aussi résolu que lui. « Jeffrey, je ne veux pas vendre », dit-elle.

*Deuxième partie*

# UNE COTTE MAL TAILLÉE

*Le costume est l'étoffe de l'histoire, la texture du temps.*

Jay Cox

## Chapitre 11

## Collection de mode

Depuis combien de temps Lisa n'avait-elle pas parlé avec Karen ? Près du téléphone était posé le dernier numéro de la revue *People*, avec Élise Elliot en couverture et l'article sur Karen à l'intérieur. Cela aurait dû suffire à accabler sa sœur de coups de fil. Lisa tenta de se raisonner ; elle n'avait aucune raison de lui en vouloir mais c'était décidé, cette fois, elle attendrait que Karen la rappelle. Or, rien ne venait. Et comme Lisa n'avait pas grand-chose à faire, l'ennui et la rancœur grandissaient. Cela faisait longtemps qu'elle s'ennuyait.

Il n'en avait pas toujours été ainsi. Du temps où Lisa avait sa boutique, elle était comme une camée qui se procure de la drogue en dealant. La boutique répondait à ses besoins. Elle lui permettait de s'échapper de chez elle le matin. Elle lui donnait l'impression d'être un gros poisson, encore qu'un magasin sur Central Avenue, à Lawrence, fût un bien modeste marigot. Elle lui procurait aussi une raison de s'habiller le matin, un prétexte rêvé pour ses excursions à Manhattan, un sentiment d'importance quand on la traitait en acheteuse dans les show-rooms de Broadway, voire une façon de se débarrasser discrètement de ses propres achats ratés. Lisa avait la réputation d'accrocher sur le portant des toilettes qu'elle avait déjà mises, en changeant simplement l'étiquette. Elle éprouvait un sentiment de puissance quand une cliente casse-pieds hésitait et s'en allait. Si elle sentait que la femme allait revenir, elle cachait le vêtement et prétendait l'avoir vendu dans l'intervalle. Les derniers temps, c'était devenu pour elle un lieu de rencontres. Les relations qu'elle s'était faites parmi sa clientèle lui avaient servi par la suite. Certaines, auxquelles elle accordait des réductions, étaient devenues des amies. Était-ce une façon de s'acheter leurs bonnes grâces? Lisa refusait d'y songer. Comme Belle, elle refusait de penser aux choses désagréables.

Sa sœur dirigeait à l'époque une petite maison de mode; Lisa dirigeait une petite boutique de mode. Tout semblait aller pour le mieux, mais le dénouement était prévisible, même si elle ne l'avait pas vu venir. Le magasin ne lui rapportait pas d'argent. Au début, il n'était pas censé le faire. Puis il s'était défendu pendant quelque temps, profitant de la prospérité des années quatre-vingt. Mais avec sa manie de faire des remises à toute la bonne société des environs, elle avait fini par travailler à perte, bien avant le « lundi noir » de Wall Street.

A présent, elle tenait sa revanche. La *bat mitzvah* de sa fille replaçait Lisa sous les projecteurs. Si elle ne pouvait pas réussir comme femme d'affaires, elle réussirait à les éblouir par ses talents d'hôtesse. Elle avait commencé à établir les listes d'invités un an plus tôt, passant en revue ses anciennes clientes, ses répertoires périmés, des articles découpés dans *Newsday* et le journal local mentionnant les principaux donateurs de bonnes œuvres, les notables de la communauté et les membres les plus éminents du seul country-club auquel elle appartenait encore avec son mari. Elle avait bien essayé d'avoir, elle aussi, une activité sociale pour rester en contact avec les cercles où elle aspirait à entrer, mais faute de pouvoir donner beaucoup ou d'apporter de gros donateurs, elle restait cantonnée aux travaux subalternes, tels que rédiger les adresses, chercher les circulaires chez l'imprimeur, coller les enveloppes – pas du tout ce qu'elle avait imaginé. Bon Dieu, si elle avait voulu être secrétaire, il y a longtemps qu'elle se serait trouvé du boulot.

La *bat mitzvah* était donc pour elle sa dernière chance de se montrer une hôtesse incomparable, ce dont elle avait toujours rêvé sans jamais tout à fait y parvenir. Elle ne comprenait pas vraiment pourquoi, du reste. Elle connaissait beaucoup de femmes et s'efforçait de se montrer aimable avec chacune, mais même lorsqu'elle donnait une réception, elle avait l'impression d'être laissée à l'écart des conversations. Et on leur rendait rarement leurs invitations.

Lisa en tenait Leonard pour responsable. Après tout, qui s'intéressait à la conversation d'un dermatologue de banlieue ? Et en tant que tel, Leonard devait figurer en bas de l'échelle. Certes, il ne parlait pas de choses embarrassantes, comme de pustules ou d'acné, mais ce qu'il disait était terne ou sans intérêt. Elle aurait dû épouser un vrai spécialiste. Par moments, elle avait envie de lui donner un coup de pied et de le supplier de se taire ou de faire un effort pour se montrer intéressant. Mais en général, il lui laissait le champ libre, et elle papotait à n'en plus finir, de plus en plus nerveuse et mal à l'aise.

Pourquoi sa vie allait-elle de travers, alors que Karen avait si bien réussi ? Après tout, c'était Lisa la plus jolie des deux, et vivre avec Karen n'avait sûrement rien d'une sinécure ! Comment sa sœur avait pu plaire à un homme aussi beau, charmant et attirant que Jeffrey demeurait pour Lisa un mystère. Pourtant, quand elle repensait à leurs amours en dents de scie et à la réserve de Jeffrey jusqu'à ce que Karen ait réussi à percer, Lisa avait bien l'impression qu'il avait attendu qu'elle se soit fait un nom avant de s'engager. Lisa se demanda vaguement si son beau-frère trompait parfois sa femme, mais il n'en avait pas l'air, ou du moins se montrait-il très prudent. Karen le lui aurait dit si elle soupçonnait quelque chose, et là, aucune allusion de sa part. Car, même si elles n'avaient pas eu l'occasion de se parler ces derniers temps, elles restaient les meilleures amies du monde, n'est-ce pas ? Cela dit, pourquoi fallait-il que sa sœur aînée ait toujours tout ? N'était-ce pas à l'enfant adoptif d'avoir des problèmes ? Or c'était Karen qui avait décroché un mari génial et une supercarrière, tandis que Lisa voyait sa jeunesse et sa vie s'étioler au fond de sa banlieue.

Elle finissait de prendre sa douche quand elle entendit le déclic du répondeur qui se mettait en marche : « Allô, Lisa ? Tu es là ? »

Elle crut reconnaître la voix de Jeffrey, son beau-frère. Pourquoi diable l'appellerait-il ? Il ne l'avait jamais fait. Toute dégoulinante, elle décrocha le combiné.

« Jeffrey ? demanda-t-elle.

— Ah, Lisa, tu es là. Super ! Je voulais te parler. » Il s'interrompit, Lisa attendit. Le silence se prolongea.

« Je suis là, dit-elle. De quoi s'agit-il ?

— Oh, de choses et d'autres. De boulot, et aussi de choses plus personnelles. Je dois dire que je m'inquiète un peu pour ta sœur.

— Ah bon ? » Ça alors, il doit être vraiment inquiet s'il m'appelle, se dit Lisa. Oh, elle n'avait rien à reprocher à Jeffrey, c'est plutôt qu'il avait l'air, de même que le reste de sa famille, de la tenir pour quantité négligeable. « Qu'est-ce qu'il y a ?

— C'est un peu long à raconter au téléphone. Je pensais que... » Il s'interrompit et Lisa attendit. « Je sais que c'est beaucoup te demander, mais peux-tu te libérer pour le déjeuner ? J'aimerais te parler. »

Surprise et flattée, Lisa sourit et adoucit sa voix. « Bien sûr. Je vais juste passer un ou deux coups de fil pour arranger ça. » Comme si toute une flopée de gens attendait pour déjeuner avec elle !

« Super ! approuva Jeffrey. Retrouve-moi à une heure au St. Regis. Ça te laisse assez de temps ? Tu connais l'adresse ? C'est sur la Cinquième Avenue et la 55e Rue.

— Sans problème », assura-t-elle, tout en pensant qu'elle allait devoir trouver autre chose à se mettre que son pantalon Perry Ellis. Dommage qu'elle n'ait pas encore déniché les chaussures lie-de-vin pour aller avec l'ensemble pantalon de Donna Karan. « J'y serai, roucoula-t-elle.

— Euh, Lisa, je peux te demander un service ?

— Vas-y.

— Ne dis rien à Karen. D'accord ? C'est dans son intérêt, je t'assure.

— OK », approuva Lisa avant de reposer doucement le combiné. Elle se sentait fébrile. Au moins, se dit-elle, elle allait enfin pouvoir s'habiller pour sortir.

Tandis que sa mère se préparait pour aller déjeuner avec son oncle, Tiff Saperstein séchait ses cours pour aller flâner au Roosevelt Field Mall. Ce centre commercial n'était pas le plus génial, mais il était grand et assez éloigné de chez elle pour qu'elle s'y sente à l'abri.

Quand elle se promenait au centre commercial, son obésité devenait, pour une fois, un atout. Elle allait bientôt avoir treize ans, mais en raison de sa taille, on lui donnait plus. Ça ne la rendait pas plus jolie ni plus raffinée, à la manière de Stephanie, mais au moins personne ne risquait de l'arrêter pour lui demander pourquoi elle n'était pas à l'école ou accompagnée de ses parents. Les gamins n'avaient pas le droit d'errer seuls dans le centre commercial. Mais elle ne ressemblait pas aux autres gamins. Elle n'était pas mignonne, ni menue, et ne portait pas de bermuda et de débardeur étriqué. En chemise d'homme écossaise extra-large sur un T-shirt blanc, pantalon bouffant et des tennis aux pieds, elle se savait invisible, et si cela la blessait le plus souvent, il fallait reconnaître qu'en l'occurrence, c'était bien commode.

Il lui restait vingt-sept dollars sur son argent de poche, plus un billet de dix qu'elle avait fauché dans le portefeuille de son père le matin même. S'il remarquait qu'il lui manquait de l'argent, il soupçonnerait sa mère. Il ne penserait jamais à elle. Personne ne le faisait.

Tiff porta la main à son cou et sentit, à travers le pilou, le collier de perles que sa tante lui avait donné. C'est vrai, il fallait reconnaître que sa tante Karen pensait à elle, même si elle avait donné un job à Stephie-la-salope. Ce qui la chiffonnait, ce n'était pas tant que sa sœur ait un job et pas elle ; Stephie était une idiote, et le choix de la filière professionnelle en était la preuve. Mais avec ce travail, Stephie allait voir sa tante tous les jours. Tiff lâcha le collier et traversa le sol dallé en direction de Mrs Field's Cookie. Pour commencer, elle allait se payer pour cinq dollars de cookies. Après, elle irait faire les magasins.

Tiff n'aimait pas la mode décontractée, genre The Limited, Benetton, Ann Taylor. C'était de la cochonnerie. Elle détestait aussi la grande distribution de qualité courante – de la roupie de sansonnet. Ce qu'elle aimait, ça n'avait rien à voir avec la production tartignole qu'on trouvait chez Macy. Aussi, un biscuit chaud fourré dans la bouche et les autres bien emballés dans le sachet, elle prit la direction de Saks, niveau « créateurs de mode ». Elle savait exactement où aller. Car tant qu'à faire, quand on pique des fringues, autant prendre ce qu'il y a de mieux, non ?

Pendant ce temps, les yeux fixés sur Tangela dont elle était séparée par deux longueurs de table en Formica, Stephanie était assise dans la petite pièce blanche où les employés venaient boire le café et prendre leur déjeuner. Tangela parlait à sa mère, ou plutôt c'était Defina qui lui parlait. Celle-ci avait beau baisser la voix, Stephanie connaissait fort bien ce ton, celui d'une mère en colère.

« Tu t'es encore fait trouer les oreilles ? » s'insurgeait Defina. Tangela répondit quelque chose que Stephie ne put entendre, puis elle demanda à sa mère de lui prêter de l'argent.

« Pour quoi faire ? demanda la mère.

– Pour un sac Hermès, consentit à répondre sa fille.

– Tangela, soupira Defina, le *h* de Hermès est muet. On prononce *ermès*.

– Pourquoi ?

« – Parce que c'est français.

– Ch'suis pas française.

– Non, mais c'est plus chic de le dire comme ça. »
Tangela haussa les épaules. « Ces Blancs ! »

Au même moment, Karen, qui entrait dans la pièce, éclata
de rire. « C'est pire que ça. Ne pas prononcer le *h* en français,
c'est chic, mais un Anglais qui ne le prononce pas, c'est un
minable. Va comprendre. » Karen repartit avec sa tasse de
café et Defina ajouta quelques mots que Stephie n'entendit
pas. Comme Tangela haussait les épaules, Defina haussa le
ton : « Si tu te crois trop bonne pour être mannequin-cabine,
ne le fais pas. Mais si tu acceptes, je veux que tu sois prête à
travailler comme les autres filles. » Tangela, de nouveau, eut
un mouvement d'épaules et Defina sortit de la pièce, excédée.

Stephie se croyait jolie, et mince, mais c'était avant de rencontrer Tangela. Tangela lui avait fait comprendre ce que ces
deux mots voulaient dire. Elle avait la peau marron clair, évo-
quant une délicieuse crème glacée, et le nez plus fin que celui
de Stephanie. A présent, Stephanie l'observait sans retenue
tandis qu'elle lisait une revue de mode et pinçait les narines
avec dégoût. Tangela ne lui avait pas vraiment parlé depuis
son arrivée, et elle ne lui manifestait aucune sympathie. Elle
ne se serait sans doute pas montrée aussi distante si Stephanie
avait été plus mince et plus jolie. Elle me prend pour une
écolière, une gamine, se dit Stephie, une nulle qui est là parce
que sa tante l'a pistonnée. Tangela n'avait pas remarqué que
Stephanie était entrée dans la pièce, et elle n'avait rien à lui
dire quand elles travaillaient ensemble. Stephanie prit son
sandwich aux œufs durs et son Pepsi sans sucre, et s'approcha
de la table où Tangela était assise.

« Tu veux la moitié de mon sandwich ? » proposa-t-elle de
but en blanc. De nouveau, les narines de Tangela frémirent
et elle toisa son interlocutrice comme si elle était un misé-
rable insecte.

« Demande-moi carrément si je veux des cuisses pleines de
cellulite, rétorqua-t-elle.

– C'est du pain de régime », s'empressa d'ajouter Stephanie. Elle aussi surveillait son poids depuis qu'elle avait neuf ans. « C'est de la mayonnaise sans matière grasse.

– Alors, c'est le seul truc sans matière grasse là-dedans », lâcha Tangela. Elle attendit pour être sûre de son effet. « Bon, écoute-moi bien. C'est pas parce que t'es la nièce de Karen que je dois te faire de la lèche. T'es pas mannequin, t'es juste une gosse de riches qui joue à faire semblant. Alors, joue sans moi. » Tangela se leva, ramassa son énorme sac noir à bandoulière et sortit à grands pas.

Complètement ahurie, Stephanie resta assise un long moment. Depuis que Jennifer Barton avait été méchante avec elle à l'école primaire, personne ne l'avait traitée comme ça. Elle refoula ses larmes et regarda autour d'elle pour s'assurer qu'aucun témoin n'avait assisté à son humiliation. Mais les autres femmes, en majorité des retoucheuses, étaient occupées à bavarder. Stephanie pencha la tête. Le sandwich aux œufs mayonnaise avait l'air d'un juge. Brusquement, l'odeur lui parut intolérable. D'un geste, elle réduisit le sandwich en miettes dans la serviette en papier avant de jeter le tout à la poubelle. Elle allait sauter le déjeuner. Peut-être même qu'elle sauterait le dîner. En fait, elle avait l'impression qu'elle ne pourrait plus jamais rien avaler.

Comme sa fille, Lisa mangea comme un moineau. C'était tellement palpitant d'être à Manhattan, de s'habiller, de déjeuner en compagnie d'un homme superbe dans un des meilleurs endroits de la ville.

Dès qu'elle était arrivée, Jeffrey avait commandé des apéritifs et Lisa était restée muette, ne sachant que dire. Mais elle aurait voulu que cet instant ne finisse jamais. Que se passait-il dans la vie de Karen ?

Lisa était trop excitée pour manger ou même avoir une conversation suivie. Jeffrey parla un moment de Stephanie et de son stage, puis il passa au business. Lisa ne comprenait pas pourquoi les hommes se conduisaient ainsi. Leonard devenait assommant dès qu'il parlait boulot. Mais pour Jeffrey, elle sourit, hocha la tête, tenta de réagir avec vivacité pour donner l'impression au reste de la salle qu'elle s'amusait comme une folle. Aussi, quand il se pencha pour lui prendre la main, elle fut surprise et presque choquée. Comme sa mère, les contacts physiques lui répugnaient. Un instant, elle se demanda s'il lui faisait des avances. Quelle idée abominable, tout de même! Heureusement, il n'avait pas l'air égrillard, mais plutôt soucieux. Pourtant, il semblait attendre une réponse. Elle tenta de reprendre le fil de la conversation.

« Tu comprends sûrement pourquoi je m'inquiète, poursuivait-il. Je n'ai vraiment pas l'impression que je pourrai conserver la balle encore très longtemps. »

Lisa cligna des yeux. Quand avait-il commencé à parler foot?

« Et elle ne se rend pas compte à quel point elle est stressée. Quelquefois, j'ai peur qu'elle se tue à la tâche. »

Là, Lisa savait de qui il était question. Son regard se fit compatissant et elle hocha la tête.

« Tu sais, il n'y a pas très longtemps, elle m'a sorti un truc bizarre. Elle m'a dit qu'elle voulait retrouver sa vraie mère. Voilà un truc qui n'est pas normal, n'est-ce pas? Sans aucune raison, comme ça. Je suis sûr que c'est le stress. »

Alors là, plus question d'en perdre une miette. « Karen a dit ça? » s'étonna-t-elle. Durant toutes les années où elles avaient vécu ensemble, aucune des deux n'avait évoqué la situation particulière de Karen. Personne dans la famille n'y avait fait allusion, cela n'aurait pas été gentil.

« C'est ce que je lui ai dit. Mais ce n'est pas le pire. Elle s'est mise à parler d'adopter un enfant. Tu t'imagines? »

Lisa ouvrit des yeux comme des soucoupes. « Alors vous laissez tomber l'idée d'en faire un? »

Jeffrey se tut, mal à l'aise. « Elle ne t'a pas dit? »

– Dit quoi? »

Cette fois, le silence se prolongea. « Elle a subi la dernière série d'examens avec le docteur Goldman. Et les nouvelles ne sont pas bonnes. C'est sans appel : elle ne peut pas avoir d'enfant. Aucune chance. Je pense que tout est là, d'ailleurs. Mais crois-moi, Lisa, elle n'a pas un comportement rationnel. C'est pourquoi il faut que tu lui parles. Peut-être que toi, elle t'écouterait. »

Lisa était trop sidérée pour se sentir flattée. Sa sœur ne lui avait même pas parlé des résultats définitifs de Goldman. Lisa n'en croyait pas ses oreilles. Même si Karen était débordée ces derniers temps, elles s'étaient toujours confié tous leurs secrets. Blessée, vexée, Lisa s'efforça de dissimuler sa déconvenue. Et pourquoi Jeffrey s'était-il mis en tête que sa sœur l'écouterait ? se dit-elle amèrement. Elle ne s'était même pas souciée de lui annoncer la nouvelle.

« Enfin, je sais que tu n'as pas beaucoup de parts dans la société, mais si on arrive à obtenir une offre de vingt-cinq millions de dollars, après la conversion et les taxes cela représenterait sans doute à peu près un demi-million de dollars pour toi.

– Quoi ! » Bon sang ! Il avait bien dit un demi-million de dollars pour elle ? De quoi parlait-il ? Il était question d'offre, de conversion du capital – elle aurait dû faire plus attention. Un demi-million de dollars ! Elle pourrait s'acheter une maison à Lawrence. Avec une telle somme, elle pourrait peut-être persuader Leonard de s'installer à Manhattan. Sa vie serait transformée ! Qu'est-ce que Jeffrey attendait d'elle ? « Qu'est-ce qu'il faut faire pour avoir l'argent ? s'enquit-elle.

– Karen doit accepter de vendre à NormCo s'ils nous font une offre correcte. Je ne suis pas censé t'en parler, information illégale des actionnaires et tout le saint-frusquin, mais je suis sûr que Karen l'a déjà fait. » Lisa secoua la tête avec conviction. « Enfin bref, il faut absolument que tu lui parles. Cette vente est dans son intérêt. Nous risquons de faire faillite si nous ne vendons pas. Et je crains qu'après ce que Robert a laissé entendre au brunch, Arnold ne fourre des idées absurdes dans la tête de ta sœur.

– Arnold ? » Lisa écarta son père du même haussement d'épaules que sa mère. « Tu comptes en parler à Belle ? Tu sais, mes parents seraient également ravis d'avoir un peu d'argent.

– C'est trop tôt. Tu connais Arnold. Il va nous sortir trente-six mille raisons pour lesquelles NormCo n'est pas politiquement correct. S'ils ont acheté une fois du Polyester fabriqué avec des sous-produits d'entreprises non syndiquées, il les traitera de fascistes et de canailles. Karen n'a pas besoin de ça pour le moment. »

Lisa fronça les sourcils. N'était-ce pas ce qu'on appelait un « délit d'initié » ? Karen ne lui avait parlé ni de sa stérilité ni de cette vente. Devait-elle dès lors se considérer comme étant encore initiée à la vie de sa sœur ? Un demi-million de dollars ! Combien Karen empocherait-elle, dans ce cas ?

Brusquement, cela lui parut injuste. Karen avait tout, un mari beau gosse qui se faisait du souci pour elle, un grand appartement dans Manhattan et une superbe maison de campagne. Maintenant, elle allait empocher des millions. Lisa avait beau aimer sa sœur, ce n'était pas juste. Karen était une enfant gâtée, finalement. Elle n'était même pas capable d'apprécier ce qu'elle avait.

De nouveau, Jeffrey prit ses doigts sur la table. Cette fois, Lisa y était préparée. « Tu vas m'aider ? » demanda-t-il. Elle fit oui de la tête et pressa à son tour la main de son beau-frère.

## Chapitre 12

## En raccourci

L'émission « The Ellé Halle Show » passait ce soir-là, alors que Jeffrey avait justement sa partie de poker avec Perry, Jordan et Sam. Pour eux, ces soirées étaient sacrées depuis l'époque de la fac. Pourtant, quand Jeffrey demanda à Karen si cela ne la dérangeait pas qu'il l'enregistre pour regarder la bande plus tard avec elle, elle se sentit blessée.

« OK, dit-elle. Mais tu te débrouilles tout seul pour programmer le magnétoscope. » Elle plaisantait pour cacher sa déconvenue. Bien sûr, c'était sans importance, mais elle avait cru qu'ils regarderaient l'émission ensemble. Allons, les invitations ne manquaient pas, et celle de Defina était sans doute la meilleure.

Karen quitta le bureau à sept heures et demie et se rendit en voiture à Striver's Row, la partie distinguée de Harlem, une oasis d'habitations bourgeoises parsemée d'arbres. Médecins, agents de change, ministres, promoteurs noirs vivaient là, ainsi que Defina. Elle avait acheté sa maison en grès à l'aide de ses premiers salaires de mannequin et, depuis, avait dépensé sans compter pour en faire un lieu spectaculaire.

Defina ouvrit la porte avant que Karen ait franchi les marches du perron. Dee portait un pantalon large et une veste kimono que Karen avait sortis des années plus tôt. « Je ne peux pas croire que tu les portes toujours ! s'écria Karen en la regardant.

– Tu ne peux pas croire surtout que je rentre encore dedans, rectifia Defina. J'ai fait mettre un nouvel élastique à la taille. Je rentre dedans, mais je préfère ne pas te montrer mes fesses sans la veste. »

En prévision de la soirée, Defina avait déjà placé la télévision devant la fenêtre en saillie. Sur la table, deux couverts étaient prévus.

« Tangela ne reste pas avec nous ?

– Tangela n'habite plus ici, annonça Defina.

– Dee, depuis quand ?

– Depuis la semaine dernière. Je lui ai dit que je ne tenais pas un hôtel, et elle m'a répondu qu'elle le savait parce que le service était dégueulasse. Je l'ai giflée et elle s'est tirée avant que je la mette à la porte, soupira Defina. Ça vaut peut-être mieux. Mais je ne peux pas m'empêcher de penser qu'elle va tout foutre en l'air. » Elle s'interrompit, hésitant à poursuivre. « Karen, laisse-moi te poser une question. Est-ce que Tangela a l'air différente ?

– Différente des autres filles ?

– Non, je veux dire : est-ce que tu la trouves changée ? Elle continue de voir ce Noir débile et je jurerais qu'il est dans la drogue.

– De quoi tu parles, au juste ? Du hasch ?

– Du hasch ? De la marijuana ? Du shit, quoi, moi, j'en fume. Mais là, je parle de coke, ou même de crack. Elle est plus mince que jamais, et je ne crois pas qu'elle se conduirait comme ça si elle n'était pas sous l'influence de substances chimiques. »

Elle se mit aussitôt à transférer les plats de la desserte sur la table. Karen prit place. De quel droit donnerait-elle un avis ? Après tout, le rôle de mère lui était définitivement interdit. « C'est dur d'élever un gosse.

– C'est surtout dur d'élever un gosse noir, corrigea son amie. J'ai tout fait pour lui donner une identité, mais j'ai dû faire tout faux.

– Comment peux-tu dire une chose pareille ? Tu t'es donné tant de mal !

– Ça ne suffit pas de se donner du mal. C'est le résultat qui compte. » Elle versa une cuillerée de riz dans l'assiette de Karen et lui passa le poulet pour qu'elle se serve. « Je n'aurais pas dû la laisser faire ce job de mannequin. Ça nous a mises en rivalité. Et l'argent se gagne trop facilement. Autant de fric, c'est mauvais pour une gosse de Harlem. Dès qu'elle a abandonné ses études, j'ai su ce qui allait se passer.

– Écoute, Dee, c'est peut-être normal de vouloir un endroit à soi quand on devient grand.

– Eh, Karen, commence toi-même par grandir. Rien de ce que fait Tangela n'est normal. Elle gagne un paquet de fric en restant debout à ne rien faire. Tout ce qu'on lui demande, c'est d'être jolie. Mais voilà, elle ne se trouve pas assez jolie. Elle n'est pas assez noire ni assez blanche. Elle veut poser pour les magazines, et parader sur les podiums. Mais de nos jours, une fille doit être plus que belle. Elle doit être parfaite. Ce boulot lui a fait perdre son assurance au lieu de lui en donner. Et les hommes s'intéressent beaucoup à elle. Et, évidemment, ce ne sont pas les hommes qu'il faudrait. » Elle pencha la tête. « J'ai peur qu'elle commette une vraie bêtise, de celles dont on ne se remet pas. Mais je ne vois vraiment pas ce que je peux faire de plus. » Elle prit sa fourchette et se mit à manger en silence.

Karen essaya d'avaler quelques bouchées. Defina était malheureuse, et Karen ne s'était rendu compte de rien. Elle s'était laissé absorber par des émissions de télévision, des transactions financières et des mariages de célébrités. Depuis quand n'avaient-elles pas parlé tranquillement ? Elles passaient beaucoup de temps ensemble sans pouvoir discuter des choses importantes. Leur vie, c'était le travail. Karen reposa sa fourchette. « Pour une fois, je n'ai pas faim, fit-elle.

– Ben, moi non plus, renchérit Defina. Alors mettons-nous à l'aise et buvons. » Elle attrapa la bouteille de merlot et tendit un verre à Karen. « Tu veux du pain ou des crackers ? »

Elles s'installèrent sur le divan. Assises face à face, elles s'adossèrent contre les accoudoirs et relevèrent les jambes.

« Tu sais, Karen, c'est marrant. J'ai toujours cru que ce que je voulais le plus, c'était une belle maison, un compte en banque bien garni et un enfant. Bon, quand j'ai eu les deux premiers, j'ai voulu le troisième, et quand j'ai eu Tangela, je me suis dit que je voulais aussi un homme. Écoute-moi : les gamins, la maison, la carrière et le mariage, on fait croire aux femmes qu'elles peuvent tout avoir. Mais je vais te dire : si tu es bonne, vraiment vraiment bonne, tu peux t'en tirer avec deux sur les quatre. Les hommes blancs n'ont pas nos problèmes. Ils peuvent tout avoir s'ils ont la femme qu'il faut. Les hommes noirs, généralement, n'ont droit à rien et ils le savent, alors ils ne se donnent même pas la peine d'essayer. Mais nous, les femmes, on y croit et on court après. Pourtant, la réalité est là, Karen : j'ai fait carrière et j'ai une belle maison, mais je n'ai pas trouvé de bonhomme et je n'ai pas été une bonne mère. Alors, ça va être comment pour toi ? Parce que si tu continues de vouloir tout, tu vas te casser la gueule. Faut croire que le mieux que la vie accorde aux femmes, c'est deux sur quatre.

— Et si c'était un sur quatre ? rétorqua Karen. Je voulais avoir une carrière, une maison, un mari et un bébé. Le docteur m'a dit que je n'aurai pas de bébé, NormCo risque de racheter mon entreprise et Jeffrey m'a dit que si je voulais adopter un enfant, il n'y aurait plus de mariage.

— Garde le mari et laisse tomber le gosse, suis mon conseil, trancha Defina en remplissant les verres.

— Voyons, Dee. Ça va lui passer. Tu te souviens quand on a fait les jupes de patineuse pour toi et Tangela ? Et que tu es allée à Radio City faire du patin à glace avec elle pendant que j'applaudissais ?

— Et après on a pris un chocolat chaud avec un toast à la cannelle chez Rumplemeyer, ajouta Defina avec un sourire noyé.

— Et pour son anniversaire, elle devait avoir dix ans, ou neuf peut-être. Elle a dit qu'elle ne voulait plus de jouets mais des boucles d'oreilles. Alors on lui a acheté plein de peluches et on leur a mis des boucles d'oreilles. Tu te souviens de sa tête ? » Karen continua d'égrener leurs souvenirs. « Et quand tu commençais à travailler chez nous et que tu l'emmenais tous les jours au bureau ? Elle voulait un bureau comme le tien. Alors on lui en a donné un petit, elle s'y installait et elle faisait tout comme toi. »

Les yeux de Defina se remplirent de larmes, mais elle ne pleura pas. « Ouais, je m'en souviens, et je me demande où est l'erreur. Tu sais, une mère et une fille sans mari et sans père, c'est comme une cocotte-minute. Tangela dépendait tellement de moi qu'il était normal qu'elle finisse par se rebeller. D'abord elle aimait tout ce que je faisais ou disais, et après elle a tout détesté en bloc. C'est vraiment dur. Et je lui en demandais beaucoup. Je voulais qu'elle soit noire, mais qu'elle se sente à l'aise avec les Blancs. Elle devait à la fois savoir se débrouiller dans la rue et ramener de bonnes notes. J'ai été aussi dure avec elle qu'elle l'est maintenant avec moi. » Elle s'interrompit, les lèvres tremblantes. « Cela dit, ce nouveau truc me tue.

— Écoute, tu la reverras au travail. C'est peut-être pas mal que vous preniez un peu vos distances. Peut-être que c'est ce dont vous avez besoin.

— Le travail, dit Defina en secouant la tête. C'est ce travail qui est cause de tout. Je n'aurais jamais dû la laisser faire. Les règles du jeu ont changé, tu sais. C'est beaucoup plus dur qu'avant. Ne laisse pas ta nièce s'engager là-dedans. Aujourd'hui, un mannequin ne peut pas être quelqu'un de réel, il doit être parfait. Avant, on rigolait bien. Mais c'est pourri maintenant. Il y a trop de pression.

— Tu sais, Tangela s'en tire bien. Elle a plein de demandes et l'agence l'aime bien.

— Ouais, mais elle n'est pas le premier mannequin noir, elle, et elle ne sera jamais qu'au second rang. Et je pense qu'elle le sait. Malgré ça, elle ne veut pas laisser tomber et reprendre des études. Tu sais bien, personne n'a envie de renoncer à la fête pour se remettre à bosser. Elle est coincée.

Il y a trois ans, quand elle a quitté l'école, elle se voyait déjà top model. Maintenant, elle sait que c'est raté et ça la tue. A vingt et un ans, elle connaît déjà ses limites. Ce n'est pas normal. Et ça n'arrange rien que je le lui dise. »

Karen mesurait la douleur de son amie. Comme ce devait être affreux de perdre sa fille de cette manière, à cause de la drogue et de petits voyous. Elle eut une pensée pour Perry, dont la fillette était morte d'un cancer. Elle en avait la chair de poule. Ne valait-il pas mieux ne pas avoir d'enfant que de traverser de telles épreuves? C'était le point de vue de Jeffrey. Mais Karen n'arrivait pas à le croire.

Defina attrapa une autre bouteille de vin. Et, brusquement, Karen se mit à raconter sa visite chez le docteur Goldman, son désir de retrouver sa mère biologique. « Et tu sais le plus dingue, Defina? ajouta-t-elle pour finir. Pendant toute la durée de l'interview d'Ellé Halle, je me suis demandé si elle allait sortir ma mère d'un placard. J'étais pétrifiée, mais rien ne s'est passé, et au lieu d'être soulagée, j'ai été déçue. Tu trouves que je disjoncte?

— Oh, pas pour moi. Tu sais, je me suis toujours demandé où tu trouves du réconfort. Manifestement, pas auprès de Belle. Et on dirait que Jeffrey n'apporte pas grand-chose sur ce plan-là. Jusqu'à l'an dernier, moi, j'avais ma grand-mère, c'était un roc. Je ne peux pas te dire à quel point elle me manque. Une femme ne peut pas construire sa vie sur le travail, je le sais d'expérience. On a besoin d'autre chose, de quelqu'un à aimer.

— C'est pourquoi je voudrais adopter un enfant.

— Tu charries! Je viens de passer une heure à t'expliquer que les gamins, c'est l'enfer!

— Te fatigue pas, Jeffrey n'en veut pas de toute façon. »

Defina se leva et revint avec un soufflé au chocolat.

« Alors, qu'est-ce que tu vas faire? A part avaler la moitié de mon gâteau, bien sûr. »

Karen jeta un œil à sa montre. « Pour le moment, je vais faire comme vingt millions de gens qui s'apprêtent à me regarder faire le clown devant la caméra. Alors tu mets la télévision. Je ne veux pas rater ça. »

Defina regarda l'heure et sauta vivement au bas du canapé pour allumer la télévision. Le thème musical était en cours et on entendait déjà la voix off d'Ellé Halle, qui introduisait toutes ses émissions. « Aujourd'hui, annonçait-elle d'un ton assuré, notre émission est consacrée à une femme dont la contribution au domaine de la mode et des affaires est déjà immense. Mais elle se tient au seuil de choses encore plus grandes. Ce soir, je reçois Karen Kahn, un maître dans le monde de la mode. » La musique s'amplifia, et un rapide montage photographique tourbillonna sur l'écran. Karen au bureau, au téléphone; Karen lauréate du Oakley Award. Karen à genoux devant Tangela, coupant du tissu, la bouche pleine d'épingles, Karen à côté de Jeffrey, se promenant au bord de la rivière à Westport. Puis un fondu enchaîné avec une publicité.

« Hou là là! Karen Kahn, un maître de la mode, lança Defina en imitant la voix de la journaliste. Au féminin, " maîtresse ", ça t'a un petit côté sadomaso. Cela dit, tu es très bien.

— J'ai l'air horrible dans la séquence avec Tangela. Bon sang, je suis aussi grosse que ça?

— Oh, arrête. Reprends du soufflé. J'espère que le magnéto enregistre. »

L'émission commença. Karen ne s'était pas rendu compte que son accent de Brooklyn était aussi fort, ni qu'elle avait l'air aussi grosse à côté d'Ellé Halle, mais elle regarda jusqu'au bout, fascinée. C'était curieux de se voir en pensant que des millions de gens vous regardaient aussi. Cela dit, Dieu merci, le reportage était tout à fait favorable. On la voyait au travail, dans des réunions avec Casey, les stylistes, et Defina et Mercedes. Dans l'ensemble, c'était une vision assez juste : une bosseuse qui s'était bagarrée pour entrer dans la cour des grands. Il y avait une courte séquence où Jeffrey parlait affaires, et une autre qui les montrait à Westport. Quelques plans provocants, qui la représentaient entrant et sortant de limousines, mais dans l'ensemble, ce n'était pas trop tape-à-l'œil. La présentation finissait sur la remise de l'oscar. Un bon portrait. Karen prit une bonne bouchée de soufflé en se demandant si l'émission allait modifier l'offre de NormCo. En fin de compte, elle ne s'en tirait pas mal, et Defina partageait son point de vue.

« Écoute, je déteste faire ça, s'excusa Karen en se redressant. C'est très impoli de partir dès la fin de l'émission, mais il faut que je file.

– Le coup de l'étrier ? »

Karen hésita une seconde avant d'accepter. Elle se sentait bouleversée par la solitude de Defina, toujours si forte. Quand elles eurent fini la deuxième bouteille de merlot, Karen se leva. Defina l'accompagna jusqu'à la voiture qui attendait Karen devant la porte et la serra dans ses bras.

Debout sur le perron, Defina contempla sa maison. Les fenêtres étant éclairées, on pouvait voir l'entrée et les pièces tendues de rouge. Elle détourna les yeux. « Pendant des années, j'ai cru que je voulais par-dessus tout être propriétaire. Et maintenant que j'ai presque fini de payer les traites, je m'y retrouve seule et ce n'est pas vraiment ce que j'avais en tête. Ma grand-mère me manque. Tangela me manque... la petite fille qu'elle a été. Et maintenant, je regrette les hommes auxquels j'ai renoncé pour elle. J'ai voulu faire ce qu'il fallait dans son intérêt, mais qu'est-ce que ça m'a rapporté ? » Le vin lui montait à la tête. Elle regarda Karen. « L'émission était super. Mais la télé, ce n'est pas la vie. Essaie de retrouver ta maman. On n'a jamais trop de gens qui vous aiment. »

Quand Karen ouvrit la porte de son appartement plongé dans le noir, le téléphone sonnait. Elle trouva à tâtons l'interrupteur et décrocha. Lisa parla avant même que Karen ait porté le combiné à son oreille.

« C'était génial ! Tu étais géniale ! Tu as vu l'image avec Stephanie ? A l'arrière-plan, quand tu étais dans le couloir ? Elle est aux anges ! On est tous aux anges. On a fait une cassette vidéo. Tu en voudras une copie ? »

Lisa était si généreuse, se dit Karen. Elle laissa sa sœur poursuivre encore quelque temps, puis le signal d'appel indiqua qu'un autre interlocuteur la demandait. « Tu peux attendre une minute ? demanda-t-elle, et elle pressa le bouton pour prendre l'autre ligne.

– Karen ? » C'était sa mère. « Tu as regardé la télé ?

– Oui.

– Qu'est-ce que tu en dis ? » Karen perçut des réticences dans la voix de Belle.

« J'ai trouvé ça plutôt bien, non ? Et toi, qu'en penses-tu ?

– Eh bien, puisque tu poses la question, je ne t'ai pas trouvée terrible. Tu aurais dû porter de la couleur. Et quelquefois, comme quand tu parles au téléphone, tu as un côté... bon... arriviste. Tu vois ce que je veux dire ? »

Karen poussa un soupir. « Maman, j'ai Lisa sur l'autre ligne. Je peux te rappeler ?

– Certainement. Ton père t'envoie ses félicitations. » Sa mère était furieuse, mais Karen était à bout de patience. Elle reprit Lisa.

« J'ai maman sur l'autre ligne, mentit-elle. Je peux te rappeler plus tard ?

– Bien sûr, mais il faut vraiment que je te parle. »

Lisa était déçue, mais Karen n'en pouvait plus. « Promis, merci de ton coup de fil. On se reparle demain. » Et elle raccrocha.

Elle était couchée, épuisée et presque assoupie, quand Jeffrey rentra de sa partie de poker. Sans lui dire bonsoir, il se laissa tomber au bord du lit pour retirer ses chaussures. Il avait bu.

« Tu as gagné ? » demanda-t-elle. Il ne répondit pas. « Tu as perdu ? »

Il se tourna vers elle. « On n'a pas joué. Perry a allumé

cette foutue télé, on a regardé l'émission et, après, je me suis saoulé la gueule. »

Elle fit de son mieux pour surmonter sa déception. N'étaient-ils pas censés regarder l'enregistrement ensemble ? C'était convenu. Enfin, elle avait tout faux. Manifestement, quelque chose clochait. « Tu n'as pas aimé ?

— Aimer !? J'ai vu quarante-deux minutes sur toi, et trois minutes avec moi. Plus un quart d'heure pour la pub. Ça ne me paraît pas un partage très équitable entre deux associés, non ? »

Karen se redressa en repoussant un oreiller qui tomba par terre. C'était quoi, ça ? « Mais c'était un bon reportage, Jeffrey.

— J'ai l'air d'un con. Tu m'as fait passer pour un con.

— Jeffrey, je ne voulais pas faire cette émission, et je ne suis pas responsable du montage.

— Non, tu as simplement dit que l'artiste, c'était toi. Moi, je suis l'enfoiré qui tient les comptes dans l'arrière-boutique.

— Jeffrey, qu'est-ce que tu racontes ? » Elle essayait de se souvenir de ses propos, et comment les techniciens avaient agencé les séquences exactement. Elle avait bu, mais pas au point de perdre la notion des choses. L'émission lui avait paru bonne, et Jeffrey lui avait semblé s'en tirer aussi bien qu'elle.

Jeffrey se leva. Il était tellement furieux que ses yeux s'étaient rétrécis et avaient pris une couleur gris acier. Inconsciemment, Karen remonta la couverture sur sa poitrine comme si la dureté de son regard pouvait la blesser. « Tu m'as fait passer pour un con, répéta-t-il. Souviens-toi... c'était moi, l'artiste. Perry, Jordan et Sam ont regardé, qu'est-ce qu'ils ont pensé, d'après toi ? Que je vis à tes crochets. Tu n'as pas dit que l'argent, au départ, était celui de mon père. Tu n'as pas dit que la création de la société, au départ, c'était mon idée. Mais tu as raconté à cinquante millions de gens que tu possédais une majorité de blocage. Pourquoi tu ne m'as pas castré, tant qu'à faire ?

– Tu n'es pas juste, Jeffrey. J'ai dit tout le reste, mais ils ont coupé ce qu'ils voulaient.

– Ben voyons! Toi la première, tu m'as coupé mon crédit. On n'a toujours pas la proposition de NormCo et si jamais on la refuse, on aura besoin d'une bonne évaluation pour faire un emprunt. Tu crois peut-être que cela va me faciliter les négociations? » Il se détourna et, pieds nus, commença à sortir de la chambre.

« Où vas-tu? cria-t-elle.

– Je me casse.

– Pieds nus? » Il ne répondit pas. Elle était tellement furieuse qu'elle espérait qu'il oublierait carrément de se rechausser. C'était tellement injuste, et tellement indigne de lui. Il ne s'était jamais conduit en macho débile. Ellé Halle avait réussi à faire sortir de lui ce qu'il avait de pire. Ou s'en était-elle rendu compte et s'était-elle polarisée dessus – alors que Karen n'avait rien voulu voir?

Karen n'en pouvait plus. Pourtant, elle ne dormirait pas. Demain, il faudrait malgré tout qu'elle avance sur la nouvelle collection. Sinon, à quoi ressemblerait la présentation de leur collection à Paris? Elle ouvrit le tiroir de la table de nuit, où se trouvait un petit flacon en plastique. C'était un soir à somnifère. Que Jeffrey aille se faire foutre, que sa mère aille se faire foutre, qu'ils aillent tous... Elle avala deux minuscules pilules et quelques gorgées d'Évian. C'était au-dessus de ses forces.

Elle avait à peine éteint la lumière que les pilules et le vin firent leur effet. Sa dernière pensée avant de s'endormir fut pour Jeffrey, nu-pieds sur le trottoir de West End Avenue. Pourvu qu'il pleuve, fut son ultime réflexion.


Elle dormit jusqu'au retour de Jeffrey. Il était quatre heures dix. Allongée dans son lit, elle essaya de se rendormir. Impossible. Elle s'obligea à fermer les yeux, mais cela ne marcha pas. Tu as besoin de sommeil, se répéta-t-elle en vain.

Elle était affalée, aussi molle que le saumon fumé qu'elle avait servi à ce stupide brunch familial. Elle était malheureuse, à bout, et c'était l'insomnie.

Karen n'était pas une grande intellectuelle, et elle le savait. Elle n'était pas idiote, mais avec les années, elle avait appris que la pensée abstraite n'était pas son fort. C'était plutôt une intuitive. Elle vivait par le regard ; ce qu'elle voyait dictait ses pensées et même ses sentiments.

Elle ferma les yeux et la première image qui lui vint fut celle de Sylvia au bras de Jeffrey, son fils, ce dimanche à Westport. C'était aussi net qu'une photographie, plus net encore, car sa caméra interne faisait le tour de la scène et les prenait sous tous les angles. Elle voyait l'ensemble Sonia Rykiel de dos, la main de Sylvia sur l'épaule de Jeffrey, ses cheveux argentés si semblables à ceux de son fils. Elle les aperçut de profil, le nez busqué de Sylvia dessinant la même courbe aristocratique que celui de Jeffrey.

Était-ce donc cela ? Est-ce là ce qui me tourmente ? Est-ce le désir d'un fils que je n'aurai jamais ? Pourtant, elle sentait que ce n'était pas ce désir-là qui la tenaillait. D'ailleurs, à tout prendre, elle préférerait une fille. Elle garda les paupières closes et s'accrocha à l'image. Ce sentiment qui la harcelait, en fait, n'était autre que la jalousie.

Elle était jalouse de Jeffrey parce qu'il avait une mère.

## Chapitre 13

## Panser ses plaies

En dépit de nausées dues à l'abus de merlot, Karen décida d'entrer en action dès le lendemain matin. La scène avec Jeffrey, sa déception après la projection de l'émission d'Ellé Halle, tout y concourait. Elle allait se mettre en quête de sa mère. Mais comment s'y prendre?

N'ayant d'autre recours, elle parcourut d'un doigt fébrile les pages jaunes de l'annuaire de Manhattan et découvrit que des dizaines de bureaux proposaient leurs services, la plupart situés en fait à Brooklyn. Elle en choisit quelques-uns au hasard et composa leur numéro. Les quatre premiers étaient sur répondeur, ou bien un secrétariat se proposait de prendre les messages. Comme si elle allait laisser son nom et son numéro de téléphone! Tous avaient l'air louche. Le cinquième décrocha; il avait un ton paternel et son adresse indiquait Jay Street, à Brooklyn. Karen prit rendez-vous avec Mr Centrillo, qui lui assura qu'il pourrait « arriver à la caser » le jour même.

Son bureau se trouvait au premier étage. Par chance, l'entrée, de même que la cage d'escalier, était impeccable. Poussant la lourde porte de chêne, elle entra dans une salle d'attente guère plus grande qu'un vestibule. Une jeune fille à l'épaisse chevelure et au visage rongé d'acné leva les yeux. « Mrs Cohen? » demanda-t-elle, le sourire agréable. Karen se souvint que c'était le nom sous lequel elle s'était présentée.

Elle avait préféré ne pas révéler sa véritable identité. Et si la jeune fille avait vu l'émission d'Ellé Halle ? Elle n'était pas sûre qu'il y ait un styliste assez populaire pour faire la une du *National Enquirer*, mais elle ne voulait pas tenter le diable. À LA RECHERCHE DE SA MAMAN QUI L'A ABANDONNÉE. LA LAURÉATE DU OAKLEY AWARD SOUFFRE D'AVOIR ÉTÉ UNE ENFANT NON DÉSIRÉE. L'HISTOIRE PERSONNELLE DE KAREN KAHN. Elle frémit. L'annonce de Centrillo était la seule à ne pas garantir la discrétion, comme si cela allait de soi. Karen se disait aussi qu'à Brooklyn, elle pouvait espérer qu'on ne la connaissait pas. Ici, qui irait claquer trois mille sacs pour un ensemble en cachemire ? Après tout, on ne la voyait pas à la télé tous les soirs.

La porte vitrée derrière la jeune fille s'ouvrit, laissant passer un petit homme grisonnant. En le voyant, Karen eut envie de fuir. Mais le bonhomme fit le tour du comptoir et sortit sans lever les yeux. Derrière lui se tenait un individu de taille moyenne, chauve et massif, les pieds fermement plantés dans le sol, le sourire large. « Mrs Cohen ? » demanda-t-il. C'était bien la voix du téléphone, celle qui l'avait décidée à venir, avec son intonation paternelle et rassurante.

Elle le suivit. Bon sang, qu'est-ce que je vais dire ? « Retrouvez-moi ma maman, je vous prie » ? Elle se sentit paumée et ridicule. Le bureau était inondé de soleil, propre et peu encombré, avec de vieux meubles en chêne massif comme elle n'en avait pas vu depuis qu'elle avait quitté le lycée. Elle prit place sur un des deux sièges en bois devant le bureau et il se glissa dans le fauteuil pivotant de l'autre côté. Il ne lui manquait plus qu'un classeur pour se mettre à prendre des notes sur l'histoire américaine.

« Alors ? » demanda-t-il, ses larges paumes posées à plat sur la table.

Elle eut du mal à démarrer. Le silence s'éternisa. En fait, elle ne s'était pas vraiment préparée. Elle voyait la poussière voler dans les rayons du soleil qui filtraient par la fenêtre. « Je veux retrouver ma mère, finit-elle par articuler.

— Est-ce qu'elle a disparu ? Fait une fugue ? Est-elle sénile ? demanda-t-il de la même voix réconfortante.

– Non, enfin, je ne sais pas. En fait, ce n'est pas ce que vous pensez. » Elle reprit son souffle. « Pas ma mère. Ma vraie mère.

– Oh, vous voulez dire votre mère biologique. Vous avez été adoptée ? »

Il l'avait mise dans une catégorie, sans doute avait-il un tiroir dans lequel son cas s'insérait sans problème.

« Oui.

– Depuis combien de temps vous la recherchez ? »

Depuis toujours. Jamais encore. « Je n'ai pas commencé, soupira-t-elle. Je ne sais pas comment m'y prendre. C'est pourquoi je suis ici.

– Dossier accessible ?

– Je ne sais pas.

– Adoption privée ou par la voie officielle ?

– Je ne sais pas.

– Nom de jeune fille de la mère ?

– Je ne sais pas.

– C'était ici, à New York ? »

Elle ne se serait jamais crue aussi incapable. Elle devait avoir l'air d'une idiote, d'une débile qui espérait qu'un monsieur viendrait à son secours. Quelle question venait-il de poser ? Où l'adoption avait-elle eu lieu ? Elle allait répondre qu'elle l'ignorait quand, à brûle-pourpoint, elle se souvint. Un jour, partant à Chicago pour affaires, son père avait dit qu'il détestait y aller, sauf que c'était la ville d'où Karen était originaire. « Je crois que c'est Chicago », murmura-t-elle.

Elle ouvrit son sac et fourragea à l'intérieur pour trouver les deux photographies qu'elle conservait comme un talisman. Elles n'étaient pas là. Elle se sentit pâlir. Les avait-elle perdues ? Elle aurait juré qu'elle les avait emportées. Elle les gardait sans arrêt sur elle, mais ces temps-ci, elle était tellement bousculée qu'elle faisait tout de travers. Où les avait-elle vues la dernière fois ? Une légère sueur couvrit son front.

Elle regarda son interlocuteur, désemparée. « Je pourrais avoir des photos. Je suis presque sûre que je suis de Chicago. »

Mr Centrillo approuva. « Je vais vérifier la législation dans l'Illinois. Vous savez que cela varie d'un État à l'autre. Mrs Cohen, vous devez voir que nous avons quelques difficultés ici. En supposant que vous soyez bien de Chicago et que ce soit une adoption par les voies officielles, et en supposant aussi que les dossiers soient accessibles, nous aurons du mal à avancer sans nom et sans date. Quel est votre nom de jeune fille ? »

Là, au moins, elle pouvait répondre. « Lipsky », dit-elle et elle donna les noms d'Arnold et de Belle, leurs dates de naissance et l'ancienne adresse de Brooklyn. « Est-ce que cela ira ? Est-ce que cela peut aider d'avoir leurs noms ? »

Centrillo secoua la tête. « Même avec des noms et des dates, c'est souvent très difficile. Puis-je vous poser une autre question ? »

Elle attendit. Elle n'aurait pu prononcer un mot sans éclater en sanglots. Quand avait-elle pleuré pour la dernière fois ? Elle ne s'en souvenait plus. Ses lèvres tremblaient.

« Je sais que c'est parfois délicat, mais ne pourriez-vous vous renseigner auprès de votre mère adoptive ? Pourriez-vous lui en parler ? »

Les larmes de Karen disparurent comme par enchantement. « Impossible », lâcha-t-elle. Il ne parut pas surpris, mais il soupira . « Vous avez un extrait de naissance ?

— Oui, dit-elle, avec tellement de précipitation qu'elle se sentit stupide.

— Puis-je le voir ?

— Je ne l'ai pas sur moi.

— Mrs Cohen, constata-t-il avec un nouveau soupir, j'ai une question à vous poser. Avez-vous bien réfléchi avant d'entreprendre cette démarche ? Ce n'est peut-être pas une enquête qu'il vous faut, mais quelqu'un à qui parler. Un rabbin, un conseiller, un médecin... ? »

Elle sentit le sang lui monter au front. Il lui conseillait de consulter un psy ! Elle en était à son troisième, déjà. Bon sang, elle en avait assez de raconter ce qu'elle ressentait. Elle voulait juste retrouver sa mère, et si elle était en plein conflit, si elle était brouillon ou pas prête, qu'ils aillent se faire foutre ! Pour une fois, elle se sentait un peu vulnérable et irrationnelle. Et voilà ce qui arrive quand une femme se conduit de cette manière, on l'expédie chez un psy. Les yeux de Karen se remplirent de larmes, mais elle éprouvait autant de colère que de douleur.

« Écoutez, Mr Centrillo. Je sais que je n'ai pas correctement préparé ce rendez-vous et je m'en excuse, mais j'ai été très occupée. Si vous pouvez me donner la liste de ce qu'il vous faut, je ferai de mon mieux. Et dans ce cas, pourrez-vous retrouver ma vraie mère ?

— Je vous en prie, Mrs Cohen, ne le prenez pas mal. Je sais que vous entreprenez une démarche difficile. Qui sait ? Parfois, je vais au tribunal ou au Bureau des archives démographiques et en un rien de temps, je tombe dessus. Et parfois, je cherche pendant des années sans aboutir à rien. Les femmes qui ont abandonné leur enfant n'en sont généralement pas fières. Elles recommencent une vie nouvelle, elles déménagent, elles meurent. Elles ne tiennent pas spécialement à ce qu'on les retrouve. Je crois comprendre que votre mère biologique n'a jamais fait de recherches de son côté ? »

Stupéfaite, Karen s'appuya contre le dossier de bois. Elle n'y avait jamais songé.

« Serait-ce possible ? murmura-t-elle.

— Ma foi, cela dépend. Dans certains cas, quand la mère biologique a conservé une bonne partie des informations de l'époque de l'accouchement, cela lui est moins difficile. Mais elle peut aussi tomber sur des dossiers scellés. Dans seize États, si les dossiers sont scellés, on n'a aucun moyen d'action. Même chose pour votre mère. »

Les larmes commencèrent à ruisseler sur les joues de Karen. C'était tellement déprimant. Elle pensa à toutes les mères et à toutes les filles séparées qui se cherchaient en vain. Discrètement, Mr Centrillo ouvrit un tiroir et lui tendit une boîte de mouchoirs en papier. Elle s'essuya et réussit à reprendre son souffle : « Que c'est triste. C'est tellement triste », bredouilla-t-elle, et elle se moucha bruyamment.

Mr Centrillo prit lui aussi un Kleenex et se moucha à son tour. « C'est bien vrai », soupira-t-il.

Ils restèrent un instant silencieux, baignés par le soleil. Karen plongea la main dans son sac, en sortit son Filofax et son stylo Mont-Blanc. « Bon, reprit-elle. Dites-moi ce dont vous avez besoin pour commencer. »

Quand ils eurent également discuté du tarif, Karen fouilla de nouveau pour trouver l'enveloppe contenant l'acompte. Mr Centrillo lui rédigea un reçu, puis il se leva et la raccompagna à la porte. Là, il s'arrêta et, les yeux sur le plancher, il dit d'une voix douce : « Mrs Cohen, je dois vous poser encore une question. Savez-vous ce que vous cherchez au juste ? Parce que même si vous retrouvez votre mère biologique, vous risquez de rester sur votre faim. »

# Chapitre 14

## L'habit ne fait pas le moine

La matinée s'était passée dans une avalanche de coups de fil et de félicitations de la part des employés. Tous disaient la même chose : d'habitude, ils ne regardaient pas la télévision, mais hier soir, en rentrant du travail, ils avaient allumé la télévision, et par hasard ils étaient tombés sur l'émission d'Ellé Halle, et... Karen eut envie de rire. Et le nouveau respect que lui témoignaient Janet et les autres secrétaires, Mrs Cruz et même Casey était presque aussi comique. On aurait cru que la télévision vous donnait une sorte de vernis qui subsistait après la fin de votre prestation. Seuls Jeffrey et Belle semblaient imperméables au charme télévisuel.

Elle avait décidé de ne plus prêter attention à son mari tant qu'il ne lui aurait pas présenté d'excuses. Bien qu'elle en fût malade, elle ferait son boulot comme d'habitude. Cela voulait dire épingler une jupe sans intérêt autour de la taille mince de Tangela sous les yeux de Stephie. Karen observa plusieurs fois la jeune fille à la dérobée pour voir si elle était dopée, mais elle avait son air renfrogné habituel. Karen était sur le point de lui accorder une pause quand le téléphone sonna. « Qui est-ce ? demanda Karen tout haut, sachant que Janet pouvait l'entendre par l'interphone.

— Une communication pour vous, je vous prie », répondit Janet avec son accent du Bronx qui pesait des tonnes.

A genoux, des épingles plein la bouche, les deux mains se

bagarrant avec le tissu qui fuyait entre les doigts, Karen n'avait pas envie de bouger. Janet aurait dû lui éviter ça, c'était son boulot. « Qui est-ce ? articula-t-elle entre ses dents.

— Venez répondre », insista Janet et, avec un soupir agacé, Karen se redressa pour regagner sa table de travail.

Elle devenait trop vieille pour se traîner par terre. Oh, elle était épuisée ! Elle décrocha le combiné avec brusquerie : « Qui vient me casser les pieds ?

— Bill Wolper. Je me suis dit que vous ne voudriez pas que... bon, vous savez, que les autres flippent en entendant son nom.

— Ah oui, bon, merci. Passez-le-moi. » Karen fit un effort pour retrouver un peu de sa vivacité. Appelait-il pour faire une offre après avoir vu l'émission ? Mais logiquement, n'aurait-il pas dû appeler plutôt Jeffrey ? A moins que NormCo n'ait décidé de reprendre ses billes, et ce n'était alors qu'un coup de fil de politesse. A cette idée, elle reçut comme un coup au creux de l'estomac. Même si elle ne voulait pas d'eux, elle ne supportait pas d'être repoussée. En admettant qu'ils se retirent, serait-elle soulagée ou déçue ? Le téléphone eut un déclic et elle respira profondément. « Allô, lança-t-elle avec autant de force et d'enthousiasme qu'elle put faire passer dans ce seul mot. Bill ! Comme c'est gentil à vous d'appeler.

— Veuillez ne pas quitter, je vous passe Mr Wolper », répondit sèchement la voix de la secrétaire. Zut ! Karen détestait ce genre de choses. Elle fit un effort pour se reprendre.

« Karen ? » Cette fois, c'était bien Bill Wolper. « Écoutez, je me demandais si vous seriez libre à déjeuner ?

— Quand ? » Elle avait une semaine surchargée, surtout avec la présentation à Paris. En plus, elle était déjà sur les genoux.

« Aujourd'hui. Tout de suite. Disons que ma voiture pourrait vous prendre dans vingt minutes ? »

Cet homme était fou et, en plus, il avait un culot monstre. Il lui rappelait les types qui appellent une fille le vendredi soir pour sortir avec elle le samedi.

« D'accord », répondit Karen, à sa propre surprise. Coco Chanel aurait-elle accepté? se demanda-t-elle. Mais, fichtre, elle n'était pas Coco. Toute sa vie elle avait dit oui là où d'autres auraient dit non, et inversement. Elle se demanda l'espace d'un instant si elle devait mentionner Jeffrey, mais elle ne savait pas où le trouver, et il était évident qu'il n'était pas inscrit au programme. Au diable! Est-ce qu'il allait lui en vouloir? Se montrer jaloux? Brusquement, elle s'en fichait.

« Mon chauffeur viendra vous prendre à midi et demi, conclut-il d'un ton approbateur. Le Lutèce vous va?

– Parfait », roucoula-t-elle. C'était le meilleur restaurant de New York pour les déjeuners intimes.

Sans réfléchir plus longtemps, elle se tourna vers les deux jeunes filles. « La séance est finie. Je file. » Elle attrapa sa besace de l'autre côté de sa table de travail et en retira un billet de cent dollars qu'elle remit à Tangela. Elle n'avait fait aucune allusion devant elle à sa dispute avec Defina, mais elle voulait se montrer aussi gentille que possible. « Je vous paie à déjeuner à toutes les deux », fit-elle. Stephie, qui avait reconnu une imitation de Belle, gloussa. Karen sourit à l'aînée des deux, qui avait un air morose. « Emmène-la dans un endroit bien », ajouta-t-elle. Tangela empocha l'argent. « Allez, ramène-toi », marmonna-t-elle entre ses dents et, docilement, Stephie lui emboîta le pas.


Un quart d'heure plus tard, Karen traversait le hall du 550 Septième Avenue pour prendre place dans la spacieuse Mercedes de Bill Wolper qui l'attendait à l'entrée, une petite liasse de courrier et de notes à la main pour se sentir moins coupable. Elle avait la peau éclatante, les lèvres brillantes, mais le coup de fraîcheur s'arrêtait au ras des cheveux. Malgré la brosse, ils étaient irrécupérables. Passé quarante ans, il y a des limites aux miracles qu'on peut faire. Toutefois, la tunique et la courte jupe en maille de coton couleur paille qu'elle portait lui donnaient de l'aisance et la veste croisée en coton et lin gaufré avait une belle étoffe et, en outre, le mérite de dissimuler son ventre.

Comme il fallait s'y attendre, la voiture de Wolper était une merveille. Karen s'abandonna contre le cuir gris souple de la banquette. C'était le luxe à l'état pur. Les fenêtres teintées isolaient complètement du tintamarre de la rue et un concerto de Mozart baignait l'intérieur de la voiture. Pour la première fois depuis des semaines, elle put se détendre. C'était mille fois mieux que les limousines qu'ils avaient l'habitude de louer. Qu'est-ce que je fais ici ? s'interroga Karen. Moi, une petite fille juive de Brooklyn, assise dans une des automobiles les plus luxueuses du monde pour aller dans un des meilleurs restaurants de la ville.

Qu'est-ce que Bill avait à lui dire ? Elle se sentait à cran. La scène avec Jeffrey l'avait laissée sans force. Elle détestait être brouillée avec lui, ça la fragilisait. A présent, elle avait l'impression d'être un paquet qu'on livre.

Elle lissa sa jupe, tentant en même temps de s'essuyer discrètement les paumes. De quoi ai-je la trouille ? se demandat-elle en descendant les deux marches qui conduisaient au restaurant, où André vint l'accueillir. Il lui fit traverser la petite salle à manger élégante, décorée d'une tapisserie des Gobelins et donnant sur le jardin d'intérieur, à l'arrière. Elle sourit à Sherry Lansing, la directrice de Paramount Pictures, une fidèle cliente, qui déjeunait avec Demi Moore, qui n'était pas une cliente. Karen reconnut un des frères Kaufman, milliardaire de l'immobilier et ami de la famille Kahn. C'était visiblement un endroit où les gens importants venaient déjeuner – Karen n'y était venue que pour dîner.

Bill Wolper l'attendait déjà. Il se leva à son arrivée, sans toutefois se donner la peine de l'aider à s'asseoir. Il laissa André s'en charger. Il occupait le coin, lui laissant le siège qui tournait le dos à la salle. Prenait-il la chose pour acquise ? Décidément, il ne lui plaisait pas. Il lui adressa un sourire. « Merci d'être venue de manière aussi impromptue », dit-il d'un ton si sincère qu'il avait vraiment l'air de s'excuser. Il se tourna vers André et haussa ses sourcils broussailleux : « Vous connaissez Karen Kahn ? Elle passait dans l'émission d'Ellé Halle cette semaine. » Il se tourna de nouveau vers elle. « Je vous propose de nous en remettre entièrement à André.

— Puis-je vous proposer le *homard*[1] ? enchaîna aussitôt le maître d'hôtel, rayonnant. Nous en avons peu et je les sers froids, coupés en deux, en hors-d'œuvre. »

Bill lui adressa un regard interrogateur. « Aimeriez-vous du homard ? » demanda-t-il comme si elle avait besoin d'un interprète. Se montrait-il protecteur ou condescendant ?

« D'accord pour le homard, mais pas maintenant. Je prendrai d'abord une salade verte. » Elle leur adressa son plus charmant sourire. « *Je n'ai jamais très faim à midi*[2] », mentit-elle. En fait, elle mourait de faim, mais elle préférait prendre un air détaché.

Légèrement désarçonné, Bill Wolper se racla la gorge. Parfait, songea Karen.

« La même chose pour moi », annonça-t-il. Il regarda Karen. « Un chardonnay ? »

Karen se rappela le merlot de Defina et son mal de tête, le lendemain. Ce n'était pas le jour pour boire du vin. Et l'idée de prendre du blanc la rendait malade. « Je sais que ce n'est pas très orthodoxe, mais je préférerais du rouge, même avec le homard.

— Nous avons un bordeaux supérieur, avança André.

— Pourquoi ne pas commencer avec le chardonnay ? » s'interposa Bill avec douceur, et André s'inclina avant de s'éloigner.

Karen cligna des yeux. Ce type était complètement mégalo. Elle se demanda un instant si elle allait insister pour avoir le bordeaux, mais y renonça. Elle allait d'abord voir quel genre d'offre il gardait en réserve. Son estomac se contracta et elle s'efforça de regarder calmement son interlocuteur, de l'autre côté de la table. Pourtant, elle était mal à

---

1. En français dans le texte.
2. En français dans le texte.

l'aise, le dos tourné à la salle. Combien de femmes Bill avait-il invitées ici pour les séquestrer de cette manière ? Et combien d'habitués remarquaient alors avec qui Bill Wolper déjeunait ?

« L'émission d'Ellé Halle était fantastique, dit Bill. Et le mariage d'Elise Elliot vous a fait une publicité du tonnerre. Ce doit être formidable de voir se concrétiser ses idées. »

Elle l'observa. Il avait mis en plein dans le mille : c'était formidable. « Sa robe vous a plu ?

– La publicité m'a plu. De nos jours, les créateurs doivent être en contact avec des célébrités. La plupart se contentent de quelques stars de cinéma qui viennent assister à un de leurs défilés. Vous savez, on paie un mannequin pour qu'il vienne voir le défilé avec son copain. La belle affaire ! Mais vous, ce que vous avez fait, c'est un coup de génie. Elise Elliot ! Les vieux l'adorent, mais elle est toujours dans le coup. Les femmes plus jeunes l'admirent. Elle a la classe, l'argent et le cachet. Elle pourrait représenter pour vous ce qu'Audrey Hepburn a été pour Givenchy. Comment avez-vous monté ce coup ? »

Elle se demanda si elle devait prétendre qu'elle s'était acharnée sur ce projet depuis des mois, mais elle n'y arriva pas. « Elle m'a simplement demandé de m'en occuper, fit-elle en haussant les épaules. C'était risqué, mais les robes sont assez réussies.

– Vous avez fait la couverture de *People* ! Comme vous dites, les robes sont assez réussies, s'exclama-t-il. Quand j'ai vu ça, je me suis demandé si vous l'aviez fait uniquement pour faire monter les enchères auprès de nous. »

Elle sourit. Était-ce une blague ? Comme elle ne savait pas quoi dire, elle se tut. Il reprit, très à l'aise : « C'est drôle, quand on travaille dans la mode. Ça m'a appris à comprendre les femmes. » Il eut un grand sourire. « Ce n'est pas facile. Une bonne partie de ce que vous avez dit la semaine dernière dans mon bureau m'a plu, mais je ne suis pas d'accord avec vous. Je connais la chanson – les femmes veulent des vêtements confortables, portables. Mais moi, je n'y crois pas. Du moins, ce n'est pas ce qu'elles recherchent quand elles font du shopping. » Il s'interrompit. « Vous savez ce qu'elles cherchent ? » Se penchant en avant, il plongea son regard dans celui de Karen. Fascinée, elle secoua la tête. « L'aventure. L'espoir. L'évasion. Voilà ce qu'elles cherchent.

– Je ne pensais pas que le centre commercial était aussi passionnant », plaisanta Karen, mal à l'aise. Mais Bill ne rit pas.

« Vous croyez que je blague ? Je ne parle pas de vos clientes privées. Les Elise Elliot sont à part. Mais songez à la vie de Madame Tout-le-Monde. Le matin, elle habille les gamins, leur prépare leur déjeuner, en dépose deux à l'arrêt du bus et le troisième à la crèche. Elle arrive au bureau, banque, compagnie d'assurances, n'importe quoi d'autre, passe toute la journée à travailler sur son écran d'ordinateur ou sur une pile de dossiers. Elle essaie de ne pas penser que l'âge vient, que son couple bat de l'aile et que cela fait une éternité que personne n'a regardé ses jambes ou plongé son regard dans le sien. Et que peut-être plus personne ne le fera... Vous savez pourquoi cette femme va faire les magasins ? Vous savez ce qu'elle cherche ? »

Karen se tut, toujours fascinée.

« L'espoir. L'espoir que des chaussures en peau de serpent bleue changeront sa vie. L'espoir qu'une robe de rayonne pourra changer le cours des choses ou, au moins, qu'elle se sentira mieux un moment quand elle l'aura enfilée. Le rêve que fait naître le nom sur l'étiquette : si elle achète un vêtement Karen Kahn, elle sera comme Karen Kahn, et sa vie ressemblera à celle de Karen Kahn. »

Karen, embarrassée, s'agita sur sa chaise.

« Et que se passe-t-il quand il n'y a pas de miracle ? Quand sa vie ne change pas ?

– C'est le bon côté : elle change de marque ! s'exclama Bill en riant. Cela vaut mieux que d'abandonner tout espoir. »

Le sommelier revint avec le chardonnay et en versa un

fond dans le verre de Bill. Il le goûta et fit un signe à André, qui remplit le verre de Karen. Elle était fermement résolue à ne pas y toucher. La résistance passive. Qu'il aille se faire foutre avec ses théories sur les femmes, et avec son vin! Il la fascinait autant qu'il la rebutait. Il était intelligent, puissant, peut-être même avait-il raison, mais décidément, il ne lui plaisait pas.

Quand ils furent à nouveau seuls, Bill reprit. « Vous êtes parfaitement en mesure de vendre ce rêve, Karen. Votre nom, votre image ont su s'imposer, et pour la consommatrice de base, vous représentez la classe avec une bonne dose de réalisme, plus le prestige de la citadine et du bon sens. C'est un positionnement exceptionnel. Actuellement, vous vous agrandissez comme des fous, mais dans une petite société sous-capitalisée, la croissance peut s'avérer dangereuse. Vous savez ce que je veux dire : plus de ventes signifie plus de camelote, plus de camelote signifie plus de dettes, plus de dettes plus d'intérêts, et plus d'intérêts rogne les bénéfices – voire les engloutit complètement. Vous savez, Karen, c'est à la portée du premier venu de diriger une petite société, mais il faut vraiment des tripes et du talent pour transformer une petite entreprise en une grande. Il n'y a pas de place pour l'erreur. » Bill Wolper se pencha vers elle. « Karen, je pense que vous et moi sommes de la même race. Nous avons des tripes et du talent. Alors je vais vous dire ce que je pense. Si je vous ai fait attendre mon offre, ce n'est pas par manque d'intérêt et j'espère que ce n'est pas ce que vous avez cru. »

Karen secoua la tête. Bon sang, elle aurait dû venir avec Jeffrey. Wolper allait-il lui annoncer un refus? Eh bien, tout serait fini et, en un sens, elle se sentirait soulagée. Elle tenta de sourire. Elle avait les lèvres sèches. Son verre de chardonnay était resté intact.

« Voilà, je suis prêt à vous faire une offre, mais je veux que vous compreniez bien que c'est à vous seule que je la fais. Parce que vous êtes au cœur de notre accord. Karen, NormCo voudrait vous racheter pour cinquante millions de dollars. »

Le sang reflua de son visage tandis que son estomac se tordait et semblait flotter dans sa poitrine. Avait-elle bien entendu ? Cinquante millions, c'était plus du double de ce que Jeffrey avait avancé. Fichtre, cela faisait combien d'argent ? Elle prit le pied du verre et avala en silence trois gorgées de vin. « Je vois, bredouilla-t-elle enfin, incapable de trouver une parade.

— Je pense que nous savons vous et moi que vous avez surévalué votre société, mais je vais vous dire en quoi vous l'avez sous-évaluée. J'ai l'impression que vous ne vous rendez pas compte vous-même, Karen, de votre potentiel. Le potentiel, Karen. Voilà ce qui m'excite, moi : c'est le potentiel. Et aussi le talent. Le talent et une vision. Disons, le potentiel, le talent, la vision et aussi la discipline. » Il éclata de rire. « Une sacrée liste, hein ? Des qualités difficiles à trouver séparément et presque impossibles à voir rassemblées. Vous les possédez toutes les quatre, je le sais. Et moi, je peux vous donner les clés du royaume. Je suis le gardien de ce qui deviendra votre empire. Je peux le voir à distance, et vous aussi. »

Oui, elle comprenait ce qu'il voulait dire. Heureusement, il restait strictement sur le plan professionnel. Il posa alors sa main sur la sienne. Elle irradiait de chaleur. « Vous êtes quelqu'un avec qui je peux bouger vite. Il y a un certain temps que je vous cherche. »

Était-ce à double sens ? se demanda Karen. Il fallait qu'elle dise quelque chose, mais c'était comme si elle avait dans la tête des milliers d'enfants chantant en chœur : « Cinquante millions de dollars ! Cinquante millions de dollars ! » Elle posa sa main libre sur la sienne et fit un effort sur elle-même pour articuler : « Je tiens à vous dire combien votre foi en moi me touche, et je vous en remercie. » Elle était vraiment touchée. C'était peut-être de la sauce Bill Wolper, mais il savait y faire. Il n'achetait pas seulement l'entreprise, il proposait de créer quelque chose ensemble. Elle se sentit submergée par une vague de reconnaissance à son égard.

Bon, Karen le savait, on n'a jamais rien sans rien. Elle avait joué avec le feu, et maintenant, elle allait se brûler. On ne refuse pas cinquante millions de dollars, et Jeffrey ne la laisserait pas faire. Mais à quoi exactement devrait-elle renoncer ? Quelle serait son autonomie ? Qu'est-ce qui allait changer ? « Comment nous voyez-vous faire équipe ? demanda-t-elle.

– Le plus étroitement possible », répondit Bill.

Karen se demanda ce que cela signifiait exactement. « Vous savez, je ne suis pas très égocentrique. Vous le croyez, n'est-ce pas ?

– Oui, c'est votre force, entre autres. Mais vous êtes très ambitieuse. » Il sourit. « Je sais la différence. Je sais beaucoup de choses sur vous. »

A cet instant, le serveur apporta le homard accompagné de sa mayonnaise. Karen en prit un bout qu'elle trempa dans la sauce avant d'avaler. Elle ne lui trouva aucun goût.

« Passionnant, assura-t-elle. Mais laissez-moi vous poser une question. Puisque vous connaissez l'état de nos bénéfices, vous savez sûrement que nous pourrions accepter beaucoup moins. Pourquoi cette offre ? »

Il se montra aussi direct qu'elle. « Je ne fais pas de charité, mais ce genre d'acquisition, c'est comme un mariage. Si vous êtes malheureuse, si vous ne pouvez pas créer, si vous faites la tête ou si vous êtes déprimée, vous ne me servirez à rien. Les cyniques diront que j'achète votre nom, mais ce n'est pas vrai, parce que je vous aurais fait une offre minable dans ce cas. Ce que je veux, c'est vous, expliqua-t-il. Ce qui signifie un contrat d'exclusivité pendant douze ans. Vous travaillerez pour moi et pour personne d'autre... A ce propos, n'allez pas vous imaginer qu'on mettra un centime de plus. Herb va négocier ce foutu contrat avec votre mari et le reste de votre équipe. Ils vont faire monter les enchères, et on refusera. On va placer la barre très haut et reculer sur quelques points, mais c'est de la poudre aux yeux. En fait, la seule chose qui ne soit pas négociable, c'est votre exclusivité. Je voulais que vous le sachiez. »

Elle n'avait jamais été très bonne en maths, et il lui fallut une minute pour faire le calcul. Elle allait avoir quarante-trois ans dans quelques mois. Dans douze ans, quand elle serait libérée de ce contrat, elle aurait cinquante-cinq ans. Cinquante-cinq ans! Le homard se tortilla désagréablement dans son estomac. Décidément, ce chardonnay n'était pas une bonne idée.

« Il va falloir que j'y réfléchisse, dit-elle.

— J'y compte bien. Ecoutez, vous n'êtes même pas obligée d'en parler aux autres pour le moment. Inutile de leur monter la tête si vous devez refuser. Cela restera entre nous jusqu'à ce que j'aie de vos nouvelles. Et si vous dites non, je ne ferai pas d'offre. »

Elle sourit avec reconnaissance. Cela lui donnait une porte de sortie et risquait même de sauver son mariage. Il ne manquait pas de finesse. « Encore une chose, Bill. Si j'accepte votre proposition, il me faut votre promesse que vous ne licencierez personne. Je vais donner des parts de l'entreprise à chacun et je ne veux pas que cela se tranforme en indemnités de départ.

— Eh, on aura besoin d'embaucher, pas de licencier. Cela dit, je ne suis pas sûr que cette idée me plaise. Je veux que vous ayez la part du lion.

— Certains travaillent pour moi depuis le début. Si je signe avec vous, ce sera comme ça. »

Bill réfléchit un instant. « OK, fit-il avec un haussement d'épaules. Mais je doute que ça plaise. »

Elle le regarda. Se pouvait-il qu'il soit réellement aussi arrangeant? En tout cas, il n'était pas du tout comme elle l'avait imaginé. Allait-elle en parler à ses collaborateurs avant d'avoir décidé, ou allait-elle prendre sa décision d'abord? Bill lui avait donné le choix. Elle observa un instant son visage séduisant. « Merci, dit-elle, sincère.

— Prenez-le comme un cadeau personnel de ma part », répondit-il avec un sourire.

Bill avait insisté pour que sa limousine la raccompagne au bureau après l'avoir déposé au coin de la 50ᵉ Rue et de Park Avenue. Mais elle devait retrouver Mr Centrillo au Soup Burger sur Lexington et la 80ᵉ, et ne tenait pas à ce que le chauffeur fasse un rapport ensuite à Bill Wolper. Il en savait déjà assez sans son aide. Il la laissa donc devant la New York Society Library, sur la 75ᵉ et, quand elle fut sûre qu'il avait disparu, elle alla à pied à son rendez-vous.

Mr Centrillo l'attendait. Il portait un chapeau d'été, à mi-chemin entre le feutre et le panama. Il tapota la place libre à côté de lui. Le restaurant était minuscule, un simple comptoir avec une douzaine de tabourets contre les murs. Elle s'assit. Elle avait le vertige, comme si elle avait fait plusieurs tours sur le siège pivotant en chrome et Skaï rouge.

« Alors, Mrs Cohen, quoi de neuf ? »

Oh, rien, à part qu'on vient de m'offrir une fortune en échange de ma liberté, pensa-t-elle. Et de coucher avec le boss par-dessus le marché, peut-être. Mais ce n'était pas des choses à dire à Mr Centrillo. Il semblait encore plus terre à terre que dans son bureau de Brooklyn. Elle tenta de se concentrer. « Je suis un peu préoccupée, en fait, par des problèmes de travail. Mais ce que vous avez à me dire m'intéresse beaucoup. Où en êtes-vous ? » Elle était dépassée. Que ferait-elle s'il lui annonçait tout de go qu'il avait retrouvé sa mère ?

Or c'était justement à elle qu'elle avait envie d'annoncer la nouvelle : à sa vraie mère. Pas à Belle, ni même à Carl, et sûrement pas à Jeffrey. Elle aurait eu envie de dire à celle qui l'avait abandonnée qu'elle valait cinquante millions de dollars.

« Je regrette, fit le détective. Je n'ai rien de nouveau. Sans autres éléments, ça prendra du temps. Je n'ai pas encore exploré toutes les pistes, mais jusque-là, je me suis heurté à un mur. Je regrette », répéta-t-il.

Qu'est-ce qu'elle avait espéré ? Elle avait toujours eu trop d'imagination, alors forcément, ça vous joue des tours. Elle s'était montrée aussi bête, crédule et vulnérable que l'oisillon dans l'histoire qu'elle lisait à Stephie, *Es-tu ma maman ?*, quand elle était petite.

« Vous avez autre chose à me donner ? » s'enquit Centrillo, et elle se souvint brusquement des photos. Elle se mit à fouiller dans son sac. Elle avait retrouvé les photos dans la poche de la veste qu'elle portait au mariage d'Elise Elliot. « Voilà, dit-elle en les lui tendant. Je ne sais pas où elles ont été prises et quand, mais c'est moi.

— Mignonne. Très mignonne... » Il avait l'air de le penser vraiment. Il retourna le cliché, espérant sans doute trouver un tampon. « Ecoutez, reprit-il. Est-ce que vous avez essayé de parler de ça à votre père ?... Pensez-y, insista-t-il quand elle secoua la tête. Il nous suffirait de quelques indices. Le lieu et la date constitueraient un bon point de départ. Un nom serait encore mieux. » Centrillo la considéra avec bonté. « Je sais que c'est dur, mais, d'après moi, c'est votre seule chance. »

Elle soupira. Elle se voyait mal aborder le sujet avec Arnold. Comment pouvait-elle avoir autant d'audace dans certains domaines et se montrer aussi lâche quand il s'agissait de poser une simple question ? C'était peut-être la tare des enfants adoptifs, qui ne se sentaient jamais assez en sécurité pour interroger leurs parents. Mais elle devrait peut-être s'y résoudre. Est-ce qu'il lui raconterait ? Accepterait-il de ne rien répéter à Belle ? Est-ce qu'il en serait peiné ?

« Mrs Cohen, je crains de ne pouvoir en faire plus tant que vous ne m'aurez pas donné d'autres informations.

— Je vais lui parler », promit-elle.

Elle donna à Centrillo le numéro de sa ligne privée. Elle répondait directement ; elle devrait s'abstenir désormais de dire son vrai nom en décrochant. Ils quittèrent le café. Centrillo prit Lexington Avenue en direction de la station de métro, tandis que Karen le regardait s'éloigner. Elle se sentait oppressée, épuisée. Jeffrey devrait tout ignorer de ses démarches, et elle avait encore une collection médiocre, inachevée, sur les bras.

Si Bill Wolper avait su comment elle se sentait, il ne lui aurait pas offert un kopeck.

## Chapitre 15

# Chacun son genre

Karen rentra de bonne heure et s'accorda le lendemain matin pour aller au Metropolitan Museum of Art. Elle évita le Costume Institute, préférant s'offrir une heure dans les Annenberg Galleries, où elle s'immergea dans les couleurs de Manet, de Fantin-Latour et de ses autres peintres de prédilection.

L'offre de NormCo, qui pourrait la rendre plus riche qu'elle n'aurait jamais osé l'imaginer, ne lui apportait aucune joie. Depuis son rendez-vous avec Wolper, vingt-quatre heures plus tôt, elle se sentait déchirée et ne savait que faire. Heureusement, Jeffrey était resté tard au travail et elle s'était couchée sans attendre son retour. Il avait dormi dans la chambre d'amis et s'était éclipsé avant son réveil.

Elle ne lui avait rien dit de sa rencontre avec Bill. Elle voulait d'abord tenter d'y voir clair. Que ferait-elle de cet argent ? Elle ne voulait pas de nouvelle maison, et détestait conduire. Une grosse somme pouvait servir à vous acheter votre liberté, mais elle, au contraire, allait vendre la sienne. Pour les douze ans à venir. L'offre de NormCo n'allait pas non plus lui faciliter la vie. A tout le moins, elle la lui compliquerait. Si elle acceptait, lui resterait-il du temps pour prendre soin d'un enfant ? En admettant que Jeffrey cède concernant l'adoption. Mais si elle travaillait plus, comment s'occuperait-elle d'un enfant ?

Si garder un secret la rendait malheureuse, elle savait qu'en livrant celui-ci, elle devrait assumer les espérances et les craintes des autres. Casey était contre l'accord, Mrs Cruz et la plupart de l'équipe de production en avaient peur ; Mercedes était tellement avide de mettre la main sur sa part de bénéfices qu'elle arrivait à peine à se retenir ; et Jeffrey ne se maîtrisait plus du tout. Karen se sentait l'objet de toutes sortes de pressions et, pour le moment, l'accord lui semblait être un élément perturbateur supplémentaire qui l'empêchait de se concentrer sur la collection qu'elle devait présenter à Paris.

Seule Defina, sa bonne vieille copine, restait imperturbable en dépit des tractations. Aussi, lorsque Karen rentra au bureau, elle lui parla de son déjeuner avec Bill et de son offre. Defina écouta en silence.

« Cinquante millions, hein ? Ben dis donc, ce mec sait comment appâter le gibier.

— Qu'est-ce que je dois faire ? se lamenta Karen. Je n'en ai pas la moindre idée.

— Tu le sauras bientôt, affirma Defina. Contente-toi de ne pas bouger tant que tu ne sais pas ce que tu veux, toi. »

Exactement ce que Karen savait qu'elle allait dire.

Karen se plongea dans le travail durant le reste de la journée afin de compenser son absence à l'heure du déjeuner. A dix heures passées, elle était toujours là ; Defina s'affairait au bureau en fredonnant un vieux tube de Michael Jackson. Karen avait à présent une bonne cinquantaine de croquis étalés devant elle ou collés au mur.

« Tu veux bien arrêter, avec cette rengaine ? » cria-t-elle, agacée. Defina chantait incroyablement faux.

« C'est à cause de ma voix ? Ou du Memorex ?

— C'est cette chanson idiote. » Karen se leva et s'étira, puis se frotta les yeux. Elle était exténuée. S'approchant de la fenêtre, elle regarda le ruban ininterrompu de lumière formé par les voitures et les camions qui remontaient la Septième Avenue. Cette chanson était insupportable. Heureusement que la triple épaisseur des vitres arrêtait le bruit de la circulation ! Elle avait besoin de silence.

Sans se rendre compte, apparemment, de l'état de son amie, Defina se sentait d'humeur bavarde et comme elle avait écouté patiemment le discours de Karen concernant l'offre de Wolper, Karen n'osa pas l'interrompre.

« Alors, tu crois que ça va marcher, avec Stephie comme mannequin-cabine ?

— Pourquoi ? Elle te pose des problèmes ?

— Non, elle est gentille. J'aurais mieux fait de ne pas t'en parler. Tu sais tellement bien fermer les yeux quand ça t'arrange ! Tu n'as sans doute pas remarqué à quel point ta nièce a maigri.

— Stephie ?

— Ben tiens, tu pensais que je parlais de Tiff ? »

Karen se tut. Ces derniers temps, Stephanie avait les traits tirés, mais avait-elle perdu du poids ? Elle n'avait pas grand-chose à perdre et semblait de bonne humeur même si elle était un peu dépassée. « Elle m'a l'air d'aller bien. » Et elle fit mine de retourner à son travail.

« A qui tu penses, pour Paris ? »

Karen savait ce que Defina voulait dire. Elles se comprenaient à demi-mot. Mais, pour Karen, savoir qui présenterait la collection à Paris n'était pas son souci majeur. Elle avait peur. La question n'était pas qui présenterait la collection, mais de quoi celle-ci serait faite, et qui viendrait la voir, et qu'en dirait-on ?

« Je n'en sais rien. Pourquoi pas Tangela ? » Karen s'approcha des croquis fixés au mur, en détacha deux qu'elle barra et jeta.

« T'es pas sérieuse ?

— Mais si. Peut-être que cela lui redonnerait confiance en elle.

— Ne le fais surtout pas pour moi. D'ailleurs, ça ne servirait à rien. Elle n'est pas prête pour l'Europe. »

Elle n'était pas en avance pour le casting. Les meilleures et les plus chères étaient retenues d'avance. De toute façon, Karen n'avait pas de budget pour engager des top models.

Elle devrait se contenter de filles plus jeunes, que l'idée de défiler à Paris mettrait en transe. Évidemment, c'était un risque. Paralysées par le trac, elles ne mettaient pas les vêtements en valeur. Pourtant, Karen avait une botte secrète : Defina. Celle-ci était capable d'apprendre à n'importe quelle débutante comment marcher sur le podium – sauf peut-être à Tangela, qui ne voulait rien apprendre de sa mère. « Ben, si tu convoquais la bande habituelle ? » demanda-t-elle. De nouveau, elle tourna le dos au mur en se frottant les yeux. Décidément, la collection ne marchait pas. Son estomac se noua – elle n'y arrivait pas.

« Et Melody Craig ? proposa Defina d'un ton négligent.

– Oh non, un vrai cachet d'aspirine. Tenons-nous-en à des filles jeunes et typées, le genre ethnique. Pourquoi pas Maria Lopez ?

– Nom de dieu, ne prends pas Maria. C'est une Espingo !

– Defina, arrête ! Pas d'insultes racistes.

– Eh, c'est une salope de Latino. C'est pas sa race qui me dérange, mais son comportement. Et je jure qu'elle se drogue. Tous les Sud-Américains le font.

– Ouais, et tous les Noirs ont le rythme dans la peau. Sauf toi. Allons, Defina, laisse tomber les clichés.

– Ma petite, les clichés peuvent avoir du vrai. Et j'ai effectivement le rythme dans la peau. Sauf que je ne sais pas chanter. » Sur quoi, elle se remit à fredonner l'air de Michael Jackson.

Karen se tut. Bon, si elle n'arrivait pas à avoir la meilleure collection, elle aurait au moins un bon casting. Les mannequins pouvaient suffire à sauver le défilé. « Je prendrai Maria, et Tangela, et Armie, et Lucinda. Je veux avoir le vrai look américain, et ces filles-là savent porter mes vêtements.

– Armie est devenue trop chère, et de toute façon, c'est sûrement trop tard déjà. Eh, ne me regarde pas comme ça ! C'est toi qui l'as fait connaître. Quant à Lucinda, elle ne peut pas monter sur le podium, c'est un mannequin de studio : elle ne sait pas marcher.

« – Ben apprends-lui.

– C'est pas si facile, et tu le sais.

– Bon sang, Defina, c'est pas de la physique nucléaire. C'est une présentation de mode.

– Essaie de te bouger le popotin devant mille paires d'yeux prêts à critiquer et tu verras si c'est facile.

– Je sais qu'il faut un certain talent pour ça. Mais je pense que Lucinda en est capable. Et j'aime son look. C'est pourquoi je la veux. »

Elle soupira. Elle se sentait seule et abandonnée. Peut-être qu'elle ferait mieux de vendre au plus vite sa société, sans attendre d'avoir touché le fond à Paris. Elle n'arrivait pas à se concentrer. Quand elle ferma les yeux, une peinture qu'elle avait vue au Metropolitan lui revint en mémoire.

Pour une raison obscure, les paroles de Carl, au cours d'un récent dîner, résonnèrent à son oreille. Qu'avait-il dit exactement ? Que ce n'était pas Jeffrey qui était doué, mais elle. Il avait dit autre chose aussi. Qu'elle ne pensait jamais en noir et blanc. *Black or White*, c'était justement le titre de la chanson que Defina fredonnait.

Karen considéra ses croquis. Les silhouettes étaient bonnes, de même que les échantillons. La collection était équilibrée, mais elle ne proposait rien de nouveau.

Elle posa son crayon. « Peu importe si tu es noir ou blanc », murmurait Defina. Karen revit le tableau de Courbet. Elle ferma les yeux.

Ce n'était pas le moment de rêver. Il fallait qu'elle se concentre... Brusquement, elle sentit ses cheveux se hérisser sur sa nuque. Ça y est, elle avait une idée. L'inspiration ! Elle se tourna vers Defina.

« Ça y est, j'ai un scoop pour toi. On va présenter deux défilés en même temps.

– Quoi ?

– On va avoir deux défilés à Paris, expliqua Karen, surexcitée. Deux, simultanément.

– Ma chérie, tu perds la boule. C'est déjà assez dur comme ça de faire venir les journalistes à un défilé.

– Exactement, et c'est pourquoi on va en faire deux en même temps. Ils ne pourront pas venir aux deux. Tu vois, ça nous met en position de force. Il y aura un défilé tout en noir, et un autre en blanc. »

Defina cligna des yeux. « Un cortège de bonnes sœurs ? Un troupeau de pingouins ? Excuse-moi, ma chérie, mais tu changes de style ! »

Karen éclata de rire. Peu importe, Defina y viendrait. Karen n'allait pas seulement prouver à Carl qu'elle pouvait penser en noir et blanc, ce serait plus que ça. Pendant la semaine des défilés, la presse spécialisée, les acheteuses importantes et les principales clientes sillonnent Paris en une sorte d'escadron unique, monolithique. Chaque styliste se démène pour trouver un lieu, une heure, pour savoir qui sera avant lui et après.

Elle allait changer tout ça. Et si elle donnait une réception à laquelle personne ne venait ? C'était casse-gueule. Aux États-Unis, elle était quelqu'un, mais à Paris, qui se souciait d'elle ? Qui se déplacerait pour elle ? Elle allait donc donner deux spectacles, et personne ne pourrait voir les deux. Super !

Cela ferait sensation, personne ne l'avait encore fait. De plus, elle n'avait jamais fait de noir. C'était la couleur préférée des couturiers new-yorkais, tout le monde, de Tina Brown à Grace Mirabella, portait sans arrêt des ensembles noirs. En partie par esprit de contradiction, Karen s'y était refusée. Les clientes la suppliaient, les revendeurs aussi, mais elle avait résisté. Comme si, depuis toujours, elle s'était réservée pour cette occasion. Son cœur battait à tout rompre, son visage était écarlate.

« Tu te rends compte de ce que tu mets en branle ? fit Defina, un sourire naissant au coin des lèvres. Trouver un deuxième local, d'autres mannequins, d'autres invitations, sans parler de la fabrication des vêtements, de toute la collection...

– Des invitations imprimées noir sur blanc pour un show, blanc sur noir pour l'autre, répondit Karen. On en donnera un rive gauche, l'autre rive droite. On passera la chanson de Michael Jackson, *Ebony and Ivory*. Et celle que tu fredonnes. Et surtout, on ne dit rien à personne. On les laisse dans l'expectative. » Karen se mit à rire. « Et pour finir, on aura deux robes de mariée, une noire et une blanche. »

Defina observa Karen un instant. « Ça me plaît, articula-t-elle lentement. Ça a du peps. Et c'est très porteur. Les acheteuses adorent le noir. Dommage que t'en aies pas eu l'idée six semaines plus tôt !

– Ouais, et dommage que la guerre continue en Serbie. On n'a pas toujours ce qu'on veut, tu sais bien. » Elle esquissa quelques pas sur la chanson de Mick Jagger. « *You can't always get what you want*, chantonna-t-elle.

– On ne peut pas toujours avoir ce qu'on veut, reprit Defina en chœur. Mais si t'essaies parfois, peut-être que tu verras que tu obtiens ce qu'il te fôôôt... hin-hin ! » Elles dansèrent dans le bureau en imitant l'accompagnement des Stones.

« Je savais que t'étais futée, pour une Blanche, approuva Defina.

– Reste avec moi et je te promets que tu péteras dans la soie !

– Ça, c'est déjà fait ! » rétorqua Defina, écroulée de rire.

Et pour un instant, à cette heure tardive, dans le désordre de son bureau, Karen éprouva une telle joie qu'elle en eut le souffle coupé. Elle vit les croquis, les échantillons de tissu, les joues satinées de Defina, la tache de café sur sa table en Formica – tout lui apparut avec une netteté presque irréelle. Elle savait que cette sensation était fugitive par nature et cela même lui donnait un goût doux-amer qui la rendait encore plus poignante.

« Est-ce qu'on a besoin de NormCo ? s'écria Karen.

– Ben, justement, qui en a besoin ? » demanda Defina, l'air sérieux. Avant que Karen puisse répondre, le téléphone retentit. Karen s'approcha de son bureau.

« Coucou ! Regarde par la fenêtre », dit une voix d'homme

qu'elle n'identifia pas tout de suite. Peut-être Centrillo se trouvait-il en bas, sa mère menottée à son poignet? Non, ce n'était pas la voix chaude et réconfortante du détective. « Tu me vois? » Elle reconnut Perry Silverman.

« Où es-tu, Perry?

– Dehors. Au coin, dans la cabine téléphonique de la 37ᵉ Rue. » Karen s'approcha de la vitre. « Tu me vois? Je te fais signe. »

Elle l'aperçut qui faisait de grands gestes avec un bras. Était-il saoul? « Oui, je te vois.

– Alors, tu veux bien coucher avec moi?

– Je crois que tu brûles les étapes.

– Tu as raison. Tu veux prendre un verre d'abord?

– Je crois que tu ne m'as pas attendue, non?

– T'es drôlement futée, jeune fille. »

Est-ce que Defina ne venait pas de lui sortir à peu près la même chose? Karen regarda son amie et haussa les épaules. Il était temps pour elles deux de fermer la boutique. « Qu'est-ce que tu veux, Perry?

– Éclaire-moi, Scotty.

– Et si je descendais pour te raccompagner chez toi?

– J'ai pas changé les draps.

– Tu vas de nouveau trop vite, Perry. » Karen entendit la voix d'automate de l'opératrice prévenir que la ligne allait être coupée. Perry avait plutôt l'air mal en point. « Je descends tout de suite », hurla-t-elle pour se faire entendre malgré la voix robotisée et elle raccrocha. « Tu veux bien fermer, Defina? » lança-t-elle en attrapant son manteau au passage.

Perry n'avait pas bougé de la cabine quand elle y arriva. Il portait un imper d'un blanc douteux sur un Levi's taché de peinture et une chemise de travail.

« Karen ! » s'écria-t-il comme s'ils se rencontraient par hasard. A quel point était-il saoul? Se souvenait-il qu'il venait de l'appeler ou était-ce déjà le blak-out total?

Perry vint vers elle. Il ne titubait pas, mais son regard avait quelque chose de fixe, de distant. Il passa un bras autour de ses épaules, la bouche contre son oreille. Il était juste de sa taille, beaucoup plus petit que Jeffrey. « Allons faire un bébé, chuchota-t-il.

— T'as vraiment tiré le mauvais numéro, répondit-elle en tendant son bras libre pour faire signe à un taxi qui traversait le carrefour. Monte dans le taxi, Perry.

— Bien sûr, fit-il gaiement. On va où ?

— Spring Street et West Broadway, dit-elle au chauffeur.

— Super ! J'habite tout près.

— Tiens, quelle coïncidence », remarqua-t-elle sans rire.

Il faillit s'endormir pendant le trajet et elle dut l'aider à descendre. Il trébucha et quand il retrouva son équilibre, il se figea sur place. Un instant, elle crut qu'il allait vomir, mais il resta simplement immobile, comme pétrifié. C'est alors qu'elle se rendit compte qu'il pleurait. Elle s'approcha de lui et il leva son visage vers elle. Les lumières du bar se reflétaient sur ses joues mouillées. « Tu sais, je travaille de nouveau à mi-temps comme garçon de café, dit-il en indiquant les lueurs clignotantes du coin de la rue. Plutôt nul, non ? Je faisais ça pour l'argent de poche quand j'étais étudiant. Puis, quand je peignais, c'était un moyen de rompre la solitude, l'isolement. Maintenant, c'est lamentable. A quarante-six ans ! » Son regard plongea dans l'obscurité puis il haussa les épaules. « Allons, je pourrais toujours écrire mes Mémoires, et j'intitulerais le livre *Ma vie dans les bars.* » Il émit un drôle de hoquet. « Je n'arrive plus à peindre. Je ne veux pas vivre sans Lottie. Elle a emporté toute la lumière avec elle. »

Karen passa un bras autour de lui. Il se serra contre elle. « Il fait si sombre... si sombre », chuchota-t-il. Elle n'avait rien à dire, aucun mot de réconfort. Alors elle l'étreignit plus fort, et ils restèrent debout l'un contre l'autre dans le caniveau, devant le Spring Street Bar.

« Je ne savais pas que je pouvais aimer quelqu'un à ce point, sanglota-t-il. Je n'ai plus le goût à vivre sans elle. »

Deux pensées traversèrent Karen : est-ce que Belle l'aurait autant pleurée, à la place de Perry ? Et comment pourrait-elle continuer à vivre sans quelqu'un à aimer autant que Perry aimait Lottie ?

Quand elle se réveilla, le lendemain matin, Jeffrey posait un plateau sur le couvre-lit. Il avait disposé dessus une tranche de melon, un croissant, une coquille de beurre et un peu de gelée avec le *Times,* « *W* » et *Women's Wear Daily.*

« Qui dois-je sonner pour avoir droit à un pareil service ?

– Moi », répondit-il en déposant le plateau sur ses genoux. Il s'assit au pied du lit et mit une main sur sa cheville. « Je m'excuse pour tout. » Karen se servit du café et prit la tasse avec un hochement de tête poli. C'était trop facile.

Jeffrey était si séduisant qu'elle avait du mal à lui résister. Bien sûr que c'était un enfant gâté, il avait toujours été chouchouté, à commencer par sa mère. Mais, contrairement à beaucoup d'hommes, il s'efforçait de se comporter en adulte. Ce petit déjeuner était une manière de demander pardon. Mais s'imaginait-il qu'il pouvait obtenir gain de cause avec une tranche de cantaloup ? Son épaisse chevelure était bien brossée. Ses joues brillaient, un peu de mousse à raser était restée dans une oreille, ce qui, chez lui, était attendrissant.

Elle lui sourit malgré elle. Après tout, il faisait de son mieux. Depuis le début de leur mariage, quand ils avaient une grosse dispute, il était également le premier à se calmer, à réfléchir et à proposer un compromis, ce que beaucoup d'hommes ne faisaient pas. Jeffrey revenait toujours et c'était surtout pour ça qu'elle croyait en son amour. Elle n'avait jamais imaginé une seconde qu'il pût avoir besoin d'elle.

« Écoute, j'ai une idée. Un vrai marché », annonça-t-il.

Karen reposa sa tasse. « Un vrai marché ? » répéta-t-elle. Les vrais marchés n'étaient pas à prendre à la légère. Elle le regarda. « A quoi tu penses ?

– Je pense que j'ai trouvé un moyen pour que chacun de nous y trouve son compte. Qu'est-ce que tu en penses ? Quand on aura officiellement l'offre de NormCo, si on l'a, bien sûr, tu acceptes de vendre la société et moi, je t'aide pour l'adoption.

— L'adoption? On pourrait adopter un bébé? » Il hocha la tête. « Mais tu en veux vraiment un? »

Il resserra sa main autour de sa cheville. « Écoute, Karen. Je sais que je t'ai rendue malheureuse, mais je ne voulais pas d'une adoption et je ne peux pas dire que ça m'emballe. Mais cette vente, j'y tiens et toi, tu tiens au bébé. Je me mets à ta place, même si je ne partage pas ton enthousiasme. Et j'espère que toi, tu peux te mettre à ma place aussi. Je veux que tu sois heureuse et toi, tu veux la même chose pour moi. Alors, qu'en penses-tu? C'est d'accord? »

Elle le regarda fixement. Était-il sérieux?

« Je ne sais pas, Jeffrey. Est-ce quelque chose qu'on peut marchander? Si tu dois être père à contrecœur...

— Et toi, tu ne devrais pas vendre KKInc à contrecœur, mais si tu vends, tu auras plus de temps pour le bébé et moi aussi. La peinture et un bébé, c'est pas mal pour un type des années quatre-vingt-dix, un type dans mon genre. En un sens, je ne peux pas imaginer les choses autrement.

— Tu le penses vraiment? » insista-t-elle. Elle regarda les draps froissés. Pour la première fois depuis des semaines, son cœur était plus léger, comme si un poids qu'elle portait sur la poitrine avait disparu. « Tu sais, il pourrait venir ramper sur la couette.

— Ouais, il pourrait même pisser dessus. Comment apprends-tu à un bébé à ne pas salir des draps Porthault?

— Je sais pas, dit Karen en riant. Je demanderai à Ernesta. » Elle redevint grave. « Et si on ne trouve pas de bébé?

— Et si on ne fait pas l'affaire? Chacun fera de son mieux. On est de bonne foi. »

Karen cligna des yeux. Si elle acceptait ce marché, il ne lui resterait plus qu'à appeler Bill Wolper pour lui dire d'officialiser son offre. Et alors, on ne pourrait plus retenir Jeffrey. Karen se mordilla la lèvre. Devait-elle lui avouer sa conversation avec Bill ? Non. Dans ce cas, elle aurait l'air d'une menteuse et Jeffrey, d'un bel idiot.

Elle attendrait. Elle allait téléphoner à un avocat pour mettre en route l'adoption. Ensuite, elle ferait signe à Wolper. Ils auraient tous les deux ce qu'ils voulaient.

Jeffrey se leva et lui prit la main. « Si c'est ce que tu veux vraiment, Karen, je le veux aussi pour toi. Je me suis conduit comme un salaud, mais je veux ton bonheur. » Il se pencha pour l'embrasser. Transportée, elle lui rendit son baiser. Il posa les mains sur ses épaules, puis plus bas. « Minute », dit-elle en débarrassant le plateau. Et il vint la rejoindre sous la couette.

## Chapitre 16

## Dollars et flacons

Privilège des stars, ils arrivèrent en retard à la réception de Norris Cleveland. Depuis qu'ils avaient conclu un vrai marché, Karen avait recouvré sa bonne humeur. Elle avait trouvé un regain d'énergie et ne se réveillait plus accablée. Jeffrey aussi avait l'air soulagé. « Hey ho, hey ho, on rentre du boulot! » fredonnait Jeffrey en franchissant la planche d'embarquement du quatre-mâts loué pour le lancement du parfum Norris. Il n'y avait personne comme Norris pour entraîner tout le gratin jusqu'au port. En 1978, alors que Karen venait juste d'entrer chez Liz, Yves Saint Laurent avait également organisé une fête sur l'eau pour la sortie d'Opium. Mais il avait pris une vraie jonque chinoise, et pas un vieux rafiot rouillé. Norris comptait peut-être sur la suggestion subliminale.

Il n'y avait pas non plus d'acrobates chinois, comme il y en avait eu pour Opium. Pas de tentes marocaines, ni de coussins de sol, comme l'an dernier, pour la naissance du fabuleux Gio, le parfum d'Armani. En revanche, les personnalités et les photographes se bousculaient d'une cloison à l'autre. La presse compte plus que la fête. On pouvait venir, se montrer et se faire photographier sans même prendre le temps de s'amuser. C'était tout à fait le style de Norris.

Tout le monde était là. Cher, qui se trouvait au lancement d'Opium et de Gio et avait produit, entre-temps, son propre parfum, était présente. De même que son vieux copain, David Geffen, qui s'intéressait à la mode depuis qu'il s'était porté caution pour son pote Calvin Klein au moment où celui-ci frôlait la faillite. Cela dit, que représentaient cinquante millions de dollars pour David Geffen?

Amy Fine Collins, qui écrivait dans *Vanity Fair* et *Harper's Bazaar*, se faufila entre les invités. Elle était la seule journaliste de mode à s'habiller avec style, sans s'abriter derrière la sempiternelle petite robe noire. Carrie Donovan, du *Times*, et Suzy Mehle, la « grande dame » du *Herald Tribune*, étaient également visibles. Ces gens-là étaient importants. Comment Norris s'y prenait-elle pour réussir un tel carton?

Alors qu'elle était seule, Jeffrey étant allé lui chercher un verre, on lui tapota sur l'épaule. Elle se retourna et vit les petits yeux noisette de Bobby Pillar. « J'aurais pu te demander ce qu'une fille aussi bien que toi peut fabriquer dans un tel lieu, mais ma propre présence risquerait de faire jaser », lança-t-il en riant. Puis il la serra dans ses bras comme s'ils s'étaient revus tous les jours depuis leur rencontre fortuite au studio d'Ellé. « Tu as été magnifique, à la télévision. Je ne te l'ai pas dit? Tu t'es montrée chaleureuse et naturelle. C'est un don, tu sais. Les gens te croient quand tu parles. » Il paraissait débordant d'enthousiasme. Il rayonnait, même son crâne chauve luisait. « Merci, Bobby. Apparemment, ça ne s'est pas trop mal passé.

– Dis, tu l'as mouillée, ta culotte? J'ai pas réussi à voir. »

Elle éclata de rire. Même s'il dépassait les bornes, il avait une simplicité qui lui plaisait. « Alors, reprit-elle, tu comptes vendre le parfum de Norris sur ta chaîne?

– Ce pipi de chat? Elle a bien essayé de me piéger, mais je n'ai pas mordu à l'hameçon. Tu l'as senti? La FCC[1] me coincerait vite fait. Comme si les autorités avaient besoin d'un prétexte pour foutre en taule un pauvre petit Juif », ajouta-t-il en riant. Il émanait de lui une telle impression

---

1. *Federal Communications Commission.* Équivalent du CSA français.

d'honnêteté, on le sentait tellement authentique derrière son culot monstre que Karen se mit à rire à son tour. Peut-être que l'argent limitait votre liberté, mais Bobby était aussi grande gueule qu'avant de faire fortune.

« Alors, mon chou, tu vas venir causer avec oncle Bobby pour nous faire une collection pour la télévision ?

— Je ne crois pas, Bobby. Je commence à peine à penser au prêt-à-porter.

— Ouais, j'ai entendu dire que tu étais en discussion avec un zozo de NormCo, un vrai vautour. C'est pas génial, ton idée, tu sais. »

Le sourire de Karen disparut. Avant qu'elle ait pu lui demander d'où il tenait l'information, Jeffrey était de retour. Il salua froidement Bobby et la conversation s'en tint là. Ils ne s'aimaient pas. Jeffrey trouvait Bobby vulgaire. Ce qui, bien sûr, faisait partie du charme de ce dernier.

Bobby leva la main, qu'il agita exagérément en l'air. « Appelle-moi, mon chou », dit-il avant d'être comme englouti par un groupe de mannequins aux longs corps sinueux.

Il y avait, bien sûr, un véritable escadron de mannequins et d'ex-mannequins. Lauren Hutton était en Armani, comme il se doit. Parmi les plus jeunes figuraient Linda Evangelista, Carla Bruni, Maria Lopez, Kristen McMenamy et même Kate Moss. Toutes fumaient. Norris les avait-elle payées pour s'assurer leur présence ? Karen avait entendu dire que Versace avait dépensé cent mille dollars pour avoir quatre d'entre elles à sa présentation l'an dernier. Cent mille dollars, rien que pour les mannequins ! La moitié de son budget pour Paris. Aussi, faire venir cette brochette de filles à un cocktail, c'était un joli coup.

L'habitude des top models de se regrouper rehaussait leur côté glamour, même si Karen savait pour avoir travaillé avec elles que le travail ne comportait rien de bien attrayant. Car la mode, c'était du commerce. Tout n'était que production et dur labeur, un peu comme dans une fabrique de saucisses.

Mais il fallait donner l'impression que tout baignait dans le glamour, même si les créateurs en étaient dépourvus. Si Gianfranco Ferré était gros, si Mary MacFadden avait une pâleur inquiétante, si Donna Karan était rondelette et si le crâne de Karl Lagerfeld se déplumait, ils ragaillardissaient leur image en s'entourant de mannequins pleins d'éclat.

Au moment où Karen allait s'éloigner, une longue silhouette vint se joindre au groupe. Elle reconnut Tangela Pompey. Malgré la distance, Karen pouvait distinguer l'étrange lueur dans son regard et son accoutrement provocant. Elle portait une minijupe d'un violet éblouissant et un petit boléro noir fermé par une épingle et qui dissimulait à peine ses seins. Karen eut l'impression que les autres femmes se dispersèrent dès qu'elle les eut rejointes. Bien sûr, Tangela était belle, mais pas autant que sa mère l'avait été, et sans doute pas assez belle pour se faire un nom dans ce métier. Karen remarqua alors le reste de la bande qui accompagnait la jeune fille. En plus d'un garçon d'origine hispanique – sans doute celui qui déplaisait tant à Defina – il y avait un musicien de rock de deuxième catégorie et une autre fille. Karen regarda à deux fois : c'était bien Stephanie.

Mannequins et rock-stars formaient depuis quelque temps le dernier couple à mode. Patti Hanson avait épousé Keith Richards. Rachel Hunter était mariée avec Red Stewart (les deux couples étaient là), et Stephanie semblait vouloir prendre le train en marche. Pourquoi sinon s'exhiberait-elle avec un blond pas net que Karen savait appartenir à un groupe de rock? Elle n'en revenait pas. Comment sa nièce avait-elle réussi à entrer? Elle était trop jeune. Norris l'avait-elle invitée? Ou était-ce Tangela? Stephanie fit la moue, s'éloigna de quelques pas de son Adonis, puis se retourna et revint en courant se jeter dans les bras du jeune homme. Karen vit la main du type lui pétrir les fesses. Stephanie rejeta la gorge en arrière en riant.

Que faire? Jouer les tantes outragées et sortir la réplique consacrée : « Est-ce que ta mère sait que tu es ici? » Renvoyer la gamine chez elle ? Faire comme si c'étaient des histoires de jeunes et ne rien dire ? Elle se tourna vers Jeffrey. « Regarde qui est là. » Il suivit son regard, et elle vit ses yeux s'écarquiller en découvrant sa nièce. « Le moment est venu pour une intervention divine », déclara Karen, qui fendit la foule en direction de Stephanie. Le rocker avait le nez fourré dans son cou.

« Salut, Stephie », lança Karen en souriant d'un air qui se voulait naturel. La jeune fille se retourna ; elle avait déjà un suçon sur son long cou de cygne. « Tu t'amuses bien ?

– Oh, salut, ouais. Salut, oncle Jeffrey. » Avant qu'elle ait pu ajouter un mot, un photographe les mitrailla tandis que son assistant demandait le nom de Stephanie. Le rocker fit de son mieux pour rester dans le champ. D'accord, le gars était mignon – enfin, s'il avait eu les cheveux propres et sans les tatouages. « C'est une fête géniale, non ? s'écria Stephanie devant l'objectif.

– Absolument géniale, approuva Jeffrey. Je n'en ai pas vu de pareille depuis au moins trois jours. » La jeune fille ne releva pas l'ironie.

« Comment comptes-tu rentrer, Stephie ? demanda sa tante.

– Je devais passer la nuit chez Tangela », dit-elle en clignant des yeux. Karen pensa à la table de cuisine de Defina. Enfin, passons !

« Mon Dieu, ça ne me semble pas être une très bonne idée, mon chou. Non. Viens plutôt dormir chez nous. »

Stephie comprit aussitôt qu'elle s'était fait piéger. Elle lança un regard langoureux à son prince charmant. Il n'était pas si loin, le temps où elle regardait avec le même regard d'envie les Barbie de Malibu. « Allons, tu as le temps de prendre congé tranquillement de ton ami, reprit Karen avec un sourire. On part dans un quart d'heure. » En un quart d'heure, elle n'aurait pas le temps de se shooter à l'héroïne, hein ?

« A quoi pense Lisa ? s'exclama Jeffrey en s'éloignant.

– Oh, tu connais les jeunes. Stephie a dû lui raconter des salades. Moi aussi, j'ai menti à Belle. Je parlerai à Lisa demain. Ça va faire une demi-heure qu'on est là. On peut commencer à faire nos adieux. »

Ils devraient d'abord aller voir Norris pour la féliciter. Avec un peu de chance, on les prendrait en photo pour « *M* » et ensuite, ils pourraient partir. Karen fendait la foule élégante, Jeffrey à ses côtés. Sans lui, elle n'aurait pas supporté d'être là. Il y avait une cohue délirante. Le bateau ne risquait-il pas de couler? N'y avait-il aucun danger? Elle regarda Jeffrey. Ils étaient pressés contre la rambarde, et la brise de l'East River jouait dans ses cheveux.

Ce fut brusquement comme s'ils étaient seuls dans la foule. « Tu es une bonne tante, lui dit Jeffrey. Tu seras une bonne mère. » Puis il regarda le collier de lumière formé par Brooklyn Bridge. En cet instant, sans savoir pourquoi, Karen se sentit déborder d'amour pour lui. De nouveau, elle aimait Jeffrey! Quel soulagement! L'eau projetait des reflets lumineux sur la mâchoire de son mari et l'ombre les enveloppait avec la douceur d'un crêpe de Chine. Jamais elle n'avait ressenti un pareil bonheur. De l'autre côté du fleuve, Brooklyn scintillait dans la nuit, l'air beaucoup plus romantique que lorsque Karen y habitait. Elle pouvait difficilement reprocher à sa nièce de vouloir s'enfuir de Long Island. Karen avait non seulement traversé le pont pour venir, elle avait aussi franchi des mondes. Elle regarda son mari. « J'ai commencé à m'occuper de l'adoption, lui dit-elle. Je crois que j'ai trouvé le type qu'il faut. On sera bientôt parents. »

Le bateau oscilla et un murmure s'éleva du pont. Lucie de la Falaise tituba, de même qu'une femme portant une robe Montana qui ne lui allait pas du tout. Puis Norris apparut, revêtue d'une autre de ses créations, de l'organza qui aurait fait une nappe du plus bel effet. Comme elle était son invitée et qu'elle avait du savoir-vivre, Karen s'approcha pour complimenter son hôtesse. C'est alors qu'elle aperçut, derrière elle, Bill Wolper.

« On va dire bonjour ? demanda-t-elle. Mais ne mélangeons pas le business et le plaisir.

— Pas de risque. Tout ça n'est que business. »

Ils s'approchèrent de Norris. Karen se demanda si Norris ne flirtait pas avec Bill. Il avait les poches encore plus vastes que son ex de Wall Street.

Et qu'est-ce que ça peut me faire ? se demanda Karen. En bien justement, ça lui faisait quelque chose. Pouvait-elle céder la place à Norris ? La main de Bill sur le coude de Norris ne la gênait pas autant que l'idée que Bill pouvait respecter Norris pour son talent. Bill faisait-il la différence entre une Norris Cleveland et une Karen Kahn ? Norris était-elle sa planche de salut si Karen lui claquait dans les doigts ? Avant qu'elle ait pu s'en rendre compte, ils congratulaient Norris. « C'est absolument magnifique, s'extasiait Karen avec toute la sincérité dont elle était capable.

— Très inattendu, comme toujours, Norris », renchérit Jeffrey. Karen faillit éclater de rire. Les réceptions de Norris étaient aussi peu originales que ses modèles, et son parfum était une imitation de Gio. Cela dit, rien de cela ne dérangeait Norris. Elle leur adressa son célèbre sourire et se tourna vers Bill. « Vous connaissez Karen Kahn ? »

Bill regarda Karen en face pour la première fois. Son regard contenait un message, mais Karen fut incapable de le déchiffrer. Était-ce un défi ou une mise en garde du genre « Si vous ne dites pas oui, quelqu'un d'autre le fera » ? Sans attendre, Bill tendit la main à Jeffrey : « J'ai déjà eu l'occasion de rencontrer les Kahn.

— N'est-ce pas fantastique ? s'extasia Norris. Nous avons déjà l'assurance d'une énorme promotion chez Bloomingdale, à New York. Et chez Bernheart, à Chicago. » Le « nous » laissa Karen perplexe. Bill et Norris partageaient-ils déjà la même couche — au moins au sens commercial du terme ?

« C'est génial, approuva Karen. Je suis ravie pour toi. Je te souhaite tout le succès que tu mérites. »

Comme elle s'éloignait avec Jeffrey pour aller chercher Stephanie, Karen sentit le regard de Bill qui la suivait.

## Chapitre 17

## « Recherche bébé... »

Si Karen manquait de tuyaux pour trouver un détective, elle n'eut aucun problème pour mettre la main sur un avocat spécialisé dans l'adoption. Au cours des heures passées dans les salles d'attente de la clinique et à travers les innombrables histoires qu'elle avait entendues, un nom revenait : Harvey Kramer était l'homme de la situation. Aussi, le lendemain de la fête de Norris, Karen conduisit Stephanie au travail, ferma la porte de son bureau et appela Kramer. Épouvantée, elle apprit qu'elle ne pourrait pas avoir de rendez-vous avant trois mois. Alors, elle appela Robert l'avocat pour lui demander de faire marcher ses relations et sa secrétaire lui arrangea un rendez-vous pour jeudi. Même pour une adoption, semble-t-il, ce qui comptait n'était pas ce qu'on savait, mais qui on connaissait.

L'agitation et le désordre régnaient dans l'étude de Kramer. A côté du cabinet de Robert sur Park Avenue, cet appartement de Riverdale reconverti en bureau avait un côté minable et pas très professionnel. « Riverdale ? s'étonna Jeffrey. Qui peut aller s'enterrer à Riverdale ? »

La réponse : Harvey Kramer. De même qu'une douzaine de couples aussi désireux qu'elle d'avoir un bébé. Dans le flou incertain qui entourait la loi sur l'adoption privée, Harvey Kramer était le *nec plus ultra*. Malgré le piston qu'ils avaient eu, ils durent patienter près d'une demi-heure sur la ban-

quette fatiguée de style danois de la salle à manger transformée en salle d'attente, tandis que Jeffrey fulminait et feuilletait alternativement deux vieux numéros de *US News* et de
*ABA Journal.* Enfin, Harvey, un gros homme aux cheveux
noirs et à la barbe qui lui ombrait la mâchoire dès neuf
heures et demie du matin, les fit entrer dans son bureau.

« Je vous ai vue à l'émission d'Ellé Halle. Vous étiez très
bien, l'apostropha-t-il. Alors, que puis-je pour vous ? »
Comme s'il ne le savait pas.

Jeffrey resta silencieux. Mal à l'aise, Karen marmonna
quelque chose à propos d'une adoption. « Vous avez eu
l'enquête à domicile ? Vous êtes inscrits quelque part ? »
Karen fit signe que non. « Combien d'avocats avez-vous déjà
vus ?

– Aucun. »

Kramer écarquilla les yeux. « Ils sont vierges ! » s'exclama-
t-il. Il respira à fond. « Alors, laissez-moi vous expliquer les
choses. Vous avez le choix entre deux filières : l'État ou le
privé. Mais l'État n'a à vous proposer que quelques petits
bébés noirs rescapés du crack ou des enfants plus grands qui
ont subi tellement de sévices qu'ils mouillent leur lit jusqu'à
l'âge de quarante ans. A part ça, il y a une liste d'attente de
dix ans pour des bébés blancs, et de toute façon il n'y en a
pas. Et pas de bébés juifs. Pas un. Pas la peine d'y penser,
parce qu'à New York, les filles juives qui ont un problème
vont en clinique.

« Il ne reste donc que l'adoption privée, qui est une affaire
compliquée. Vous devez trouver une femme habitant en
dehors de l'État, qui va avoir un bébé et qui veut le faire
adopter. Nous savons dans quels États on les trouve, ceux où
il y a beaucoup de grossesses et pas de services hospitaliers
pratiquant l'IVG. Le Sud et le Midwest sont les meilleurs,
mais certains États refusent qu'on passe des annonces. En
effet, c'est par les petites annonces qu'on leur met le grappin
dessus. Vous voyez ce que je veux dire ? » Ce n'était pas une
question.

« Il faut évidemment être très prudent : la loi interdit le trafic de bébés et, dans certains États, on ne peut payer que les soins. Il faut faire très attention. D'autres États sont plus coulants, si vous voyez où je veux en venir. Les vêtements, les frais d'inscription universitaire, le loyer. Sally, ma collaboratrice peut vous aider pour tout cela. Nous savons où passer les annonces et comment les formuler. Entre-temps, vous prendrez une ligne de téléphone supplémentaire, que vous mettrez sur liste rouge, avec un téléphone cellulaire pour pouvoir répondre aux appels jour et nuit. Dans ce genre de choses, les gens n'appellent pas aux heures de bureau et ils ne rappellent pas plus tard si la ligne est occupée. Vous devez être prêts à tout. Certaines font dans le drame, d'autres non. Votre boulot à vous, c'est de vous faire aimer, d'établir un contact humain, vous voyez ce que je veux dire ? Mais vous devez faire gaffe. Vous adoptez l'enfant, pas la mère. Dès que vous lui avez mis la main dessus, adressez-la à notre cabinet, et Sally lui enverra tous les formulaires. Si les papiers reviennent, et si nous obtenons un bon dossier médical, on peut établir l'accord de préadoption. Vous me suivez ? »

Cette fois, c'était une question ; Karen hocha la tête et regarda Jeffrey, qui restait absolument impassible. Était-il paralysé de dégoût ou bandait-il ses muscles pour sortir de là le plus vite possible ? Kramer ne parut rien remarquer. Peut-être tous ses clients restaient-ils assis, muets, comme assommés ?

« Ce que vous devez bien comprendre, c'est que rien n'est gagné jusqu'à la dernière minute. Certaines filles sont prêtes à vous dire n'importe quoi en échange d'argent et d'un billet pour quitter Enid, Oklahoma. Alors tenez bon jusqu'à ce qu'on ait le rapport médical. Et même après, elles peuvent se tirer en décidant de garder le bébé alors que vous aurez pris soin d'elles pendant le dernier trimestre et payé toutes les factures. Chaque État a un règlement différent : au Texas, quand la fille a signé, les jeux sont faits. Elle perd ses droits immédiatement. Le bébé est à vous. En Californie, en revanche, elles ont un an pour changer d'avis. Complètement extravagant. Alors rayez la Californie de la carte. » Il s'interrompit un instant en secouant la tête. « Je pourrais vous en raconter, des histoires !... Nous nous chargeons de tous les aspects juridiques de l'adoption, ici à New York et dans l'État où vous trouverez le bébé. Vous devez nous verser un acompte tout de suite. Les honoraires dépendent du travail nécessaire dans tel ou tel État, mais aussi du nombre de ratés que vous aurez. » Le téléphone sonna. Il décrocha sans un mot d'excuse. « Ouais ? dit-il. Tu parles d'une surprise ! Comme si je leur avais pas dit qu'elle ficherait le camp pour le Sud. OK, passe-le-moi ! » Kramer se tut pour écouter. Karen avait peur de regarder Jeffrey. L'avocat recommença à parler en secouant vigoureusement la tête. « Ouais, évidemment que votre femme est malheureuse, mais vous n'auriez pas dû envoyer de l'argent à cette fille. On n'était même pas sûr qu'elle soit enceinte. » Il écouta : « Eh, je vais vous dire un truc : des conversations téléphoniques pendant un mois, ça n'est pas une relation. Si ça se trouve, elle a fait le même numéro à une dizaine d'autres couples. » Karen ferma les yeux. Elle commençait à avoir mal à la tête, une douleur qui lui vrillait les tempes. Kramer reprit : « Ouais, OK. Bon, la prochaine fois, vous l'adressez au cabinet avant de vous laisser entraîner aussi loin, et n'écoutez pas votre femme. »

Kramer raccrocha et se tourna vers eux sans prendre le temps de s'excuser. « Ma collaboratrice, Sally, vous expliquera l'enquête à domicile. Vous devez payer pour avoir la visite d'une assistante reconnue par l'État. Sally a les papiers. Vous ne pouvez rien faire avant qu'elle ait pratiqué son enquête. Bon, des questions ? »

Comme en état de choc, Karen fit signe que non. C'était ça, l'homme de la situation ? Elle secoua de nouveau la tête. Elle avait une atroce migraine. Quand Jeffrey se leva, elle parvint à se remettre debout. C'est alors qu'elle eut l'idée de poser une question.

« Oui, une chose, articula-t-elle. La mère biologique peut-elle retrouver le bébé après l'adoption ? » Un bref instant, elle se demanda si elle ne pouvait pas aborder avec lui le problème de sa propre naissance mais, heureusement, elle reprit vite son sang-froid. Jeffrey n'était même pas au courant de ses démarches. D'ailleurs, elle avait quelques questions pénibles à soumettre à Belle ou à Arnold. Entre-temps, elle pouvait toujours se renseigner. « Peut-elle retrouver la trace de l'enfant ?

— Pas si vous faites les choses correctement, expliqua Kramer. Ne leur donnez jamais votre nom de famille. Surtout dans votre cas. Les dossiers sont scellés. Sinon, avant que vous ayez fait ouf, elles viendront vous demander des remises sur vos fringues. Ce truc-là peut devenir très pénible quand il s'agit de gens célèbres. Si vous saviez le fond de l'histoire de l'adoption de Michelle Pfeiffer, vous auriez les cheveux qui se dresseraient sur la tête. Et les problèmes que Tom Cruise et Nicole Kidman ont eus ! Cela dit, ils ne sont pas passés par nous. » Karen faillit s'étrangler de mépris. Il en faisait vraiment trop ! Ce type était-il un bluffeur ou connaissait-il vraiment son affaire ? « C'est pourquoi il vous faut un nouveau numéro de téléphone, reprit Kramer. Et surtout, ne leur donnez pas votre adresse. Pourquoi risquer le chantage ? J'ai certains clients, des romantiques, qui s'imaginaient pouvoir " partager " le bébé. Vous savez, des visites de la mère et tout le toutim. Mais soit il leur a fallu entreprendre des démarches juridiques pour récupérer le bébé, soit ils ont dû casquer à chaque anniversaire. Alors, laissez tomber ! »

Brusquement, Karen songea à toute l'ironie de sa situation : d'un côté, elle payait quelqu'un pour découvrir la vérité sur son adoption, de l'autre elle allait payer quelqu'un pour s'assurer que l'enfant qu'elle adopterait serait à l'abri de la même démarche. Je pense que tout ça me rend folle, se dit-elle. Comment peut-on se trouver en deux endroits à la fois alors qu'on n'est vraiment nulle part ?

Kramer se leva à son tour et se tourna vers la petite femme à l'allure d'oiseau qui venait d'apparaître dans l'embrasure de la porte. « Sally, voici Karen et Jerry Kahn.

– Jeffrey », corrigea celui-ci. C'étaient les premiers mots qu'il prononçait depuis qu'ils étaient entrés.

« Ouais, peu importe, embraya Kramer. Donne-leur un dossier et une demande pour une visite à domicile. » Il s'éloigna. « Ah, et ils doivent te verser un acompte. »

Karen signa le chèque dans le brouillard. Le montant s'élevait à quatre mille dollars.

Karen était assise avec Carl à la table de réfectoire de sa salle à manger, qui était jonchée de dizaines de feuilles de papier froissées.

« Et celle-là ? interrogea Carl. *Couple heureux, sain et sédentaire, désire bichonner votre bébé. Mon mari et moi aimerions vous entendre et vous venir en aide. Appelez en PCV, 212 BABYNOW.* »

Karen fit la grimace. « Bébête. A vomir.

– C'est censé être bébête. Elles aiment que ce soit bébête. On a affaire à des amateurs d'histoires à l'eau de rose. Crois-moi, je m'y connais. »

Karen poussa un soupir. C'était pour elle une démarche déroutante. Jeffrey s'en lavait complètement les mains à ce niveau, ce qui n'était pas plus mal. Elle n'osait pas imaginer ce qu'il aurait dit en entendant l'annonce.

Carl griffonnait tandis que Karen ramassait les feuilles chiffonnées. Elle aurait peut-être pu se concentrer si le défilé parisien ne la préoccupait pas autant. Si celui-ci se passait mal, ils avaient peu de chances de signer le contrat avec NormCo. Jeffrey était toujours dans le brouillard et elle n'avait pas appelé Wolper pour lui donner le feu vert. Elle devait le faire, mais quelque chose la retenait.

« Ça y est, s'exclama Carl en interrompant le cours de ses pensées. *Aidez-nous à réaliser notre rêve. Couple aimant avec appartement agréable et sens élevé des valeurs cherche désespérément bébé avec lequel partager. Pouvez-vous nous aider ?*

– Pas mal, approuva Karen. Peut-être qu'on peut laisser tomber le *désespérément*.

– Faut bien critiquer », marmonna Carl. Mais ils tenaient leur texte.

Karen et Carl passèrent en revue la liste proposée par Sally et relevèrent tous les journaux des villes universitaires. Puis, aidés de Defina, ils passèrent trois jours à appeler les pages des petites annonces dans le Mississippi, le Tennessee, la Géorgie et l'Arkansas.

Karen s'acheta un nouveau fourre-tout avec une poche spéciale pour le téléphone cellulaire ; elle ne quittait pas la maison sans lui. Personne n'en connaissait le numéro, sauf Janet, Defina et Carl, avec interdiction de s'en servir sauf en cas d'urgence.

Ils n'appelèrent pas, et personne d'autre non plus. Carl et Defina testaient régulièrement son bon fonctionnement en appelant de cabines publiques, comme les éventuelles candidates étaient censées le faire. Le téléphone marchait, mais pas les annonces. Karen appela Sally, qui conseilla d'ajouter l'Ohio sur la liste des États. « On dirait que c'est chez eux que ça se passe, en ce moment », fit-elle, l'air de rien. Aussitôt, ils placèrent quatre annonces. Cinq jours plus tard, à deux heures moins le quart du matin, le téléphone sonna. Allongé aux côtés de Jeffrey, Karen le laissa carillonner trois fois avant de le trouver sur la table de nuit. Elle l'emporta dans la salle de bains et referma la porte. Elle devait prendre l'avion dans cinq heures pour Chicago, où elle avait une présentation privée. Mais l'appel la remplit de bonheur.

« Allô, articula-t-elle, d'une voix rendue rauque par le sommeil.

– Allô. J'ai un appel en PCV de la part de Carol. Vous l'acceptez ? » Karen dit que oui et s'efforça de rassembler ses esprits pour ne pas rater ce permier contact avec la fille.

« Bonjour, Carol. »

Une voix confuse marmonna à l'autre bout de la ligne : « B'jour.

– Je m'appelle Karen. Vous appelez d'où?

– D'une cabine. Il est tard, hein? C'est tard aussi, chez vous?

– Oui, mais je suis contente de vous entendre. » Karen sentit la transpiration perler sur son front. L'appel venait-il de l'Ohio? La nouvelle annonce avait-elle eu un résultat? Parlait-elle à la mère de son enfant? Qu'est-ce qu'elle était censée dire, maintenant? Elle avait la bouche sèche. Heureusement, elle n'eut pas besoin de parler. Carol le fit à sa place.

« Écoutez, je me suis fait prendre et j'ai déjà un gosse. Ça vous intéresse? »

La fille avait l'air ivre. Et les dégâts causés par l'alcoolisme prénatal alors? A quel mois en était-elle? « La naissance du bébé est pour quand? s'enquit-elle d'un ton qu'elle voulait détaché.

– Y me reste encore trois mois à tirer. C'est trop tard pour faire qué'que chose, hein? »

De quoi parlait-elle, d'un avortement? A six mois? Bon Dieu, c'est trop pour moi, se dit Karen, et elle inspira à fond. « Vous avez un crayon, Carol? demanda-t-elle avec toute la douceur dont elle était capable.

– Non, mais j'ai un stylo.

– Bien, très bien, un stylo ira. Écoutez, vous allez écrire ce nom : Harvey Kramer. Je vais vous donner son numéro. C'est notre avocat et il peut nous aider à arranger tout ça. Je vais vous l'épeler. Vous êtes prête? »

Mais la femme avait déjà raccroché.

## Chapitre 18

## Faire ceinture

Pour les créateurs de mode, les présentations privées sont un peu comme une séance de signature pour les auteurs. Beaucoup de dérangement, un peu d'embarras, et la seule occasion de faire grimper les ventes. L'entreprise n'était pas sans risque – celui d'organiser une soirée à laquelle personne ne vient.

Voilà à quoi Karen songeait dans l'avion pour Chicago, où elle était attendue chez Bernheart. Bernheart était le plus grand marchand de prêt-à-porter de Chicago. Karen ne s'était pas rendormie après l'appel de Carol. Maintenant, elle était fatiguée et déprimée. Elle s'assit à sa place habituelle, près du hublot, et attendit que Defina vienne la rejoindre. C'était un luxe de voyager en première, mais elle avait l'impression de le mériter. American Airlines la considérait depuis peu comme une VIP. L'article dans *People*, l'émission de Barbara Walters et celle d'Ellé Halle n'y étaient sûrement pas étrangers. C'était agréable de patienter dans un salon privé en buvant une infusion servie dans une fine porcelaine jusqu'à ce qu'un membre de l'équipage vous conduise à la porte d'embarquement. Finies les salles d'attente avec des rangées de sièges en plastique, le regard fixé sur le représentant d'IBM affalé en face de vous. Désormais, Karen embarquait avant les autres et était accueillie par son nom à l'entrée de l'appareil. Après la nuit dernière surtout, ces faveurs lui semblaient inestimables. Elle avait besoin de toute son énergie pour l'épreuve qui l'attendait.

Elle s'efforça de retrouver son entrain. Après tout, c'était juste un appel. Au moins, l'annonce commençait à avoir des retombées. Cela finirait par marcher. Elle devait à présent se concentrer sur son travail.

Defina arriva à son tour, poussant devant elle Tangela, Stephanie et deux autres mannequins. Tangela s'affala sur un siège de l'autre côté de l'allée. « Eh, qu'est-ce que tu crois? l'interpella Defina en lui tendant son billet. Tu vas au fond, derrière le rideau, avec les autres. » Tangela fit la moue. C'était fou ce qu'elle ressemblait à sa mère.

« Pourquoi je peux pas me mettre ici? demanda la jeune fille.

– Quand tu feras un boulot de première, tu pourras t'asseoir en première. »

Tangela s'empara du billet et partit brusquement dans l'allée. Stephanie, tellement excitée que rien n'aurait pu assombrir son humeur, lui emboîta le pas. C'était la première fois qu'elle allait paraître en public. Karen n'était pas sûre qu'elle soit prête, et pour Defina, elle ne l'était pas. Mais Karen, qui se sentait coupable d'avoir négligé sa nièce, cherchait à se faire pardonner.

« J'espère que l'avion ne va pas s'écraser à cause de toute la rancœur accumulée en queue », commenta Defina en indiquant la classe touriste.

Enfin, les passagers ayant embarqué, l'avion prit place dans la longue file d'appareils prêts à décoller de La Guardia à sept heures du matin. La vente étant programmée pour onze heures et le vol durant deux heures, elles n'avaient pas vraiment droit à l'erreur. Mais en jouant sur le décalage horaire et Casey Robinson étant déjà sur place, Karen pouvait espérer que tout irait bien.

Les présentations privées sont beaucoup de travail. Leur succès tient à la fois du pince-fesses mondain, du bouche à oreille et de la Cocotte-Minute commerciale. Karen devait séduire ses clientes tout en liquidant son stock. Celles qui déjeunaient ne se contrôlaient plus. Les grands magasins se donnaient beaucoup de mal pour ces ventes. Ils faisaient de la publicité, y consacraient un espace supplémentaire, du personnel et du temps, et envoyaient des invitations personnalisées aux clientes susceptibles d'acheter. Ils comptaient sur une flambée des ventes.

Dans les années cinquante, pensait Karen, les femmes pouvaient rester chez elles et vaquer en robe d'intérieur à leurs occupations ménagères. Belle ne portait-elle pas ce genre de vêtements? Qu'étaient-ils devenus? Quand ces femmes-là sortaient, c'était un événement : elles portaient gants, chapeau et talons aiguilles. Mais tout le mal qu'elles se donnaient pour sortir était contrebalancé par le fait qu'elles pouvaient complètement se laisser aller le reste du temps. Elles n'avaient pas à s'habiller tous les matins avant de foncer déposer les gamins à l'école.

Aujourd'hui, les femmes n'avaient plus le temps de traîner chez elles. Elles faisaient partie intégrante du monde du travail et, contrairement aux hommes, on les jugeait constamment sur deux plans. D'une part, leur tenue devait être adaptée aux circonstances et, d'autre part, elles devaient rester féminines. Les hommes pouvaient simplement changer de costume ou de blouson, mais les femmes voulaient plus que ça. Elles devaient être convenables et agréables tous les jours. L'enjeu était plus élevé que jamais, et elles avaient peu de chances d'atteindre leur but. Comme, en même temps, les femmes s'étaient mises à travailler, elles avaient d'autant plus de mal à avoir l'allure dont elles rêvaient. Les mannequins étaient devenus plus jeunes, plus grands et plus minces depuis quelques années. Le pouvoir des revues de mode s'était accru, renvoyant aux lectrices des images inaccessibles, et comme le prouvait la foule bigarrée des voyageuses, la femme moyenne s'acharnait – en vain – à avoir de l'allure. Karen pensa au portrait effrayant de Madame Tout-le-Monde vue par Bill Wolper. Celles qu'elle devait rencontrer ce jour-là étaient plus aisées que les ménagères déçues de Bill, bien que tout aussi aigries et piégées à leur manière. Celles-ci dépensaient avec une frénésie effrayante lors des présentations privées.

Pour Karen, les présentations privées avaient pour intérêt, entre autres, de la mettre en contact direct avec les femmes susceptibles de s'intéresser à ses vêtements. Elle aimait obser-ver des femmes normales – pas des mannequins ni des clientes richissimes, mais des personnes normales – qui essayaient, choisissaient ou refusaient ses modèles. Elle vou-lait savoir exactement qui étaient celles qui pouvaient se per-mettre de dépenser mille neuf cents dollars pour une de ses vestes et neuf cent quatre-vingts dollars pour une robe décontractée. Sinon, comment pourrait-elle les habiller? S'agissait-il de femmes actives, de jeunes ou de vieilles? Peu pouvaient s'offrir ce genre de choses avant trente-cinq ans. Où se situait pour elles la somme limite à ne pas dépasser? Et que leur manquait-il? Qu'est-ce qui les faisait craquer? Ensuite, Karen intégrait le fruit de ses observations à sa ligne de prêt-à-porter, moins chère. Elle avait toujours tiré des leçons des présentations privées, si pénibles fussent-elles.

A l'aéroport d'O'Hare, il leur fallut presque vingt minutes pour trouver leur limousine. Au lieu de les attendre à l'arrivée en brandissant le nom de Defina, le chauffeur se trouvait dans la zone des bagages, alors qu'elles n'en avaient pas. Assises dans l'automobile, elles firent l'interminable trajet sur la JFK Expressway. Le problème avec les vols qui quittaient La Guardia à sept heures du matin, c'est que vous arriviez à Chicago en pleine heure de pointe, au milieu des embouteil-lages. Mais à neuf heures et demie, ils débouchèrent sur Michigan Avenue, ce qui laissait plus d'une heure aux filles pour se préparer, tandis que Karen et Defina pouvaient papo-ter avec la direction en attendant de papoter avec les clientes.

Elles furent accueillies par Ben Crosby, le vice-président,

qui leur fit part d'un appel de Mercedes Bernard. « Elle a organisé une interview avec Mindy Trawler du *Chicago Herald*. Elle va faire l'article magazine de la rubrique mode de cette semaine. Elle vous attend à l'étage. »

Petit, rondouillard et tiré à quatre épingles, Crosby était complètement surexcité. Mais aussi, il était nouveau. Defina lui trouvait un côté B.O.F. Karen se força à sourire. Elle avait besoin d'un peu de temps pour reprendre son souffle. Le succès de la vente dépendrait de ses relations avec les vendeurs. Elle devait toujours se bagarrer contre les autres stylistes pour avoir plus d'espace. Ralph Lauren était pratiquement le seul à ne pas avoir à se prostituer pour obtenir ce genre de faveurs. Avec ses soixante boutiques franchisées et ses vingt-quatre magasins d'usine, plus son Rhinelander Mansion à New York, il pouvait se contenter simplement d'alimenter ses points de vente. Karen ne disposait pas d'un tel luxe. Aussi tous les créateurs de mode étaient jaloux de Ralphie.

Les vêtements de Karen pouvaient être les meilleurs du monde, s'ils n'étaient pas bien présentés et défendus par l'équipe de vente, personne ne les achèterait. Elle ferait donc de son mieux pour rendre Crosby content. Certes, il ne fallait pas négliger les relations publiques, mais il aurait mieux valu faire cette interview quelques jours plus tôt par téléphone pour qu'elle sorte le jour de la vente et attire la clientèle.

Mindy Trawler portait la sempiternelle petite robe noire des journalistes de mode. Un poste dans un journal de deuxième catégorie dans la deuxième ville américaine devait la mettre sur la défensive, ce qui allait rendre l'interview pénible. Karen se débarrassa de son fourre-tout et tendit la main à Mindy. C'est alors que celle-ci se leva, et Karen remarqua son gros ventre. Elle était enceinte de combien ? Dans un moment d'égarement, elle se surprit à vérifier si la jeune femme portait une alliance. Et quoi encore ? Elle allait peut-être aussi lui proposer d'adopter son enfant ? Karen se força à continuer de sourire – Defina venait justement de lui expliquer que c'étaient les autres qui l'enviaient, elle, Karen. Sur le coup, elle crut que la douleur allait la clouer sur place.

« Pour quand attendez-vous votre bébé ? demanda-t-elle d'un ton qu'elle voulait détaché.

– Le mois prochain, mais j'ai l'impression d'être enceinte depuis dix ans. »

Karen prit l'air compatissant. « C'est formidable ! Je suis épatée que vous ayez trouvé le temps de venir me voir. Puis-je faire quelque chose pour améliorer votre confort ? Ça doit être pénible pour vous de rester debout. Voulez-vous que je demande une chaise longue pour faire l'interview ? »

Mindy, agacée par autant de sollicitude, entra immédiatement dans le vif du sujet. « Je voulais vous poser une question : beaucoup de stylistes considèrent Chicago comme une ville de second rang du point de vue de la mode. Est-ce que certaines de vos clientes préférées habitent notre ville, ou aimez-vous surtout habiller des Elise Elliot ? »

Bon sang, ce n'était vraiment pas le moment pour ce genre de salades ! « Figurez-vous qu'on a posé la même question à Chanel, répliqua Karen, le sourire de plus en plus crispé. Bon, je ne suis pas Chanel, mais je vais vous répéter sa réponse : " J'aime celles qui paient leurs factures. Conservez vos princesses, vos comtesses et vos prétendantes au trône. Ces femmes-là sont trop imbues d'elles-mêmes ; faire un chèque est indigne d'elles. Mais donnez-moi la femme élégante d'un riche industriel qui triche un peu sur les contrats de son pays. Ce genre de femme manque trop d'assurance pour faire des manières ; elle paie sa couturière. "

– Donc, vous aimez les femmes qui manquent d'assurance. »

Et rebelote !

« Mais pas du tout. J'aime toutes mes clientes, affirma Karen en jetant un coup d'œil rapide à sa montre. Avez-vous d'autres questions à me poser ?

– En fait, plutôt qu'une interview, j'aurais aimé pouvoir vous suivre pendant la vente. Est-ce que vous seriez d'accord ? » Mindy sourit. « Un coup d'œil en coulisses pour nos lectrices, vous voyez le genre. »

Bordel! Il ne manquait plus que ça. Quelqu'un qui vous espionne, à la recherche de chaque réflexion sournoise et des moindres bourdes. En outre, elle ne pouvait pas se permettre de fuite avant le défilé de Paris. Defina allait fulminer. Ici, dans le Midwest, une présentation était un moyen pour les passionnées de mode de rester dans le coup. Mais ce n'était pas une raison pour que Karen aille tuyauter la presse. Pourtant, elle conserva un air aimable. La fille n'avait pas l'air d'avoir assez d'expérience pour comprendre ce qu'elle voyait. « Quelle bonne idée! Ça me plaît beaucoup. » La journée venait vraiment de commencer.


Debout devant une glace à trois faces, Mrs Leeds se contemplait dans une des longues robes en soie que Defina avait apportées pour elle. « Je ne peux pas, Karen. La robe est formidable, mais ce n'est pas pour moi. Je n'ai pas de taille. » Karen l'observa d'un œil critique. Mrs Leeds était une bonne cliente, qui achetait sa griffe pratiquement depuis le début. Mais elle avait des goûts classiques et savait ce qu'elle voulait.

« Mrs Leeds a raison, affirma Karen à Defina. Elle n'a pas de taille. »

Defina hocha la tête. « Mais vous avez de jolies jambes. Tenez-vous-en aux jupes courtes et aux blazers.

— Et pourquoi pas une robe en maille? » proposa Karen. C'était l'occasion de tester le marché.

« Avec mon derrière? s'exclama Mrs Leeds en haussant les sourcils.

— Vous serez surprise. » Karen se tourna pour exhiber son propre derrière. « Ça marche pour moi.

— D'accord, je vais en essayer une. »

Karen avait vu toute sa vie les femmes essayer des vêtements. C'était drôle : pour bien porter un vêtement, on n'avait pas besoin d'être mince, il fallait surtout de bonnes épaules et un long buste. Le problème de Mrs Leeds, ce n'était pas sa taille, mais son buste trop court. Une tunique l'avantagerait.

Tandis qu'elle allait et venait, Karen entendait des bruits – paf! paf! – comme des flashes ou des bouchons de champagne qui sautent. Qu'est-ce que ça pouvait bien être? Elle n'avait pas le temps d'y penser. Plus de deux douzaines de femmes passaient en revue les vêtements que KKInc avait apportés pour la journée. Defina avait l'œil sur les modèles pour Paris. « Oh là là, j'adore cette veste! Et le gris est la nouvelle couleur mode », s'extasiait une grosse matrone blonde. La laine bouclette serait du pire effet sur elle.

« C'est super, convint Karen, mais vous avez vu celle-ci? » Elle lui montra une veste bleu marine à double boutonnage. « Le bleu marine n'est pas aussi fadasse que beaucoup de femmes se l'imaginent. Ça ne va pas à tout le monde, mais je suis sûre que ça vous irait à vous.

– Mais quelle est la meilleure couleur, cette année?

– Celle qui vous va à vous, insista Karen avec bonne humeur.

– Ben, comme je ne sais pas vraiment, je m'en tiens le plus souvent au noir. Sauf que vous ne faites pas de noir, alors je ne sais pas trop où j'en suis.

– Le noir est une couleur difficile pour la plupart des blondes », dit Karen.

Karen se rendit compte que la femme y avait vu comme un hommage. Elle pourrait dire à ses copines : « Karen Kahn m'a dit que... » Karen avait encore du mal à s'y faire. La cliente prit la veste et la tint en l'air un instant. « J'aime bien les boutons. » Au lieu des habituels morceaux de métal, Karen avait mis des boutons recouverts de tissu. Ça donnait à l'ensemble un petit air rétro.

« Peut-être aimeriez-vous essayer une robe longue. Ça vous irait bien. » Elle prit sur le portant une taille quarante-quatre qu'elle lui tendit. « Qu'en pensez-vous?

– Je ne porte pas de robe, d'habitude, mais c'est joli. » Puis elle regarda l'étiquette. « De toute façon, je fais un quarante-deux. »

Zut! Si elle faisait un quarante-deux, Karen était la fée

Carabosse. « Elles taillent petit, affirma-t-elle, diplomate. Pas-sez-les toutes les deux, d'accord ? »

Mindy Trawler ne les quittait pas des yeux. Karen lui décocha un sourire éclatant, en évitant de regarder son gros ventre. Elle fut aussitôt assaillie par deux autres clientes, qui tenaient « absolument » à essayer la veste en bouclette. La vente durait depuis trois heures, et c'était la plus réussie que Karen eût faite. Malgré Mrs Leeds et son absence de taille, malgré la blonde et son obsession des tailles, les robes se tail-laient la part du lion, et quelques autres modèles de sa nou-velle collection marchaient également très bien. Karen était exténuée. Le petit Mr Crosby dansait presque dans l'allée. Se retournant, il annonça qu'on allait servir le thé et le cham-pagne.

Trois tables roulantes arrivèrent par le monte-charge. Les nappes et les serviettes étaient coupées dans un superbe damassé couleur paille portant la griffe de Karen, avec un bouquet de lis dans le même ton. Il y avait une énorme théière en argent, des tasses et des soucoupes en porcelaine bordées d'un filet d'or, et un plateau à trois niveaux chargé de canapés au concombre et de petits *scones*. Le dom pérignon – et non un cru local – rafraîchissait dans les seaux en argent. Ils s'étaient vraiment donné du mal.

Des dizaines de clientes, Tangela, Defina et, bien entendu, Mindy Trawler, s'approchèrent des tables. Plus que d'un verre de champagne, Karen avait besoin de calme. Elle se retira dans le secteur du magasin qui leur était réservé. Comme elle passait près de la cloison qui isolait la partie où Tangela et les autres filles se changeaient, celle-ci la dépassa à grands pas, encore vêtue d'une robe de fermière marron ; elle grignotait un sandwich. « Ne salis pas la robe », lui recommanda Karen. L'air renfrogné, Tangela hocha la tête. C'est alors que Karen aperçut Stephanie blottie dans un coin, près d'un miroir, tournant le dos au portant et au reste de la pièce. Elle était dos nu et ses épaules tressautaient, comme si elle pleurait. Karen s'approcha. En effet, Stephanie sanglotait, le visage noir de mascara et d'eye-liner. On eût dit un petit raton laveur. Karen prit une chaise et posa une main sur l'épaule nue de sa nièce « Qu'est-ce qui se passe ?

— J'y arriverai jamais, sanglota Stephanie.

— Qu'est-ce que tu veux dire ? Tu t'en sors très bien.

— Non, c'est pas vrai. Je ne sais pas quoi dire quand les clientes me parlent, et personne n'achète les modèles que je porte.

— Comment tu sais ça ?

— C'est Tangela qui me l'a dit. »

Karen resta songeuse. Même elle ne savait pas vraiment ce qui se vendait – en dehors des modèles destinés à la France – et elle ne le saurait pas avant de vérifier le stock à la fin de la journée. C'était la crise de nerfs des débutantes, aggravée par la vacherie de Tangela. Allons, Stephanie avait le droit d'avoir le trac ; c'était une première pour elle. Karen avait emmené sa nièce pour se faire pardonner son intervention lors du cocktail de Norris. A présent, elle se reprochait d'avoir négligé la pauvre enfant, qui se croyait nulle alors qu'elle faisait du bon boulot.

« Stephanie, tu es très bonne. Tu es fabuleuse en pantalon, et trois femmes ont essayé le modèle en maille après t'avoir vue avec. Ne t'inquiète pas, c'est seulement parce que c'est nouveau pour toi. Tu n'as pas encore l'habitude, mais ça viendra.

— Tu dis ça parce que tu es ma tante », se lamenta Stephanie, qui finit toutefois par se calmer. Elle s'essuya les yeux et se moucha, le visage, les mains et même les poignets tachés de noir. Une chance qu'elle fût en sous-vêtements. « Tu dis juste ça comme ça, répéta-t-elle.

— Absolument pas. Je ne peux pas prendre de risques avec les ventes en ce moment. Les affaires sont les affaires, Stephanie. J'aurais pu te laisser au show-room aujourd'hui.

— Alors c'est vrai ? Je me débrouille bien ?

— Tu es ravissante ! Et tu fais du bon boulot. Mais ne me fiche pas la cochonnerie que tu as sur la figure sur le cache-

mire, autrement je te tue. » Karen la prit gentiment dans ses
bras et se pencha pour attraper des Kleenex. Bon sang, qu'elle
était osseuse ! « Allez, nettoie ton visage et sors d'ici. Tu as
même droit à un verre de champagne. » Et comme elle souriait à sa nièce dans la glace, elle s'aperçut que Mindy Trawler
se tenait derrière elle. Bon sang ! Il ne manquait plus que ça !
La journaliste avait-elle assisté à toute la scène ? Allait-elle en
faire ses choux gras ?

   « Le photographe est là, annonça froidement Mindy
Trawler. Est-ce le bon moment pour vous ? » Elle tenait une
flûte dans une main et un petit four dans l'autre. Se pouvait-il qu'elle boive ? Ce doit être une boisson gazeuse, se dit
Karen. « On peut prendre des photos maintenant ? Vous
deux ensemble, peut-être ?

   — Tu veux te voir dans le journal ? demanda Karen à sa
nièce.

   — Bien sûr. »

   Karen sourit dans la glace. « Accordez-nous juste une
minute. »

   Elle dit à Stephanie de se laver, pendant qu'elle fouillait
dans sa besace. Elle trouva l'anticernes, qu'elle se mit sous les
yeux. Avec un gros pinceau de voyage, elle se passa un nuage
de Guerlain sur tout le visage, et pour finir un rapide coup de
gloss incolore sur les lèvres. Elle observa sans indulgence son
reflet dans la glace : bon, ça pouvait passer. Elle se leva.
L'extraordinaire tissu japonais du pantalon qu'elle portait
valait son pesant d'or : pas un faux pli. Personne ne savait
apprécier la qualité d'un tissu comme les Japonais. De nouveau, elle entendit ce bruit – paf ! paf ! – qui avait attiré son
attention plus tôt. Qu'est-ce que cela pouvait bien être ?

   Elle rejoignit Mindy Trawler à temps pour la voir se verser
une autre coupe de champagne. Cette petite idiote buvait !
Karen ne put se souvenir si l'alcool était particulièrement
dangereux pour l'enfant au cours du premier ou du dernier
trimestre. Sans réfléchir plus longtemps, elle s'avança vers la
jeune femme.

« Vous n'y pensez pas ! Vous savez, nous avons du jus d'orange et, je crois même, de la tisane.

— Non, merci, ça va très bien.

— Mais non. Je peux demander d'autres jus de fruits, si vous préférez.

— Pas pour moi, merci, assura Mindy Trawler, dont certaines inflexions dans la voix auraient dû mettre en garde Karen.

— Je ne parle pas de vous, insista-t-elle, mais du bébé. »

A présent, plusieurs femmes s'étaient agglutinées autour de la table et observaient l'affrontement. « Je suis assez grande pour m'occuper de mon enfant, merci », lança Mindy d'un ton glacial.

Mr Crosby s'approcha en se raclant la gorge bruyamment. Mais les choses avaient déjà été trop loin. « Le photographe pense que vous pourriez vous mettre là, pour vous prendre avec votre logo. Ça ferait une bonne photo. » Il prit Karen par le bras. Stephanie suivit sa tante. Defina fermait la marche. « Va falloir lui fourguer une veste à deux mille dollars si on veut pas qu'elle nous démolisse dans son article, marmonna-t-elle.

— Qu'elle aille se faire foutre, ragea Karen assez fort pour qu'on l'entende. Ne lui donne rien. Elle ne mérite pas d'avoir un bébé. »

Ensuite, Karen passa vingt minutes à faire semblant d'arranger l'ourlet de la robe que présentait Stephanie. Elle venait à peine de se redresser qu'elle aperçut Bill Wolper descendre de l'escalator. Que faisait-il dans les parages ? Il scruta la foule, puis sourit en la voyant. Elle lui fit signe de la main. C'était drôle, elle ressentait un petit pincement au cœur. A moins que ce ne soit l'estomac ; après tout, elle n'avait rien mangé depuis le matin.

« Comme j'étais dans le coin, je me suis dit que je pouvais faire un saut », fit-il, rayonnant. Il n'avait pas de jolies dents, mais une fossette à la commissure des lèvres quand il souriait. C'était mignon, cette fossette. « Ça boume ? »

– Ça marchait du tonnerre jusqu'à ce que je rembarre la journaliste venue en reportage. Elle va sûrement me couler.

– Ah, la presse ! » fit-il en haussant les épaules. Ils se turent un instant. Karen était fatiguée, mais brusquement, elle se sentait mieux. « Alors, vous faites la pause quand ? Vous devez bien avoir un break, non ? Je peux vous inviter ? » Karen regarda sa montre. Cinq heures moins le quart. Une heure au moins pour emballer, puis le trajet jusqu'à l'aéroport pour le retour. Mais elle pouvait aller dîner quand tout serait emballé et rentrer plus tard. « Le dernier vol décolle d'O'Hare à neuf heures.

– Faisons d'une pierre deux coups. Mon 727 est à l'autre aéroport. C'est moins loin et la cuisine n'est pas mauvaise. Qu'en dites-vous ? »

Karen cligna des yeux. « Oui, je suis d'accord. » Et elle fit demi-tour pour prendre ses dispositions.

Quand Karen annonça à Defina comment elle comptait rentrer, celle-ci haussa les sourcils. « Ça remonte à quand, la dernière fois que tu t'es envoyée en l'air avec Jeffrey ? »

En fait, Karen était incapable de s'en souvenir. « Ça ne te regarde pas. Pourquoi cette question ? »

Defina pointa le menton en direction de Bill Wolper. « Je ne sais pas ce que tu cherches, dit-elle, mais je sais ce qu'il cherche, lui. Et si vous voulez la même chose, vous allez le faire à trois mille mètres.

– Arrête, Defina. Il me ramène dans son jet, c'est pas une affaire.

– Crois-moi, ce genre de type te chamboulera le corps pour mieux te chambouler l'esprit. Fais gaffe, Karen, je suis sérieuse », l'avertit son amie.

Karen promit d'être sur ses gardes. « Eh, enchaîna-t-elle avec un large sourire, t'entends ce bruit ?

– Ouais, on sablait le champagne en bas aussi ?

– Seulement dans les rêves de Norris Cleveland. C'étaient ses flacons de parfum. Ils ont explosé.

– Quoi ?

— Tu m'as bien entendue. Il y a eu une erreur dans la mise en bouteille. Le parfum s'est dilaté à la chaleur des flashes. Je te laisse imaginer le reste. Il y a des bouts de verre partout, et ça pue!... Les gens en avaient mal au cœur. Je sens un procès dans l'air. On doit tout retirer de la vente.

— Sans blague, quel fiasco! s'exclama Karen, hilare.

— S'il y a quelqu'un qui ne le méritait pas, c'est bien elle », commenta Defina, sarcastique.

Karen hocha la tête. « Il y a quand même un Dieu », soupira-t-elle.


Assise à la table du 727 de NormCo, Karen trempa dans son cappuccino le bâtonnet de bois enduit de sucre cristallisé. Le dîner avait été excellent et Bill s'était montré intéressé, attentif, un véritable gentleman. Le regrettait-elle? Cette idée la choqua. Ce n'était pas son genre. Elle avait réglé ses problèmes avec Jeffrey. Tout allait bien de nouveau. Alors, à quoi pensait-elle?

« Vous avez entendu ce boucan, au rez-de-chaussée? demanda Bill.

— Non, mentit-elle d'un air faussement innocent.

— Il semble que le parfum de votre amie Norris ait été mis en bouteille à froid.

— Et cela pose un problème?

— Vous n'avez pas fait de chimie, au lycée? Quand les molécules chauffent, elles se dilatent. Or il ne restait plus de place dans ces satanés flacons.

— Alors, ce n'étaient pas des bouchons de champagne, ce que j'ai entendu? »

Bill éclata de rire. « Non, c'était le bruit d'une affaire qui coule. Norris ne va pas s'en remettre. »

Karen songea aux réflexions cyniques de Bill, au cours du déjeuner qu'ils avaient pris ensemble. Au moins, un parfum sombrait et ne vendrait pas de fausses espérances aux femmes qui aspiraient à autre chose. Bill semblait loin de se désoler pour Norris, mais n'aurait-il pas vendu avec plaisir n'importe quelle cochonnerie pourvu que cela améliore les bénéfices de NormCo ?

« Passons au salon », proposa-t-il. Ils laissèrent le steward débarrasser la table. L'avion traversa un trou d'air quand ils accédèrent au salon, mais Bill la retint et l'aida à prendre place sur le canapé en daim. « Quelque chose à boire ?

— Non merci. » Le moment était venu pour lui de mettre de la pression et, comme elle s'y attendait, il se pencha en avant, les coudes sur les genoux.

« Karen, sans vouloir vous bousculer, on ne peut pas faire poireauter votre mari et mes comptables encore longtemps. J'ai besoin de votre réponse. Pensez-vous que je serais un bon associé pour vous ? »

Bien entendu, voilà pourquoi il était venu. S'était-elle imaginé que c'était uniquement pour ses beaux yeux ? Quelquefois, elle était d'une naïveté déconcertante. Elle lui devait une réponse. Il avait fait preuve d'une patience exceptionnelle. D'accord, ça ne l'avait pas empêché d'avoir recours à quelques stratagèmes classiques. Sa présence aux côtés de Norris était sans doute à prendre comme une mise en garde, n'est-ce pas ?

Elle le regarda. Les paroles de Bobby Pillar lui revinrent en mémoire. Elle savait que Bill, craint et méprisé, se faisait traiter de tous les noms d'oiseau. Malgré tout, il lui plaisait, et elle devrait peut-être lui faire confiance. Jeffrey était de cet avis. Karen avait entrepris les démarches de l'adoption. Demain matin, elle recevait la visite à domicile de l'assistante sociale, et le cabinet de Kramer préparait son dossier. Ils allaient trouver un bébé. Elle remplirait sa part du contrat et s'y tiendrait.

« Alors, qu'en dites-vous ? insista Bill.

— Faites-nous votre offre », répondit-elle.

Ce soir-là, Jeffrey dormait déjà quand Karen rentra. Épuisée, elle allait enfiler sa chemise de nuit quand le téléphone du bébé sonna. Karen décida qu'elle ne parlerait pas de l'avocat lors du premier appel. La femme, Louise, était mariée, avait deux enfants, et expliqua qu'elle était séparée de son mari quand elle était tombée enceinte pour la troisième fois. A présent, Leon était revenu, mais il ne voulait pas élever l'enfant d'un autre. Karen eut l'impression que la femme n'avait pas bu et qu'elle était sérieuse, même si elle n'était pas très intelligente. Sans vouloir réfléchir trop longtemps à l'héritage génétique dont l'enfant risquait d'être porteur, Karen prit le numéro de téléphone de Louise et promit de la rappeler le lendemain.

## Chapitre 19

# Mine de rien

Casey, accompagné de cadres de la comptabilité, Jeffrey et Mercedes étaient assis avec Karen à la table de conférences. Ils passaient en revue les chiffres de vente de la semaine ainsi que le total des commandes récoltées lors de la présentation privée. Selon les premiers indices, la robe paysanne partait favorite – le genre qui se vend comme des petits pains et qui nécessite un réassort constant. Elle risquait même de devenir une « Ford », un modèle copié à bas prix par tous les crève-la-faim de la confection. Toutes les créations de Karen avaient été bien accueillies. Cela ne donnait, bien entendu, aucune garantie quant à l'accueil de Paris, mais c'était, comme disait Casey en bon langage marketing, un « indicateur positif ».

« On a rempli des bons de commande à en avoir mal aux doigts, raconta Casey avec fierté. Je vous jure, ce sont les meilleurs chiffres de vente qu'on ait jamais faits ! »

Jeffrey le toisa froidement. « Ce ne sont pas des chiffres de vente, mais des commandes. Tu sais très bien tout ce qui peut se passer entre le moment où on honore la commande et celui de la livraison, dans cinq mois. On doit enregistrer la commande en espérant que cette foutue usine nous fera crédit et les fabriquera. Puis, si ça se vend, si on ne nous retourne pas les articles, il faut espérer que Chicago nous paiera avant que les intérêts n'aient bouffé nos bénéfices ou que le mandataire nous immobilise. Vous n'avez rien vendu, vous avez seulement des commandes. Une vente, c'est quand un chèque arrive après réception d'une facture.

— Bon sang, Jeffrey, tu sais ce que je veux dire.

— Ouais, mais toi, est-ce que tu sais ce que je veux dire? »

Jeffrey était devenu de plus en plus pénible. Il en avait après tout le monde. Karen haussa les sourcils et il se calma, mais elle savait ce qu'il attendait. Le reste de la réunion se passa dans la routine, réassorts et volume des ventes, problèmes des retours et, pis encore, les encaissements. Comme ils n'avaient pas encore l'expérience des grosses usines, ils devaient se bagarrer pour le respect des dates de livraisons et pour obtenir une certaine qualité. Karen enviait Jil Sander qui, s'étant développée lentement, possédait sa propre usine.

Karen se tut. Pourquoi était-ce si compliqué, quand tout allait si bien? Elle allait retourner à son travail, et laisser Jeffrey se débrouiller avec la situation. Elle devrait passer le week-end au bureau, encore qu'elle aurait à s'absenter pour la *bat mitzvah* de Tiff. Il ne restait que six jours avant Paris. Ce n'était pas suffisant. Même en supprimant toutes les réunions, elle n'était pas sûre d'y arriver.

Jusque-là, Karen n'avait fait de défilé qu'à New York. Au cours de l'automne 1993, les créateurs de mode américains s'étaient rassemblés pour créer Seventh on Sixth, un ensemble de présentations qui, au lieu de se tenir dans les habituels show-rooms, boîtes de nuit, hôtels et autres, avaient eu lieu sous une tente dans Bryant Park, un grand square sur la Sixième Avenue, juste derrière la bibliothèque municipale de New York. Entre les deux tentes blanches genre high-tech et les espaces mis à leur disposition à l'intérieur de la bibliothèque, la Septième Avenue avait réussi à marquer un grand coup.

Karen avait participé à ce mouvement et, à cette occasion, KKInc avait été distingué par la presse européenne, ce qui avait fait grimper le chiffre des commandes. Mais en pensant à l'épreuve que représentait Paris, auquel succéderait l'habituelle semaine de la mode à New York, Karen était sur le point de craquer. C'était au-dessus de ses forces. Cependant, personne ne le ferait à sa place.

Casey débitait des chiffres d'une voix monotone lorsque la secrétaire de Jeffrey entra et lui murmura quelque chose à l'oreille. Elle lui tendit une grosse enveloppe que Jeffrey déchira sans attendre. Il en sortit une liasse de papiers, jeta l'enveloppe sur la table et se mit à fouiller dans le tas. Karen reconnut le logo de NormCo sur le papier kraft.

Le visage de Jeffrey s'éclaira tandis qu'il lisait. « Mesdames, messieurs, j'ai une nouvelle à vous annoncer! Voilà, les enfants, j'ai enfin les nouvelles qu'on attendait tous. Nous venons de recevoir l'offre de NormCo, et elle est d'un montant de cinquante millions de dollars! Cinquante millions! Vous avez bien compris? »

Aussitôt, ce fut un chahut incroyable. Mercedes applaudit. Quelqu'un cria « Hourra! » comme un supporter de rugby quand un essai a été réussi. Casey posa des questions tandis que Jeffrey, sans tenir compte de lui, lisait tout haut une partie de l'offre : « Et Bill Wolper viendra nous retrouver à Paris pour finaliser l'accord! » conclut-il.

C'est deux jours plus tard que les ennuis commencèrent pour Karen. Louise avait appelé en PCV à neuf heures du soir, comme d'habitude. Karen était prête. Louise avait couché ses deux enfants et attendait le retour de Leon. Louise avait signé les papiers et les avait renvoyés au bureau de Kramer. Elle avait accepté que Karen paie les frais médicaux. Elle avait les chevilles enflées, mais elle avait eu le même problème pour les deux précédentes grossesses. Karen compatissait. Il y avait une vague de chaleur en Arkansas et, malgré les mises en garde de Kramer, Karen voulait envoyer un climatiseur à la jeune femme. Mais Louise refusa. « C'est pas Noël », constata-t-elle. Après réflexion, elle ajouta : « Qu'est-ce que vous faites, pour Noël? Vous avez un arbre? »

Karen répondit spontanément : « Non, nous sommes juifs. »

Il y eut une pause. « Quoi ? » fit Louise d'une voix totalement changée. Il était difficile d'imaginer qu'un seul mot pouvait suffire à exprimer autant d'indignation et de consternation. « Mais vous me l'aviez pas dit. » C'était une accusation.

« Excusez-moi, fit Karen. Cela me semblait sans importance. »

Elle crut entendre un hoquet à l'autre bout du fil. « Louise, je vous en prie..., supplia Karen.

— On a été élevés dans la crainte de Dieu, déclara Louise d'un ton durci. Vous le croyez peut-être pas, à cause de ma situation et tout, mais c'est pas parce que je dois abandonner mon bébé que ça veut dire que je l'aime pas et que j'aime pas Jésus... J'aime mon bébé et j'aime Jésus, et il est pas question que mon bébé soit élevé par des Juifs », conclut-elle. Et elle raccrocha.

Karen garda le récepteur contre son oreille. Au bout d'un moment, elle se força à se lever, ne serait-ce que pour ranger le téléphone portable. Elle était comme paralysée. Inutile de rappeler Louise. Karen savait qu'elle venait de perdre son bébé et, par ailleurs, elle était sur le point de vendre l'autre, son entreprise. Elle resta figée sur place.

Elle aurait voulu avoir sa mère. Et sa mère, on ne la retrouvait pas. Alors, elle resta asssise, immobile, pendant très très longtemps.

Seule dans le noir, elle décida que, en dépit de toutes les difficultés, elle exigerait d'Arnold ou de Belle, ou des deux, cette vérité qu'on n'avait plus le droit de lui cacher.

*Troisième partie*

# ESCLAVES DE LA MODE

*Ma petite sœur
j'ai enfermée loin de la vie, de la lumière
(Pour une rose, pour un ruban,
pour une couronne dans mes cheveux).*

Margaret WIDDEMER

## Chapitre 20

## Un événement mémorable

Lisa Saperstein scruta son reflet dans la grande glace avec autant d'acuité que s'il s'agissait d'une radio de l'iris. Elle était en Thierry Mugler de soie grise, qu'elle avait payé le prix fort. Mais maintenant qu'elle s'observait d'un œil critique, le gris lui allait-il bien au teint ? Le trois-pièces en lin, que Karen lui avait donné, était disposé sur le lit. Sans vouloir vexer sa sœur, elle n'allait pas mettre un ensemble qui serait tout chiffonné en dix minutes. Elle hésitait à passer la robe en soie couleur melon, un Bill Blass qu'elle avait eu pour pas cher chez Loehman. Cela faisait une douzaine de fois qu'elle se penchait sur la question sans arriver à trancher. Elle s'extirpa du Mugler pour réenfiler le Blass. C'est vrai, ça lui allait mieux, mais c'était presque trop évident. Et elle exhibait ses jambes. Trop ? Elle n'était plus si jeune. Elle leva les yeux pour regarder sa tête. Super, tiens ! Ses cheveux s'étaient aplatis. Elle aurait dû mettre plus de laque. Enfin, elle avait un chapeau pour porter avec le Blass. Elle tira sur ses cheveux, avec l'impression de devenir folle. Est-ce qu'elle avait envie, aujourd'hui, d'avoir le look Thierry Mugler – avec ses carrures très larges et son côté avant-garde –, le look Karen Kahn, moins agressif mais pas franchement féminin, ou le look Bill Blass, classique mais félin ? Pourquoi n'avait-elle pas pris sa décision plus tôt ?

Lisa s'était toujours définie par ce qu'elle portait, mais elle n'était jamais sûre d'avoir fait le bon choix avant de voir la réaction des autres femmes. Elle était vexée que Sooky et Buff n'aient pas remarqué son ensemble, au brunch chez Karen, et s'était sentie soulagée quand ses deux voisines du St Regis, qui avaient manifestement les moyens et savaient s'habiller, s'étaient retournées sur elle. C'était un geste de reconnaissance, d'autant plus apprécié qu'il était accordé à contrecœur.

Elle songea un instant à son lunch avec Jeffrey, et aux appels qui lui avaient succédé. C'était agréable de jouir de sa confiance, et plus encore de sortir avec un homme aussi beau et intéressant. Car depuis, ils avaient remis ça à plusieurs reprises. A vrai dire, cela ne lui avait pas fait plaisir d'apprendre que Karen lui avait caché autant de choses. Elle ne l'avait pas revue depuis la réception familiale à Westport, à part, bien sûr, son passage à la télévision. Pourquoi sa sœur était-elle devenue aussi inaccessible, aussi secrète? Et quand s'était-elle mis en tête de retrouver son autre mère? Lisa se sentit malheureuse en y repensant. Karen ne voulait-elle plus faire partie de la famille? Elles étaient si proches, autrefois. Pourquoi Karen ne lui avait-elle pas parlé de la vente de NormCo et du diagnostic du docteur Goldman? Lisa se doutait que sa sœur devait avoir du mal à encaisser le coup, alors pourquoi n'était-elle pas venue se faire consoler par elle? Pourquoi ne l'avait-elle toujours pas rappelée?

Lisa savait à présent que, si sa sœur vendait sa société, elle toucherait beaucoup d'argent. Ils pourraient enfin déménager de Lawrence, New Jersey! Elle reconstituerait entièrement sa garde-robe. Il lui faudrait un manteau de fourrure, quelque chose de vraiment bien. Et changer la vieille Mercedes diesel pour une décapotable. Dès qu'elle en aurait fini avec la *bat mitzvah*, elle essaierait de convaincre sa sœur de vendre la société. Qu'est-ce que Leonard comprenait aux affaires? Les actions qu'elle possédait avaient finalement de la valeur.

D'ailleurs, elle eut brusquement comme une révélation. Si elle avait un million de dollars, elle pourrait quitter Leonard. Après tout, avait-elle seulement besoin de lui?

De nouveau, elle se détailla dans la glace. Aujourd'hui, elle allait se trouver face à cent cinquante paires d'yeux, dont plus de la moitié appartenaient à des femmes. Une douzaine seulement, celles qui tenaient le haut du pavé, comptaient vraiment. Elle voulait se faire accepter par elles. Il ne lui vint pas à l'esprit que la plus jolie fille n'était pas nécessairement la plus sympathique.

Enfin habillée et chapeautée, Lisa fut prête et la famille put partir. Leonard était au volant, Stephanie à côté de lui, Lisa et Tiff à l'arrière de la vieille Mercedes. Si Karen avait signé la vente, je n'aurais pas à faire le trajet dans ce vieux tacot, se dit Lisa. Elle restait assise toute droite pour ne pas froisser le Bill Blass, qui avait fini par l'emporter, mais Tiffany était affalée et sa robe en taffetas n'allait pas tarder à ressembler au papier cadeau le huitième soir de *Hanoukkah*. « Redresse-toi », ordonna-t-elle à la fillette, assez bas pour que Leonard ne puisse l'entendre. Ils s'étaient déjà disputés le matin. Comme si elle ne l'avait pas entendue, Tiff regardait fixement par la fenêtre, sans tenir compte de Lisa et des autres. Sa fille avait pris la teinte verdâtre de sa robe, à moins que ce ne soit qu'un reflet ? Pour la première fois, Lisa ressentit un léger frémissement d'angoisse dans l'estomac, qui lui remonta dans la poitrine. Elle était fin prête. Mais Tiffany l'était-elle ?

Entre-temps, le compte à rebours avait commencé pour Paris, tandis que Karen procédait aux changements de la onzième heure. Elle était toujours en crise avant un défilé, mais cette fois, c'était le pire. Paris lui flanquait la frousse. Chanel disait qu'il fallait continuer à travailler jusqu'à saturation. Alors, le jour même de la *bat mitzvah* de Tiff, Karen avait travaillé non-stop depuis le matin. Bien que ce fût un week-end, tous les employés avaient accepté de venir, mais elle se sentait malheureuse et avait l'impression qu'elle les rendait fous.

Elle courut chez elle à la dernière minute, plongea sous la

douche et s'habilla à toute allure. Pourtant, elle avait beau être à cran, elle n'acceptait pas que Jeffrey la remette à sa place. Il avait été dans une forme épatante depuis qu'ils avaient reçu l'offre, mais maintenant il se montrait difficile. « On n'a jamais vu une *bat mitzvah* en cravate noire. Ça commence à cinq heures ? Karen, c'est vraiment pas le jour. Surtout avec la semaine qui nous attend. Et tant qu'on n'a pas signé l'accord et touché le chèque de NormCo, tout peut arriver. » Il la regarda d'un air soucieux. « Comment se passent les finitions ? Il ne te reste pas tellement de temps.

— Je suis au courant, fit-elle d'un ton cassant.

— Pourquoi a-t-il fallu que tu ailles à Paris cette année, ça me dépasse ! »

Elle le regarda fixement. Ils avaient pris la décision ensemble, mais maintenant que cinquante millions étaient dans la balance, cela devenait sa faute. C'était typique ! Si elle répondait, c'était la bagarre, et il refuserait de l'accompagner cet après-midi.

Comme s'il lisait dans ses pensées, il leva les yeux et sourit. « Je n'ai vraiment pas envie d'y aller, reconnut-il. Bon Dieu, je voudrais pouvoir m'enfermer à l'atelier pour peindre. Ce n'est vraiment pas mon truc. C'est de l'esbroufe, cette cérémonie. Mes sœurs n'ont pas fait de *bat mitzvah*, tu n'as pas fait de *bat mitzvah*. »

Karen poussa un soupir. Elle pouvait lire en lui comme dans un livre. Un livre d'enfant. « Les filles ne faisaient pas tellement leur *bat mitzvah*, à l'époque.

— C'est exactement ce que je veux dire. Le mot lui-même est stupide. La tradition juive remonte à cinq mille ans. A treize ans, le garçon faisait sa *bar mitzvah*, un point c'est tout. Et ça fait combien de temps qu'on fait des *bat mitzvah* ?

— Depuis que les femmes ont suffisamment pris conscience des choses pour ne pas aimer la prière que les hommes sont censés faire tous les jours. » Il regarda Karen sans comprendre. « Tu sais bien, reprit-elle avec un sourire enjôleur. Celle où ils remercient Dieu de ne pas les avoir créés femmes.

— Allons, plus personne ne dit ça.

— Ben, puisque les garçons continuent de faire leur *bar mitzvah*, pourquoi les filles ne feraient pas leur *bat mitzvah*? Sinon, ça veut dire que les filles ne comptent pas. » Elle se tut un instant. « Et puis, je suis fière de Tiff. Elle aura réussi quelque chose de difficile. Elle le fait pour nous. »

Il la regarda d'un air perplexe. « Tiffany Saperstein, modèle de piété. Elle doit se situer juste derrière Jeanne d'Arc dans le Livre des martyrs. Et tu peux me dire pourquoi Leonard et Lisa ont invité ma mère et mes sœurs?

— Par politesse, je suppose.

— Mais ils les connaissent à peine. Tu sais qu'ils ont aussi invité June? »

Karen resta bouche bée. Lisa était dingue, ou quoi? Pourquoi avait-elle invité l'ex-fiancée de Jeffrey, l'ex-femme de Perry? Pourtant, elle ne laisserait pas paraître ce qu'elle en pensait. Il avait marqué des points avec la grossièreté de Lisa, mais Karen ne laisserait pas tomber sa sœur.

« Oh, arrête donc. Tu ne veux pas qu'on se chamaille quand tu vas mettre tes boutons de manchette. » Comme il enfilait justement la manche de sa chemise de soirée amidonnée, il lui sourit. Il aimait vraiment ses saphirs. « Fais un effort, tu veux? Pour moi. Accorde-moi cette faveur. » Le portier sonna pour les avertir que la voiture était arrivée. « Nom de Dieu, Jeffrey, on ne peut pas arriver en retard.

— Eh, ce n'est pas moi qui ai dû me sécher les cheveux. »

Ce n'est qu'en arrivant au rez-de-chaussée et en apercevant la limousine que Jeffrey craqua pour de bon. « C'est quoi cette merde? » articula-t-il péniblement. Une Cadillac blanche de dix mètres de long attendait devant le dais vert. George, le portier du week-end, rayonnait.

« Bon sang, Jeffrey, ce n'est pas moi qui l'ai demandée. » L'auto était d'un blanc indécent. Le chauffeur sortit. Lui aussi était en blanc, costume trois-pièces, chemise de soirée, casquette.

« Bon sang de bon sang, pas question que je monte là-dedans! s'écria Jeffrey en se tournant vers Karen. Seuls les macs se trimbalent en Cadillac blanche. Les gens que je fréquente ne prennent que des Cadillac noires. Les Kahn ne font pas ça. Ma mère préférerait mourir! »

Comme le chauffeur avait eu du mal à trouver la synagogue, Karen et Jeffrey arrivèrent juste avant le début de l'office. Faute de temps pour cacher la voiture, ils se firent déposer devant l'entrée, où des femmes en grande tenue étaient agglutinées. Toutes les têtes se tournèrent. Karen soupira. Elle voulait que cette journée soit le triomphe de sa sœur et de Tiff. Elle voulait, pour une fois, passer inaperçue, ne pas être la grande sœur célèbre, afin de laisser le devant de la scène à Lisa.

« Ne vous arrêtez pas devant, s'insurgea Jeffrey. On se donne assez en spectacle comme ça. » Mais c'était déjà trop tard. Le chauffeur ne l'avait pas entendu ou avait fait la sourde oreille. Le type sortit, ouvrit la portière d'un grand geste sous les yeux écarquillés de la foule, et il ne leur resta plus qu'à descendre, en se félicitant que le chauffeur n'ait pas en plus déroulé un tapis rouge.

Lisa, Tiff et Leonard se tenaient sous le porche, formant un petit comité d'accueil. Tiff portait ses perles, ainsi qu'une robe en taffetas ridicule. Karen embrassa sa nièce. « Géniale, l'auto », s'extasia Tiff avec presque des trémolos dans la voix.

« Tu veux que je te conduise à la réception avec? proposa Karen avec un sourire.

– Oh oui, s'il te plaît! » souffla Tiff, le regard ébloui. Il arrivait à Karen d'oublier que sa nièce, en dépit de sa taille, n'était qu'une enfant.

« C'est pas possible », intervint Lisa. Karen remarqua que sa sœur ne portait aucun des deux ensembles qu'elle lui avait envoyés. Enfin, bon! Elle portait à la place un truc assez ringard, avec couvre-chef assorti. Lisa se tourna vers sa fille. « On a deux bus qui doivent conduire les invités à la réception et tu dois monter dans le premier. » Le visage de Tiff se figea, prenant cette expression entêtée qu'on lui voyait si souvent. Karen aurait voulu se gifler. Elle avait fait une entrée remarquée et gâché les plans de sa sœur. Avant même d'avoir pris place, elle avait déjà commis deux bourdes. Elle embrassa la joue de sa sœur. Elle attendrait un peu avant de lui annoncer que Jeffrey ne pouvait pas rester à la réception.

Elle s'approcha de Leonard. Il avait l'air maussade et secoua mollement la main de Jeffrey. Karen perçut les chuchotements qui l'accueillaient désormais, coups de coude à l'appui, quand elle apparaissait quelque part. « C'est sa sœur, dit quelqu'un, sa sœur. » Le mot sembla circuler comme une traînée de poudre parmi les gens qui stationnaient à l'entrée. Belle et Arnold échangeaient des poignées de mains. Karen les embrassa, prête à s'esquiver rapidement dans l'espoir d'accéder à un siège pour échapper au plus vite au regard curieux de la foule. Pour Tiff et Lisa, c'était le grand jour, pas pour elle. Mais quand Karen se tourna vers son père, elle s'arrêta net. Arnold avait une mine épouvantable. Depuis combien de temps ne l'avait-elle pas vu? Le brunch ne remontait pas à si loin. Que lui était-il arrivé? Il avait l'air de s'être tassé et il avait un teint de cendre. « Papa, tu te sens bien? s'inquiéta-t-elle.

– Je vais très bien, dit-il en la serrant dans ses bras. Et vous, Jeffrey, ça va? » Malgré ses paroles rassurantes, elle l'observa un instant. Décidément, il n'avait pas l'air en forme. Sa peau faisait des plis et, pourtant, son crâne semblait avoir rétréci. Ses pommettes saillaient sous la peau et son nez arqué avait un côté tranchant. Et il avait, sous les yeux, des cernes gros comme des *bagels*.

La foule, derrière eux, attendait pour pénétrer dans la synagogue. Jeffrey lui serra le coude et elle entra, laissant ses parents derrière.

Karen n'avait pas suivi de cours de religion dans son enfance. Arnold était un socialo agnostique et pour Belle, c'était trop d'embêtements. Pour les grandes fêtes, elle traînait ses filles à l'office, et Karen passait son temps à rêvasser. Cela faisait des années qu'elle n'avait pas mis les pieds dans une synagogue. Belle en était sans doute au même point. Lisa et Leonard pratiquaient-ils plus ? Elle en doutait.

Quelle ironie, songea Karen, de perdre son bébé, le bébé de Louise parce qu'elle n'était pas chrétienne. En fait, elle n'était juive que par la naissance. Et là, elle s'arrêta net. Jusqu'à nouvel ordre, elle n'était même pas juive de naissance. La religion avait tellement peu compté pour elle qu'elle n'y avait pas réfléchi jusque-là. Qui sait ? Je suis peut-être une catholique polonaise. Mais aurais-je pu répondre autre chose à Louise, même pour garder le bébé ? Karen se mordit la lèvre. Apparemment, elle n'était pas assez juive pour trouver un réconfort dans la religion, mais elle l'était assez pour être privée d'enfant. Ce n'était pas juste.

Le chantre vint se joindre au rabbin et l'office commença... Karen devait reconnaître qu'il y avait quelque chose d'émouvant à se réunir pour accueillir une nouvelle génération en son sein. Une enfant de sept ou huit ans se tenait presque devant elle, la nuque très blanche et les cheveux luisants retenus par un clip en strass. Elle eut envie de caresser cette nuque frêle. Si elle avait un enfant, elle et Jeffrey se mettraient-ils à fréquenter la synagogue ? Iraient-ils en famille à celle de Park Avenue ? Cela leur plairait-il ?

Aurait-elle jamais un enfant ?

Elle regarda Tiffany, qui se mordillait nerveusement les lèvres. Elle se sentit soulevée par un élan de fierté, et cela lui faisait plaisir que sa nièce porte ses perles en cette circonstance. Elle se sentit submergée par le désir d'être reliée, comme une perle sur un fil, à une lignée qui remonte dans le passé et, à travers elle, se poursuivrait dans l'avenir. Malgré sa graisse et ses bajoues d'écureuil, malgré sa robe affreuse, Tiff semblait investie par la dignité de l'instant. Lorsque le rabbin l'appela sur l'estrade, Tiff se leva et pour une fois, sa taille lui servit ; elle traversa à grandes enjambées l'espace qui la séparait du rabbin. La présentation de sa collection, le rachat par

NormCo, la déception causée par Louise, tout sombra à l'arrière-plan. Oui, se dit Karen, si j'avais un bébé, je voudrais faire partie de cette tradition. En cet instant, elle se sentait remplie d'orgueil.

Mais sa joie fut de courte durée.


Un supplice, c'est le mot. Jeffrey avait vu juste. Malgré le malaise grandissant, Karen s'efforçait de ne pas se tortiller comme les autres sur son siège de velours orange. Quels *tsoures*, comme on disait en yiddish, que de soucis ! Tiff était debout sur l'estrade, le grand rouleau de la Torah ouvert devant elle comme un plan d'architecture.

Tiff avait commencé à réciter en hébreu avec un certain calme. Karen ne comprenait rien à ce qu'elle disait, de même que la plupart des assistants, mais Tiff paraissait bien s'en tirer. Puis le rabbin, un homme rasé de frais, l'arrêta pour faire une petite correction. Tiff marmonna et il la reprit encore une fois. Elle répéta correctement, puis poursuivit quelque temps. Il l'arrêta de nouveau pour la rectifier.

Karen se souvenait d'avoir entendu dire que la Torah devait être lue à la perfection. Mais cela avait sûrement une limite. Tiff s'arrêta alors et, pour la première fois, ce fut le silence total dans la salle. Même les petits enfants se taisaient. Le silence s'éternisa. Quand Tiff reprit, elle trébucha aussitôt et le rabbin la reprit sans ménagement. Tiff ouvrit de grands yeux. La fois suivante, Tiff fusilla le rabbin du regard, articula le mot et se tut.

« *Chama*, dit le rabbin.

– *Chama* », répéta Tiff et elle s'arrêta net. Puis, pendant les cinq minutes qui suivirent, il dut lui déchiffrer chaque mot qu'elle répétait comme une automate. L'assistance superbement coiffée et magnifiquement habillée passa d'un silence embarrassé à un mécontentement frémissant. Le rabbin soufflait un mot, Tiff répétait et attendait. Karen regarda sa sœur, assise près du tabernacle vide, sous le dais, le sourire figé. A côté d'elle, Leonard bouillait visiblement. Puis, brusquement, Karen entendit un gloussement, puis deux, puis trois, puis une douzaine. Tiff était écarlate, de la couleur du rouge de son affreux taffetas écossais. Quelqu'un dit « chut », quelques coups de coude, et les gloussements se calmèrent. Bon Dieu, songea Karen, que resterait-il à célébrer après un pareil fiasco ?

« Belle, si tu dis un mot de plus à Tiffany, je t'étrangle. » Arnold et Belle étaient assis en face de Karen et Jeffrey dans la limousine qui les conduisait à la réception.

« Voilà son mari qui la menace », s'exclama Belle, comme s'ils ne l'avaient pas entendue. Maintenant, ils avaient tous aussi mauvaise mine qu'Arnold. La cérémonie avait duré plus de deux heures. Jeffrey consultait sa montre toutes les trente secondes.

« Tu l'auras, ton avion, siffla Karen entre ses dents.

– Quel avion ? » s'enquit Belle qui, d'habitude, ne prêtait pas attention aux autres. C'est bien ma chance, se dit Karen. Elle allait devoir expliquer à Belle que Jeffrey devait partir tôt avant de l'avoir annoncé à sa sœur. Comment avait-elle réussi à faire carrière et à se marier alors que s'occuper de sa propre famille était un boulot à plein temps ?

« Jeffrey doit partir ce soir pour Paris. Son avion décolle de l'aéroport Kennedy.

– Il part après la réception ? insista Belle. Il y a des avions aussi tard que ça ?

– Non, c'est pourquoi il part avant. Il va juste les féliciter et partir. C'est très important. Il doit y être pour demain.

– Qu'est-ce qui est plus important que la *bat mitzvah* de sa nièce ? »

Heureusement, Arnold s'en mêla avant que Jeffrey ait pu énumérer à Belle la liste de choses plus importantes qu'un pareil événement. « Laisse-le, Belle », dit-il. Il était rare qu'il s'oppose à sa femme, mais Karen se rendit compte que cela ne donnait pas plus de poids à ses interventions.

« Comment pouvez-vous partir ? lança-t-elle à Jeffrey directement. Avant le gâteau.

— Je n'aime pas les desserts, de toute façon.

— Mais je veux dire...

— Belle. » C'était presque un rugissement. Karen ne se souvenait pas d'avoir entendu Arnold élever la voix. Le visage de son père avait repris des couleurs, mais c'était sans doute à cause de la colère.

Bien que le chauffeur se perdît, ils arrivèrent en avance sur les cars. Aussitôt, Karen et sa mère allèrent dans les toilettes pour se refaire une beauté. Un instant, alors qu'elle la regardait se mettre du mascara, la bouche entrouverte dans une expression qu'adolescente, elle s'était appliquée à imiter, Karen se demanda si elle allait questionner sa mère sur les secrets de son passé. Elle avait tant de choses à dire à Belle, tant à partager. Si seulement elle avait été plus ouverte !

« Papa te semble aller bien ? interrogea Karen.

— De quoi tu parles ? De son costume ? Je lui ai dit...

— Non, non. Je parle de sa santé. Il te paraît aller bien ?

— Oh, tu connais ton père. A travailler à des heures impossibles en mangeant des cochonneries. Que veux-tu que je te dise ? »

Quand elles rejoignirent les hommes, ceux-ci parlaient affaires. Jeffrey avait dû faire état de ce foutu accord avec NormCo, il n'avait rien d'autre en tête. Et Arnold, comme toujours, passait intégralement en revue la politique syndicale de NormCo. Est-ce que Jeffrey ne pouvait pas réfléchir avant de parler ?

« Ils ont cassé les syndicats dans toutes leurs filatures du Sud, argumentait Arnold. Ils menacent de délocaliser la production, ils cassent le syndicat et ensuite, ils délocalisent tout de même. Ils n'ont laissé que des miettes aux usines. Des miettes !

— Arnold, vous ne pouvez pas mettre en doute leur solidité. Ça fait presque dix ans qu'ils ont le vent en poupe. Ça n'est quand même pas si nul que ça, non ?

— Oui, si vous estimez que créer le chômage ici et de vrais bagnes dans le tiers monde est une grande victoire morale.

— Il n'est pas question de morale, ici, Arnold, répondit Jeffrey, agacé. Il ne s'agit pas de morale, mais d'affaires.

— N'y a-t-il aucun rapport ? La morale s'arrête-t-elle là où commencent les profits et pertes ? »

Karen avait souvent assisté à des joutes de ce genre, mais jamais le ton n'avait été aussi âpre. Évidemment, c'était la première fois qu'elle vendait une entreprise. Elle prit son père et son mari par le bras. « Ce n'est pas le moment de parler affaires, les coupa-t-elle. Permettez-moi de vous offrir un verre. » Les tenant par le coude, elle leur fit gravir les marches qui conduisaient au salon. L'endroit était toujours désert, à part le barman, qui leur tournait le dos et regardait par la fenêtre. Il se retourna à leur approche. « Que diriez-vous d'un verre de champagne ? proposa-t-elle.

— Vous servez quelle marque ? » s'enquit Jeffrey.

Le barman lui montra une bouteille d'une marque californienne. « Du champagne national ? s'exclama Jeffrey. Leonard a encore frappé. Non, un scotch pour moi.

— Disons deux, renchérit Arnold.

— Arnold ? Tu sais ce qu'a dit le docteur ? » intervint Belle.

Qu'avait donc dit le docteur ? se demanda Karen. Belle n'avait pas parlé de docteur quand elle l'avait interrogée. Pourquoi Arnold avait-il consulté un médecin ?

« Le docteur a dit qu'il ne fallait pas me contrarier, Belle. Tu veux bien y mettre du tien ? » Belle haussa les épaules. Karen et elle commandèrent un verre de vin blanc. Ils restèrent près du bar, leur verre à la main, dans la salle déserte. Que pouvaient-ils arroser ? Certainement pas la performance de Tiffany. Ils gardèrent le silence, puis, Jeffrey jeta un coup d'œil à sa montre.

« *Lekhaïm !* A votre santé ! » murmura finalement Arnold, et ils avalèrent avec soulagement quelques gorgées.

Quand les cars arrivèrent, trois quarts d'heure plus tard, suivis d'une file d'invités en voiture, Jeffrey était déjà parti avec la limousine. La caravane déposa son chargement de passagers excédés, les vêtements chiffonnés. En tête de la procession, Lisa, hors d'elle, escalada les marches en tenant fermement Tiff par le gras du bras. Elle aurait pu aussi bien la tirer par l'oreille, se dit Karen. Lisa fulminait alors que Tiff avait plongé dans un état presque comateux. « Ces foutus connards se sont perdus, lança-t-elle en guise de salut. Tu embauches des enfoirés pour te conduire d'un endroit à un autre, et ils sont même pas foutus de le faire correctement!

— Elle t'avait déconseillé de louer des cars », lui rappela Belle, qui n'avait jamais raté ce genre d'occasion.

Les femmes contemplaient leurs robes fripées, qu'elles tapotaient d'une main nerveuse. Une queue se formait déjà à l'entrée des toilettes. « L'air conditionné était mort dans un des cars. Je vais leur faire un procès, à ces salauds, je te le jure! » Tiff avait le regard absent d'une victime de la route.

« Que cette nom de Dieu de fête commence! » grommela Lisa.


Les toilettes des femmes mirent des heures à se désemplir. Stephanie vérifia dûment chaque porte pour être sûre qu'elle était seule dans les lieux. Puis elle s'enferma dans les derniers cabinets. Elle avait déjà mangé une bonne dizaine de petites saucisses et une vingtaine de crevettes, et ce n'était encore que l'apéritif. Le dîner n'avait pas encore débuté. Elle devait s'en débarrasser tout de suite, avant de prendre des calories. Mais la cérémonie l'avait rendue tellement nerveuse et la réception avait tellement mal démarré qu'elle n'arrivait plus à se retenir. Bon, au moins, elle pouvait contrôler ça. Elle se fourra le médium dans la gorge aussi loin qu'elle put et eut quelques renvois. Au bout d'un peu de temps, elle réussit à vomir, et recommença pour s'assurer qu'elle avait bien l'estomac vide. Elle avait un peu le vertige, à présent, et se retint aux murs.

Elle considéra le vomi, dans les toilettes, et sentit son estomac prêt à se soulever. Comment cela avait-il pu la tenter tout à l'heure ? Il fallait être un cochon pour vouloir s'empiffrer de ces saletés. Elle s'essuya consciencieusement la bouche et le front, tira la chasse et sortit.

Les poings sur les hanches, sa grand-mère l'attendait. « Qu'est-ce que c'est que ces manières, hein ? » l'apostropha Belle.

La soirée progressa par à-coups, sans jamais donner l'impression qu'on était là pour fêter quelque chose. Sylvia et ses filles avaient l'air de trouver ça tout à fait amusant, et Karen les évita scrupuleusement. Elle fut ahurie de voir Perry Silverman sortir de la foule et venir s'asseoir à côté d'elle. « Qu'est-ce que tu fabriques là ? » interrogea-t-elle sans ambages. Jeffrey lui avait dit que June était invitée, mais pas Perry. Lisa devait avoir perdu la tête. « Je ne t'ai pas vu à la synagogue.

— J'étais invité, mais il n'y avait rien à boire. Alors j'ai préféré m'en tenir à la réception. On boit à l'œil. Et je suis venu pour toi. »

Elle se demanda s'il savait que June était là. Elle ne sut que lui dire. « Lisa t'a invité ? Je ne savais pas que vous vous connaissiez.

— On ne se connaît pas. A part qu'on s'est vus à ton brunch. » Il lui prit la main. « Allez, viens danser. »

Comme il n'avait pas l'air saoul, elle accepta. Il était tellement plus petit que Jeffrey que cela lui fit drôle quand il lui passa le bras autour de la taille et l'entraîna sur la piste presque déserte. A leur droite, deux petites filles essayaient de faire un cha-cha-cha sur une musique de Cole Porter, ce qui fit sourire Karen. Elles avaient l'âge de Lottie, mais Perry parut ne pas les remarquer. Il se mouvait avec grâce, la conduisait avec autorité mais sans forcer. Il ne disait rien. Au bout d'un moment, elle se rendit compte qu'elle dansait mieux avec lui qu'avec Jeffrey.

« Ma femme est là », murmura-t-il. Sur le coup, elle crut qu'il cherchait à l'avertir, comme s'ils risquaient de se faire prendre. Mais il la fit tourner et elle aperçut June, assise dans la salle. Elle était toujours bien, malgré les quelques kilos qui lui avaient fait perdre sa maigreur anorexique d'antan. « Comment a-t-elle fait pour venir?

— Par car, rétorqua Karen, qui éclata de rire. Ça t'ennuie?

— Moi? Si j'avais su qu'elle venait, j'aurais organisé une veillée funèbre, mais après tout, ce n'était pas la peine, on n'en est pas loin, n'est-ce pas? » Karen ne répondit pas et se contenta de se laisser guider. « Passez, muscade! »

Que manigançait Lisa? Pourquoi avait-elle invité June et Perry? Leur rancœur l'un pour l'autre n'était un mystère pour personne. Et surtout, pourquoi June était-elle venue? Elle s'intéressait donc encore à Perry. Lisa ne la connaissait pas du tout, et Karen n'avait guère de raisons de sympathiser avec elle.

C'est alors que Belle surgit, fonçant sur Karen en traînant Stephanie derrière elle. Perry continua de danser, tournant le dos aux nouvelles venues, mais il en fallait plus pour impressionner Belle.

« Tu sais ce qu'elle a fait? lança-t-elle. Elle a vomi, elle a vomi aux toilettes! » Perry s'arrêta et se tourna vers elle. Ils se tenaient tous les quatre au milieu de la piste. « Elle vomissait de la bonne nourriture. Je lui ai dit que c'était un péché. Il y a des enfants qui meurent de faim, et elle vomit de la bonne nourriture.

— Je crois que je vais en faire autant, dit Perry. On pourrait peut-être reprendre cette conversation à un moment plus propice? suggéra-t-il d'un ton mondain. Enchanté de vous avoir revue, marmonna-t-il en entraînant Karen par la main. Fais gaffe à la consanguinité, la mit-il en garde.

— Nous sommes reliés par la folie, rétorqua-t-elle, pas par le sang.

— Ah, quel soulagement. » Ils étaient de retour à sa table. « Eh, où est passé Jeffrey? s'enquit-il. Bien que je ne demande pas mieux que de le remplacer. » Il s'assit aussitôt à la place de celui-ci.

Karen poussa un soupir. C'est vrai, elle devait aller excuser Jeffrey auprès de Lisa. Dans la cohue qui avait accompagné l'arrivée des cars, sa sœur n'avait pas paru se rendre compte de son absence, mais Karen ne pouvait plus reculer.

Avant qu'elle ait pu se lever, l'animateur de la soirée s'empara du micro : « Et maintenant, mesdames et messieurs un moment que vous attendez tous. La cérémonie de l'allumage des bougies par Tiffany Saperstein. » L'orchestre entonna une fanfare fatiguée, la clarté vacilla puis diminua, et quatre serveurs surgirent, tirant entre eux une table roulante sur laquelle trônait un énorme gâteau. Il y eut quelques applaudissements de la part des invités encore présents, puis un projecteur éclaira le gâteau et la pauvre Tiffany, qui faisait une tête d'enterrement. Elle tenait une bougie dans une main et, dans l'autre, un petit tas de cartes.

« Pour ma première... » Comme elle parlait trop près du micro et qu'elle bredouillait, on ne comprenait rien. Quelqu'un hurla : « Plus fort ! » Elle leva les yeux et, éblouie, plissa les paupières.

« Pour ma première bougie je voudrais demander à ma grand-mère et à mon grand-père Saperstein de venir me rejoindre, débita-t-elle d'un ton monocorde. J'ai passé tant de vacances d'été chez eux et j'ai toujours été heureuse de les voir. » Pas un brin d'émotion, pas même une inflexion dans la voix, tandis qu'elle lisait. Quelques applaudissements, un bout de musique ; puis les parents de Leonard se levèrent, vinrent rejoindre Tiffany, l'embrassèrent et allumèrent une bougie.

Karen comprit brusquement. Tiffany allait sûrement l'appeler avec Jeffrey. Que faire ? Un photographe mitraillait sans relâche les grands-parents Saperstein auprès de Tiffany, immortalisant cet instant, au moins tant qu'il lui restait de la pellicule. Bon sang, elle avait oublié ce numéro-là. Tiffany allait vraiment se sentir flouée.

Tiffany était aussi indifférente aux flashes qu'aux baisers. Avant que ses grands-parents aient fini d'allumer la bougie, elle attaquait la carte suivante : « Maintenant je voudrais demander à ma grand-mère Belle et à mon grand-père Arnold de venir je les remercie de l'amour et du soutien qu'ils m'ont apportés durant toutes ces années. » La froideur du ton était terrifiante. La salle silencieuse l'écoutait débiter son compliment avec la raideur d'un personnage de jeu vidéo.

Après Stephanie, ce fut le tour de Karen. « Et maintenant je voudrais demander à ma tante Karen et à mon oncle Jeffrey de venir allumer une bougie ils ont toujours été bons pour moi même si je ne les vois pas autant que je le voudrais je les aime beaucoup. »

Karen se leva, malade, et traversa la piste vide pour rejoindre la jeune fille. Elle devrait s'expliquer plus tard. Elle prit la main glacée de Tiffany dans la sienne et demanda : « Tu vas bien ? » Tiffany ne répondit pas et lui remit simplement une bougie. Si elle remarqua l'absence de son oncle, elle n'en fit pas état. Karen s'approcha du gâteau.

« Où est passé Jeffrey ? siffla Belle entre ses dents. Je t'avais pourtant prévenue, pour le gâteau. »

Karen n'alluma jamais la bougie. A cet instant, Arnold s'écroula ; on aurait dit que sa jambe gauche avait cédé. Il tomba comme un arbre dans un champ, tout en battant l'air désespérément de sa main droite, qui ne trouva rien pour arrêter sa chute. Mais à l'instant où il toucha le sol, il lança son bras avec assez de force pour renverser la table, le gâteau et les bougies.

## Chapitre 21

# A un fil

Belle retrouva Karen devant l'ascenseur du sixième étage du Harkness Pavillion de Columbia Presbyterian, dans le nord de Manhattan. Toujours vêtue du même ensemble qu'à la *bar mitzvah*, elle avait l'air proche du malaise. « Le docteur vient juste de partir, annonça-t-elle à Karen. Il dit que l'état de ton père s'est stabilisé.

— C'est une bonne nouvelle, non ? » Elle regarda sa mère ; celle-ci ne semblait pas partager cet avis.

« Bien sûr. Mais de toute façon, ce n'était pas si grave. Je n'arrive pas à croire qu'il ait pu faire ça à ce moment-là. Il a complètement abîmé le gâteau.

— Maman, soupira Karen, il ne l'a pas fait exprès. C'est arrivé comme ça.

— Eh, je le sais bien », rétorqua Belle. Elles marchèrent ensemble en direction de la chambre d'Arnold. Le couloir était désert. « Lisa et Leonard sont rentrés ?

— Oui. Ils m'ont laissée seule il y a à peu près une heure.

— Allons, maman, je les ai entendus avant de partir te proposer de rester et les docteurs t'ont dit que tu pouvais aussi rentrer te changer. Ce n'est pas la peine de rendre les choses plus pénibles. » Pourquoi fallait-il qu'elle joue les victimes alors que c'était Arnold qui était couché dans le lit avec des sondes dans le nez ? Karen aurait bien aimé parler seule au docteur. Belle avait le chic pour déformer les choses. Tantôt, c'était tout juste si, d'après elle, Arnold n'avait pas fait semblant de se trouver mal, et tantôt, elle jouait pratiquement les veuves éplorées. Karen avait besoin de parler à quelqu'un de compétent. Où donc se trouvait le docteur Kropsey? « Suis-je autorisée à entrer voir papa? demanda-t-elle à sa mère.

– Il vaudrait mieux que tu le laisses tranquille, il se repose. »

Arrivée devant la porte, Karen ne put se retenir de l'entrouvrir pour regarder à l'intérieur. Arnold était toujours branché à un tas d'appareils, mais il avait retrouvé des couleurs et il était tout à fait réveillé. Il leva la main et lui fit un petit signe.

« Je vais m'asseoir à côté de lui », déclara-t-elle. Heureusement, les visites n'étaient autorisées qu'une par une.

« Très bien. Elle sait quand on ne veut pas d'elle. »

Karen prit la chaise près du lit. Elle posa la main sur la sienne, celle où il n'y avait pas de goutte-à-goutte. « Tu n'as pas besoin de parler, lui dit-elle.

– Qui le pourrait? fit-il. Ta mère est là. » Karen sourit. Son père plaisantait rarement aux dépens de sa femme. Sa grande main semblait légère et parcheminée. Elle la serra fermement.

« Repose-toi, papa. » Il ferma les yeux quelques minutes. Karen se demanda s'il pourrait reprendre son travail. Leur situation financière n'était pas très brillante. Bon, elle pouvait toujours les aider. Mais son père ne considérerait-il pas l'argent de NormCo comme de l'argent sale? Arnold battit des paupières. Puis il les rouvrit et la regarda bien en face.

« Tu peux me rendre un service, Karen? Tu peux passer un coup de fil pour moi? »

Le travail, même maintenant? Il était fou ou quoi? N'était-ce pas le travail qui l'avait mis dans cet état? « Ça, ne peut pas attendre? s'enquit-elle.

– Non. C'est un service que je te demande. Appelle Inez au 516-848-2306. » C'était sa secrétaire juridique. « Dis-lui que je vais bien. Dis-lui aussi de ne pas venir me voir. Dis-lui que c'est moi qui le dis et que je vais bien. »

Karen extirpa un bout de papier et un stylo de son fourre-tout, et griffonna le numéro de téléphone, puis elle observa son père. Les yeux gris étaient cerclés de rouge et il avait le visage un peu bouffi. Avait-il des relations autres que profes-sionnelles avec son employée ? Inez était une Portoricaine d'âge mûr, qui habitait quelque part dans Long Island. Elle travaillait avec Arnold depuis près de vingt ans... « Promis, papa. Je l'appellerai », dit-elle en écrivant.

Ce fut au tour de son père de lui tapoter les doigts. « Tu es une gentille fille, Karen. Je l'ai su dès la première fois où je t'ai vue.

— Où était-ce ? » demanda-t-elle à brûle-pourpoint. Puis elle rougit de confusion. Comment osait-elle profiter de son état pour le sonder ?

Elle n'en eut pas besoin. Arnold semblait d'humeur à évo-quer ses souvenirs.

« A Chicago, dit-il. Quand on est allés te chercher. Mrs Talmidge te tenait et tu m'as aussitôt tendu les bras. Je ne l'oublierai jamais. » Il tapota de nouveau sa main. « Tu as toujours été une bonne petite.

— Qui était Mrs Talmidge, papa ? » enchaîna-t-elle, le cœur battant si fort qu'elle eut peur de perturber les appareils qui les entouraient. Tu devrais avoir honte se dit-elle.

« La femme des services de l'adoption, à Chicago. C'était une brave femme. » Il ferma les yeux.

Karen resta assise, sa main dans la sienne. Lui aussi, c'était un brave homme. Comment pourrait-elle lui reprocher d'être dépassé par Belle ? Et s'il lui avait échappé de temps à autre en lui abandonnant les filles, n'était-ce pas ce que faisaient les pères à l'époque ? Il l'avait nourrie, élevée comme si elle était sa fille, et l'avait toujours encouragée et aidée de son mieux. Les larmes lui montèrent aux yeux, mais elle se retint. Elle se retourna en entendant la porte s'ouvrir et le docteur entra. Il prit le poignet d'Arnold et lui tâta le pouls. Puis il fit signe à Karen de le suivre dans le hall.

« Il va bien. Nous envisagerons peut-être un cathétérisme

et il y a un problème avec la valve, mais ce n'est pas anormal à son âge. Il est tout à fait stabilisé maintenant, il n'est plus en danger. Il va bien, Mrs Kahn.

– Que puis-je faire ?

– Eh bien, raccompagnez donc votre mère chez elle. Elle énerve les infirmières et empêche votre père de dormir. Elle a elle-même besoin de repos. Je pourrais vous donner une ordonnance. » Il lui tapota l'épaule. « Et vous, vous allez bien ? »

Elle secoua la tête. Il avait l'air gentil, à peine plus vieux qu'elle, avec un regard chaleureux. « Vous me dites vraiment la vérité ? insista-t-elle. Il ne va pas mourir.

– Ma foi, nous mourrons tous un jour, mais je ne crois pas que cela lui arrive avant quelque temps. Ce malaise dans un lieu public était tout à fait imprévisible, mais cela nous donnera une chance d'établir un diagnostic et de traiter son état avant qu'il ne devienne aigu. C'est ce qu'il faut bien comprendre : c'est un état chronique, mais pas aigu. S'il est bien suivi, il n'aura pas de problème. » Karen respira à fond. Elle se sentait submergée par cet afflux d'informations, la bonne nouvelle, le secret de son père concernant Inez, et ce que son père venait de lui apprendre sur son passé. Le défilé parisien était-il important, comparé à cela ?

« Merci, docteur », murmura-t-elle avec reconnaissance et elle tourna les talons pour aller récupérer Belle.


Tout vrai New-Yorkais a « son » boui-boui grec... Ce que le club est au gentleman anglais, le pub à l'ouvrier anglais, le café au Français, le boui-boui grec l'est au New-Yorkais.

Celui de Karen s'appelait le Nectar. Il n'était pas pire ni meilleur que l'Athenian, le Three Guys, le Two Brothers, ou les dix mille autres qui lui ressemblent. Elle l'avait choisi en raison de sa proximité, de la présence de George, le patron, et parce qu'il avait un box bien situé près de la fenêtre.

A présent, elle y était attablée avec Defina. De lourdes

chopes en porcelaine blanche étaient posées devant elles, celle de Karen pleine de café noir, celle de Defina pleine d'eau bouillante et de plantes qu'elle y avait versées. Karen avait également versé deux sachets d'Equal dans sa tasse, malgré les hochements de tête de Defina, qui réprouvait les produits chimiques.

Defina parcourut le menu. « De la cuisine grecque, remarqua-t-elle, méprisante. Depuis quand des olives et de la feta constituent-elles de la cuisine ? Tu manges quelque chose ? »

Karen n'avait pas faim. Elle avait passé une bonne partie de la nuit à Columbia Presbyterian, où elle avait fait transporter son père après que le diagnostic eut été établi par l'hôpital de Great Neck. « Alors, ce n'était pas une vraie attaque ?

— Ils ne le pensent pas. Ils appellent ça un infarctus du myocarde. On croit que ce n'est pas le premier. On ne connaît pas vraiment l'étendue des lésions du muscle cardiaque, mais il y a de toute façon un problème de valve.

— Enfin, ça va aller ?

— C'est ce qu'ils disent. Mais c'était impressionnant, tu sais. »

Defina approcha le sucrier et prit deux sachets, un rose et un bleu. Elle jeta le bleu sur la table avec un grand sourire : « Ça sert à quoi, l'Equal ? Je préfère les basses calories. » Elle éclata de rire, puis redevint brusquement grave. « Alors, qu'est-ce que tu vas faire, pour Paris ? Tu es obligée de rester ici pour ton père ?

— Je n'en sais rien, soupira Karen. Je retourne à l'hôpital dans une heure ou deux et je vais voir le cardiologue. Je devrais rester, mais je ne peux pas ne pas aller à Paris pour le défilé, sinon Dieu sait comment les choses vont tourner pour la société et pour le contrat avec NormCo. Bon sang, qui sait ?

— Fillette, tu prends toujours tout sur toi. Donne-toi une chance, tu veux ? Qu'en dit Jeffrey ?

— Je n'ai pas réussi à le joindre avec le décalage horaire et le reste. Enfin, tu sais, il avait juste le temps de débarquer et de courir. J'ai laissé un message à l'hôtel. »

Defina plissa les paupières, mais avant qu'elle ait pu prononcer un mot, le téléphone cellulaire sonna. Karen sentit son estomac se nouer. Était-ce l'hôpital ? Elle avait donné ce numéro à sa mère. De toute façon, elle n'attendait plus d'appels pour un bébé. Defina prit l'appareil et écouta, les yeux fixés sur Karen, marmonnant « hin-hin » de temps à autre. Elle raccrocha : « Comme si ça ne suffisait pas, Casey vient d'apprendre que Munchin refuse de livrer quelques centaines de blazers de la collection de prêt-à-porter tant que les factures n'auront pas été honorées. »

Karen reposa sa tasse si brusquement que le café gicla sur le Formica. La peur lui étreignit le ventre. Jeffrey arrivait toujours à embobiner les fournisseurs pour qu'ils livrent, mais il ne pouvait pas le faire de Paris. Il faudrait s'en remettre à Lenny ou Casey. Bon sang, pourquoi fallait-il que tout aille de travers ?

« Encore une chose, ajouta Defina. Notre coiffeur vient de se décommander pour Paris. »

Assez ! Ça suffit. La peur de Karen se transforma en rage. « Super, ce petit connard ! Il m'en veut parce que j'ai critiqué ma coupe, la dernière fois. Alors, qu'est-ce qu'on fait ? » Elle pressa ses mains sur sa poitrine ; son cœur battait à tout rompre. « Oh, merde ! »

Defina l'observait : « Comment ça commence, un infarctus ?

— Dis à Casey de s'occuper de Munchin, et ensuite, appelle Carl. Dis-lui pour mon père. Peut-être qu'il laissera sa boutique, pour une fois, s'il a pitié de moi. Demande-lui s'il peut venir à Paris pour une semaine. Avec ou sans moi, je serais rassurée si toi et Carl, vous êtes là. » Elle regarda Defina. « Toi qui étais déjà débordée ! Je vais être obligée de te demander de t'occuper de tout à ma place. Tu peux le faire ?

— Est-ce que le roi est mon cousin ? » rétorqua Defina.

Defina et Carl attendaient Karen devant les portes à tambour de l'hôpital. Carl serra bien fort Karen dans ses bras. « Alors, Arnold va se remettre ?

— Oui, on dirait. Du moins si les docteurs ne mentent pas et si rien d'autre ne se produit dans la demi-heure qui vient. » Karen passa les doigts dans ses cheveux. Elle était rentrée chez elle, s'était reposée, douchée et changée, sans prendre le temps de se sécher les cheveux. « C'est incroyable ! Est-ce qu'une autre crise peut éclater dans les vingt-quatre heures qui viennent ?

— Je sais ce qu'il te faut, décréta Defina. Madame Renaud.

— Ouais, génial. Le charabia d'une artiste de l'illusion ou d'un charlatan. Allons, Defina, ne joue pas à ce jeu-là avec moi. Tu as fait des études, bon sang. Tu ne peux pas croire aux boules de cristal, hein ?

— Les boules de cristal ? C'est des conneries. Le New Age, c'est des conneries. Moi, je te parle du vrai truc.

— Même si elle avait une espèce de don, comment pourrait-elle m'aider ? Elle est cardio ? J'ai besoin de retourner au bureau. »

Narines frémissantes, Defina releva le menton. « Pourquoi tu te crois au-dessus de ça ? Est-ce que ça ne t'aiderait pas de savoir comment le défilé va se passer à Paris, et si ton père va se remettre ? » Karen ouvrit de grands yeux, mais Carl lui donna un coup de coude.

« Voyons, Karen, allons-y. » Elle monta en voiture, plongea sur la banquette entre ses deux amis et, finalement, céda. « OK, je vais toujours voir un magicien quand ma nièce fait sa *bat mitzvah* et que mon père a une attaque.

— Ce n'est qu'un infarctus », la reprit Defina. Puis elle donna l'adresse sur la 153e Rue Ouest et le chauffeur, qui descendait Broadway, opina du chef. « Au moins, on est sur le trajet, plaisanta Karen.

— Fillette, il y a des gens qui viennent d'Europe pour la consulter. »

L'adresse était celle d'un immeuble en grès pas trop décati dans un quartier quelconque, peut-être d'un peu meilleure allure que le reste de Harlem. Ils descendirent du taxi en demandant au chauffeur de les attendre. Celui-ci ne refusa pas, mais il n'en menait pas large. Il fallait gravir une pente pour accéder à une double porte en bois, mais Defina les conduisit vers un portail plus discret sur le côté, et elle sonna. Une voix leur demanda par l'interphone qui ils étaient.

« Est-ce qu'elle ne devrait pas déjà le savoir? » plaisanta Carl.

Defina lui jeta un regard furieux. « C'est Defina Pompey, dit-elle tout haut. C'est une urgence. » Elle les conduisit dans une sorte de salle d'attente, enduite d'un jaune luisant, avec une moquette vert d'eau. Il y avait trois chaises pour tout mobilier.

« Vous voyez, triompha Defina, elle savait qu'on serait trois. »

La pièce avait quelque chose d'étrange. Le vide, peut-être, la couleur, la manière dont la lumière filtrait entre les volets entrouverts. Karen ne croyait pas aux ondes ni aux vibrations, mais elle sentait autour d'elle quelque chose de fort. Elle prit place sur un des sièges, Defina l'imita. Carl resta debout contre un mur. « Je peux entrer aussi? interrogea-t-il.

— Pas question, répliqua Defina. C'est très intime.

— Mais je suis son meilleur ami. »

Defina le considéra avec dédain. « Coco, tu te plantes. Tu es seulement son plus vieil ami. » La porte s'ouvrit alors et Madame Renaud apparut.

Karen s'attendait à tout sauf à ça. Elle avait devant elle une femme grande, mince, élégante, vêtue d'un vieux tailleur Chanel. Madame Renaud était noire, la peau d'un marron cuivré, du même ton que son habit. Les cheveux, de même couleur en plus sombre, étaient retenus en chignon sur la nuque. Elle adressa un signe de tête à Defina et s'approcha de Karen. « Entrez », dit-elle d'une voix profonde. On percevait la trace d'un léger accent, qui était indéterminable, de même que son âge. Le visage ne portait pas de rides, sauf les yeux. Les mains étaient celles d'une femme âgée, très âgée.

Le bureau de Madame Renaud était couleur vert d'eau, avec des étagères où séchaient des herbes et des fleurs des champs. Il y avait une table et deux bancs. Madame Renaud prit alors la parole. Sa voix n'était pas déplaisante, mais comme oppressée. « Vous êtes en quête de quelque chose », déclara-t-elle. Le visage resta impassible, mais les yeux noirs plongèrent dans ceux de Karen, sondant plus loin que quiconque ne l'avait jamais fait. « Vous cherchez, mais vous ne comprenez pas que vous avez déjà trouvé ce que vous cherchez. »

Nous y voilà, se dit Karen, le sempiternel blabla sans queue ni tête. Si on s'en tenait aux généralités et aux vieilles formules, on ne risquait pas de se tromper. Vous allez rencontrer un homme, grand et brun. Vous allez faire un grand voyage. Vous êtes en quête de quelque chose.

« Vous connaissez déjà votre vraie mère, annonça la voyante.

– Quoi ? » s'exclama Karen. Pourquoi disait-elle ça ? Que lui avait raconté Defina ? Le visage de Madame Renaud était sans expression et le regard la fouillait toujours intensément. Elle attendit que Karen ait retrouvé son calme. « Votre père est malade, mais il ne va pas mourir. Pourtant, il y aura une mort. Une mère va mourir. Et puis, il y a quelqu'un d'autre qui vous attend. Un enfant, un enfant à la peau sombre. »

Karen transpirait à grosses gouttes. Elle chercha le regard de la femme, qui à présent avait baissé les paupières.

« Est-ce que j'obtiens l'enfant ? chuchota-t-elle.

– Oh, oui, mais après un long voyage. » Madame Renaud s'arrêta, puis de nouveau regarda Karen. Cette fois, ses yeux étaient remplis de compassion. « Ah, soupira-t-elle. Vous devrez pour cela renoncer à quelque chose que vous aimez. »

Elle doit parler de la société, se dit Karen. Je devrai renoncer à la société pour avoir l'enfant. « Je dois donc vendre mon entreprise ? » questionna-t-elle.

Madame Renaud hocha la tête, sans que Karen puisse savoir si c'était non ou si elle était déjà passée au sujet suivant. La femme s'empara des poignets de Karen.

« Vous êtes comme une araignée. Vous avez tissé sans arrêt, pendant longtemps. Faites attention. Votre soie peut se tarir. Vous risquez de vous épuiser. Et la toile que vous tissez peut ne pas être solide. »

Karen se souvint d'un poème que Belle lui avait appris autrefois : *Quelle vilaine toile nous tissons quand pour la première fois nous mentons.* Et Karen avait menti récemment, pour la première fois de sa vie. Elle baissa les yeux. Madame Renaud libéra sa main.

« N'ayez crainte, petite araignée. Vous parviendrez à vous échapper du tissu de mensonges ; mais chaque fil que vous romprez saignera. De la joie vous attend, mais d'abord il y aura beaucoup de souffrance. Je regrette, soupira-t-elle. C'est le seul chemin. » Elle se leva. Sans un mot de plus, elle alla ouvrir la porte, laissant Karen près de la table, et dit à Defina : « Vous pouvez reconduire votre amie. » Quand elle se retourna, Defina était auprès d'elle et Madame Renaud avait disparu.

De retour chez elle, Karen sursautait à chaque sonnerie du téléphone. Les annonces commençaient à avoir un résultat. Mais lorsque Karen décrocha, elle reconnut la voix de Lisa.

« Papa va beaucoup mieux, annonça-t-elle à sa sœur. Les docteurs disent qu'il devrait pouvoir sortir après-demain.

– Génial ! » Il allait mieux, Dieu merci. La conversation qu'elle avait eue à l'hôpital lui revint en mémoire. Il fallait qu'elle rappelle Centrillo pour lui parler du service des adoptions de Chicago ! Quel était déjà le nom qu'Arnold avait mentionné ? Elle se passa la main dans les cheveux. Il s'était produit tant de choses en deux jours qu'elle ne s'en souvenait plus. Comment s'appelait donc cette femme ?

Lisa interrompit le fil de ses réflexions. « On ne va pas

retourner à l'hôpital, Leonard est épuisé. Ça fait trop de trajet. Je ne sais pas pourquoi tu as tenu à le faire transférer à Manhattan. Ce n'était pas si grave.

— On ne le savait pas sur le coup », lui rappela Karen. Comment s'appelait l'assistante sociale, bon sang! Elle aurait dû l'écrire. C'était le nom d'une actrice des années trente. Norma Shearer? Impossible de s'en souvenir, mais elle savait que ça commençait par un S.

« Évidemment, la *bat mitzvah* a été un four complet, poursuivait sa sœur. Tiffany n'a pas arrêté de pleurer depuis samedi.

— Je le regrette sincèrement. » Karen savait, aussi bien que Lisa, que le malaise de son père était le coup de grâce après une succession de dérapages. Elle n'avait pas besoin de le préciser. Les jeux étaient faits avant qu'Arnold donne le coup de grâce au gâteau. Heureusement que Lisa s'était abstenue de lui demander où était passé Jeffrey.

« Écoute, pourquoi ne viens-tu pas à Manhattan demain pour la répétition? Je t'invite à déjeuner et, ensuite, on ira voir papa. » Ce n'était pas grand-chose, mais c'était ce qu'elle pouvait proposer de mieux pour le moment.

« D'accord, répondit Lisa. J'emmènerai Belle. »

Karen se sentit un creux dans l'estomac. Puis, brusquement, elle s'écria : « Talmidge! »

— Quoi? »

Karen fit semblant de ne pas avoir entendu et griffonna vite le nom sur le bloc à côté du téléphone. Elle se tut, et Lisa aussi. Puis elle se gratta la gorge, et Lisa en profita pour changer de sujet.

« Écoute, Jeffrey m'a parlé de l'offre de NormCo. Je ne sais pas pourquoi tu hésites. Si tu me demandes mon avis, l'occasion est trop belle pour la rater. »

Qu'est-ce que c'était, cette histoire? C'était bien la première fois que Lisa se mêlait de ses affaires. Et comme ça, sans raison? Qu'est-ce qui se mijotait dans son dos? Quand Jeffrey avait-il eu le temps de lui parler de l'offre? Ils n'avaient pas pu discuter à la *bat mitzzvah*. Et pourquoi lui en avait-il parlé ? « Quand est-ce qu'il t'en a parlé ? s'étonna Karen d'une voix aussi neutre que possible.

– Oh, à la réception... »

Karen s'arrêta de jouer avec le bloc et le crayon. Elle sentit un frisson glacé lui grimper le long de l'échine. Jeffrey était parti avant l'arrivée de Lisa. Pourquoi sa sœur mentait-elle ?

« Ouais. Enfin, ce n'est pas encore leur offre définitive, alors on va voir, fit-elle d'un ton vague.

– Mais tu penses accepter, n'est-ce pas ? » insista Lisa. Elle s'interrompit un instant. « Tu sais, Karen, si tu étais moins stressée, tu serais peut-être capable de concevoir. »

Une rage violente s'empara de Karen qui faillit s'en mordre la langue. « Lisa, je dois filer. Je te verrai demain. » Et elle raccrocha brutalement.

## Chapitre 22

## Du fil à retordre

Une journée folle l'attendait encore. Après une brève visite à l'hôpital, Karen alla au bureau et, à neuf heures précises, elle put appeler Mr Centrillo pour lui communiquer les derniers renseignements. « Est-ce que cela peut vous aider ? Cela suffira ?

— Je n'en sais rien, Mrs Cohen. Cela peut ne pas être suffisant, mais c'est déjà un début. Je vous promets que nous faisons de notre mieux. Je vais peut-être essayer d'autres pistes.

— Bon, voilà, je m'absente quelque temps ; je pars en vacances. » Karen ne tenait pas à ce qu'il l'appelle sur sa ligne privée pendant qu'elle serait à Paris.

« Ah bon ? Et où allez-vous ?

— A Lake George. » Qu'est-ce que ça voulait dire ? Elle n'avait jamais mis les pieds à Lake George. Elle perdait la tête sans doute. Peut-être devrait-elle prévenir Centrillo que sa santé mentale dépendait de lui. En un sens, il avait l'air de l'avoir compris. « Merci, dit-elle simplement.

— Bonne journée à vous, conclut-il. Essayez de prendre les choses comme elles viennent. »

Elle se retint. La journée qui l'attendait semblait devoir durer cinquante heures.

Pour la pause du déjeuner, tout le personnel de KKInc était rassemblé au show-room, transformé pour l'occasion en auditorium de fortune. Quelqu'un, Casey sans doute, avait même installé un pupitre, mais Karen refusa de s'y installer. C'était plutôt le genre de Belle. A la réflexion, Belle semblait traverser la vie en se tenant derrière un pupitre, comme si toutes ses déclarations avaient d'emblée le poids d'un jugement sans appel.

Karen savait que la nature humaine redoute le changement. Elle entendait donc annoncer avec ménagement la vente de la société. Puisque Jeffrey n'avait pas eu le temps de le faire avant son départ, elle préférait s'en charger plutôt que d'en laisser le soin à Robert l'avocat. Lorsque celui-ci réclama le silence, Karen se faufila sur le devant. Toutefois, elle refusa de prendre place derrière le pupitre et préféra se percher sur un coin d'une des tables du show-room.

« Pour commencer, j'aimerais vous dire combien je regrette que Jeffrey ne soit pas là pour partager cette nouvelle avec vous mais, comme vous le savez, il est à Paris pour organiser notre venue. Il est le principal artisan de ce qui nous arrive. » Était-ce bien vrai ? s'interrogea-t-elle sans avoir le temps de s'attarder sur la question. « Bon ben voilà ! » Bon sang, elle parlait comme une vraie fille de Brooklyn. « Je sais que beaucoup ont entendu circuler des rumeurs, mais je voulais pouvoir vous parler avec des certitudes en main. Nous avons reçu une offre de rachat de NormCo. » Elle s'interrompit. Un murmure monta du fond de la salle, où se tenaient les retoucheuses. « Cela ne veut pas dire qu'ils vont venir diriger l'affaire ou changer les choses. Cela implique que nous allons pouvoir nous agrandir de bien des manières. Pour moi, cela signifie que les choses pourront devenir tout à fait passionnantes. Je pourrai faire beaucoup plus de prêt-à-porter et sortir la collection de sportswear que je meurs d'envie de réaliser. Pour vous, cela se traduira par plus d'argent. Et pour ceux qui sont avec nous depuis longtemps, cela pourrait représenter beaucoup d'argent. » Un autre murmure, plus aigu, parcourut l'assistance. Mercedes laissa échapper un de ses rares sourires. « En ce qui concerne vos postes, pas de changement en vue. Je n'aurais jamais pu arriver sans vous là où j'en suis aujourd'hui, et j'espère que ce que nous sommes devenus vous plaît. » Elle s'interrompit pour leur laisser le temps d'enregistrer ses paroles. « Bon maintenant, je vais laisser Robert et Lenny vous expliquer le reste de l'affaire, mais je reste ici, et si quelqu'un a des questions, qu'il n'hésite pas à les poser ! »

Après les explications bon enfant de Robert l'avocat et l'exposé de Lenny sur l'augmentation du capital et l'assujettissement à l'impôt, Karen revint.

« Et voilà ! Bien entendu, ce qui est nouveau me rend toujours un peu nerveuse, mais je sais que la plupart d'entre vous ne le croiront pas. » Il y eut quelques rires ici et là, car tout le monde connaissait son goût pour la nouveauté. « Enfin, le contrat m'oblige entre autres à rester encore douze ans. Alors, si vous en avez assez de moi, c'est le moment de démissionner. » D'autres rires fusèrent, puis Mrs Cruz se leva. Elle avait les larmes aux yeux.

« Merci, Karen », dit-elle et elle applaudit. Bientôt, toute la salle l'imitait. Un à un, les membres du personnel se levèrent pour l'applaudir. Elle se mit à rougir, les yeux humides. Nom de nom, ce qu'elle avait la larme facile, ces temps-ci.

Karen espérait que la vieille superstition du show-business était également valable pour la mode : si la répétition en costume était un fiasco, la première ferait un tabac. A présent, au milieu du chaos qui régnait dans les « coulisses », Karen était près de s'arracher les cheveux. A moins qu'elle n'arrache ceux de Tangela, ou ceux de Maria Lopez ; Defina avait pu faire le casting pour les deux défilés. Cela s'était fait à la dernière minute et quelques heures de retouche allaient être nécessaires, mais les filles semblaient convenir. On effectuait les dernières rectifications sur leurs tenues. Comme il se doit, les deux mannequins les plus expérimentés n'arrêtaient pas de se plaindre des horaires, de la musique, de tout et de rien, ce qui retardait le travail et démoralisait tout le monde. Les vêtements étaient étalés partout. Mrs Cruz était au bord de la crise de nerfs. Bien que Defina fût responsable du défilé, Karen aimait être présente pour les ultimes mises au point, arranger un drapé, retirer un accessoire ou un bijou. Mais au bout de trois heures, Defina la fusilla du regard en l'envoyant s'asseoir au premier rang.

« J'essaie de me rendre utile, s'excusa Karen. Le défilé fait déjà trente-huit minutes de trop. J'essaie juste de me rendre utile, répéta-t-elle. On dit que les stylistes savent résoudre les problèmes des autres.

— Écoute, ma grande, l'apostropha Defina, les yeux injectés de sang. Tu es une artiste et les artistes créent les problèmes. Et en cet instant, tu es l'un des miens. Déménage et va voir à quoi ça ressemble de la salle. »

Karen traversa les pseudo-coulisses que Casey avait bricolées et s'assit à côté de sa mère, de Lisa et de Stephanie. Carl, qui était venu coiffer les filles, était installé quelques rangs plus loin et papotait avec Casey. Des dizaines de gens assistaient à la répétition, certains prenaient des notes tandis que d'autres, depuis un certain temps déjà, bâillaient d'épuisement. Beaucoup avaient passé la nuit debout pour recoudre des ourlets ou retirer des points. Karen avait tenu à faire défiler le blanc et le noir ensemble, pour être sûre que les modèles se répondaient bien. Mais c'était sans compter avec le style de chaque fille. Tangela et Maria, qui ouvraient et fermaient les défilés, semblaient faire exprès tout à l'opposé. Si l'une marchait rapidement, l'autre avançait comme un robot ; si l'une esquissait un boogie, l'autre évoluait d'un pas léger. Un vent glacé semblait flotter autour d'elles, ce qui était loin de faciliter les choses.

Belle se tourna vers Karen et lui tapota la main. « Eh bien, tu as fait de ton mieux. » Karen se retint pour ne pas exploser.

Il ne manquait plus que des critiques de la part de sa mère ! Pourquoi Lisa avait-elle amené Belle ? Pourquoi Karen avait-elle invité Lisa ? Parce qu'elle lui faisait pitié après la *bat mitz-*

*vah* ratée. Pourquoi tout va-t-il toujours de travers ? « Merci, maman. » Le sarcasme passa au-dessus de la tête de Belle.

« Ça ne vaut pas grand-chose, entre nous, ajouta Belle.

— Parfois, maman, moins vaut plus.

— Et parfois moins vaut moins. Enfin, tu as pris de jolies filles. »

Karen eut du mal à cacher son exaspération. « Le problème, justement, ce n'est pas les vêtements, mais les filles. Je veux dire les mannequins. » Qu'elle s'acharne à vouloir expliquer ou se défendre la dépassait. Il restait encore le dernier modèle, le clou du défilé : la robe de mariée. Maria et Tangela apparurent, Tangela dans un blanc étincelant, Maria, sa réplique en noir. Les deux robes étaient d'une simplicité monastique ; elles étaient faites dans l'alpaga le plus fin, avec des mètres de tulle retenus sur la tête par une coiffe d'inspiration religieuse. Le tulle formait un halo autour de leurs visages et de la robe tout entière. L'effet était spectaculaire et, bien entendu, la robe de mariée noire avait quelque chose de provocant, surtout sur la peau blanche et les cheveux clairs de Maria. Même Casey et Mercedes, de vieux routiers qui avaient déjà tout vu, en eurent le souffle coupé et, pour une fois, les deux filles semblaient vouloir collaborer. Elles se savaient ravissantes et arpentèrent avec vivacité le faux podium. Il fallait que Defina en tire autant des autres mannequins. Oui, pensa Karen, ça allait finir par marcher ! S'ils arrivaient maintenant à trier, emballer, expédier et dédouaner à temps toutes ces fringues, puis à les repasser et à les trier de nouveau pour le défilé, Karen savait qu'elle ferait un malheur.

« C'est tout ? s'étonna Belle. Je croyais qu'on finissait toujours sur des robes de mariée ?

— Maman, c'étaient des robes de mariée.

— En noir ? Du noir pour une mariée ?

— Truffaut l'a fait il y a des années, intervint Defina.

— Et qui achète ses vêtements, à celui-là ? » répliqua Belle.

Sur le point d'expliquer à sa mère que François Truffaut

était un cinéaste et non un couturier, Karen préféra se taire.
A quoi bon ?

Des cris leur parvinrent, venant des coulisses. Cela ressemblait à des couinements de Tangela mêlés à l'espagnol pétara-
dant de Maria. En un instant, Casey, Karen et Mercedes se
précipitèrent en direction du vacarme, mais trop tard. Les
deux filles se giflaient à tour de bras et, sous les yeux horrifiés
de Karen, Tangela arracha la coiffe en tulle de Maria. Les cris
devinrent des hurlements jusqu'à ce que la silhouette généreuse de Defina vienne s'interposer entre elles. Defina fit une
clé à chacune, leur tordant le bras comme des bretzels. Karen
crut entendre une couture céder – et encore, si ce n'était
qu'une couture ! Au prix du mètre, l'alpaga méritait mieux
que ça. Les filles aussi, du reste. Immobilisées par Defina,
elles ne purent tenir leur langue.

« *Puta ! Diabla !* hurlait Maria. Tu as trois passages de plus
que moi, tout ça à cause de ta mère ! Putain de camée ! Et tu
peux te l'accrocher pour que je protège mes chaussures. Je ne
suis pas un mannequin de Prisunic ! » Apparemment, Maria
reprochait à Tangela de présenter plus de modèles qu'elle,
tandis que Tangela reprochait à Maria de ne pas protéger
comme les autres la semelle des chaussures empruntées pour
qu'on puisse les remettre dans le stock. Brusquement, Tangela débita un florilège d'insultes : « Sale pute ! T'approche
plus de mon mec ou je te coupe en morceaux ! Sale mori-
caude ! Traînée ! »

Defina lâcha Maria pour gifler sa fille. Maria arracha de ses
cheveux ce qui restait de sa coiffe, la jeta par terre, marcha
dessus et s'éloigna à grands pas. « Voilà, et ne comptez plus
sur moi, je me casse ! » Elle toisa Tangela d'un air dégoûté.
« Comme si je lorgnais ton dealer ! J'y suis pour rien si tu sais
pas tenir tes chiens en laisse. Et estime-toi heureuse si je te
fais pas un procès ! » Elle se tourna vers Karen. « Trouvez-
vous une autre fille pour Paris. Je ne bosse pas avec des
petites ordures. » Et elle sortit de la pièce la tête haute.

Bon sang ! Karen regarda à ses pieds le tas de voile déchiré, en lambeaux. Et Maria était leur seul mannequin ayant déjà défilé à Paris ! Mercedes courut derrière Maria, tandis que Casey aidait Defina à maîtriser Tangela. Comme folle, elle hurlait à tue-tête. Karen se prit la tête entre les mains. On racontait dans le milieu qu'Yves Saint Laurent piquait une crise de nerfs chaque année avant le défilé. L'idée lui parut brusquement pleine de bon sens.

Elle se sentait sur le point de hurler, elle aussi. Comment allait-elle remplacer le tulle noir ? C'était une commande spéciale. Où allait-elle trouver un autre mannequin – un mannequin de la vingt-cinquième heure ? Le budget de KKInc était dépassé, et le temps aussi.

Mercedes réapparut. « Je l'ai perdue, reconnut-elle, mais je ferai en sorte qu'elle soit brûlée dans cette ville. Cela dit, j'ai d'autres mauvaises nouvelles. » Elle tendit à Karen un numéro du journal de Chicago.

Mindy Trawler avait frappé dur et fort. VENTES FORCÉES ET FILLES FORCÉES : LA PRÉSENTATION PRIVÉE DE KAREN KAHN. L'article déformait tout. Il décrivait Karen sous les traits d'une vendeuse sans scrupule, qui forçait la main des femmes et les poussait à acheter malgré elles. Puis, pour faire bonne mesure, la journaliste expliquait comment Karen avait obligé sa propre nièce, contre son gré, à présenter des modèles et à pousser à la vente. Mercedes eut un geste d'impuissance : « Je savais bien que j'aurais dû venir à Chicago. » On aurait cru que Karen l'avait personnellement trahie. A quoi bon lui raconter la petite scène avec Mindy Trawler ?

Karen préféra minimiser l'événement : « Bon, c'est comme ça. Après vous avoir porté aux nues, on vous oublie, à moins qu'on ne vous piétine. Elle a trouvé un angle d'attaque, c'est tout. » Elle haussa les épaules. « Ce n'est pas la fin du monde, personne ne lit les pages mode. On regarde seulement la photo, et c'est une bonne photo de Stephanie. La robe sort bien, aussi.

– Fais voir », intervint Belle en prenant le journal. Il ne manquait plus que ça, gémit Karen intérieurement. Belle par-

courut la page avec force claquements de langue et hochements de tête.

Lisa et Stephanie le lurent aussi par-dessus l'épaule de
Belle. Stephanie, surexcitée, ouvrait de grands yeux. Malgré
sa nervosité, Karen ne put s'empêcher de remarquer à quel
point elle était jolie. Elle avait mûri au cours des dernières
semaines, de sorte que ses pommettes étaient plus apparentes
et son visage mieux défini.

C'est alors que l'idée germa dans l'esprit de Karen. Avec
Lisa comme chaperon, est-ce que Stephanie ne pourrait pas
remplacer Maria Lopez? L'article du journal de Chicago était
mauvais, mais la photo était extra. Stephanie pourrait présenter la collection noire. Avec ses cheveux sombres et son teint
de porcelaine, elle serait aussi ravissante que Maria. Pourtant,
Karen n'était pas tranquille depuis qu'elle avait récupéré
Stephanie à la réception de Norris Cleveland. Elle avait
raconté l'histoire à sa sœur, qui n'avait pas paru s'en offus-
quer. Tout comme elle ne semblait pas s'inquiéter particulièrement pour Tiff. Karen ne pouvait pas dire si Lisa avait
raison, mais à sa place, elle n'aurait sûrement pas laissé la
cadette seule à la maison, ni l'aînée partir seule pour Paris.
Pourtant, il y avait une solution qui remonterait un peu le
moral de Lisa tout en permettant à Karen de se déculpabiliser
à son égard.

Sa mère leva les yeux sur elle. « Quand on couche avec les
chiens, on attrape des puces », commenta-t-elle.

Chienne tu es, chienne tu seras, se dit Karen en serrant les
dents. Puis elle se tourna vers sa sœur. « J'ai une proposition
à te faire », dit-elle.

Les dispositions furent prises. Stephanie viendrait à Paris
pour présenter la collection, Lisa la chaperonnerait, et Defina
allait travailler tard dans la soirée avec les filles pour leur donner des tuyaux et de l'assurance. Finalement, Karen put se
laisser aller dans une des chaises longues, au fond du show-

room, et c'est alors qu'elle remarqua la présence de Perry Silverman dans un coin, à côté du râtelier où l'on accrochait les échantillons refusés.

« Il y a longtemps que tu es là? s'étonna-t-elle.

— Assez. Alors, maintenant je sais ce que tu fais. Et tu oses prétendre que tu aimes ce genre de boulot!

— Je n'en dirais pas autant tous les jours », soupira Karen. Il buvait, une thermos à la main. « Quelque chose me dit que ce n'est pas du café.

— Tu as le flair d'un détective privé, rétorqua-t-il avant de lui tendre la tasse. C'est du martini, une recette de ma fabrication. Sans le vermouth et sans l'olive. »

Elle prit une gorgée de gin et frissonna. C'était affreux. « Et tu oses prétendre que tu aimes ce genre de boisson?

— Je n'en dirais pas autant tous les jours, répondit-il avec un sourire. Tu sais, Karen, c'est un défilé extraordinaire! Je ne parle pas de la bagarre, mais des fringues. Je ne suis pas un connaisseur, mais ce que tu as fait tient de la sculpture. C'est de l'art...

— La mode n'est pas un art, pas vraiment. C'est un artisanat, mais de l'artisanat poétique.

— Du joli boulot.

— Merci. Dis donc, Perry, comment tu as fait pour entrer? C'est censé être top secret.

— J'ai dit que j'étais ton amant, fit-il d'un air réjoui. Un vœu pieux.

— Quand je pense à ce que me coûte mon service de sécurité! Je me demande combien de dessinateurs et de concurrents étaient assis dans les rangs. Des têtes vont tomber. » Mais elle était trop épuisée pour s'en occuper maintenant. Elle laisserait Casey ou Janet le faire. Elle tendit la main vers le gobelet, où il ne restait qu'un fond de l'horrible breuvage. Elle haussa le sourcil pour avoir l'autorisation de finir.

« Bien sûr, vas-y, c'est mon dernier verre, de toute façon. Je vais m'absenter de New York pour quelque temps. Vingt-huit jours exactement. Je suis venu te faire mes adieux.

— Une cure?

— Minnesota, me voilà! En fait, l'État était condamné dès le départ à devenir la capitale mondiale de la désintox. Il y fait tellement mauvais que tout le monde est forcé de boire, et c'est pour eux la seule solution pour avoir un semblant de tourisme. » Le sourire s'effaça. « Je n'ai jamais été un très bon buveur. C'est seulement depuis Lottie. Une nuit, je me suis dit que si Lottie n'était pas morte, jamais je ne me serais mis à boire... Alors, j'aurais sûrement été plus grand, et j'aurais eu plus de cheveux. » Il essaya de sourire, mais ne put esquisser qu'une grimace. « Je me dégoûte. Je ne sais pas qui je serai à mon retour, ni où je vais habiter, ni ce que je vais faire. Je ne sais pas si je serai capable de peindre de nouveau. Mais comme je n'arrive pas à peindre maintenant de toute façon... »

Karen se leva et s'approcha de lui. Il se leva à son tour. Elle le prit dans ses bras. « Est-ce que je peux faire quelque chose?

— C'est un bon début. Tu veux redire ça au lit?

— Ah, les hommes! s'exclama-t-elle en prenant l'air horrifié. Ils ne pensent qu'à coucher et à rouler des mécaniques. »

Il sortit des clés de sa poche. « Celles du loft, dit-il. Sans toi et Jeffrey, je n'aurais jamais pu me payer la cure. »

Elle prit les clés sans répondre. Jeffrey avait dû prêter à Perry de l'argent sans lui en parler, et il avait eu raison. « Moi aussi, je m'en vais. Mais on prendra soin de l'appartement jusqu'à ton retour.

— Eh, *mi casa, su casa*. Au sens strict, en l'occurrence », s'exclama-t-il en riant avant de l'attirer contre lui et de lui planter un baiser sur la bouche. « Le défilé va être génial. Tu as du talent plein ta musette. Je te dis merde », ajouta-t-il. Puis il appela l'ascenseur, lui fit un signe de la main avant que la porte se referme, et disparut.

## Chapitre 23

## Paris défilé

La semaine des présentations de mode à Paris était devenue invivable depuis plus de dix ans. La France était tellement fière de sa position dans le domaine et y tenait tellement que le coût des innombrables défilés organisés pour les acheteuses du monde entier était assumé par l'État, le tout étant géré par la Chambre syndicale du prêt-à-porter des couturiers et créateurs de mode.

Les Français prenaient de haut tout ce qui était américain, sauf les dollars, encore que ceux-ci ne suffisent pas toujours. Les bons hôtels affichaient complet sans exception pendant les défilés, et il était impossible de réserver une table dans les meilleurs restaurants. La mode était une vache à lait, que les Français entendaient exploiter à fond. Toute xénophobie mise à part, il n'était guère étonnant que les Français considèrent avec méfiance une intruse, américaine et femme de surcroît.

« OK, cria Karen en sortant de l'hôtel sous les arcades de la place des Vosges. Quel est le désastre du jour ? » En cinq jours, Jeffrey avait fait des merveilles pour préparer le terrain. Il avait pris les ultimes dispositions pour le défilé au Grand-Palais, et avait également loué l'espace et les tentes pour la place des Vosges. Defina, Jeffrey, Casey, Carl et Jean-

Baptiste, leur agent de liaison français, étaient en grande conversation dans la cour de l'hôtel Grenadine. Depuis New York, en trois jours de folie, son équipe avait réussi à remettre la collection sur pied. Defina avait acheté du tulle blanc qu'elle avait teint en noir avec de l'encre Waterman indélébile. Mrs Cruz avait réussi à confectionner une nouvelle coiffe, Stephanie avait répété tandis que Tangela, à force de menaces, avait adopté une docililé suspecte. Sans se soucier de l'accord de Leonard, Lisa avait accepté avec joie de les accompagner à Paris. Abandonnant Tiff derrière elle – en représailles pour sa mauvaise performance à la *bat mitzvah* – elle était venue avec des valises pratiquement vides car elle comptait bien faire du shopping. Carl avait les mêmes projets. En attendant, il composait des coiffures géniales pour les filles.

Karen, qui venait d'entrer sous le chapiteau, contemplait la vaste étendue de blanc. La tente, fabriquée dans un matériau ultramoderne, avait par ses dimensions impressionnantes une sorte de majesté architecturale, comme une immense cathédrale d'étoffe blanche. Karen l'avait déjà visitée la veille, mais des petites mains avaient œuvré pendant la nuit pour décorer les lieux.

Son nom apparaissait partout : au-dessus de l'entrée, sur les étiquettes des vêtements, sur les invitations, sur les programmes bien disposés sur les chaises pliantes, et en lettres énormes au-dessus de l'arche, derrière le podium. Elle observa l'ensemble avec satisfaction. Puis, brusquement, elle ne reconnut plus son nom. Les lettres lui parurent étranges, la disposition erronée. Mais si, c'est ton nom, se répéta-t-elle. Après tout, ce n'était pas que le sien, c'était aussi celui de Jeffrey et d'ailleurs, même Lipsky n'était pas son vrai nom. Vides de sens, les lettres dansaient devant ses yeux.

Karen sentit la panique lui nouer l'estomac. Elle était sur le point de jouer sa carrière pour se lancer sur la scène internationale. Son nom valait des millions pour Bill Wolper, voire pour Bobby Pillar, et elle n'était même plus capable de le déchiffrer. Était-ce une crise d'identité, ou une crise de panique ?

La tradition voulait que le créateur apparaisse à la fin du défilé. Karen avait décidé d'ouvrir le défilé noir et de s'éclipser avant la fin. « Je romps avec ma tradition en faisant du noir, donc cela paraît sensé. Et de toute façon, si la robe de mariée noire obtient l'effet escompté, ça va être une vraie folie après. On n'aura pas besoin de moi. J'en profiterai pour foncer place des Vosges pour clore le défilé blanc. »

Même Mercedes, qui s'inquiétait beaucoup de la réaction des Parisiens à ce coup d'éclat, fut d'accord. Il ne fallait surtout pas contrarier les journalistes de mode lors de leur première prestation dans la capitale française. Désormais, les jeux étaient faits, et Karen ressentit un grand calme s'emparer d'elle. Chacun savait ce qu'il avait à faire, ce n'était plus de son ressort. Aussi, lorsque Lisa et Stephanie sortirent à leur tour de l'hôtel, elle déclara au groupe avec un grand sourire : « Si tout est au point, je vais prendre une heure avec ma sœur. Casey, je te retrouve à midi au Grand-Palais. » Il était chargé, avec Mercedes, du défilé qui s'y déroulait, alors que Defina était responsable de celui de la place des Vosges. « Comment va Tangela ? lui demanda-t-elle.

– Elle a rompu avec son copain. Je ne sais pas comment elle le prend, mais moi, je le vis super bien. »

Karen lui tapota gentiment l'épaule. « Allons, je serai de retour dans une heure. »

Elles s'éloignèrent toutes les trois, marchant à la queue leu leu sur les trottoirs étroits du Marais. Elles passèrent devant un marchand de légumes, une boucherie avec des lapins dépouillés accrochés en vitrine, et un vieux bistrot au comptoir en étain et aux chaises disparates. Les rues étaient tellement plus propres qu'à New York. Tout paraissait si charmant, si joli sous le soleil délavé du matin. Les couleurs n'étaient plus les mêmes dans la lumière de Paris. Karen se félicita de ne pas travailler les couleurs. Elles auraient mal rendu.

Pour elle, ce n'était pas seulement un défi professionnel, c'était un rêve qui devenait réalité. Elle avait justifié les frais vis-à-vis de Jeffrey en disant que cela les placerait parmi les grands, leur permettrait de compter sur la scène internationale. Mais, en réalité, elle remplissait une promesse qu'elle avait faite à la petite Lipsky de Rockville Centre, Long Island. Un jour, elle aurait son défilé à Paris, comme Coco Chanel. Elle sourit à ce qui l'entourait. Eh bien, voilà : ça y est.

« Je vais raccompagner Stephanie à l'hôtel pour qu'elle se repose avant que Mercedes la conduise au Grand-Palais. Je vais faire un peu de lèche-vitrines, puis je me rendrai au défilé noir. Je suis impatiente de voir Stephie dans la robe de mariée ! » Lisa prit la main de Karen à travers la table. « Merci, dit-elle. C'est tellement extraordinaire pour nous deux. Je ne saurais assez te remercier. »

Stephanie secoua la tête, faisant tomber ses cheveux sur sa figure. « Maman, je t'en prie ! » fit-elle, agacée.

Lisa poursuivit, malgré l'embarras visible de sa fille. « Karen, tu vas accepter l'offre de NormCo quand tu les rencontreras ici ? C'est tellement important pour moi.

— Ouais... Une nouvelle garde-robe », marmonna sa fille.

Karen s'appuya contre le dossier de sa chaise. « Comment es-tu au courant, pour le rendez-vous ?

— Oh, je suppose que Jeffrey m'en a parlé... »

Karen observa sa sœur. Lisa ne piquait-elle pas un fard ? Il y avait de l'agacement dans sa voix, et elle regardait ailleurs, gênée. Pour changer de sujet, Karen regarda l'assiette intacte de sa nièce. « Tu as fini ? demanda-t-elle pour la forme. Faisons un tour avant de rentrer à l'hôtel pour que tu te fasses belle. »

Plus tard, lorsque tout fut terminé, Karen ne put y croire. Elle n'aurait pu imaginer, dans ses rêves les plus fous, le tumulte, la presse en délire, les clientes en transe. Defina avait peut-être raison : un espoir raisonnable était le secret du bonheur. Elle avait éprouvé tellement d'appréhension, Paris paraissait tellement hors de portée pour la petite Juive de Brooklyn qu'elle se sentait transportée de joie. Tout avait été réglé comme du papier à musique. Son seul regret était d'avoir raté le tonnerre d'applaudissements qui avait éclaté quand Stephanie avait descendu le podium du Grand-Palais dans le nuage noir de la robe de mariée. Apparemment, ce fut de la démence. Entre-temps, place des Vosges, Tangela et les autres jeunes mannequins l'avaient entraînée sur le podium pour la clôture du défilé, et elle avait reçu un fabuleux bouquet de tulipes noires et de lis blanc de la part de Carl. C'était sincère, spontané, et elle ne s'y attendait pas plus qu'aux acclamations de la foule, debout sous le chapiteau. Paris l'avait acclamée ! Jeffrey était debout, lui aussi, bras croisés, un sourire qui allait d'une oreille à l'autre. C'était merveilleux. Derrière elle, Defina lui chuchota à l'oreille : « Il n'y a pas mieux. » Comme toujours, elle avait raison.

Pour une fois, Defina s'était trompée. En effet, de retour à l'hôtel, enfouie dans les bras de Jeffrey, ce fut encore meilleur. Il lui donna à manger du caviar sur des mini-blinis et porta la coupe de champagne à ses lèvres. Il la materna.

« Tu les as eus ! répétait-il. Tu les as eus ! »

Il lui couvrit le visage de baisers, puis continua plus bas. Ensuite il lui massa le dos, un vrai massage quatre étoiles. « Ouh là là, pas si fort ! supplia-t-elle.

— Quelle différence y a-t-il entre le faible et le fort ? » plaisanta-t-il. Elle haussa les épaules sous ses mains énergiques. « Tu peux dormir avec la lumière, ce soir », et sa blague idiote la fit rire, tandis que ses doigts habiles dénouaient les muscles de sa nuque. Excitée par le massage, le succès, le champagne, elle était prête à s'abandonner à son amour. Et il se déchaîna. Ils s'étaient toujours bien entendus au lit, mais ce soir-là,

Karen éprouva plus que jamais la passion qu'il avait pour elle. Il semblait vouloir posséder chaque centimètre de son corps, exiger qu'elle soit toute à lui. Et elle le fut. Pour une fois dans sa vie, Karen se sentit parfaitement aimée.

Defina parcourut d'un pas dansant la longue promenade du Plazza Athénée et s'enfonça dans la bergère voisine de celle de Karen. Elle sourit avec satisfaction. Ce n'était pas un endroit pour les bouseux. Elle savait que toutes les femmes avaient l'œil fixé sur elle. « Je n'ai pas perdu la main, on dirait. Peut-être qu'avec quelques kilos en moins, je pourrais remonter sur le podium.

— Tu devrais peut-être dormir quelques heures de plus et reprendre pied dans la réalité, suggéra Karen. Un thé ? »

Le garçon vint, suivi d'un aide qui portait le service à thé et les petits fours. Karen se laissa aller contre le dossier de son fauteuil, croisa les jambes et observa le reste de la salle qui l'observait avec Defina. Durant cette semaine à Paris, Karen était une vedette connue et reconnue. C'était agréable, mais assez idiot. Après tout, songea Karen, quand on y réfléchit bien, c'est juste des fringues.

Cette seule idée eut le don de dissiper sa bonne humeur. Le défilé, la presse, les commandes, la passion de Jeffrey la nuit dernière, tout s'évapora. Brusquement, elle se sentit aussi plate que le champagne oublié sur la table de nuit. Des fringues. Ne lui resterait-il que ça, au bout du compte ?

Comme si elle avait senti son changement d'humeur, Defina lui tapota la main : « Où est ton mari ?

— Il récupère. Il a battu ses records, hier soir. »

Defina pinça les lèvres. « Tu parles, mon chou, le succès est le meilleur des aphrodisiaques. » Elle sourit, emportée par ses souvenirs. « Les nuits qui suivaient un grand défilé, j'pouvais sauter tous les mecs que je voulais... Enfin, j'sautais tous les mecs que je voulais, se reprit-elle avec un sourire. Mais, évidemment, pas moyen de les garder. En général.

— Allons donc, Defina, ce n'étaient pas eux qui partaient. Tu finissais par les jeter dehors.

— Ouais, parce qu'ils pouvaient pas me donner ce que je voulais. Voyons les choses en face, ma grande. La plupart des hommes veulent se trouver une mère. Bon, tout le monde sait ça. Mais le grand secret, c'est qu'il n'y a pas que les hommes. Nous aussi, les femmes. Et nous, on n'a aucune chance de la trouver. Pourquoi tu crois que les femmes se plaignent qu'on ne les bichonne pas assez au lit? Pourquoi est-on toujours déçue? Pourquoi, si tu vis assez longtemps avec un homme, tu finis par le trouver faible? Comme un enfant. Parce qu'il ne remplace pas ta mère! Et les rares qui pourraient le faire, on ne les remarque pas parce qu'ils sont pas craquants. » Defina poussa un profond soupir. « Je devrais écrire un livre. Il y a une chose où mes ancêtres africains avaient raison : vénérer la déesse de la fertilité, la mère. C'est ce qu'on veut tous. Une vraie maman.

— Ben, moi, je n'ai toujours pas trouvé la mienne. »

Defina haussa les sourcils. « Ouais, comment ça se passe? Et que t'a dit Belle, à ce propos? »

Karen ricana. « Je suis folle mais pas stupide. Je n'ai rien dit à Belle. Personne ne sait rien, pas même Jeffrey. Mais le détective ne m'a pas rappelée. Je pense qu'il est dans une impasse. Tu trouves ça fou? »

Defina leva sur son amie des yeux brillants de sympathie. « Karen, pour moi, tu es un vrai miracle. Tu continues à faire des dessins, des affaires, du fric pour tout le monde. Parfois, je me demande quand le puits va se tarir. » Elle prit la main de Karen. « Je souhaiterais seulement que quelque chose vienne te sustenter. Que t'a dit Madame Renaud?

— Elle a dit que j'avais déjà trouvé ma mère, murmura Karen. Elle avait tort là-dessus, mais elle a dit aussi que j'étais prise dans une toile, que je devrais en rompre les fils et que chacun saignerait... Et qu'il y avait un enfant qui m'attendait. Je n'en ai pas l'impression. C'est ce qui me rend le plus triste.

— Madame Renaud sait beaucoup de choses.

— Mais elle m'a dit que j'avais déjà ma mère.

— Ben, c'est vrai.

— Écoute, Defina. J'ai l'impression que ça ne suffit pas. Peut-être que si Belle était différente, si je me sentais plus proche d'elle... bref, de toute façon, je me sens plus proche de toi et de Carl que de ma propre famille. C'est peut-être pour ça que j'ai tellement envie d'un bébé. Pour me sentir reliée, pour que Jeffrey et moi formions plus qu'un couple. Je ne suis reliée à personne par le sang, alors j'ai parfois l'impression d'être perdue dans l'espace, dans le vaste néant tout noir. Il m'arrive de me réveiller en sueur la nuit. J'ai l'impression que ça pourrait casser.

— Comme une araignée avec son fil de soie, hein ? Tu en as déjà vu une se jeter dans le vide pour tisser ? Elle prend des risques à chaque fois. Elle est obligée de le faire pour créer. Oh, je suis sûre que ce n'est pas une sensation agréable, même pour une araignée. »

Entendant un raclement de gorge, elles levèrent les yeux et virent Carl qui les dominait de sa haute taille. « Les dents plus longues, peut-être, mais plus belles que jamais », plaisanta-t-il avant de les embrasser. Il était vêtu de neuf des pieds à la tête. « Vous m'avez l'air bien moroses pour deux nanas qui viennent de mettre Paris à leurs pieds. Je peux participer à la veillée funèbre ? Apparemment, vous avez la meilleure table de Paris. Et vous avez raison. Eh, visez un peu la quincaillerie de certaines de ces poupées ! »

Karen haussa les sourcils. « Carl, tu ne trouveras pas une *poupée* dans tout l'hôtel, pas à ce prix !

— A propos de poupée, quelles nouvelles sur le front du bébé ? »

Karen leur résuma la situation. Defina lui tapota affectueusement le bras. « Tu le trouveras, ton bébé. »

Après avoir considéré un instant l'élégante promenade, Carl se pencha vers elles pour dire d'un ton confidentiel : « N'est-ce pas la duchesse de Windsor, à la table du coin ?

— Voyons, Carl, la duchesse est morte depuis plus de dix ans.

– Ça n'a jamais empêché Bessie d'aller là où on s'amuse »,
rétorqua Carl. Il leva la main : « Eh, *garçon*[1] ! »

Karen et Defina sursautèrent. « Carl, on ne dit pas *garçon* à
un serveur ! C'est très grossier.

– Ben, ce sont des garçons, non ? Et très mignons, en
plus. » Il se tourna vers Defina. « Mais je te promets de ne
pas dire *garçon* à des Noirs.

– Mon peuple t'en remercie », dit Defina, ironique.


Karen dormit douze heures d'affilée. Le lendemain matin,
elle fut réveillée par la table roulante du petit déjeuner. Avec
des brassées de fleurs, il y avait des dizaines de journaux. Ils
les déployèrent sur le lit. Jeffrey était déjà debout et quand il
la vit s'étirer, il lui versa du café, puis une orange pressée dans
un verre en cristal. Elle le but en regardant les photos des
journaux. Jeffrey lui lut les articles qui lui étaient consacrés.
La photo de Stephanie, en robe noire, s'étalait partout et,
quand Jeffrey alluma la télévision, ils la revirent aux informations du matin. « Bon sang, c'est génial ! J'espère seulement
que Tangela n'est pas vexée », dit Karen. Non seulement sa
collection faisait la une, mais Stephanie aussi. La presse l'avait
surnommée « la nouvelle petite Cosette ».

Le téléphone retentit.

« Non, ne réponds pas, dit Jeffrey, le regard égrillard. J'ai
d'autres plans pour toi. » Karen décrocha en gloussant.

« Les États-Unis pour vous », annonça la standardiste.

Zut, c'était sûrement Belle. Arnold n'allait pas bien. Je
savais bien que je n'aurais pas dû partir, se reprocha-t-elle.
S'attendant au pire, elle serra le téléphone dans sa main.
Mais, pour une fois, elle se trompait.

« Bonjour, c'est Sally. » Sur le coup, Karen écouta la voix
sans comprendre. Puis elle se souvint : Harvey Kramer. Les
choses allaient décidément trop vite pour elle.

---

1. En français dans le texte.

« Bonjour, Sally, quoi de neuf ? » Son cœur bondit intérieurement. Sally n'appellerait pas Paris sans avoir de bonnes raisons.

« Je sais combien Louise vous a déçue. Mais j'ai de très bonnes nouvelles pour vous. La mère parfaite avec un futur bébé parfait. Une autre de nos clientes avait deux mères en attente. L'une vient juste d'accoucher, alors ils nous adressent l'autre. Elle a dix-neuf ans, étudiante en seconde année de fac, et elle doit accoucher dans cinq semaines. Elle est à vous. »

Karen resta comme figée sur place. Elle pouvait à peine y croire. Elle regarda Jeffrey, à l'autre bout de la pièce. « Ils ont un bébé pour nous. Enfin, on n'a pas encore le bébé, rectifia Sally. Nous avons une maman. Avec un peu de chance, le bébé suivra.

— Vous pouvez me dire quelque chose sur la mère ?

— Eh bien, elle est catholique. Elle s'appelle Cyndi. Tenez-vous-en aux prénoms, Karen. Elle ne peut pas s'occuper d'un enfant maintenant, mais elle est contre l'avortement. Elle étudie la comptabilité. Une fille intelligente.

— Qu'est-ce qu'on doit faire ? »

Toutes les paperasseries, le dossier médical, l'échographie et les autres examens étaient déjà faits. Il ne restait à Karen qu'à signer un chèque pour rembourser les frais que l'autre couple avait assumés jusque-là, puis à téléphoner à Cyndi pour l'aider au cours du dernier mois. Évidemment, de Paris, ce serait moins facile, mais Karen pouvait le faire. Et dans quelques jours, elle serait de retour à New York. Elle allait tomber dans la folie des défilés new-yorkais, mais après Paris, ce serait un jeu d'enfant ! Karen sourit. Un jeu d'enfant... Bientôt, ils pourraient jouer avec un enfant.

Cyndi habitait Bloomington, Indiana, et Karen proposa immédiatement de lui payer la prochaine année universitaire. Sally répondit que son bureau vérifierait si c'était légal ; elle lui donna le téléphone de Cyndi, que Karen pourrait appeler ce soir. Sally avait expliqué à la jeune fille que Karen et Jeffrey étaient en vacances, et il valait mieux s'en tenir là.

C'était le rêve de tous les grands créateurs de mode. Si elle dessinait les motifs des tissus, elle n'aurait plus à dépendre des autres. Il n'y aurait plus de limites à sa créativité. Brocheir, le merveilleux fabricant de Lyon, la réclamait, et Darquer de Calais avait également laissé un message. Leur reconnaissance comptait plus encore, en un sens, que son oscar. Il fallait s'attendre à voir suivre Gandini et Taroni de Milan.

Elle n'avait pas le temps de savourer ce moment si elle voulait appeler l'Indiana pour avoir sa première conversation avec la mère de son futur enfant. Elle tremblait encore d'émotion après avoir parlé aux représentants de Brocheir, et sa nervosité ne faisait qu'augmenter le tremblement. Elle préférait appeler seule, sans Jeffrey. Il ne ferait que l'énerver encore plus.

Elle appela le standard de l'hôtel et lui communiqua le numéro aux États-Unis. Et quand, cinq minutes plus tard, la sonnerie retentit, elle tremblait de tous ses membres. Elle reprit son souffle et croisa les doigts.

« Allô, dit une voix dans le combiné. Allô ?

– Allô. C'est Cyndi ?

– Oui. Vous êtes Karen ? »

La communication était très bonne ; on aurait cru que Cyndi se trouvait dans la pièce voisine.

« Je suis contente de vous entendre, dit Cyndi. Vous êtes en vacances ? C'est gentil à vous d'appeler. »

C'était elle qui lui disait merci ! Elle avait l'air mignonne, mais semblait effrayée. Karen ne put s'empêcher de comparer la voix agréable de Cyndi avec celle, éteinte, de Louise. Peut-être que finalement tout était pour le mieux, mais Karen ne pouvait pas arrêter ce tremblement qui la secouait. « Comment vous sentez-vous ?

– Oh, je suis aussi solide qu'un cheval. Aussi grosse, aussi. Enfin, j'ai maigri pendant le premier trimestre à cause des nausées, je n'arrêtais pas de vomir toute la journée. J'ai perdu cinq kilos et demi, mais j'ai tout repris, et une douzaine de kilos en plus.

— Que dit le docteur?

— Il dit que je vais bien. Mais je commence à avoir vraiment du mal à plier le linge. Mon ventre me gêne tout le temps. J'ai dû arrêter de mettre des tennis parce que je n'arrivais plus à les lacer.

— Il n'y a personne pour vous aider? » Karen aurait pu se battre; évidemment qu'elle n'avait personne. « Voyons, si je vous parlais un peu de mon mari et moi?

— Bien sûr, ce serait sympa.

— Nous travaillons tous les deux dans la confection. Je fabrique des vêtements pour femmes.

— Ah ouais? Je cousais quand j'étais au lycée, mais pas assez bien pour en faire un métier. »

Elle coud sans doute mieux que moi, se dit Karen, mais laisse tomber. « Nous habitons New York. Vous le saviez déjà, n'est-ce pas?

— Ouais, l'autre couple aussi, ils étaient du Queens. C'est aussi New York, non? »

Karen renonça à expliquer que, bien qu'il n'y eût qu'un pont à traverser, il y avait un monde entre les deux. « Oui.

— Il y a de bonnes écoles, là-bas? »

Karen sourit. « Il y en a de très bonnes. Et nous ferions en sorte d'envoyer le bébé dans la meilleure. Nous pouvons nous permettre des écoles privées. »

Elles parlèrent longtemps. Cyndi était adorable, très ouverte. Elle parla de son copain; c'était sérieux, entre eux, ils avaient l'intention de se marier. Mais quand elle était tombée enceinte, il avait perdu les pédales. Elle avait encore trois ans d'études, et il voulait faire son droit. Il avait insisté pour qu'elle avorte, mais elle n'avait pas voulu. Alors, ils avaient rompu.

« J'étais très déprimée, au début, mais finalement, je me dis que c'était une bonne chose. Je me suis rendu compte du genre de personne que c'était vraiment. Je ne voudrais pas me marier avec quelqu'un qui n'aimerait pas notre enfant. » Est-ce que Jeffrey saurait apprendre à aimer l'enfant que son propre père avait rejeté ? Les hommes, en somme, n'étaient pas seulement un autre genre, c'était une autre espèce.

Cyndi continua à parler. Elle était la première de sa famille à faire des études, et elle ne renoncerait pas à son diplôme. C'était une fille courageuse. Quelle chance, se dit Karen, qu'elle ait décidé de garder son enfant au lieu d'avorter. Pourtant, elle se demandait si Cyndi serait capable de renoncer à lui.

« Cela va vous coûter une fortune, s'exclama Cyndi.

– Oh, ça ira. » La jeune fille en avait peut-être assez aussi. « Je vous rappelle la semaine prochaine de New York, qu'en dites-vous ? » Cyndi approuva avec entrain. « Entre-temps, si vous avez un problème, appelez Sally, au bureau de Mr Kramer. Nous allons prendre bien soin de vous.

– Merci, c'est bon à entendre, dit Cyndi dont la voix se brisa. Je veux seulement que mon bébé ait un bon foyer.

– Il l'aura, je vous le promets », répondit Karen.


Karen s'adossa contre la banquette rouge de chez Maxim's. Après sa conversation, le tremblement s'était calmé et elle avait mis Jeffrey au courant. Elle était transportée de joie. Tout se mettait en place, finalement, et il n'y avait pas mieux que Maxim's pour fêter l'événement. L'endroit appartenait à Pierre Cardin, le couturier le plus riche du monde. Tout était capitonné de rouge comme l'intérieur d'une matrice, depuis la tapisserie jusqu'au tapis. Aucune célébrité n'y mangeait jamais, alors que les hommes d'affaires y déjeunaient obligatoirement. Quand ils arrivèrent, Bill s'était déjà installé à la meilleure table en coin.

Bill et Jeffrey se serrèrent la main avec circonspection, mais sans animosité. Karen les observa. Le monde étrange des mâles l'étonnait parfois. Il avait quelque chose de profondément territorial. Ou vous étiez à la tête d'une bande, ou vous étiez un membre de la bande, ou encore une de ces malheureuses bêtes pas assez fortes ou malignes pour avoir leur propre territoire. On y était nécessairement gagnant ou perdant. Jeffrey devait se sentir gagnant, mais il devait aussi avoir l'impression de céder un bout de son gazon à l'homme au monogramme. Et Jeffrey n'aimait pas beaucoup les sports d'équipe.

« Puis-je ajouter mes félicitations ? demanda Wolper. Un sacré coup, Karen. Vous avez vraiment trouvé vos marques... Alors, la suite ?

— Nous allons présenter le show à Milan », annonça Jeffrey. Karen tourna la tête vers lui. De quoi parlait-il ? Milan était fini depuis une semaine. Comptait-il monter un défilé indépendant ou était-ce du flan ?

Wolper approuva. « C'est risqué, mais à partir du moment où ça a marché à Paris, vous aurez Milan. Et ça ne peut pas faire de mal à votre image. Parce que là, vous vous placez vraiment sur la scène internationale. Quel est votre emploi du temps ? »

Jeffrey commença à débiter des dates, cita la Scala. Wolper hocha la tête : « Vous devriez avoir l'édition du matin de l'*Espresso*. » Karen plissa les paupières. Jeffrey avait-il vraiment tout manigancé sans lui en parler ? « C'est pourquoi, poursuivit Bill, j'aimerais récupérer les contrats avant la fin du mois.

— Il nous reste quelques derniers points à négocier, signala Jeffrey avec un sourire. Je suis sûr que Basil vous a tenu informé.

— Je pense qu'il ne reste pas grand-chose à ergoter, admit Bill en répondant à son sourire. Après tout, je veux que vous soyez heureux. » Il se tourna enfin vers Karen. « Je veux que vous aussi, vous soyez heureuse. Alors une fois que nous aurons réglé tout ce qui s'écrit en petites lettres, y aura-t-il encore quelque chose qui vous empêche de signer ? »

Elle se racla la gorge. Jeffrey avait raison. Son succès parisien l'avait rendue encore plus désirable et, pour autant qu'elle pût en juger, un autre défilé était effectivement prévu pour Milan.

« Une seule chose m'en empêche, à vrai dire. Oui, j'ai une dernière inquiétude. »

Jeffrey lui coula un regard par en dessous. Wolper, qui avait fait bifurquer une tranche de pâté, en tenait déjà une moitié en équilibre sur sa fourchette. Il s'arrêta net.

« NormCo a établi une partie de sa réputation dans la grande distribution sur le fait que la plupart de ses vêtements sont fabriqués aux États-Unis. Mais je sais que vous produisez beaucoup offshore, et je veux connaître les conditions de travail des ouvriers. » Bon sang, elle parlait comme un bouquin de sociologie. Elle n'était pas à son aise. Il devait se dire qu'elle n'était pas une vraie femme d'affaires, qu'elle était trop « femme » pour ça. Elle s'abstint de faire état des rumeurs, il devait les connaître. Pourtant, même si ce nouveau contretemps le contrariait, il n'en laissa rien paraître. Il enfourna le pâté dans sa bouche, hocha la tête et avala. Puis il s'essuya les lèvres avec la serviette rouge et sourit.

« Votre souci vous honore. Et je vous fais une proposition qui aura le mérite de vous rassurer. Parce que, voyez-vous, Karen, ceci est le meilleur des mondes possibles. »

Karen aurait aimé le croire. Elle se tut.

« Bien entendu, nous faisons de notre mieux pour faire travailler de préférence des ouvriers américains. Mais soyons francs. Nous ne pouvons pas toujours obtenir la qualité que nous voulons au prix que nous voulons. Ou au prix que notre clientèle américaine le voudrait. Nous aimons aussi notre image de société bien américaine, " *made in USA* ". Nous avons donc trouvé la solution. Notre arme secrète ? Les Marianas.

— Les quoi ? » s'exclama Jeffrey avant que Karen ait pu dire un mot. Elle s'imagina qu'il s'agissait d'un groupe de couturières italiennes assurant la production de NormCo.

« Vous voulez dire " où est-ce " ? Les Marianas sont un territoire américain dans le Pacifique. Nous y faisons beaucoup faire de travail. C'est légal, la qualité est surveillée, et c'est bon marché. En plus, pas de taxe d'importation, et chaque vêtement peut porter le label " *made in USA* ". »

Karen se rappela les fringues qu'elle avait vues, avec Defina, chez Macy. Elles s'étaient demandé comment NormCo pouvait pratiquer des prix aussi bon marché. Maintenant, elle avait la réponse. La lettre de la loi était respectée, apparemment. Mais l'esprit ? Certainement pas celui de la loi d'Arnold. « J'aimerais bien voir ces installations, dit-elle. Sont-elles des usines de NormCo ?

— Nous en possédons une, et nous en avons plusieurs sous contrat. Nous avons également un accord avec la Thaïlande. Je pense que vous seriez contente des usines. Nous ne sommes pas des esclavagistes, Karen.

— J'aimerais bien les visiter.

— Pas de problème. Quand pouvez-vous vous absenter ? Nous pourrions y aller tous ensemble. Une tournée de la production asiatique. »

Karen regarda Jeffrey, l'air interrogateur : « Dans trois semaines ? »

Wolper sortit un minuscule agenda électronique et commença à tapoter. Il releva les yeux et sourit : « Si on partait le 24 pour Bangkok ? Nous devrions arriver pour la fin de la saison des pluies.

— Cela tombe au moment de Milan », répondit Jeffrey.

Il avait l'air tout à fait sérieux. Eh bien, il ne serait pas le seul à faire des plans séparés. Elle finirait la semaine de la mode à New York, puis Jeffrey partirait pour Milan et elle pour Bangkok. « Ce sera parfait, Bill.

— Nous devrions pouvoir établir le contrat pour cette date, qu'en pensez-vous, Jeffrey ? interrogea Bill Wolper.

— Je vois que nous nous comprenons. Si Basil n'a pas d'autres problèmes...

— Je suis sûr qu'il n'y aura aucune difficulté. Nous pouvons donc prévoir la signature pour le 30. » Il prit son verre de vin. « Et si on arrosait ça ? » proposa Bill.

Pendant ce temps, enfermée dans la salle de bains, Stephanie vomissait son déjeuner. Elle avait passé la matinée plongée dans des articles de journaux français qu'elle ne pouvait
pas lire, dépassée par l'ampleur de la publicité suscitée par « la
nouvelle petite Cosette ». Le défilé noir faisait un malheur ; le
blanc n'était mentionné que parce que Karen en avait fait la
clôture. Et on passait sous silence les autres mannequins, y
compris Tangela, ce dont Stephanie était fière mais effrayée
aussi. Pour parvenir à ce résultat, elle n'avait pratiquement
rien mangé, et maintenant elle ne parvenait plus à conserver
les aliments. Combien de temps pourrait-elle tenir ?

Oui, sa tante avait raison, elle était bonne sur le
podium. Mais dans sa surexcitation, elle avait demandé à
l'hôtel qu'on lui monte trois parts de poulet et des frites,
et cela l'avait rendue malade. Puis, pour être sûre que les
calories n'allaient pas s'installer, elle mit son bandeau et
entreprit une séance d'aérobic. Pleine de joie et de crainte,
elle dansa en rond en rêvant aux nouvelles opportunités
qui s'ouvraient devant elle. « Ils m'aiment, ils m'aiment »,
chantonnait-elle sur la musique des Soup Dragons quand
on frappa à la porte.

« Qui est-ce ? » demanda Stephanie. Elle recouvrit preste-
ment le plateau encombré d'assiettes sales.

« Tangela. Je peux entrer ? »

Surprise, Stephanie ouvrit la porte. La jeune fille lui avait
tenu la dragée haute depuis que Karen lui avait demandé de
remplacer Maria. « Bonjour. Entre donc.

— Merci. » Tangela traversa la chambre et alla s'affaler sur
le lit. « Tu commences ton press-book ? » demanda Tangela
en indiquant les journaux étalés par terre.

Stephanie rougit. « Non, j'ai juste pensé à découper quelques articles pour montrer à mes copains.

— Au lycée ? C'est pour les gosses, lança Tangela avec
dédain. Si tu veux être reconnue dans le milieu et rester

populaire auprès de tous, ta tante, les agences, les photographes, tu dois te conduire en femme, pas en gosse. » Tangela ferma à demi les yeux et détailla Stephanie des pieds à la tête comme si elle la voyait pour la première fois.

« Finalement, tu risques vraiment d'y arriver.

— Mais qu'est-ce que je dois faire pour ça ?

— Pour commencer, laisse tomber le lycée. Tu dois t'imposer tout de suite, tant que tu es *in*.

— Quitter le lycée ? Sans le bac ? » Stephanie n'avait jamais pensé à ça.

« Évidemment. C'est nul, le bac. Tu crois qu'on se souviendra de toi dans un an si tu quittes la scène ?

— Sans doute que non, admit Stephanie. Et quoi encore ?

— Tu dois toujours être canon, surveiller ton poids et avoir la pêche. Personne t'aurait vue si t'avais pas maigri. Tu me dois une sacrée chandelle. » Elle avait une lueur dans les yeux en faisant ce dernier commentaire. Mais Tangela cherchait à se montrer sympa, non ?

« Je sais ce que je te dois, je t'assure. Et je fais attention à mon maquillage aussi. Je choisis bien la couleur de ce que je porte en fonction de mon teint, et, bon, je fais attention à mon poids...

— Ça, c'est le plus dur. » Tangela observa la chambre et remarqua le plateau. Stephanie piqua un fard. Tangela eut un petit sourire. « Hum. Bon, il faut que tu te mettes à fumer, on le fait toutes.

— Ça, jamais. Ma mère me tuerait.

— Laisse béton. Ta mère, c'est une vieille peau, elle est *has-been*, jalouse. Il faut que tu fumes. Et j'ai autre chose qui pourrait t'aider à conserver la ligne tout en gardant la pêche.

— Des pilules amaigrissantes ?

— Putain, non ! Il y a longtemps que j'ai dépassé ça. Je veux parler de la coke. La cocaïne, coco. »

Stephanie sentit un petit frisson de peur lui parcourir l'échine. Elle avait déjà fumé de la marijuana, mais à chaque fois, cela lui avait donné faim et fait tourner la tête. La coke, c'était de la vraie drogue. « Pas question, je ne...

— Écoute. Si tu veux faire carrière et réussir dans ce métier, tu auras besoin de quelque chose pour tenir. » Tangela pointa le menton en direction du plateau. Elle fouilla dans son sac. « Ah, ça y est. » Elle sortit une pochette en satin noir, ouvrit la fermeture à glissière et en sortit une petite glace, une minuscule cuiller en argent, une lame de rasoir et un billet de cent dollars.

Stephanie ne savait que faire. Elle n'osait pas dire non à Tangela, son idole, qui se montrait pour la première fois vraiment cool et lui donnait des conseils. Est-ce qu'on devenait accro en essayant une seule fois ? Est-ce que ça pouvait vous rendre fou ? Stephanie avait lu qu'une jeune fille avait pris de la drogue et avait sauté par la fenêtre en se prenant pour un oiseau, mais elle ne se rappelait plus si c'était de la cocaïne ou autre chose. Et si sa mère s'en rendait compte ? Et tante Karen ?

A présent, Tangela tapotait de la poudre blanche sur un petit miroir et la répartissait en lignes minces. Puis elle prit le billet de cent dollars dont elle fit un tube bien serré. « Tous les mannequins le font, dit-elle. Comment crois-tu sinon qu'on arriverait à rester aussi mince et à descendre le podium en dansant ? Crois-moi, ça, c'est du sérieux. »

Elle introduisit une extrémité du tube dans une narine. Stephanie avait honte de regarder tellement cela lui paraissait écœurant. Tangela inspira la longue ligne de poudre. C'était dégoûtant, songea Stephanie. Un vrai aspirateur. Pourtant, lorsque Tangela leva les yeux sur elle en souriant, lui tendit le billet enroulé, Stephie fut incapable de résister à un tel défi : si elle refusait, elle ne ferait jamais partie du club.

Elle inséra l'extrémité du tube dans son nez. C'était humide et elle faillit vomir. Pourrait-elle faire semblant ? Non, il fallait que la poudre disparaisse, comme avec Tangela. Elle respira à fond, fut alors obligée de souffler et s'agenouilla près du miroir. Et aussi vite qu'elle le put, elle inspira.

Ça picotait. Elle sentit aussitôt son cœur se mettre à battre très fort, et elle rendit le rouleau à Tangela qui, aussitôt, fit disparaître les trois lignes restantes.

Stephanie avait un peu le vertige. Son sang bourdonnait dans ses oreilles. Le bout de son nez lui piquait, elle l'essuya avec la main et renifla.

Un léger voile de transpiration recouvrait sa poitrine, son front et sa lèvre. Elle se pinça de nouveau le bout du nez. Son cœur battait plus fort, mais elle n'avait pas peur. Elle se sentait vraiment la pêche. Tangela était accroupie près de la table et semblait occupée. Stephanie s'approcha de la fenêtre. Pas mal. Elle eut l'impression qu'elle pourrait conquérir le monde. Elle était la nouvelle petite Cosette et, en cet instant, elle savait qu'elle pouvait réussir. Elle allait abandonner le lycée, gagner plein de fric. Elle pouvait faire ce qu'elle voulait. Et surtout, la faim qui l'avait tenaillée si longtemps avait disparu. Stephanie était libre. Elle n'aurait plus jamais besoin de manger ni de s'agenouiller piteusement au-dessus des toilettes. Elle tenait la situation en main.

Pendant ce temps, Tangela avait disposé d'autres lignes de poudre. Pour quoi faire ? se demanda Stephanie. Elle avait sa dose. Tangela éclata de rire. « Je ne t'ai pas tout dit ? Je ne t'ai pas confié le grand secret ? Tiens, reprends-en. Ensuite, on sortira et on ira s'acheter des fringues. Et puis, ce soir, je t'emmène dans un bar que je connais. Tout le monde aura les yeux sur nous, on nous connaît maintenant : Ebène et Ivoire. » Tangela repartit d'un rire strident. « On va être comme Naomi et Linda, mais en plus jeunes. » Tangela tendit le petit tube à Stephanie qui obéit et inspira une autre ligne. Aussitôt, son cœur se mit à cogner, et de nouveau son sang chanta dans ses oreilles. Puis elle éclata de rire à son tour sans savoir pourquoi. Mais c'était cool. Maintenant, elle était copine avec Tangela.

« Hier soir, tout le monde voulait savoir où tu étais passée. Partout où j'ai mis les pieds, on m'a parlé de toi.

— Super, fit Stephanie. J'aurais aimé venir, mais ma mère et ma tante...

– Qu'elle aille se faire foutre, ta tante. Une grosse vache, comme ma mère. Personne ne parle de moi, je ne suis pas passée à la télé, je n'ai pas eu la robe noire. A qui la faute ? A ces deux salopes. » Tangela attrapa la minuscule cuiller pour se mettre de la poudre directement sous le nez, ce qui lui laissa une moustache blanche au-dessus de la lèvre. Sa voix devint plus sourde quand elle se mit à parler de son copain et de Maria Lopez. « Qu'ils aillent se faire foutre, hurla-t-elle brusquement. Je suis plus jolie que cette pute. Je suis plus jolie que toi. »

Tangela transpirait abondamment. Ses yeux semblaient immenses comme s'ils allaient lui sortir de la tête et le blanc était injecté de sang. Stephanie avait le vertige. « Tu te sens bien ? » demanda-t-elle en posant les doigts sur l'épaule de sa nouvelle amie. « Chut, l'avertit-elle, on va nous entendre. » Tangela s'écarta en tapant sur la main de Stephanie.

« T'approche pas de moi. Va te faire foutre. » Elle s'avança vers le lit. « Va te faire…, répéta-t-elle en froissant le quotidien qu'elle tenait à la main. Petite pute de riche ! » Elle attrapa les autres journaux et se mit à les déchirer avec fureur.

« Eh ! » cria Stephanie. Maintenant, son cœur battait à tout rompre. Après tout, Tangela n'était pas tellement sympa. Une peur atroce l'envahit.

Tangela leva les yeux vers elle. « La ferme ! hurla-t-elle à tue-tête. Pour qui tu te prends, espèce d'enfoirée ? » Puis Tangela se laissa tomber dans le coin, à côté du lit, et resta là, recroquevillée sur elle-même.

« Qu'est-ce qui se passe ici, nom de nom ? » Escortée du concierge et de son passe, Defina s'encadrait dans l'embrasure de la porte. Stephanie se tourna vers elle. Elle était incapable de répondre.

## Chapitre 24

# Ventre à louer

C'était une de ces journées idéales, où l'on sait qu'il n'existe pas d'autre endroit au monde que New York. Riverside Park étincelait, soulignant d'un bracelet d'émeraude le ruban argenté de l'Hudson. Ce serait une journée parfaite, se dit Karen en regardant par la baie de son appartement. C'était le jour où Cyndi, la mère du bébé de Karen, devait arriver à New York.

Ils étaient convenus que la jeune fille passerait les dernières semaines à New York et qu'elle accoucherait à Doctor's Hospital. Karen voulait lui réserver une place en première classe par avion, mais Sally le lui avait déconseillé : « Les lignes aériennes n'acceptent pas les femmes dont l'accouchement est imminent. Et, de toute façon, Cyndi ne sera pas à l'aise en première. C'est une gamine, une étudiante, elle vient d'une banlieue ouvrière de Chicago. Il ne faut pas qu'elle se sente achetée. Du confort, mais pas de luxe. »

Cyndi arrivait donc par Greyhound ; les Kahn devaient aller l'attendre à la gare des cars de Port Authority, sur la 41e Rue et la Huitième Avenue. Karen n'osait pas penser aux dix-neuf heures de trajet, et pourtant, au téléphone, Cyndi avait eu l'air non seulement heureuse, mais impatiente. Dès qu'ils l'auraient récupérée, ils l'accompagneraient à l'hôtel Wales, une petite pension de famille sur Madison Avenue dans Upper East Side, un quartier agréable proche de Doc-

tor's Hospital, mais à une distance raisonnable de leur domicile.

Cyndi attendait un garçon. Le premier couple qui avait été
en contact avec elle lui avait fait faire le test prénatal de sorte
qu'on connaissait le sexe de l'enfant. Jeffrey n'avait pas l'air
plus réjoui pour autant. Il semblait surtout occupé à régler
une multitude de détails liés à l'accord avec NormCo. En
fait, depuis leur retour de Paris, il se montrait plutôt distant.
Peut-être était-il contrarié par son futur voyage à Bangkok
avec Bill, même s'il ne voulait pas l'admettre. Certes, il n'était
pas rare qu'un futur père manifeste une certaine froideur
avant la naissance. Karen comptait sur l'émotion qu'il éprou-
verait en prenant son fils dans ses bras.

Jeffrey entra dans leur chambre. « Bientôt prête ? »
demanda-t-il. Comme elle, il s'était mis en jean et avait enfilé
un blazer en tweed de coton torsadé. Très Emporio Armani,
parfait. « La voiture attend, et je ne tiens pas à ce qu'elle
traîne toute seule à Port Authority. Va savoir ce qui pourrait
lui arriver ! » Karen attrapa son rouge à lèvres et ils prirent
l'ascenseur. Jeffrey lui saisit la main. Elle en fut quitte pour
glisser son tube de rouge dans sa poche.

« Mains froides, fit-il.

— Cœur chaud.

— Nerveuse ? » Elle hocha la tête et vérifia l'heure. Le car
arrivait dans vingt-cinq minutes.

« Tu as réfléchi à un nom ? lui demanda-t-elle.

— Que penses-tu de Genghis ? Tu m'as toujours dit que ça
collerait bien avec Kahn.

— Très drôle. Et pourquoi pas Attila ?

— Non, ça le brouillerait avec les maths. Attila le Hun.

— Jeffrey ! Quelquefois, je me demande si tu prends les
choses au sérieux, se fâcha-t-elle.

— Écoute, je te laisse décider du prénom, tant que tu ne
choisis pas Max, Ben ou Joshua, comme la moitié des gamins
de moins de cinq ans sur le West Side. »

Le terminus des cars de Port Authority était aussi crasseux que dans son souvenir. Dans un immense hall tapissé de carreaux de céramique, des milliers de banlieusards se bousculaient en tous sens tandis que des escalators déversaient des hommes d'affaires en costume. Les clochards et les sans-abri qui y avaient élu domicile se remarquaient à peine à cette heure de pointe. « De vrais moutons », lâcha Jeffrey, avec un regard dégoûté pour les voyageurs. Il avait toujours été un peu snob.

Le car arriva en avance. Tandis qu'il se garait, Karen sentit l'air lui manquer. Un instant, elle repensa à Louise et elle ferma les yeux. Pourvu que l'histoire ne se répète pas, songeat-elle. Les portes s'écartèrent. Le chauffeur descendit et se retourna pour aider une jeune fille brune aux yeux noirs, avec un ventre si énorme qu'elle avait l'air enceinte de dix mois. Derrière les vitres teintées, on distinguait un sweat-shirt orange et le motif vert citron et turquoise de ses Nike. En revanche, son visage était dans l'ombre. Elle fit au revoir de la main à d'autres passagers qui débarquaient, puis regarda autour d'elle. Karen agrippa le bras de son mari. « C'est sûrement elle. Va demander. »

Brusquement, elle était intimidée devant cette adolescente qui portait son bébé dans son ventre. Jeffrey la regarda : « Tu crois ?

— Je t'en supplie. » Il passa les portes en aluminium de la gare et salua la jeune fille. Celle-ci fit un signe de tête, Jeffrey lui serra la main et ils s'approchèrent ensemble du flanc du car où le chauffeur avait déjà entassé pêle-mêle des valises miteuses, des cartons et des sacs en papier. Elle indiqua une Samsonite gris-vert et un sac polochon kaki, que Jeffrey empoigna. Ils traversèrent la foule pour venir la rejoindre. Karen se sentit oppressée, comme si elle allait tomber à la renverse sur le sol carrelé, mais elle réussit à se maîtriser.

« Karen, c'est Cyndi.

— Eh bien, bonjour, Cyndi », articula-t-elle en serrant machinalement la main chaude qu'on lui tendait.

Totalement captivée par la venue imminente du bébé, Karen avait négligé Defina, qui se débattait au milieu de ses problèmes avec Tangela. Les échotiers de Paris avaient fait leurs choux gras de l'esclandre entre les deux mannequins vedettes de KKInc. Aussi, Karen avait-elle invité Defina à déjeuner le lendemain de l'arrivée de Cyndi. Elle avait retenu une table au Café des Artistes, un bistrot de la bohème branchée en bordure de Central Park. Karen arriva un peu en retard ; Defina était déjà installée à une table près de la fenêtre. Le bois sombre et les peintures murales mettaient en valeur sa peau.

« Tu n'as peut-être pas la pêche, mais tu as l'air en forme, décréta Karen en prenant place en face d'elle.

— La dernière défense d'une femme qui balise. Tu sais bien : si tout le reste t'échappe, au moins tu peux encore te maquiller les yeux.

— Alors, quoi de neuf ?

— Bon Dieu, Karen, je n'en sais rien, sauf que j'ai dû tout faire de travers. Elle était complètement déchaînée, mais ça y est, elle accepte de nouveau de parler. Ce type a bien failli la tuer. Je n'ai jamais connu de femme qu'un homme ne pouvait pas bousiller. Je lui ai dit qu'elle avait besoin d'être suivie, que la drogue finirait par la tuer. Je l'ai fichue à la porte. Et puis je lui ai proposé de l'envoyer en désintoxication et je lui ai dit que si elle n'y allait pas, elle ne tiendrait pas. Dans ce boulot, quand une fille commence à sauter ses rendez-vous, elle ne met pas longtemps à être larguée. » Ses yeux étaient pleins de larmes, qui tremblaient au bord de la paupière. « Qu'est-ce que je pouvais faire d'autre ? »

Karen lui prit les mains. « Tu n'as rien à te reprocher. Tu as fait tout ce que tu pouvais. Personne n'est maître de tout.

— Si j'ai rien à me reprocher, c'est la faute à qui alors ? gronda-t-elle en retirant sa main. Celle de Dieu ? Du copain de Tangela ? On m'a appris que je devais compter sur moi et que ceux qui n'en étaient pas capables n'avaient à s'en prendre qu'à eux-mêmes. Je devrais changer d'avis maintenant ? Je devrais renoncer à mes responsabilités quand ça devient trop dur ? »

Karen chercha avec soin les paroles qui pourraient aider son amie. « Écoute, je suis d'accord avec toi. Tu as tout à fait raison : tu as pris tes responsabilités. Alors, c'est peut-être maintenant à Tangela d'apprendre à le faire à son tour. »

Defina se mordit la lèvre. « J'aurais dû le lui apprendre plus tôt. J'ai pas su. » Elle fit un effort pour garder son sang-froid. « Tu ne sais pas ce que c'est, d'avoir une fille. Elle faisait partie de moi bien longtemps avant qu'elle soit née. Elle a toujours fait partie de moi. Tu ne peux pas imaginer combien c'est terrible de ne plus rien pouvoir.

— Tu as raison.

— C'est trop dur d'élever seule un enfant. Je n'aurais sans doute jamais dû essayer. Elle n'a vu son père que quelques fois, et puis il y a eu les autres qui ont suivi. Des hommes nuls pour elle comme pour moi. Ils étaient grands, mignons et nuls. Comment s'étonner qu'elle s'en soit trouvé un aussi nul ?

— Allons, Dee, ne sois pas si dure avec toi-même. Tu as travaillé pour l'élever, tu lui as donné une belle maison, tu l'as envoyée à l'école privée, tu lui as consacré tout ton temps libre, tu as laissé tomber des types pour elle. Et maintenant, tu t'envoies en cure de désintoxication. Tu as fait ton possible. Il faut voir les choses en face : ce pays ne fait rien pour aider les mères célibataires, ni pour celles qui travaillent et qui sont célibataires. Regarde la France, à côté : des crèches magnifiques, des allocations. Ici, c'est autre chose. Ce n'est pas facile d'être une mère célibataire, et moins encore quand on est noire. »

Ces paroles parurent sans effet sur Defina, qui haussa les épaules et fit comme si elle n'avait rien entendu. « Je n'aurais pas dû la laisser devenir mannequin, c'est tout. Surtout, appelle ta sœur pour bien lui dire de sortir Stephanie de là. Tu le dois.

— Promis », répondit Karen.

Karen quitta Defina avant deux heures. Malgré tout, elle se sentait l'esprit en fête. Les ventes atteignaient des records dans le show-room, et Cyndi était bien installée à l'hôtel. Jeffrey était occupé de son côté, cet après-midi, et Karen profita d'un moment de répit pour appeler Mr Centrillo. Elle ne l'avait pas joint depuis son retour. Maintenant, dans le calme de son appartement, elle composa son numéro. C'était la dernière pièce du puzzle. Peut-être aurait-il des nouvelles?

« Oh, Mrs Cohen, déjà de retour? Comment se sont passées ces vacances? »

Lui mentir la rendait mal à l'aise. C'était vraiment un brave type. « Très bien.

— Le lac n'était pas trop froid? » Un instant, elle ne comprit pas ce qu'il voulait dire. Puis elle se souvint de lui avoir dit qu'elle allait à Lake George.

« C'était charmant, dit-elle. Avez-vous du nouveau pour moi?

— Écoutez, Mrs Cohen. Je suis désolé, je suis dans une impasse. Nous avons contacté l'agence qui s'est occupée de vous, mais les dossiers sont scellés. »

Sa déception et sa colère furent telles qu'elle put à peine respirer.

« Attendez. Vous avez trouvé l'agence qui a suivi mon dossier mais on ne peut pas avoir accès à ce dossier? » De quel droit lui cachait-on son passé?

« Enfin, nous ne sommes pas absolument sûrs que ce soit la bonne agence, mais c'est plus que probable. Je vous avais prévenue de l'existence de ce risque. »

Que c'était stupide! Pourquoi des étrangers avaient-ils le droit de savoir le secret de ses origines, mais pas elle? « On en reste là, alors? » Sa voix dérapa.

« Écoutez, je vous fais une proposition. Au cas où vous voudriez qu'on pousse plus loin. Il se trouve que j'ai questionné quelques personnes et nous avons trouvé un dossier au nom de Mrs Talmidge. Je leur ai dit qu'elle devait faire un héritage. Je pourrais la retrouver. Elle s'est retirée en Floride ; si elle est toujours de ce monde, elle pourrait nous donner une piste, se souvenir de quelque chose, même si cela remonte à plusieurs dizaines d'années. »

Karen pensa à Cyndi, à son gros ventre et à son doux sourire. Voudrait-elle que l'enfant qu'elle porte la retrouve dans trente ou quarante ans ? Quand elle aurait refait sa vie et que cet épisode ne serait plus qu'un vague souvenir douloureux dans sa mémoire, Cyndi voudrait-elle le voir resurgir ? Et son fils voudrait-il la retrouver ?

« Oui, déclara Karen. Je veux poursuivre les recherches.

— Alors, voilà ce que je vous propose. J'ai un contact, un type pas très orthodoxe. Il s'appelle Paige, Minos Paige. Il a plus d'un tour dans son sac. Quand il s'agit d'aider les gens à retrouver la mémoire, il sait y faire. Mais comme je le disais, il n'est pas très orthodoxe et il est très cher.

— Très cher ? De quel ordre ?

— Il demandera sûrement un acompte de dix mille dollars, et plus s'il a des résultats, mais comme il travaille assez régulièrement en Floride, il est sans doute notre meilleure chance de retrouver cette Mrs Talmidge. C'est sans garantie, mais c'est tout ce que je peux vous proposer à ce point.

— Obtient-il généralement des résultats ? s'enquit Karen.

— Oui, il est bon.

— Je vous vire l'argent demain. Je serai en déplacement pendant dix jours, mais je vous rappelle dès mon retour.

— Vous voyagez beaucoup », remarqua Centrillo. Karen hocha la tête ; encore n'en connaissait-il pas la moitié. « Je ne sais pas ce que Minos peut récolter en dix jours, mais j'attendrai votre appel. »

Comme Karen voulait éviter à tout prix que Cyndi se sente seule pendant son dernier mois de grossesse, elle passait avec elle tous ses moments libres. Mais elle devait la préparer à son absence pendant les dix jours où elle serait en voyage en Asie à visiter les usines de NormCo. Defina était suffisamment débordée par le travail, sans compter ses problèmes avec Tangela. Et Karen ne pouvait appeler sa sœur. Lisa en voulait à mort à Karen, comme si celle-ci était responsable du fiasco à Paris. Elle avait mis un point final au stage de sa nièce, ce qui avait rendu Lisa encore plus furieuse. Belle s'en prenait à tout le monde, y compris au malheureux Arnold convalescent. Aussi, en désespoir de cause, Karen avait fait venir Carl à l'hôtel et l'avait présenté à Cyndi. Carl était la meilleure nounou dont elle pouvait disposer, surtout tant que le bébé était encore dans les limbes. Carl n'aurait qu'à gâter Cyndi, la sortir et la nourrir en l'absence de Karen.

Il commença par lui couper les cheveux et fit un malheur. Ensuite, il voulut la teindre, mais Karen intervint. « Bon, concéda-t-il, on verra après... »

Ils évitaient d'un commun accord de faire allusion à ce qui se passerait « après » et se verrouillaient dans le présent. Pourtant, Cyndi trouva Carl sympa et Carl était assez maternel pour prendre la jeune fille sous son aile. Il insista pour qu'elle vienne passer chez lui le week-end du départ de Karen, ce que Sally n'accepta qu'à contrecœur.

Karen put donc partir le cœur léger pour la Thaïlande et elle proposa à Defina de venir l'aider à faire sa valise. Dans la chaleur humide de l'Extrême-Orient, il lui fallait la soie et le lin les plus fins.

Wolper avait réservé des chambres à l'Oriental Hotel de Bangkok. En apprenant cela, Defina eut un sourire rayonnant. « Le meilleur hôtel de toute la terre, affirma-t-elle. J'y suis allée une fois pour une séance de photos. Alors n'aie pas peur de froisser tes affaires. Tu auras ton propre valet qui te repassera chaque chose en défaisant ta valise. Et tout ce qui aura été lavé – même tes petites culottes – te reviendra dans un paquet cadeau avec une orchidée sur la boîte. C'est le lieu le plus romantique au monde. »

Karen prit le temps de passer par Rockville Centre pour rendre visite à Arnold avant d'aller à l'aéroport. Quand elle arriva, Belle était sortie. Vêtu de son vieux peignoir gris, Arnold vint lui ouvrir. Elle le prit dans ses bras, heureuse de se serrer contre lui. Il avait l'air vigoureux, mais n'avait pas très bonne mine.

« Je retourne au travail la semaine prochaine. Le docteur dit que je peux reprendre à mi-temps.

– Super. Mais n'essaie pas d'en faire trop. Relax.

– Me relaxer ? Ici ? Je dois aller au bureau si je veux me relaxer. Mon travail me manque, Inez aussi. » Il lança un coup d'œil à Karen. « Et je lui manque aussi. »

Karen approuva en silence.

« Tu sais, au fond, ce qui compte le plus pour chacun, c'est le travail et les amis. Et encore, quand on a de la veine. » Arnold regarda sa fille. « Tu es contente de ton travail ? » Karen hocha la tête. « Tu vas vendre la société ?

– Je veux d'abord en avoir le cœur net. » Elle lui expliqua le voyage à Bangkok et dans les Marianas.

Arnold quitta le fauteuil dans lequel il s'était affalé. « Je sais tout sur les Marianas. » Il frotta sa mâchoire hirsute. « C'était quoi, déjà ? » Il leva les yeux au plafond, comme si la réponse était inscrite sur le lustre de Belle. « Attends une minute... » Il alla dans son bureau. Karen l'entendit fouiller, puis il revint, un bristol à la main. « Dagsvarr, annonça-t-il.

– Quoi ? dit-elle.

– Lars Dagsvarr. Il m'a écrit des Marianas. Je lui dirai de prendre contact avec toi. »

Karen lui donna le nom de l'hôtel où elle devait descendre. « Tu peux rester dîner ? proposa Arnold. Allons, qui t'en voudrait ? » ajouta-t-il quand elle refusa.

# Chapitre 25

## Jeux de mains

Lisa s'escrimait à enfiler le collant noir à haut gainant qu'elle allait porter avec les chaussures noires Charles Jourdan rapportées de Paris. Elle tira sur la ceinture sans arriver à le faire remonter au-dessus du nombril, où il formait une petite boursouflure autour de la taille. Avait-elle grossi? C'était sans doute la cuisine française, trop riche.

Elle se précipita devant la glace. Oui, elle avait grossi. Bon sang! Elle aurait dû faire plus attention. Dans la folie du moment, et avec la tension qui régnait maintenant à la maison depuis que Stephanie avait été mise à pied, elle mangeait trop.

D'habitude, ce n'était pas un problème. Dès qu'elle prenait du poids elle se mettait au régime Stillman et doublait ses séances d'aérobic, et le tour était joué. Mais elle arrivait à une période critique. Vêtue du collant, des chaussures et du soutien-gorge en dentelle noire, elle se demanda ce que Jeffrey penserait d'elle en la voyant ainsi. Parce qu'il avait envie de la voir ainsi, elle en était sûre. Il continuait de s'occuper d'elle. Il l'avait invitée deux fois à déjeuner à Paris, sans Karen, et il venait juste de l'appeler pour lui fixer rendez-vous au restaurant. Puisque Karen acceptait de vendre, pourquoi continuait-il de la voir? Lisa observa son reflet dans la glace. Bien qu'elle s'habillât pour épater les autres femmes, c'était excitant de se préparer pour plaire à un homme. Jeffrey était sûrement très critique et ne devait pas être facile à satisfaire. Leonard, en revanche, ne remarquait plus rien depuis des années, sauf pour en demander le prix.

Malgré ses kilos en plus, elle était plus jolie que Karen. Après tout, sa sœur était bâtie comme un cheval. Lisa n'avait jamais compris la fascination de Jeffrey à son égard. De toute façon, Karen avait toujours tout eu, qu'elle le mérite ou non. Lisa était la plus jolie, mais ce n'était pas elle qui s'était décroché un mari beau, riche et compréhensif. Bien qu'elle eût toujours un corps irréprochable, elle avait épousé Leonard, sa brioche et sa calvitie. Évidemment, il ne se passerait rien entre eux. Pas question d'imaginer une aventure. Mais c'était agréable d'être l'objet d'autant d'attentions.

Quand ils étaient ensemble, ils parlaient surtout du mal qu'il avait à faire signer cet accord. Lisa compatissait et l'encourageait. Il laissait entendre que Karen ne comprenait pas tout ce qu'il lui avait fallu faire pour arracher ce contrat. Lisa sympathisait et, à son tour, lui confiait combien Leonard savait mal gérer sa clientèle ; celle-ci diminuait. Ils convenaient que Karen n'avait aucun sens pratique et n'avait jamais rien compris à l'argent. En partant, Lisa promettait dûment de pousser Karen à signer.

Après tout, c'est vrai, Jeffrey s'était suffisamment sacrifié. Et Lisa de son côté avait suffisamment donné d'elle-même à son mari. Le magasin était pour elle un moyen d'expression, point de vue que Jeffrey partageait pleinement. Puis ils parlaient de ce que ferait Lisa et de ce que ferait Jeffrey avec l'argent de NormCo. C'était le moment le plus agréable du déjeuner. Jeffrey voulait peindre à plein temps, Lisa espérait aller vivre à New York. Jeffrey envisageait d'acheter un loft, et il lui promettait de l'aider à trouver un appartement. Peut-être pourraient-ils continuer à déjeuner ensemble ?

Quelque chose avait changé pour Lisa depuis Paris. Le cirque autour de Stephanie lui avait donné de l'importance, mais ce qui avait suivi lui avait laissé un arrière-goût amer. Depuis l'épisode de la drogue, depuis leur retour, Lisa avait compris que, cette fois, on ne s'intéressait plus à elle, mais à sa fille. Celle-ci était à présent assez grande pour plaire aux hommes, et pas seulement à des lycéens boutonneux comme Jordan, mais à des types séduisants de l'âge de sa mère. Les propositions qui avaient commencé à affluer avaient mis Lisa... disons, mal à l'aise. Comme si elle-même avait passé le cap, alors qu'elle n'avait pas quarante ans ! C'était pourquoi la vente de KKInc et les attentions de Jeffrey comptaient autant en ce moment. Lisa avait ainsi l'impression de remonter le temps et de se voir offrir une seconde chance.

Mais ce n'était pas pour cette raison qu'elle avait consigné Stephanie dans sa chambre. Elle l'avait fait pour son bien. Peu importe que sa fille ne décolère pas, elle pouvait s'amuser à bouder comme Tiff. Elle resterait dans sa chambre tant qu'elle s'obstinerait à vouloir abandonner le lycée ! Son stage était terminé, et elle n'en ferait pas d'autre. Elle passerait le reste du semestre bouclée.

Pour le moment, Lisa devait prévenir Stephanie qu'elle sortait. Elle envoya promener ses chaussures et enfila un peignoir rose. Puis elle alla frapper à la porte de sa chambre.

La porte s'ouvrit brutalement et Stephanie, le visage défait à force de pleurer, lui fit face. « Quoi ? brailla-t-elle.

— Je sors, j'ai un déjeuner.

— Je m'en tape. »

Lisa inspira profondément. Stephanie finirait par s'en tirer. « Ce n'est pas parce que je sors que tu as le droit d'en faire autant. Tu es censée rester ici jusqu'à l'heure de tes cours et être de retour quand je rentre.

— Je serai peut-être ici aujourd'hui, mais ne t'attends pas à me voir rester encore longtemps. J'ai seize ans passés et je ne retournerai pas à cette saleté de lycée. Je déteste cet endroit, et je déteste cette maison. Et je déteste cette ville. »

Lisa se retint de lui dire qu'elle aussi détestait leur maison et la ville.

« Tu es folle ? Tu sais bien que tu dois retourner en cours. Tu dois passer ton bac et faire des études.

— Tu n'en as pas fait, tu n'as pas ton bac, toi! Et je ne veux plus être avec ces mômes. Je vais appeler Christian chez Elite, il me trouvera du travail et je pourrai avoir un appartement à moi. »

Sur le coup, Lisa eut peur. Stephanie ne parlait plus comme une enfant et elle avait l'air tout à fait résolu. Mais c'était ridicule! Il fallait attendre qu'elle se calme et qu'elle reprenne tranquillement le chemin de l'école où elle retrouverait ses copains. « On en reparlera ce soir avec ton père, répondit Lisa. Pour le moment, je veux être sûre que tu m'as bien comprise : tu vas à tes cours, tu rentres et tu restes dans ta chambre jusqu'à mon retour?

— Pourquoi tu ne me fiches pas la paix? Pourquoi tu ne me laisses pas faire ce que je veux?

— Parce que je suis ta mère et que mon boulot de mère, c'est d'empêcher ma fille de faire ce qu'elle veut. »

Loin de sourire de la plaisanterie, Stephanie fixa Lisa en plissant les paupières : « Tu es jalouse, alors tu veux me gâcher mes chances. Parce que tu te barbes dans l'existence, tu voudrais que j'aie une vie aussi épouvantable que toi. Tu es jalouse.

— Ferme-la, lança Lisa, blanche comme un linge. Tu n'as pas passé l'âge de recevoir une gifle.

— Va te faire foutre! » rétorqua Stephanie en claquant la porte. Heureusement, Lisa eut le temps de reculer d'un pas, autrement elle aurait reçu la porte dans la figure. Elle retourna dans sa chambre et, à son tour, claqua la porte. Mais c'était un geste inutile car, déjà, Stephanie avait mis à fond la stéréo avec l'album des U2.

Lisa sortit de la penderie le corsage et la jupe Max Mara qu'elle comptait mettre. Ses mains tremblaient. Enfin, c'était un mauvais moment à passer pour Stephanie. Peut-on imaginer une chose pareille, sa fille abandonner le lycée avant le bac? Elle était folle! C'était de la faute de Karen. Elle lui avait fait du bourrage de crâne. Karen s'était mise entre elles deux. Pour Stephanie, tout ce que faisait Karen était parfait. Que penserait-elle si elle savait que sa mère avait rendez-vous avec le mari de sa tante ? Après tout, celle-ci n'était pas aussi parfaite.

Elle avait acheté un cardigan en viscose fabuleux pour aller avec son ensemble, mais il restait introuvable dans le fouillis du placard. Elle ne l'avait pas remis depuis Paris ; alors, où était-il passé ? Elle chercha parmi les manteaux, dans la chambre d'ami. Les vêtements de retour du teinturier étaient encore enveloppés d'un film plastique et il était difficile de les distinguer. Pour finir, elle se cassa un ongle. Elle aurait volontiers renoncé, mais comment sortir sans son gilet ? Peut-être était-il rangé par mégarde chez Stephanie ? Ou chez Tiffany ? Mieux valait vérifier d'abord chez cette dernière.

Contrairement à celle de sa sœur, la chambre de Tiff était immaculée. Lisa y pénétrait rarement, c'était inutile, Tiff avait de l'ordre. Depuis cette affreuse *bat mitzvah*, la jeune fille était plus silencieuse que jamais. Aucun problème. Elle fit coulisser les portes pliantes que Tiff gardait bien fermées. Et là, elle resta bouche bée.

Parfaitement disposés, comme dans la meilleure boutique, se trouvaient une multitude de coordonnés. Il y avait deux ensembles en maille d'Adrienne Vittidini, trois pulls de Joan Vass, un blanc, un rouge et un bleu, avec jupes et caleçons assortis... Lisa porta la main à son front. Elle vit une veste de Calvin Klein, dont elle avait longtemps rêvé, dans une soie sauvage magnifique. Elle la sortit de la penderie. C'était un trente-six et le prix était encore accroché au vêtement : neuf cent soixante dollars ! Elle le remit à sa place et poursuivit l'inventaire : trois robes Ralph Lauren, quelques Anna Suis, une veste de Jil Sanders et un fabuleux blazer d'Armani, trois chemisiers en soie du même couturier et quelques autres bricoles moins spectaculaires. Le tout uniquement en taille trente-six.

D'où cela provenait-il ? A qui cela appartenait-il ? Et

qu'est-ce que cela faisait dans la chambre de Tiff? Celle-ci n'aurait pas pu y glisser une jambe. Elle n'avait pas pu porter ces vêtements, ni se les offrir, même en y consacrant tout l'argent reçu pour sa *bat mitzvah*. De toute façon, Leonard avait placé celui-ci sur un compte bloqué destiné à financer les études de la jeune fille. Lisa recula, saisit les poignées des portes qu'elle referma brutalement. Elle ne voulait rien savoir. Pour le moment, elle en avait par-dessus la tête de ses filles, merci! Elle allait voir Jeffrey, ils ne parleraient ni de Leonard, ni de Karen, ni de ses enfants. Ils parleraient seulement de ce qu'ils allaient faire quand ils toucheraient ce merveilleux argent, promesse d'une vie nouvelle.

## Chapitre 26

## Tirer sur la corde

Karen volait vers Hong Kong dans un des jets privés de NormCo. Cette fois, ce n'était pas un 707 mais un 747. Seuls Bill Wolper et le président des États-Unis possédaient un avion aussi grand. L'appareil avait quatre moteurs au lieu de trois, ce qui expliquait que Bill le préférât pour les longs trajets. « C'est plus cher à l'usage, mais ça vaut le coup, vous ne trouvez pas? Après tout, vous êtes une de nos plus grosses valeurs. » L'avion semblait s'élancer dans le ciel comme une fusée. Mais, quand ils eurent atteint l'altitude nécessaire, il se stabilisa et ce fut le voyage le plus confortable que Karen eût jamais fait.

Il y avait à bord deux stewards, un homme et une femme, de même qu'un chef cantonné aux cuisines. Ils étaient là pour la servir. Karen tenta pendant quelque temps de parcourir les affreux rapports financiers de NormCo, puis elle abandonna. Son fourre-tout était bourré de magazines de mode, parmi lesquels elle avait glissé un ouvrage de T. Berry Brazelton sur les nouveaux parents. C'était surtout celui-ci qu'elle avait envie de lire, de même qu'un livre sur les prénoms, mais elle n'avait pas envie de le faire devant le personnel. Finalement, à neuf heures et demie, elle se déclara prête à aller se coucher et se glissa entre les draps en lin, ornés du monogramme « WW » brodé en gris.

Elle monta dans la Mercedes blanche garée devant l'aéroport international de Bangkok. Un représentant thaïlandais de NormCo, accompagné d'un petit bout de femme, minuscule et ravissante, chargée d'un énorme bouquet, était venu l'accueillir. On lui épargna la récupération de ses bagages et les formalités d'immigration et de douane. Apparemment, ces tâches étaient considérées comme indignes des invités de Bill Wolper. On l'introduisit dans un salon tapissé de soie pourpre, où plusieurs responsables officiels vinrent régler ses affaires à un petit bureau en teck pendant qu'elle était installée sur un divan de soie jaune d'or. Elle avait toujours les fleurs à la main, principalement des roses blanches et des orchidées mauves. Un billet y était agrafé : « Bienvenue en Asie. Je suis sûr que vous allez vous y plaire. Bill. » Elle fut tentée de laisser l'encombrant cadeau dans la voiture, d'autant qu'il s'était défraîchi pendant le trajet en limousine.

Derrière les vitres teintées, dans l'air conditionné, Karen eut sa première vision de la Thaïlande. Les vingt-quatre heures de vol et sa longue nuit l'avaient déphasée, mais c'était bien la meilleure façon de voyager. Aurait-elle encore droit aux mêmes égards quand elle ferait partie du sérail ? Ou était-ce la lune de miel avant d'en venir aux affaires ? Bangkok n'était pas différente des autres grandes métropoles aux abords des aéroports internationaux, sauf qu'ici, tout était écrit en thaï. Le bruit était indescriptible, malgré les vitres isolantes de la limousine.

Le chauffeur indiqua du doigt l'emplacement du palais royal. Ils traversèrent une succession de canaux verts et engageants avant de pénétrer dans la ville où foisonnaient boutiques et rues encombrées, enseignes et signaux lumineux. Ce fut seulement quand la limousine emprunta l'allée circulaire desservant l'hôtel qu'elle se sentit dans un autre monde.

Elle fut accueillie par six hommes en vestes blanches immaculées et portant le large pantalon traditionnel des

Thaïlandais. Tout le monde souriait et s'inclinait très bas, les deux mains serrées l'une contre l'autre devant le visage. « *Sawadi kop* », dirent-ils en guise de salut. Elle s'inclina à son tour tandis qu'on emportait ses bagages. « *Sawadi kop* », répondit-elle, déclenchant des rires. « Le garçon seulement dit *sawadi kop*, expliqua son chauffeur. Les filles disent *kali*. » Karen ne comprit pas, mais s'inclina et sourit. Un des directeurs se présenta, expédia les formalités et la conduisit jusqu'aux ascenseurs.

Un petit bouquet de fleurs qui lui étaient inconnues, de ravissantes clochettes mauves aux feuilles arrondies, ornait la table de nuit. Un billet était posé à côté du vase : « Faites de beaux rêves. J'ai un dîner d'affaires, mais je compte sur vous pour le petit déjeuner demain matin. Bill. » Les valets sortirent en s'inclinant, tandis que le directeur adjoint lui montrait l'immense salle de bains en marbre blanc, le dressing-room, et un petit salon en contrebas du living, simplement meublé d'une table, de deux chaises et d'un arbuste en fleurs. C'était dépouillé et luxueux.

L'obscurité tombait déjà. La chambre donnait sur les jardins et la piscine au bord du fleuve, vert ruban miroitant. Des dizaines d'embarcations dansaient à la surface. Par-delà le cours du fleuve, Karen distinguait la coupole dorée d'un temple, qui étincelait sous les multiples reflets de l'eau. Elle avait sous les yeux une vision orientale, délicate, merveilleuse et de toute beauté. C'était l'Asie telle qu'elle vous est décrite dans les contes de fées et non ce lieu abominable que lui avait annoncé Arnold, où des sortes d'esclaves s'échinaient pour quelques sous à longueur d'année.

Le petit déjeuner avec Bill au bord de la piscine fut charmant. Au Palace Hotel, ce repas comprenait des omelettes aussi fines que des crêpes, enroulées autour de légumes hachés et accompagnées d'un riz délicieux. *A priori*, manger du riz le matin ne la tentait pas, mais elle changea d'avis dès la première bouchée. En songeant à Mercedes et à ses régimes sans amidon, elle sourit.

« C'est bon, n'est-ce pas ? demanda Bill.

— Ça vaut amplement les œufs au bacon », reconnut Karen.

Elle ne s'était jamais sentie aussi choyée, aussi entourée de luxe. Elle n'aurait su dire si ce fabuleux cocon, elle le devait à l'hôtel, à l'argent de Bill ou aux attentions dont elle faisait l'objet. Elle aurait volontiers passé la journée à contempler les sampans sur le fleuve, à boire et à manger au soleil sur la véranda. Finalement, ce n'était pas mal d'être riche.

Comme s'il avait lu dans ses pensées, Bill se pencha sur la table inondée de soleil et lui sourit. « Alors, on va coucher ensemble ? » demanda-t-il, charmant.

Elle n'était pas surprise par le fond, mais par la forme de la question. Ne sachant comment réagir, elle rit, comme une gamine. « Je suis mariée, vous savez.

— Je le sais déjà, fit-il, parfaitement à l'aise, en prenant son verre de jus de mangue.

— Et ce n'est pas mon genre, précisa-t-elle.

— Mais vous y avez pensé. Vous avez même envisagé que ça pourrait arriver aujourd'hui.

— Non. » Elle était désemparée. Bien sûr, elle avait vaguement fantasmé quand ils avaient déjeuné ensemble et que les choses n'allaient pas très bien entre elle et Jeffrey, avant que la perspective d'un bébé se précise. Mais ce n'était qu'un fantasme. Le reconnaître risquait de l'entraîner sur une pente où elle ne tenait pas du tout à s'engager.

« Je ne vous crois pas, lança Bill.

— Je peux le prouver, dit-elle en éclatant de rire. Quand une femme pense à une aventure, elle commence par s'épiler les jambes. » Elle décroisa les siennes et en exhiba une, discrètement, sous ses yeux. Il tendit la main et attrapa sa cheville. Elle se mit à rougir. « La barbe de cinq heures, conclut-elle en riant. J'ai gagné. »

Une longue journée les attendait. Bill devait lui montrer

plusieurs usines que faisait fonctionner NormCo, ainsi que deux autres entreprises dont ils envisageaient de devenir les principaux commanditaires. Karen se sentait coupable, parce qu'elle aurait volontiers passé sa journée à se prélasser sur une chaise longue au bord de la piscine. Mais en digne fille d'Arnold, elle ne fuirait pas ses responsabilités. Ils partirent donc en Mercedes blanche pour visiter cinq endroits différents. Partout, Bill fut traité avec plus que du respect. Au-delà des révérences et de la déférence dues au boss, il y avait une soumission naturelle, un plaisir quasi religieux, dans les rituels du respect. Elle en fit la réflexion à Bill.

« Vous avez raison. Je crois que ça a à voir avec le bouddhisme. Vous savez, la réincarnation et tout ça. Si, de naissance, vous avez une position élevée, c'est votre karma. Cela veut dire que vous récoltez les bénéfices de plusieurs vies de bonté.

– Un peu comme le droit divin des rois ? »

Il hocha la tête, comme s'il adhérait à cette croyance. Au fond, les rois croient toujours au droit divin, et il n'y a que les filles de Nostrand Avenue pour en douter.

Les Thaïs lui plaisaient. Ils étaient beaux et travailleurs, et semblaient très doux. Les usines étaient propres et bien éclairées. Il n'y avait pas d'enfants parmi les ouvriers, bien que certaines filles parussent beaucoup plus jeunes que leur âge officiel. Cependant, on ne pouvait pas accuser ces entreprises d'esclavagisme.

Soulagée et ravie, elle pouvait enfin signer le contrat avec NormCo. Ensuite, ce serait la belle vie pour Jeffrey et elle avec leur bébé. Leur quote-part se montait à trente millions de dollars, et il leur en resterait plus de la moitié après le prélèvement des impôts et des frais. Karen commençait à penser aux sous.

Bill la déposa à l'hôtel à quatre heures. « Si on se retrouvait à sept heures sur la véranda pour l'apéritif ? proposa-t-il. Et pour le dîner aussi ? Demain, on part en Corée, puis aux Marianas, et ensuite on rentre. » Karen était d'accord. Elle était fatiguée. Elle avait envie d'un bain et voulait appeler New York. Mais quand elle entra dans sa chambre, trois messages l'attendaient : deux de Jeffrey, l'autre de Carl. Elle appela son mari d'abord, mais personne ne décrocha. Alors elle composa le numéro de son ami.

Il répondit au premier coup. « Karen ?

— Comment as-tu su que c'était moi ?

— Qui d'autre appellerait à une heure pareille ? Écoute, le bébé est né.

— Quoi ?

— Cyndi a accouché cet après-midi au Doctor's Hospital.

— Mon Dieu ! s'exclama Karen qui se sentit défaillir. Est-ce que tout s'est bien passé ? Elle va bien ? Et le bébé ? Est-ce qu'il n'est pas trop prématuré ?

— Une chose à la fois, la coupa Carl. Le bébé a trois semaines d'avance, mais il pèse deux kilos sept, ce qui est proche de la normale. Il n'a pas de problèmes respiratoires et ses poumons ont l'air en parfait état. Et Cyndi va bien. » Il s'interrompit. « Jeffrey est rentré de Milan. Tu l'as eu ?

— Non, il n'était pas à la maison. Peut-être était-il encore à l'hôpital.

— Je ne pense pas. C'est moi qui ai conduit Cyndi à l'hôpital.

— Toi ? Et Jeffrey, où était-il ?

— Je ne sais pas. Ton bureau a mis un certain temps à le localiser. Il est venu dire bonjour et puis il s'est tiré avant moi. Bref, tu devrais lui parler.

— De quoi ? Carl, tu me mens, il y a quelque chose qui cloche. Si c'est le bébé, je te tuerai.

— Je te jure que le bébé va bien, mais...

— Mais quoi ? cria-t-elle, à bout.

— Bon, c'est peut-être des idées que je me fais, mais il me semble qu'il y a un problème avec Cyndi. Pas physiquement, tu sais, mais bon...

— Elle est malheureuse ? Je devrais l'appeler ?

— Parles-en avec Jeffrey. A mon avis, il faut qu'il lui parle pour la calmer. Elle n'arrête pas de pleurer. C'est naturel, d'ailleurs. C'est son premier bébé, c'est vraiment dur pour elle.

— Bien sûr, mais elle va bien et le bébé aussi, tu me promets?

— Oui, Karen, mais appelle Jeffrey. Il est temps que tu en parles avec lui. »

Karen passa deux heures assise près du téléphone à composer et recomposer le numéro de son appartement. Elle imaginait le pire. Carl lui avait menti, le bébé était mort, ou mourant, ou difforme, aveugle ou handicapé. Elle avait beau chercher à se raisonner, elle ne pouvait s'en empêcher. Il était sept heures moins le quart à Bangkok quand Jeffrey décrocha enfin. Elle était si bouleversée qu'elle oublia de lui demander d'où il venait. « Jeffrey, que se passe-t-il?

— Karen, j'ai de mauvaises nouvelles. »

Elle se mit à pleurer en silence. Elle le savait! Son cœur se serra et son estomac plongea comme dans un gouffre. « C'est le bébé, hein? Le bébé est malade?

— Non, le bébé va bien. Mais Cyndi risque de changer d'avis. Je regrette, Karen. »

Ses larmes s'arrêtèrent instantanément de couler. « Quoi? s'écria-t-elle. Qu'est-ce que ça veut dire? »

Même à douze mille kilomètres, elle entendit de la lassitude dans la voix de Jeffrey. « Je crois que Cyndi veut garder le bébé, Karen. Et dans ce cas, on n'y pourra rien. »

Karen appela Bill pour se décommander, mais elle ne put lui cacher sa détresse. Allongée sur le divan, trop bouleversée pour pleurer, trop déçue pour ressentir la douleur qui allait fondre sur elle, la démolir, elle fixait un regard vide sur les larges baies. C'est alors qu'elle entendit frapper. Elle n'avait pas la force de se lever, de traverser la chambre. Au deuxième coup, elle s'obligea à aller ouvrir et vit devant elle le visage inquiet de Bill.

« Que se passe-t-il ? demanda-t-il. Que se passe-t-il donc ? Quelqu'un est mort ?

— Non, murmura-t-elle. C'est pire. »

Elle lui raconta tout. Il écouta, puis il réorganisa la suite du voyage. Il annula complètement la Corée, et passa la soirée à la saouler méthodiquement. Il lui tenait son verre de vin, et elle but comme un bébé, et pleura aussi comme un bébé. Il s'assit à côté d'elle sur le divan, lui essuya le nez, lui tapota le dos et lui remplit de nouveau son verre. Il compatissait infiniment plus qu'elle n'aurait pu l'imaginer. « Quel désastre ! répétait-il. Quel désastre ! »

Ils restèrent silencieux quelque temps, puis Bill détourna son visage de la fenêtre et l'embrassa sur la bouche. « Vous savez, Karen, si vous voulez adopter un enfant, je pourrais vous aider. Je connais un tas de gens, ce n'est pas si dur.

— Merci », murmura-t-elle. Même saoule, elle se rendait compte à quel point Bill était capable de vous simplifier la vie. Comment serait-ce, songea Karen, si Bill Wolper s'occupait d'elle pour toujours ?

Ce fut sa dernière pensée avant de sombrer.

Elle se réveilla en soutien-gorge et en slip sous une couverture soyeuse. Bill était parti. Elle ne se souvenait que de sa gentillesse, de son bras autour de ses épaules et de son mouchoir. Du reste, elle le tenait toujours serré dans son poing, et il était encore humide. Et elle avait mal à la tête.

Elle resta longtemps sous la douche et se fit monter de l'eau gazeuse. C'était déjà l'après-midi et elle dut tirer les stores pour empêcher le soleil d'entrer. Elle ne le supportait pas. Elle avala plusieurs aspirines et, lorsque le téléphone sonna, elle put le porter à son oreille sans avoir l'impression que son cerveau flottait à l'intérieur de son crâne. C'était Bill. Il s'enquit de sa santé et voulut savoir si elle était en état de partir le soir même. Elle acquiesça.

Sans comprendre ce qui s'était passé, elle accusait Jeffrey. Il avait souhaité vendre la société, mais il ne voulait pas du bébé, et il n'avait pas fait ce qu'il fallait. Pourquoi n'était-il pas là pour l'accouchement ? Et pourquoi n'avait-il pas tout tenté pour convaincre Cyndi, la rassurer, afin qu'elle abandonne son bébé ? Jeffrey savait vendre ses idées. Pour Karen, il avait certainement péché par omission. Cette idée la mettait hors d'elle.

Du coup, si Bill lui en donnait l'occasion, elle n'hésiterait pas à coucher avec lui. Elle le ferait autant par reconnaissance que pour se venger de son mari, mais ce n'était pas aussi simple que ça. Bill Wolper se montrait plus attentif à son égard que Jeffrey ne l'avait jamais été, et il la respectait comme jamais Jeffrey ne l'avait fait. Malgré sa réussite, Bill ne se croyait pas supérieur à elle. Ils étaient comme deux âmes sœurs. Il lui apportait ce dont elle avait besoin : quelqu'un sur qui compter.

Lorsque Jeffrey la rappela, une heure plus tard, elle garda pour elle le secret de son infidélité imminente. Il lui expliqua de nouveau que, débordé par le suivi des présentations à Milan et New York, il n'avait pu arriver à temps à l'hôpital. Mais il lui répéta tant et plus que cela n'aurait rien changé. « Karen, ce genre de choses peut arriver. Tu ne peux pas en vouloir à Cyndi, ni à moi, ni même à toi. »

Il avait tort. Elle en voulait aux trois. Elle était dans une rage folle. Si Jeffrey avait été dans la pièce, elle l'aurait giflé, tout comme elle aurait giflé Cyndi si elle avait été là. Elle était dans un tel état de fureur qu'elle n'aurait pas cherché à se retenir. Nul ne pouvait comprendre mieux qu'elle pourquoi la jeune fille ne pouvait abandonner son enfant : pour la même raison, elle ne pouvait y renoncer elle-même. Pourtant, elle n'avait pas le choix. Et elle savait qu'il n'y en aurait pas d'autre. Elle reprochait à Jeffrey de ne pas avoir été là, d'être responsable du désastre, mais aussi d'en souffrir moins qu'elle.

La voix de Jeffrey semblait émerger d'un autre monde : « Karen, ce n'est peut-être pas le bon moment, mais je voulais te dire que nous nous sommes mis d'accord sur le contrat. On te l'a fait parvenir par porteur spécial. Il doit se trouver à la réception. Tu n'as sûrement pas envie de t'occuper de ça maintenant, mais pense à prendre l'enveloppe avant de partir pour les Marianas. » Elle faillit éclater de rire. C'était bien le genre de Jeffrey de n'avoir que le contrat en tête.

*Chapitre 27*

# Esclaves de la mode

Vu d'avion, Saipan ressemblait au paradis. Bill lui avait expliqué que Geoffrey Beene, Liz Claiborne, Levi's et The Gap avaient tous eu recours aux îles du Pacifique pour fabriquer leurs vêtements. Elles produisaient pour près de trois cents millions de dollars par an. Lorsqu'ils atterrirent, Karen aperçut des palmiers qui oscillaient au bord du tarmac.

Là encore, ils furent accueillis par une délégation qui les conduisit rapidement vers une limousine. « Nous allons passer à proximité de notre usine en allant à l'hôtel », annonça Bill. Malgré sa fatigue, elle sourit.

Par la vitre, elle distinguait les mêmes taudis et misérables cabanes qu'on peut voir dans les Caraïbes ou dans tous les pays pauvres d'Asie. Mais l'usine qui se trouvait sur la route était propre et moderne. Il y avait même un drapeau américain qui flottait au-dessus de l'énorme bâtisse. Elle se demanda si Bill aseptisait les visites. Eh bien, elle en aurait le cœur net. « Arrêtons-nous, dit-elle.

— Mais vous ne voulez pas aller d'abord à l'hôtel faire un brin de toilette ? Vous avez besoin de vous reposer. J'ai prévu une visite pour demain matin.

— Allons-y tout de suite, on sera débarrassés. » Ils pourraient peut-être passer la journée du lendemain au lit ? Bill haussa les épaules, se pencha et frappa contre la vitre qui les séparait du chauffeur. Celui-ci dut faire demi-tour parce qu'ils avaient dépassé l'entrée, et si Bill fut contrarié par ce changement de programme, il n'en montra rien.

Le bruit était assourdissant. Des centaines de machines étaient alignées, une ouvrière derrière chacune et des grouillots couraient dans les allées en transportant le tissu coupé et des vêtements cousus. Malgré une chaleur étouffante, la salle était bien éclairée et pas plus mal entretenue que ses ateliers sur la Septième Avenue. Un surveillant criait quelque chose en chinois à un assistant, qui s'inclina et leur fit signe d'aller vers un bureau vitré. Karen refusa avec le sourire, elle n'avait pas envie de s'asseoir pour prendre un thé, elle voulait voir les choses de près. Elle entendit plusieurs cris dans son dos, mais elle continua d'avancer, Bill sur ses talons.

Dans cette allée, c'était surtout des femmes qui travaillaient, bien qu'elle aperçût plus loin des hommes penchés sur d'autres machines. Des jeunes filles la regardèrent à la dérobée avant de baisser rapidement les yeux. On aurait dit des adolescentes. « Y a-t-il un âge minimum ? cria-t-elle, car Bill n'arrivait pas à l'entendre.

– Sans doute. » Il se tourna vers son correspondant, qui transmit la question au surveillant.

« Dix-huit ans minimum. Il y en a qui mentent pour avoir le job, mais nous demandons les papiers. N'oubliez pas que les filles ont l'air très jeunes mais ne sont pas si jeunes. » Elle le savait. Elle poursuivit son chemin, l'œil aux aguets sans savoir ce qu'elle cherchait vraiment. Après la salle des machines, elle visita l'atelier de coupe, où le tissu était étalé sur d'immenses tables. Là, tous les ouvriers étaient des hommes.

C'était curieux de penser que ces petits Asiatiques coupaient du denim destiné à être vendu au fin fond du Nebraska. Les Marianas du Nord n'étaient qu'une tête d'épingle sur la face du globe, mais elles faisaient merveille pour les quotas d'importation. Elles ne représentaient qu'une quantité infime de l'énorme production offshore du prêt-à-porter américain, et même si les étiquettes indiquant « *made*

*in USA* » semblaient être une parodie, elles étaient légales.
Karen n'avait rien à redire. Elle avait perdu son bébé et
n'avait plus la force d'en chercher un autre. Elle céderait sa
société à Bill et, la conscience tranquille, pourrait se consacrer
à la développer. Bill allait devenir son nouvel associé. « Je suis
fatiguée, lui dit-elle. Vous pensez qu'on peut rentrer, maintenant ? »

Ils dînèrent dans un restaurant décoré d'un rideau de pluie
et d'un bassin à carpes koïs. Elle annonça à Bill qu'elle était
prête à signer le contrat et le fit sur-le-champ. Il le glissa dans
une pochette que son correspondant fut chargé de faire parvenir dans les vingt-quatre heures à Robert l'avocat. Épuisée,
elle alla seule se coucher.

Elle dormait quand le téléphone retentit. Une voix avec un
fort accent se fit entendre. « Vous avez dû vous tromper de
chambre, marmonna-t-elle.

– Mrs Kahn ? répéta l'inconnu. Je vous en prie, Mrs
Kahn, je dois vous voir. Je m'appelle Lars Dagsvarr. »

Bon sang, se dit-elle, c'était qui, celui-là ? Un styliste sué-
dois déjanté qui cherchait du boulot ? Un représentant d'une
maison de textile qui s'accrochait malgré son refus ? Ou
encore un journaliste qui voulait une interview ? Comment
avait-il obtenu son numéro de chambre ? Elle n'était pas
d'humeur à plaisanter. « Est-ce que je vous connais,
Mr Dagsvarr ?

– Non, madame. Mais je dois vous parler. Je vous en supplie.

– C'est à quel sujet ? soupira-t-elle.

– De la vie des gens. » En dépit de son accent et de son
insistance, il n'avait pas l'air hystérique. La voix semblait
pondérée et elle le crut malgré elle. Il reprit : « Votre père,
Mr Arnold Lipsky, a dit que je vous appelle.

– Je descends dans le hall. » Même si elle se fiait à son ins-
tinct, elle n'allait pas laisser cet étranger venir dans sa
chambre.

« Non, ça n'ira pas, répondit-il. Je suis avec deux dames, l'une assez âgée. Pouvons-nous monter, je vous prie ? C'est de la plus extrême importance.

– Passez-la-moi.

– Certainement, madame, mais elle ne parle pas beaucoup d'anglais. » Le téléphone passa de main en main, puis une voix plus âgée au fort accent scandinave se fit entendre.

« *Ja ?* Allô ?

– Vous voulez me voir ? » s'enquit Karen. Elle entendit une discussion à l'autre bout de la ligne.

« *Ja,* s'il vous plaît. Pour les enfants. *Tak.* » Puis Mr Dagsvarr reprit le combiné.

« Nous pouvons venir ?

– Oui, montez. » Et elle s'assit péniblement dans son lit.


C'étaient des missionnaires. Karen avait laissé la chaîne sur la porte, mais l'homme était effectivement accompagné d'une femme au large faciès et aux cheveux blancs, ainsi que d'une petite jeune fille asiatique, qui avait l'air à peine pubère. Karen les fit entrer au salon et leur proposa à boire. Ils refusèrent.

« Nous sommes ici pour une question d'extrême urgence, voyez-vous, expliqua Mr Dagsvarr sans attendre. Nous travaillons avec les habitants de Saipan depuis trois ans. Mrs Lemmon est ici depuis beaucoup plus longtemps encore, ajouta-t-il en indiquant la femme dont les yeux d'un bleu de porcelaine ne quittaient pas le visage de Karen. Votre père connaît notre mission. Il nous a aidés quelquefois. Mrs Lemmon a commencé ce travail, que nous poursuivons actuellement, ma femme et moi. » Il indiqua la petite Asiatique. Il s'inclina en avant, les mains posées sur ses genoux osseux. Ils étaient vêtus de blanc. Arnold et des missionnaires, lui qui était contre toute forme de religion organisée ? Il ne respectait que les travailleurs organisés. Cependant, ces gens avaient parlé d'enfants, et elle sentait qu'il se passait quelque chose d'important.

« Madame, il ne faut pas envoyer de travail ici. Nous savons que vous êtes connue et très respectée. Il est donc important pour vous de savoir ce qui se passe. Ici, à Saipan, les gens sont des esclaves. Beaucoup de gens, des Chinois et des Philippins, viennent y travailler. Certains sont vendus. »

Elle se redressa sur son séant. « "Esclaves", "vendus"? Que voulez-vous dire?

– C'est comme ça. En Chine, on dit aux gens qu'il y a du travail pour eux en Amérique. Ils paient alors beaucoup de dollars, parfois des milliers, à un courtier, ou un agent, pour être transportés ici. Ce n'est pas l'Amérique, mais le courtier ne les ramènera pas en Chine. Il les livre à des usines. Les salaires sont très bas. Quelques centimes de l'heure. Et les gens doivent travailler pendant des heures. Ils ne sont pas en Amérique, mais à cinq mille kilomètres de l'Amérique, et ils ne gagnent même pas assez d'argent pour vivre. Ils ne peuvent pas rembourser à leur famille l'argent que celle-ci a dépensé pour les envoyer ici. Ils ont honte, ils sont misérables, ils sont seuls. Et les agents ou les usines les logent dans des trous à rats. »

Mrs Dagsvarr, la petite Asiatique, prit la parole à son tour. « Ils vivent comme des bêtes. Pire que des bêtes.

– Nous essayons de changer le système, reprit Mr Dagsvarr. Nous espérons que les gens en Amérique entendront parler de ce crime. Des filles toutes jeunes sont envoyées ici, et elles doivent travailler sans espoir de rentrer chez elles ou d'aller ailleurs. C'est une véritable île aux esclaves.

– Une île d'âmes égarées, intervint la vieille Mrs Lemmon. Venez, l'enjoignit-elle en se levant. Pour voir. » Ce n'était pas une invitation mais un ordre, et Karen, docile, se leva. Après tout, c'était exactement ce qu'elle redoutait depuis le début. Elle ne pouvait pas fermer les yeux; elle n'était pas pour rien la fille d'Arnold. Elle sentit son estomac se nouer, mais elle attrapa, avec sa veste, sa clé, son passeport et de l'argent, et fourra le tout dans sa poche.

« Allons-y », déclara-t-elle.

Les dortoirs étaient indescriptibles. Dans certains baraquements, cinquante à soixante femmes étaient entassées, des gamines pour la plupart, disposant tout juste de deux ou trois toilettes et d'un lavabo à chaque extrémité du bâtiment, et pas de cuisine. Le sol était en ciment nu, fendillé. Certaines avaient accroché des draps en lambeaux pour pouvoir s'isoler, mais on se serait cru dans un asile de fous. Il y régnait une chaleur intolérable. L'air solennel, elles étaient assises sur leur lit, une couchette rudimentaire, ou allongées sur des matelas fétides ou sur des tas de chiffons à même le sol. Certaines firent semblant de ne pas remarquer l'arrivée des étrangers. D'autres se précipitèrent vers Mrs Lemmon ou Mrs Dagsvarr pour leur parler en chinois. L'odeur était épouvantable, un mélange de vêtements sales, de graisse rancie et de moisi. Près des toilettes, la puanteur dépassait tout. Karen songea à sa suite avec air conditionné à l'Oriental, à quelques kilomètres à peine de cet enfer.

« Ce dortoir n'appartient pas à NormCo, n'est-ce pas ? » demanda-t-elle. Se pouvait-il que Bill l'ait bluffée à ce point ?

« NormCo n'a pas de logement, expliqua Mr Dagsvarr. Ils signent seulement un contrat avec Mr Tang pour avoir la main-d'œuvre. Mr Tang est le plus gros patron de l'île. Il possède les usines et ces baraquements. Il fait venir des milliers d'ouvrières en leur faisant croire qu'elles partent pour l'Amérique, qu'elles vont devenir riches et envoyer de l'argent à leur famille. Alors qu'en réalité, elles ne gagnent presque rien et doivent payer très cher leur logement et leur nourriture.

— Mais ne peuvent-elles pas protester ? S'organiser ?

— Si elles se plaignent, on les jette dehors, et alors là, elles sont vraiment à la rue. » Il regarda la crasse et la pénombre autour de lui. « Très peu est toujours mieux que rien. Voulez-vous voir celles qui ont protesté ? Celles qui n'ont rien ?

— D'accord, allons-y », répondit-elle.

Cette fois, c'était un vrai taudis, sans robinetterie, sans eau courante. Le sol était répugnant. Quatorze femmes y logeaient dans deux pièces. Elles avaient été renvoyées parce qu'elles posaient des problèmes ou qu'elles étaient trop lentes. Certaines avaient travaillé quatre-vingts heures par semaine au point d'en perdre la vue. Mrs Dagsvarr expliqua d'une voix hésitante que plusieurs avaient été licenciées pour avoir refusé de coucher avec le surveillant. Si elles acceptaient et se retrouvaient enceintes, elles étaient également jetées dehors. De toute façon, le résultat pour elles était le même : elles finissaient sur le trottoir, à la merci des miséreux qui pouvaient dépenser quelques sous pour leurs services. Karen se demanda si Mrs Dagsvarr avait fait partie de ces malheureuses.

Mrs Dagsvarr sortit tranquillement des vêtements et de la nourriture du coffre de la vieille Toyota. Les femmes se rassemblèrent autour d'eux en silence. Malgré leur avidité, elles évitaient le regard de Karen. « Elles sont intimidées, dit Mr Dagsvarr.

– Non, elles ont honte », corrigea sa femme.

Puis, dans le noir, une femme se mit à hurler. Elle se précipita vers l'auto, et Karen se demanda si elle leur voulait du mal. Mais Mrs Lemmon écouta attentivement la fille, qui se tenait devant eux, hors d'haleine, prête à repartir en courant dans la nuit. Les trois missionnaires se raidirent et Mr Dagsvarr se tourna vers Karen. « Une des filles a été conduite à l'hôpital, elle va avoir son bébé. Mais il y a un problème, l'hôpital refuse de l'accueillir. On doit y aller tout de suite.

– Je viens avec vous », déclara Karen.

Le nom de la jeune fille ressemblait à Mei Ling. Elle était accroupie par terre, adossée contre le mur en parpaing des urgences. Mr Lemmon s'agenouilla à côté d'elle, de même que Mrs Dagsvarr, tandis que son mari enjambait d'autres corps affalés dans le couloir. Il se rendit à la réception. Une grosse femme noire portant l'uniforme vert de l'hôpital était assise au bureau, isolée du désordre environnant par une porte vitrée que Mr Dagsvarr fit coulisser. La femme leva vers lui un regard chargé d'ennui.

« Vous devez aider Mrs Ling. Elle est en plein travail.

— Elle est américaine ?

— Non, dut reconnaître le missionnaire.

— Elle a une assurance ?

— Non, mais nous paierons. Vous devez vous occuper d'elle. »

La femme se pencha lourdement vers un tiroir pour attraper un formulaire. « C'est vous le père ? »

Karen eut l'impression de le voir rougir ; de gêne ou de colère, difficile à dire. « Non... Mais c'est urgent !

— Ça fait quatre cents dollars pour l'accouchement, dit-elle. Vous les avez ? »

Karen plongea la main dans sa poche et en tira cinq billets de cent dollars. « Tenez. » Elle en tendit quatre à la femme, puis posa le dernier billet sur le bureau. « Celui-là est pour vous. Maintenant, allez chercher une civière et conduisez cette fille auprès d'un médecin. Et vite ! »

Quand elle mourut, deux heures plus tard, Mei Ling laissa derrière elle une trace de sang et un bébé. Elle avait treize ou quatorze ans, juste l'âge de Tiffany. Mr Dagsvarr expliqua que les jeunes filles mentaient souvent sur leur âge pour pouvoir travailler. Elle avait eu une hémorragie avant le début d'un accouchement par le siège, et elle n'avait même pas pu voir son enfant avant son dernier souffle. Debout dans le couloir ensanglanté, Karen pleura. Mr Dagsvarr dit une prière et baptisa la petite fille. Karen entra dans la pièce et regarda le petit bébé vigoureux dans les bras du missionnaire. Ses cheveux formaient un halo de duvet noir autour de la tête et, malgré les difficultés de sa naissance, sa peau avait une délicieuse couleur ambrée. Karen avait du mal à la quitter des yeux. Elle aurait voulu la toucher, la prendre dans ses bras, mais elle n'osait pas. Ce n'était pas le moment de perdre son sang-froid. Mrs Lemmon commença à remplir d'une main lasse des paperasses pour la petite orpheline, tandis que les Dagsvarr raccompagnaient Karen à l'hôtel. Exténués, ils firent le trajet en silence.

A l'hôtel, avant de tourner dans l'allée, Mr Dagsvarr s'arrêta. « Je m'excuse de vous avoir montré ça, dit-il.

— Vous voyez cela tous les jours.

— Oui, mais c'est mon travail. Je l'ai choisi, pas vous.

— Peut-être fallait-il que je le voie... » Elle se tourna vers eux. « Peut-être est-ce trop tard... trop tard pour empêcher NormCo de continuer. Mais je ferai de mon mieux. Et je ferai en sorte que les choses se sachent aux États-Unis. Et je vous enverrai aussi de l'argent. » Elle remit sa carte de visite à Mr Dagsvarr. « Je n'oublierai pas et je vous aiderai. »

Mrs Dagsvarr tendit une main aussi petite que celle d'un enfant. « Merci », dit-elle simplement.

Karen n'attendit pas de voir Bill. A quoi bon ? Était-il un menteur, était-il un imbécile abusé par son entourage ? Elle le prenait plutôt pour un menteur, mais s'il était un imbécile, c'était déjà suffisant. Quand on pense qu'elle avait envisagé de coucher avec lui ! Tout ce qu'Arnold lui avait raconté lui revint en mémoire. Avait-elle écouté son père avec suffisamment d'attention ou n'avait-elle pas voulu l'entendre ?

Elle se rappela les contrats, les innombrables feuillets qu'elle avait déjà paraphés et renvoyés. Tandis qu'elle jetait ses vêtements dans sa valise, elle se sentit mal. Elle revoyait sans cesse la trace de sang dans le couloir sale de l'hôpital, une plaie sanglante qui lui soulevait le cœur. Combien de femmes et d'enfants mouraient ou étaient réduits à l'esclavage afin que les Américaines puissent se vêtir à un meilleur prix? Était-ce trop tard pour empêcher la signature définitive et se débarrasser de Bill Wolper et de NormCo? Elle songea avec mépris qu'elle venait de se réduire elle-même à un esclavage de luxe. Certes, elle pourrait s'acheter autant de jolies toilettes qu'elle voudrait, mais toutes seraient tachées de sang.

Ella appela la réception pour savoir l'horaire des vols pour les États-Unis. Les avions privés, c'était terminé. Et tandis qu'elle faisait sa réservation, elle tenta d'appeler Jeffrey encore une fois. Était-il au courant depuis le départ? Se doutait-il de la réalité? L'aiderait-il à rompre le contrat, et, sinon, qu'allait-il arriver?

Le téléphone resta muet à New York, à Westport, dans la voiture, de même que la ligne privée de Jeffrey au bureau. Si ses calculs étaient bons, c'était l'après-midi du jour précédent à New York. Mais Jeffrey restait injoignable.

*Quatrième partie*

# UNE VRAIE MÈRE

*Chaque famille a un secret, et ce secret, c'est qu'elle n'est pas comme les autres.*
                                        Alan BENNETT

## Chapitre 28

## Usé jusqu'à la trame

Le taxi se gara devant le 550 de la Septième Avenue. D'un bond, Karen fut sur le trottoir qu'elle traversa presque en courant. Après le vol interminable, le cauchemar qu'elle venait de vivre aux Marianas et la perte du bébé de Cyndi, Karen avait du mal à se contrôler. Et cela se voyait. Son reflet sur les portes de l'ascenseur lui renvoyait l'image de Méduse. Elle passa les doigts dans ses cheveux avant d'émerger au neuvième étage dans le show-room. Casey, quelques commerciaux et des clientes étaient là, mais Karen n'était pas d'humeur pour les relations publiques. Sans un mot, elle fonça dans le hall jusqu'à son bureau. Janet, qui répondait au téléphone à l'entrée du bureau de Karen, ouvrit des yeux comme des soucoupes et indiqua qu'elle n'en avait que pour une minute. Karen lui fit signe de continuer, jeta son sac aux pieds de la jeune femme et entra dans le bureau de Jeffrey. Il fallait qu'elle lui parle. Elle devait lui expliquer son indignation et lui demander de tout arrêter.

Mais Jeffrey n'était pas dans son bureau. Janet la rattrapa. « Où étiez-vous ? J'ai un million de messages pour vous. Mr Wolper vous cherche partout comme un fou.

– Qu'il aille se faire foutre ! » Sans tenir compte de l'air choqué de la pauvre Janet, Karen fit demi-tour et passa la tête dans le bureau de Defina. Celle-ci triait une liasse de clichés avec un des jeunes photographes. Quand elle leva les yeux et vit le visage de Karen, elle renvoya le type et son portfolio. « La peau de vache est de retour, fit-elle avec un large sourire.

— C'est toujours bon de se sentir désirée.

— Que t'est-il arrivé?

— J'ai voulu jouer avec les grands et je me suis fait jeter. Defina, on ne peut pas conclure avec NormCo.

— Coco, j'ai pas cessé de te le seriner. Mais c'est pas déjà signé? »

Sur le coup, Karen eut envie de pleurer comme un bébé. Elle avait tout fait pour réaliser son rêve, pour créer des vêtements et une affaire selon ses idées. Mais en fin de compte, c'étaient toujours les hommes, les grosses compagnies, les financiers, les patrons des médias qui mettaient la main sur vos affaires et régentaient votre vie. Elle s'était battue pour conserver son indépendance, mais Bill, Basil, Robert l'avocat et son propre mari s'étaient ligués contre elle. Pourtant, elle ne rendrait pas les armes sans un ultime combat. Elle poussa un immense soupir. « Mieux vaudrait que non. » Elle brossa pour son amie un tableau rapide des Marianas. Quand elle eut terminé, Defina se leva, les bras croisés.

« L'esclavage, dit-elle.

— Je n'ai jamais pensé qu'on devait mourir pour la mode. Bon, je dessine un corsage, Mrs Cruz le coupe, d'autres le cousent, quelqu'un l'achète et tout le monde rentre chez soi avec son salaire en poche. Ça ne m'avait pas l'air si compliqué ni si ignoble. Mais plus tu t'agrandis, plus ça se dégrade. Si on se développe à ce point, ce sera comme si on faisait partie d'un réseau de drogue. Chacun participe à sa manière. Nous sommes les dealers des femmes de la bonne société qui, lorsqu'elles y ont goûté, n'arrivent plus à se passer de la mode et réclament sans arrêt une nouvelle dose. Entre-temps, les femmes qui travaillent auront recopié leur style. Puis ce sera au tour des cols-bleus et des cols-roses. Plus on descend dans la chaîne, plus les retombées sont bon marché, et ce sont les ouvrières les plus mal payées. La merde qu'on a vue chez Macy leur a coûté un dollar, salaires compris. Les gens n'ont pas à mourir pour que les secrétaires en Amérique puissent payer leur blouse en polyester dix-neuf dollars quatre-vingt-quinze. » Et brusquement, elle éclata en sanglots. Defina ferma la porte et prit Karen dans ses bras. Celle-ci se sentit fondre dans les bras solides de son amie, contre sa poitrine douce et chaude. Elle finit par retrouver son calme.

« Alors, on fait quoi maintenant? demanda Defina.

– Tu dois m'aider à arrêter l'affaire. Trouve où est le contrat, voit s'il est toujours chez Robert l'avocat. Ou s'il a été renvoyé chez Herb. Arrête-le à tout prix, si ce n'est pas trop tard. Moi, il faut que je mette la main sur mon mari. »

Janet entra dans la pièce. « Que faites-vous ici? s'exclama-t-elle de nouveau. Je vous croyais en Corée?

– Le voyage ne sera pas nécessaire, répliqua Karen.

– Mais...

– Janet, appelez Robert et demandez-lui s'il a toujours le contrat de NormCo, lui ordonna Defina. Dites-lui que nous venons de nous rendre compte que son bureau a fait une erreur et que s'il retourne chez NormCo en l'état, nous en tiendrons son cabinet pour responsable. Dites-lui que Jeffrey est extrêmement contrarié. En fait, non : répétez tout ça à la secrétaire de Jeffrey et demandez-lui d'appeler Robert. »

Karen s'affala sur la seule chaise qui n'était pas encombrée d'échantillons. « Où est Jeffrey? Defina, tu peux sonner sa secrétaire pour le lui demander?

– Alors là, pas la peine. Je pense qu'il est dans le loft de Perry. Il y passe beaucoup de temps.

– Chez Perry? » Elle avait toujours dans son sac le trousseau de clés que celui-ci lui avait donné avant de partir en cure. « Mais Perry n'est pas parti? Qu'est-ce que Jeffrey fabrique chez lui?

– Là, ça me dépasse. Je croyais que tu savais. »

Peut-être peignait-il? Parfait, ma vie s'écroule et lui, il peint! « Je vais l'appeler.

– Y a plus de téléphone. L'endroit a été vidé. Perry a dû le vendre ou le louer.

— Tu rigoles! Bon sang, ça a dû le tuer, il adorait ce lieu. »
Defina haussa les épaules. « Tu pars ou tu restes?

— Je me tire. Il faut que je sache si Jeffrey était au courant.
Je serai de retour dans une heure.

— Ça reste à voir, rétorqua Defina. Je vais prévenir Janet et
je te demande une voiture.

— Non, laisse tomber. Débrouille-toi seulement pour
récupérer le contrat. Si ce n'est pas déjà trop tard. Je vais
trouver un taxi. »

Karen se tenait dans la rue presque à l'endroit même où
Perry avait titubé sous le réverbère. Elle pénétra dans le vestibule mal entretenu de son immeuble et dans la cage nue de
l'ascenseur. Elle repoussa la grille. Ces vieux appareils du style
monte-charge industriel l'impressionnaient, mais elle avait
déjà fait fonctionner le levier quand elle avait raccompagné
Perry. Karen mit la clé du loft dans la serrure correspondant à
l'étage de Perry, referma la grille et actionna la manette pour
accéder au cinquième étage.

Tout était silencieux. Le loft était désert. Pauvre Perry, il
lui avait dit qu'il partait en cure et qu'il ne savait où il irait
habiter ensuite, mais elle n'avait pas compris. Il ne restait
rien. Peut-être Jeffrey avait-il fini d'emballer les affaires de
Perry et était-il reparti? Tout avait disparu, ses vieux divans,
ses immenses toiles, ses tables éclaboussées de peinture; il ne
restait qu'une odeur lancinante d'huile de lin et de peinture.
Les larges baies orientées au nord étaient inondées d'une
lumière froide. Finalement, Defina s'était trompée. Jeffrey ne
venait pas ici pour peindre. Elle s'apprêtait à repartir quand
un gémissement lui parvint.

Était-ce Jeffrey? Était-il tombé, avait-il mal? Il y avait une
alcôve, à demi dissimulée dans le fond, dont Karen s'approcha précipitamment. « Jeffrey? » s'écria-t-elle. Elle contourna
le coin de la pièce derrière lequel se situait la chambre à
coucher.

Curieusement, la première chose qu'elle aperçut en entrant, ce fut les vêtements. La chemise Equipment en soie bleu ardoise de Jeffrey abandonnée par terre, ses chaussures en autruche de chez Bruno Magli jetées à mi-chemin au lieu d'être méticuleusement alignées au pied du lit comme il le faisait à la maison ; une robe en lin vert mousse (Anne Klein ? Calvin Klein ?) et un blazer en daim rose shocking qui pendaient sur le rebord de la fenêtre. Qui pouvait associer des couleurs pareilles ? se demanda-t-elle hors de propos. Je dois être folle pour penser à ce genre de choses dans un moment pareil. Elle regarda de nouveau les chaussures. Elle chercha des yeux celles de la femme. Puis, sur l'autre rebord de fenêtre transformé en table de nuit, elle vit des escarpins Gucci en crocodile.

Il y avait pour tout mobilier un matelas et un sommier recouverts d'un drap blanc. Blanc sur blanc contre le blanc des murs du loft, et la peau chaude de Jeffrey, ses cheveux poivre et sel, ses pieds hâlés, et la jambe pâle de la femme sous lui.

Ils semblaient figés sur place, interrompus en pleine action.

Karen aussi restait figée sous le choc et la honte. Putain, de quoi j'ai honte ? C'est lui, l'adultère, pas moi !

« Jeffrey ? » répéta-t-elle comme une idiote. Qui d'autre voulait-elle que ce soit ?

« Nom de Dieu ! » dit-il et il se tourna vers elle, le visage livide. Puis la couleur revint – il piquait un fard. Bon, au moins, il lui restait encore un certain sens des convenances.

« Karen ? articula-t-il, bien qu'il eût tout loisir de la voir.

– Karen ? » jappa la femme sous lui. C'était une voix que Karen connaissait mais les épaules de Jeffrey lui cachaient son visage. De nouveau, elle refit l'inventaire des vêtements, et elle comprit.

« Lisa », murmura-t-elle.


Karen était avec Defina au café. L'invention des grosses lunettes de soleil était une bénédiction dans certains cas. Bien que déshydratée par son long voyage en avion, elle semblait partir en eau ; des litres de larmes ruisselaient sur son visage en un flot continu et Defina lui passait une serviette en papier après l'autre, qu'elle prenait dans le distributeur en chrome.

« Ne frotte pas, tapote, lui conseillait Defina. Autrement tu vas avoir le visage tout gercé.

— Defina, comment ont-ils pu faire ça ? Comment ai-je été assez bête ? Bête à ce point !

— A quelle question tu veux que je réponde en premier ? Il a pu le faire parce que c'est un sale cochon d'enfoiré. Les cochons sont capables de tout. Et elle l'a fait parce qu'elle vieillit et qu'elle s'emmerde et qu'elle n'a rien trouvé de mieux à faire. Et aussi parce qu'elle est jalouse de toi depuis le jour où elle est née.

— Oh, bordel, je crois que je vais être malade. »

Defina lui tendit une autre serviette. Karen se tapota les yeux. « Comment ai-je pu être aussi conne ?

— Ce n'est pas de la connerie, c'est le refus de voir les choses. Je reconnais que les deux se ressemblent, mais tu n'es pas conne. Seulement, tu sais très bien fermer les yeux quand ça t'arrange. On pourrait t'appeler Cléopâtre, reine des aveugles... Allons, reprit Defina d'un ton radouci, ne sois pas aussi dure envers toi-même. Comment aurais-tu pu savoir que ton mari était une lavette ? Qu'il te trahissait ? Qu'il détestait dépendre de toi, et qu'il te reprochait tout ce qu'il n'a pas su faire dans la vie ? Et que, par-dessus le marché, il était jaloux de ta carrière et de tes amis ?

— Ah bon, tu crois ?

— Réveille-toi et hume le papyrus, Cléo. Il fallait qu'il soit sacrément en rogne pour coucher avec ta sœur. Un homme peut tromper sa femme pour un tas de raisons, mais quand il le fait avec sa meilleure amie, c'est qu'il a quelque chose à dire à sa femme et qu'il n'a pas assez de couilles pour ça. Il devait se douter que Carl et moi, on ne marcherait pas, donc il ne restait plus que Lisa... Et pourtant, Carl a toujours eu un petit faible pour lui, non? Peut-être que...

— Berk, Defina, dit Karen, que l'idée fit presque sourire.

— Excuse-moi, mon chou, j'essayais seulement de te remonter le moral. »

Karen tendit la main et Defina y mit une autre serviette en papier. Elle songea de nouveau aux Marianas. Ce qu'elle y avait vécu rendait le reste relatif. Elle pensa à Bill Wolper. Comment avait-elle pu s'imaginer qu'il allait la sauver, ou que Jeffrey saurait toujours la protéger? Que disait Coco Chanel, déjà? Tous les hommes sont des maquereaux. Comment Karen avait-elle pu l'oublier? « Oh, Dee... Et si on n'arrive pas à empêcher la conclusion du contrat avec NormCo? »

Defina sourit pour la première fois de la journée. « Eh bien, Cléo, à propos de papyrus, j'ai des nouvelles pour toi. » Elle sortit de son sac une liasse de messages roses. « Ton petit copain Bill a appelé. J'ai fini par lui répondre. Il est très désireux de te parler, mais à mon avis, ce n'est pas pour te filer un rancart. Je pense plutôt que c'est pour ça. » Elle plongea sous le comptoir et sortit un gros paquet de documents. « Tadam! fit-elle avec un grand geste avant d'étaler les contrats sur le Formica. J'ai rendu Robert l'avocat tellement parano qu'il m'a renvoyé tous les exemplaires. C'est sans doute la première fois qu'une petite Noire de Lenox Avenue arrive à battre un avocat blanc de Park Avenue, ajouta-t-elle en riant. Qu'est-ce que tu veux en faire?

— Des confettis.

— T'es sûre que tu veux pas aller voir Madame Renaud? Elle pourrait les brûler. Avec un petit coup de pouce supplémentaire, certaines parties apparentées pourraient se sentir le feu quelque part.

— Laisse tomber. Si je dois piquer des gens avec des épingles, je peux le faire de mes propres mains, sans intermédiaire.

— Ma foi, si tu ne conclus pas cette affaire, Jeffrey et Lisa seront déjà bien punis. Ils comptent sur ce fric. Ta mère aussi, du reste. Sans parler de Mercedes.

— Et toi ? s'enquit Karen, après un moment d'hésitation.

— Moi, ça va. L'assurance va prendre en charge le traitement de Tangela. J'ai de l'argent à la banque, et tous les vêtements que je peux piquer... A propos, j'ai demandé à Mrs Cruz de me couper une des robes de mariée en taille quarante-quatre, dans l'alpaga marron. Ça ne te fait rien, au moins ?

— Bon Dieu ! Combien de mètres d'alpaga ça va prendre ? Jeffrey va avoir une attaque.

— Oh non ! Je ne crois pas qu'il soit encore longtemps chargé de l'inventaire ! » Puis, voyant les larmes recommencer à couler sur les joues de son amie, elle lui tendit une autre serviette et ajouta avec plus de douceur : « Excuse-moi... Alors, qu'est-ce que tu comptes faire, maintenant ?

— Je n'en ai pas la moindre idée... vraiment je n'en sais rien. »

## Chapitre 29

## Taillé dans le biais

Karen rentra chez elle comme une tornade. Si elle y trouvait la moindre trace de Lisa, elle brûlerait cette saloperie d'appartement. Elle découvrirait d'autres preuves de la trahison de Jeffrey, et elle se ferait pendre plutôt que de passer encore une minute dans un endroit où il y avait ses affaires.

Sur la table en demi-lune se trouvait un énorme vase de lis. Karen s'approcha, hypnotisée. Leur parfum entêtant se répandait dans toute la pièce, presque trop fort. Elle tendit la main. Les pétales ambrés avaient la douceur et la couleur de la peau dorée du bébé, à l'hôpital des Marianas. Qu'était donc devenu ce bébé, à présent?

Un bristol, orné des deux « W » de la correspondance de Bill, était posé sur la table. Sans y toucher, elle prit le téléphone et demanda une voiture. « C'est pour prendre des fleurs à livrer à la maternité du Doctor's Hospital. » Puis elle y ajouta une de ses cartes qu'elle adressa à Cyndi avec le message suivant : « Vous avez fait ce qu'il fallait. Toutes les factures seront payées. Affectueusement à vous et à votre fils. Karen. » Elle appela le portier pour qu'il emporte le bouquet. Puis elle se tourna vers le tableau, au-dessus du divan.

Elle empoigna le couteau préféré d'Ernesta à la cuisine et lacéra la toile d'une bonne cinquantaine de coups. Elle devait commencer à se montrer honnête, plus question de se voiler la face. Et il fallait bien reconnaître que Jeffrey ne savait pas peindre. Il avait peut-être du flair, mais le peu de talent qu'il avait pu avoir à un moment donné s'était enfui depuis longtemps. Le seul qui avait du talent, c'était Perry.

Le tableau était réduit en charpie quand elle eut terminé. Elle se sentait mieux, mais ce n'était encore qu'un début. Karen alla dans leur chambre et ouvrit le placard de son mari. Elle en sortit ses cachemires, ses blazers, ses pardessus en alpaga, ses costumes Armani, qu'elle déchira, coupa, et hacha menu. Les boutons volèrent à travers la pièce, rebondirent sur le sol comme des balles. Elle détruisait ces vêtements qu'elle avait adorés.

D'abord, elle ne sut que faire de ses chaussures. Finalement elle remplit la baignoire et les lâcha dedans, une à une, les Gucci, les Cole Haan couleur beurre frais, les cousues main importées d'Angleterre. Elles flottèrent un instant à la surface du bain puis s'enfoncèrent lentement vers le fond.

Puis elle vida méthodiquement les tiroirs du bureau de Jeffrey. Les socquettes, soigneusement roulées en boule, c'était facile : elle les lança par la fenêtre. Seigneur ! il devait en avoir une cinquantaine. Puis elle passa à sa boîte à bijoux. Là se trouvaient les boutons de manchettes et les surboutons en saphir qu'elle lui avait offerts – de la même couleur que ses yeux. Les larmes lui troublèrent la vue un instant, mais cela ne l'arrêta pas. Elle alla chercher le marteau sous l'évier à la cuisine et la planche à découper. Puis elle posa la planche sur le bureau, y versa les ravissantes pierres et les réduisit en miettes à coups de marteau. Sans doute aurait-elle éprouvé plus de satisfaction à réduire en bouillie les yeux de Jeffrey, mais c'était mieux que rien. Elle en profita, pour faire subir le même traitement aux autres bijoux contenus dans la boîte.

Brusquement, elle se sentit épuisée. A bout de forces,

elle crut qu'elle ne pourrait plus faire un geste. Elle parvint malgré tout à quitter la pièce où régnait un véritable capharnaüm et à atteindre la chambre d'amis. Là, elle s'écroula lourdement sur un coin du lit.

Quand elle se réveilla, Jeffrey était debout devant elle. Elle sourit dans son sommeil. Rêvait-elle ? Puis, la frappant de plein fouet comme un coup sur la tête, la mémoire lui revint.

Elle se redressa.

Jeffrey tenait à bout de bras un manteau Chesterfield, en cachemire bleu marine avec un col noir en velours ; à présent, il portait des auréoles grisâtres laissées par l'eau de Javel, tandis que des coups de couteau le faisaient bizarrement bâiller dans le dos.

« Qu'as-tu fait ? » demanda-t-il.

Karen éclata de rire. « C'est ma réplique, non ?

– Tu es devenue folle !

– Et voilà, tu me piques encore ma réplique.

– Tu sais ce que représentent les dégâts que tu as causés ?

– Jeffrey, tu as le bon scénario mais tu le lis de travers. On ne va pas se disputer à cause de ta garde-robe. Je me fous de ta garde-robe ! Je pense que c'est assez visible. Ce dont il est question maintenant, c'est de ce que tu étais en train de faire au lit chez Perry avec ma sœur.

– Karen, tu exagères. » Elle resta muette. Elle n'en croyait pas ses oreilles. Quand ils se disputaient, c'était toujours Jeffrey qui avait le dessus, parce qu'il savait conserver son sang-froid, contrairement à elle. S'imaginait-il qu'il pourrait encore jouer le même numéro ? Lui faire avaler qu'elle était trop susceptible ? Lui demander si elle attendait ses règles ? Lui faire croire qu'elle était folle ?

« J'exagère ? Exagérer, moi ? Mon mari était en train de baiser ma sœur. A mon avis, pour le moment, mes réactions sont parfaitement normales pour une femme dans cette situation. On a fait des études sur la question, Jeffrey. J'ai vérifié dans la bibliothèque. C'est un comportement tout à fait normal pour une femme dans ma situation. Aussi, j'ai le droit de savoir quelques petites choses. »

Jeffrey détourna la tête, respira à fond, et s'appuya sur l'autre jambe. Il laissa tomber le manteau par terre et croisa les bras sur la poitrine. « Oui, quoi?

— As-tu fait foirer exprès l'adoption avec Cyndi? Lui as-tu donné à penser qu'elle ferait mieux de garder son bébé?

— Non. Je me suis montré gentil. Sally pense qu'une fois qu'elle a eu son bébé, elle aurait refusé, quelle que soit la personne avec qui elle aurait été. Cela arrive.

— D'accord, je ne sais pas si je te crois, mais passons. Deuxième question : savais-tu que NormCo tirait ses profits de l'esclavage?

— Que veux-tu dire?

— Étais-tu au courant pour les Marianas?

— Non, je ne sais vraiment pas de quoi tu parles, mais Bill a appelé. Il y a eu une grosse erreur. Tu te trompes complètement. C'est les affaires, Karen, pas une œuvre de charité à la sauce gauchiste. Il veut te parler.

— Tu peux te l'accrocher! Réponds à mes questions. Il s'agit d'esclavage. Il s'agit ici d'esclaves liés par contrat et de la pire forme d'exploitation. Tu savais qu'Arnold avait raison?

— Si je l'avais su, est-ce que je t'aurais laissée y aller? »

Certes, il avait marqué un point. Il l'en aurait empêchée s'il l'avait pu. Mais cet aveu n'était-il pas pire que son ignorance? Elle contempla l'homme qu'elle avait épousé. « Dernière question : pourquoi Lisa? »

Il haussa les épaules. « Parce qu'elle était là, soupira-t-il.

— Quoi? Comme l'Everest? Qui es-tu, sir Edmund Hillary?

— Karen, je regrette, c'est arrivé comme ça. C'était une bêtise, je t'assure. Que veux-tu que je fasse? »

Elle réfléchit un instant. « Je veux que tu disparaisses. Laisse-moi seule.

– Où veux-tu que j'aille ?

– Je m'en fous, Jeffrey. Va au diable. »

Il s'interrompit. « Je peux t'appeler ?

– Non. »

Il se dirigea vers la porte. « Je regrette vraiment, Karen », dit-il encore avant de sortir.

## Chapitre 30

# A petits points

Karen était assise à sa table de travail. La porte de son bureau était fermée. Elle avait besoin de sentir qu'elle possédait un endroit à elle, des choses bien à elle. Après toutes ces années de labeur, elle avait l'impression que c'était le seul endroit qui lui appartenait vraiment. Elle ne pourrait rentrer chez elle tant que Jeffrey n'aurait pas vraiment quitté l'appartement. Et elle ne pouvait se résoudre à sortir de son bureau pour se rendre au service commercial ou à l'atelier parce qu'elle était sur le point de s'effondrer. Pardessus le marché, si elle pointait le nez dehors, elle devrait annoncer à ses employés que le contrat avec NormCo tombait à l'eau. Janet avait renoncé à lui transmettre les messages que Bill Wolper continuait à lui adresser. Il était le seul, avec Jeffrey et Defina, à savoir que l'affaire était fichue. Jeffrey était furieux. Karen imaginait déjà comment Mercedes allait réagir en apprenant la nouvelle. Et ils ne seraient pas les seuls à se sentir floués. Robert l'avocat aurait une attaque, Janet ne pourrait pas verser l'acompte pour sa nouvelle maison, Arnold et Belle n'auraient pas de quoi se constituer une retraite, et Dieu sait comment Mrs Cruz et les ouvrières de l'atelier le prendraient. La déception est une chose difficile à assumer.

Hou là là! Elle faillit rire tout haut. *La déception est une chose difficile à assumer!* Quelle pensée hautement philosophique, avec laquelle elle apprenait à se débattre toute seule, comme une grande. Pour le moment, elle ne savait pas si elle se sentait plus furieuse que malheureuse, ou les deux à la fois. Quand elle pensait à Jeffrey, elle avait des envies de meurtre jusqu'au moment où les larmes lui montaient aux yeux et alors, elle ne pouvait plus que pleurer sur son sort. Ça la rendait folle de penser à Lisa. Qu'elle ait pu faire une chose pareille était incompréhensible pour Karen. Sur les trois millions d'hommes qui habitaient à Long Island, elle avait suffisamment le choix si elle avait envie de tromper Leonard. Alors pourquoi avoir jeté son dévolu sur le mari de sa sœur?

A force de ruminer, Karen en vint à se dire que Defina devait avoir raison. Jeffrey et Lisa ne se contentaient pas de prendre leur pied dans le loft. Ils lui envoyaient des messages, et même si elle n'était pas censée les recevoir aussi vite, même s'ils n'avaient pas pensé qu'elle découvrirait la vérité, ils cherchaient à lui dire quelque chose. Ils ne baisaient pas, en fait; c'était *elle* qu'ils baisaient.

Parce que, après y avoir réfléchi une bonne partie de la nuit, Karen ne pouvait croire que Jeffrey aimait Lisa. Ce n'était pas seulement une question d'amour-propre; mais elle connaissait suffisamment Jeffrey pour savoir, dans la mesure où une femme peut connaître les goûts de son mari dans ce domaine, que Lisa n'était pas son genre.

Dans ce cas, il l'a fait parce qu'il m'aime mais qu'il est en colère. Ou il l'a fait parce qu'il ne m'aime plus du tout. Et s'il ne l'aimait plus depuis longtemps, pourquoi n'est-il pas parti? Une seule et même réponse revenait, lancinante, avec la force d'un coup de poing: à cause de l'argent. Il était resté pour l'argent. Et il y avait là-dedans quelque chose de plus insultant pour Karen que tout le reste. Cela la dépouillait de tout; séduction, intelligence, talent, elle ne possédait plus rien. Pire qu'une femme trompée, elle n'était plus qu'un tiroir-caisse.

Un faible gémissement lui échappa. Elle mit la main sur

sa bouche et se berça dans son fauteuil directorial. Combien de femmes bourrées de talent avaient été grugées par les hommes? Coco avait été roulée par son amant Iribe, Colette par son mari. Aucune femme de talent n'y échappait. Peut-être Jeffrey ne voyait-il plus en elle que son chèque de fin de mois? Elle soupesa cette idée, joua un moment avec elle comme on agace du bout de la langue une dent sensible. Elle l'avait tant aimé! Son corps lui donnait tant de bonheur. Alors, ça lui avait coûté combien, à chaque fois que Jeffrey couchait avec elle? Combien touchait-il pour la baiser? Certes, c'était devenu plutôt rare depuis six mois. Ils avaient eu quelques bons moments à New York, et une tentative à Westport. Et à Paris. Elle rougit en y pensant. Jeffrey avait-il pensé à Lisa pour se donner de l'ardeur? Non, elle ne le croyait pas, mais cette idée la rendait malade. Si la trahison de Jeffrey la rendait malade, que dire de celle de sa sœur?

Il y eut un léger bruit à la porte; c'était Janet. Sans tenir compte de Karen qui lui criait de partir, elle passa la tête par l'entrebâillement de la porte. Elle était livide. « Karen, votre sœur est là, et il faut que vous la laissiez entrer.

— Pas question!

— Si, Karen, il faut qu'elle entre ou qu'elle parte. On ne la supporte pas. » Karen haussa les épaules. Qu'est-ce qu'elles ne supportaient pas? Qu'est-ce que le personnel savait de son désespoir? Rien. A moins que... Bon Dieu! Elle n'avait pas pensé à ça. Le rouge de l'humiliation lui monta au front. Malgré cela, elle ne voulait pas voir Lisa. Pas maintenant, et peut-être jamais.

Mais la porte s'ouvrit brutalement derrière Janet. La secrétaire recula comme si on l'avait bousculée quand Lisa passa près d'elle. Sur le coup, Karen se demanda si Lisa l'avait frappée, puis, à son tour, elle sentit l'odeur.

En fait ce n'était pas vraiment une odeur. C'était une puanteur qui coupait la pièce en deux comme un mur et si puissante que Karen eut immédiatement envie de vomir.

Comment Lisa pouvait-elle puer à ce point ? Karen se leva et ouvrit la fenêtre. Pas question de minauder, c'était une question de survie.

« C'est quoi, cette connerie ? » lança Lisa. Échevelée, hors d'elle, elle portait un Levi's, des talons hauts rouges et une vieille chemise qui pouvait être à Leonard. Karen ne l'avait jamais vue dans un état pareil, mais le pire, c'était l'odeur.

« C'est quoi, cette connerie ? répéta Lisa. Comment as-tu pu me faire ça ?

— De quoi tu parles ?

— De quoi je parle ? Comme si tu ne sentais rien ! Comme si tout New York ne pouvait pas sentir à quel point je pue ! Je te connais, et c'est cette sale Noire qui m'a fait ça. Elle n'a jamais pu me souffrir. Le docteur Schneider n'y comprend rien. D'ailleurs, il a vomi pendant qu'il m'auscultait. Comment tu as pu me faire ça ?

— Mais je n'y suis pour rien !

— Ben voyons ! Mon vagin empeste comme s'il y avait un rat mort dedans, et personne n'y est pour rien ? Je sais que c'est la faute de Defina. »

Karen réfléchit un instant puis se tourna vers l'interphone. « Janet, dit-elle, est-ce que Defina est arrivée ? » Il n'était pas dix heures, et Defina arrivait rarement aussi tôt. Mais avant que Janet ait pu rappeler, Defina entra dans le bureau.

« Berk ! Ça sent la merde ! » s'exclama-t-elle, avant d'ajouter en s'adressant à Lisa : « C'est vous, ma petite ? »

Lisa s'essuya les yeux et regarda fixement Defina : « Ça n'a rien de drôle.

— Chef, tu devrais faire à ta sœur un topo sur l'hygiène intime, fit-elle à Karen.

— Arrêtez ! hurla Lisa. Je sais que c'est vous... vous et votre vaudou. Je ferai ce que vous voudrez, mais débarrassez-moi de cette odeur. Ce n'est pas juste. »

Defina haussa les sourcils et, ramassée sur elle-même comme une chatte protégeant ses petits, toisa la coupable.

« Pas juste ? Qu'est-ce qui vous donne le droit de parler de justice ? Vous avez une grande sœur qui a toujours été gentille avec vous, un mari qui prend soin de vous, et deux enfants en bonne santé. Beaucoup de femmes n'en ont pas autant. Alors, quand vous négligez vos enfants, que vous trompez votre mari et que vous faites des saloperies à votre sœur, évitez de parler de justice. Karen a toujours été bonne pour vous. Mais son affection ne vous suffisait pas, ses cadeaux non plus, pas plus que son argent. Ça ne vous empêchait pas d'être jalouse et de lui en vouloir. Et c'est ça qui pue chez vous.

— De quel droit me jugez-vous ? aboya Lisa. Ma sœur vous aime plus que moi. Vous savez l'impression que ça fait ? » Puis elle se tourna vers Karen. « Et toi non plus, tu n'as pas à me juger. Tu as toujours eu tout ce que tu voulais à la maison. Tu ne peux pas savoir ce que c'était pour moi. »

Defina s'approcha d'elle et la prit par le bras. « Tirez-vous de la moquette, sinon on n'arrivera jamais à faire disparaître cette odeur. Je vous conseille de rentrer chez vous et de vous faire votre toilette intime avec de l'eau tiède, du vinaigre et quelques larmes. N'oubliez pas les larmes, surtout, c'est très important. Je parie que ça devrait moins empester après. »

Lisa se leva, dévisagea les deux femmes d'un air farouche, puis, sans un mot, fonça hors de la pièce.

« Dee, qu'est-ce que tu as fait ? demanda Karen, assise en face d'elle.

— Eh, je n'ai rien fait de mal. C'est elle.

— Allons, Defina, as-tu mijoté ça avec Madame Renaud ?

— Tu m'as dit toi-même que c'était de la superstition, répliqua Defina en haussant les épaules. Il faudrait savoir, Karen.

— Dee, je suis sûre que tu as fait quelque chose, et que c'est par amitié pour moi. Mais je peux me débrouiller toute seule. Il va bien falloir. »

Defina fit le tour du bureau et passa un bras autour de Karen. « Tu as assez de pain sur la planche pour le moment. Carl et moi, on s'est dit qu'un petit coup de main ne ferait pas de mal. » Puis elle reprit un air parfaitement innocent : « Mais je n'ai rien fait à Lisa

— Ben voyons ! Ça va partir, maintenant ?

— Hin-hin, fit Defina. Pourvu qu'elle n'oublie pas les larmes. »

## Chapitre 31

# Une affaire bien ficelée

Assise sur une chaise pliante au show-room, Karen attendait que le personnel soit au complet. Les chaises étaient disposées en demi-cercle. L'intervention du jour ne s'accompagnerait d'aucune projection en couleurs ni de croquis sur papier glacé. C'était très différent du numéro qu'elle avait joué quelques semaines plus tôt. Personne n'aime ceux qui sont porteurs de mauvaises nouvelles. Ne les tuait-on pas, dans la Grèce antique?

Ce serait du sport, et Karen le savait. Beaucoup d'employés étaient en situation difficile et, depuis la dernière réunion, les plus mal lotis avaient sans doute déjà commencé à dépenser l'argent de NormCo, argent qu'ils ne recevraient jamais. Casey lui avait raconté qu'une des filles de l'atelier venait maintenant au travail en Cadillac, qu'elle garait dans la rue malgré la nuée de camions et de camionnettes de livraison, juste pour épater ses copines de travail. Sa déclaration allait leur faire un choc, et elle ne savait pas combien d'employés allaient faire bloc avec elle.

Au fond de la pièce, Defina se leva et, l'air résolu, s'adossa au mur. Quand leurs regards se croisèrent, Defina hocha la tête. C'était le moment pour Karen de se jeter à l'eau.

«Vous savez tous que j'ai quelque chose à vous annoncer.» Sa voix chevrotait un peu. Elle se racla la gorge. «Lorsque nous nous sommes vus pour parler de l'accord avec

NormCo, j'étais fermement résolue à aller de l'avant. » Il y eut quelques murmures, mais elle poursuivit. « J'aimerais pouvoir dire que c'est toujours le cas. Or, malheureusement, non. » Le murmure se transforma en un brouhaha. Elle attendit un instant, avant de reprendre en élevant la voix. « On a signalé à mon attention plusieurs éléments, qui rendent impossible la signature du contrat. J'ai dû prendre cette décision qui nous concerne tous, et je considère que je n'ai pas le choix. En dernière analyse, l'accord que NormCo me propose finirait par nous nuire à la longue. Il me paraît évident, malgré leurs promesses, qu'il impliquait des licenciements, et peut-être même dans des proportions importantes. » Le murmure s'éleva à nouveau. « Bien entendu, cela signifie que l'argent que nous espérions ne viendra pas, ce qui est une terrible déception pour chacun de nous. » Elle se mordit la lèvre et se tut, observant les visages tournés vers elle. Mercedes Bernard se leva brutalement et quitta la pièce sans un mot. Beaucoup la suivirent des yeux.

Seul Casey souriait. A vrai dire, l'accord le mettait en première ligne. Le reste du personnel avait l'air furieux, abasourdi ou désemparé. Karen croisa le regard de Mrs Cruz. Son large visage tout ridé était dépourvu d'expression, mais elle hocha la tête en regardant Karen. Devant une telle manifestation de générosité, Karen faillit craquer ; elle se sentit submergée par un tel élan de gratitude qu'elle eut du mal à se lever.

« Ce n'est pas tout, reprit-elle. Nous devrons subir une sérieuse réorganisation. Nous devrons trouver le moyen de financer et d'honorer les dettes que nous avons contractées en lançant la ligne de prêt-à-porter. Vous devez le comprendre maintenant que vous êtes actionnaires. Je ne sais pas ce que la réorganisation implique, mais je vous promets de vous en informer dès que j'en aurai une idée. » Il était inutile de leur dire qu'en l'absence de Jeffrey, ils étaient sans direction financière et qu'elle n'avait pas la moindre idée de ce qu'ils allaient devenir. Elle ferait de son mieux, et eux aussi.

« Si certains préfèrent se séparer de la société, je le comprendrais, malgré la peine que j'en aurais. Je n'ai rien d'autre à vous dire pour le moment et aucune réponse aux questions que vous pourriez me poser. Mais je recevrai dès que possible ceux qui le souhaiteront. Entre-temps, Defina Pompey fera de son mieux pour vous fournir quelques réponses. » Allons donc ! Comme si tout le monde n'était pas terrifié par elle ! Elle respira à fond. « Merci d'être venu et laissez-moi vous dire encore une fois combien je regrette de vous avoir déçus. » Et là, ce fut plus fort qu'elle : ses yeux furent noyés de larmes et elle dut quitter l'atelier pour regagner son bureau précipitamment.

Karen avait eu à peine le temps de s'essuyer les yeux que la porte s'ouvrit brusquement. Habituellement pâle et tirée à quatre épingles, Mercedes entra dans la pièce, livide. Ses cheveux noirs étaient dressés sur sa tête comme si elle les avait empoignés à pleines mains comme une folle.

« Qu'est-ce que vous avez foutu ? demanda-t-elle d'une voix aussi caverneuse que celle de Linda Blair dans *L'Exorciste*.

— J'ai fait ce que j'avais à faire, Mercedes.

— Quoi ! Vous ? Moi oui, car depuis dix-huit mois, c'est moi qui vous ai faite. Je vous ai eu plus d'une douzaine de couvertures de magazines rien qu'en une année. Vous avez eu cinq pages dans *Vanity Fair*. Vous avez eu un portrait-interview dans *Mirabella*, sans parler des reportages sur votre collection. Je vous ai fait passer dans chaque émission de télé qui compte. Je vous ai obtenu Paris. J'ai fait de vous un produit de base. J'ai tiré parti de tout. Et maintenant, vous me dites que je ne peux pas récupérer ma mise ?

— Mercedes, c'était sans garantie !

— Et je devrais me contenter de ça ? J'ai cinquante-huit ans. Vous savez combien de temps ça m'a pris de passer des places du fond à celles de devant dans les défilés de mode ? Trente ans ! Je connais toute la profession, tout le monde, et je vous ai fait profiter de tout ça. En échange de quoi ? Je ne suis pas du genre à pouvoir vivre avec la retraite de la Sécurité sociale ! Vous ne seriez rien sans moi, Karen, et vous m'êtes redevable. »

Malgré sa fatigue et sa tristesse, Karen sentit la colère monter en elle. Pourquoi chacun s'imaginait-il qu'il était responsable de son succès ? Jeffrey disait qu'il l'avait faite, Liz Ruben aussi, Bill Wolper ne demandait pas mieux que de grossir la liste — et de se la faire aussi, au passage — et maintenant, c'était le tour de Mercedes. Karen inspira à fond et fut sur le point de répliquer quand Casey entra dans le bureau.

« Va te faire foutre, Mercedes, dit-il. Qu'est-ce que tu peux piger ? Ton boulot, c'était du tout cuit. Tu devais faire parler de Karen au moment où son nom était sur toutes les lèvres. Moi, je suis là depuis le début. On a poussé ensemble le chariot dans la neige pour aller montrer la première collection à Bloomingdale. On la leur a montrée dans le monte-charge et on a vendu le tout à Marvin Traub. Alors, toi, va te faire foutre. Karen en serait exactement au même point avec n'importe quelle autre attachée de presse. N'en rajoute pas. »

Mercedes ferma à demi ses longs yeux soigneusement maquillés. « Qui t'a sonné, petite tapette ?

— Je pense que ça ira comme ça, Mercedes. Sauf si vous avez envie de me traiter de sale négresse avant que je foute votre petit cul dehors ! », l'apostropha Defina en refermant la porte au nez de Janet et d'une brochette de secrétaires qui s'étaient agglutinées devant l'entrée.

Mercedes darda son regard sur Karen et reprit son souffle comme si elle allait remonter à l'assaut. « Vous savez que j'ai raison... »

Mais Karen en avait plus qu'assez. « Maintenant, c'est le moment de partir. Casey, tu veux bien aider Mercedes à vider son bureau ?

— Avec plaisir », assura Casey avec un large sourire.

Karen était secouée. « Elle m'a regardée comme si elle voulait me tuer, dit-elle à Defina. Fichtre, quelle expérience !

— Ouais, fit Defina. L'expérience, c'est ce qui vous reste quand on n'obtient pas ce qu'on veut. »

Karen passa l'après-midi et la soirée dans le bureau de Jeffrey en compagnie de Casey et de Lenny pour passer en revue la situation financière. Des heures épuisantes, déprimantes et déroutantes. Avait-elle eu le tort d'être trop dépendante de Jeffrey ? Avait-elle commis cette erreur typiquement féminine de laisser son mari faire un « boulot d'homme » ? Pourtant, dans le monde de la mode, peu de sociétés fonctionnaient autrement. Yves Saint Laurent avait Pierre Bergé, Valentino Giancarlo Giammetti – deux couples qui équivalaient à des mariages. Calvin Klein avait Barry Schwartz et Christian Lacroix, Bernard Arnault. Même le maître du merchandising, Ralph Lauren, avait Peter Strom. Tous ces types opéraient dans un monde d'hommes sans pitié. Et pourtant, si les créateurs ne s'étaient pas associés à un businessman brillant qui leur apportait aide, soutien et dévouement, ils auraient fermé boutique après une ou deux saisons. Le prêt-à-porter exige trop du styliste ; celui-ci ne peut à la fois créer et gérer une affaire. Elle ne s'était pas plus mal conduite que les autres. Mais devant l'obligation de comprendre exactement où en était KKInc et de concocter une solution que Jeffrey avait été incapable de trouver, elle se sentait dépassée.

Seule à présent dans le bureau obscur, Karen eut l'impression qu'elle ne pourrait pas se passer de Jeffrey. Pas pour le boulot ni à la maison. Elle s'était mariée tard, le succès lui était venu tard ; alors comment pourrait-elle déjà renoncer à tout, si vite ? Il lui restait peu de temps avant de devenir vieille. Subsistait-il un espoir de sauver leur mariage ? Et si Defina avait raison, si Jeffrey lui en voulait simplement ? Son geste, sa trahison, n'était peut-être qu'une façon de réagir à son absence, à sa célébrité croissante, au problème du bébé ? Sous ses airs de sainte-nitouche, n'avait-elle pas envisagé elle-même de le tromper ?

Peut-être pourrait-elle pardonner à Jeffrey. D'autres femmes, dans sa situation, l'avaient fait avant elle. S'il n'avait couché avec sa sœur que pour la blesser, le pardon était possible. Elle se demanda si c'était de sa part un geste de lâcheté ou de courage. De toute façon, il faudrait qu'ils parlent affaires, qu'ils fassent des projets et qu'ils décident de l'avenir.

Elle décrocha le téléphone et composa lentement le numéro que Jeffrey lui avait laissé. Il répondit, et au son de sa voix, son cœur se mit à battre à tout rompre. « Jeffrey, c'est Karen. Il faut qu'on parle. »

## Chapitre 32

# La mode du jour

Karen attendait Jeffrey dans le bureau de celui-ci. Elle était restée quelque temps dans le noir, mais sachant qu'il venait de Soho et n'allait pas tarder à arriver, elle se força à allumer l'horrible tube fluorescent fixé au plafond. Puis elle alla voir dans la glace derrière la porte l'étendue des dégâts. Il lui fallait des mouchoirs en papier. Bon sang, il lui fallait surtout une semaine de repos, un bon nettoyage de peau, un excellent thérapeute, un lifting et un avocat digne de foi. De toute façon, c'était trop tard, Jeffrey allait entrer d'un moment à l'autre.

Sur la console, derrière le bureau, elle contempla un instant leur photographie prise le soir du gala du Oakley Award. Elle dut détourner les yeux pour ne pas pleurer. Elle chercha dans le premier tiroir des Kleenex. Aucun. Elle ouvrit les deux autres. Eh bien quoi, alors? Les hommes ne se mouchent jamais? Dans le tiroir du bas, elle trouva des serviettes en papier au nom du traiteur qui prépare des plats à emporter sur la 38e Rue. Elle devrait s'en contenter. Puis elle aperçut, en dessous, un coffret, une boîte en fer-blanc bon marché qui ressemblait bien peu au style de Jeffrey. Que mettait-il là-dedans? Sur le coup, elle eut peur d'y découvrir des lettres d'amour ou des photos de Lisa. Elle devait l'ouvrir, dût-elle la casser pour cela. Elle avait besoin de savoir si Jeffrey aimait sa sœur.

La boîte n'était pas verrouillée, et au lieu de lettres d'amour, elle y découvrit des diapositives. Elle leva la première vers la lumière ; c'était une toile de Jeffrey, sans doute. Elle ne la connaissait pas. C'était un nu, mais il ne ressemblait pas à ceux de Westport. Elle y retrouvait le style de Jeffrey, son coup de pinceau, bien qu'il fût différent. Sans être bon, il y avait de la sensibilité.

La femme, par bonheur, ne ressemblait pas à Lisa. Karen retint son souffle et regarda une autre diapositive ; celle-ci non plus ne représentait pas sa sœur. Elle fouilla dans la boîte, qui contenait plusieurs dizaines de photos. Quand Jeffrey avait-il eu le temps de peindre autant ? Tous les nus s'inspiraient de la même femme blonde. Jeffrey témoignait, dans ces tableaux, d'une délicatesse, d'une vulnérabilité qu'elle n'avait encore jamais remarquée dans sa peinture. Peut-être ces sentiments lui venaient-ils de la femme ? Difficile de dire si cette impression nouvelle était due à la pose, à la femme ou au pinceau de l'artiste. Karen y percevait l'influence de Degas dans ses scènes intimes, celles représentant des femmes au bain ou qui s'étirent. Le visage du modèle était difficile à distinguer. On la voyait surtout de dos, deux images la montraient en partie de profil et trois les bras levés, cachant la joue et le bout du nez. Mais pourquoi Jeffrey les avait-il gardées secrètes ? C'était ses meilleures œuvres. Sur quel secret avait-elle mis la main ?

Sous le coffret se trouvaient des papiers, qu'elle sortit. Un extrait de naissance de Jeffrey, quelques coupures de *Business Week* et du *Wall Street Journal,* avec des citations et des clichés de lui. Rien d'important. Puis elle tomba sur un contrat de location transformable en location-vente pour le loft de Perry, qu'elle survola rapidement. Puis elle s'arrêta net.

Même sans rien comprendre au jargon juridique, elle avait bien l'impression que le prévoyant Jeffrey avait versé à Perry un acompte non remboursable de cent cinquante mille dollars sur un prix d'achat de huit cent mille ! Il était cinglé ? Jeffrey avait accepté d'acheter le loft ? Elle se rappela la visite de

Perry, sa formule d'adieu, *mi casa, su casa*. Alors, voilà d'où il tenait l'argent de sa cure et pourquoi il lui avait donné la clé de son studio.

Maintenant, la peur commençait à lui étreindre la poitrine. Que manigançait Jeffrey ? Était-elle au bout de ses surprises ? Sous le contrat de location-vente, il y avait un plan de la maison de Westport et un double du contrat de construction, ainsi qu'une photo de Jeffrey et de son père peu avant la mort de celui-ci. Karen reposa le tout et réfléchit un instant. Elle était tombée, semblait-il, sur une cachette où Jeffrey rassemblait ses trésors, comme le gamin qui prépare une fugue. Avait-il l'intention de prendre la fuite ? Elle dispersa du doigt la liasse de papiers et de photos, et aperçut alors une autre photo.

C'était un cliché récent – la couleur poivre et sel des cheveux de Jeffrey le prouvait. Il se trouvait dans une rue, peut-être dans le bas de Manhattan, peut-être à Tribeca, et il tenait une femme par la taille. Heureusement, ce n'était pas Lisa. C'était une grande blonde, élégante, exactement ce qu'elle pensait être le genre de Jeffrey. Il regardait fixement la femme, son visage reflétant sans doute l'expression de celle-ci. Cette expression, Karen la connaissait. Les larmes lui vinrent aux yeux. Depuis combien de temps Jeffrey ne l'avait-il pas contemplée ainsi ?

Le visage féminin était dissimulé par ses cheveux et une ombre, mais Karen distinguait une partie du profil. Et ce qu'elle voyait ne lui était pas inconnu. C'était le même personnage que sur les tableaux. Ses yeux ne pouvaient se détacher de ce visage, comme si le souvenir allait lui revenir. Puis, au moment où elle était sur le point de le retrouver, la ligne directe de Jeffrey sonna. Elle ne bougea pas, le téléphone insista. Bill Wolper avait fini par comprendre et n'appelait plus. Alors, qui était-ce ? Jeffrey ? Voulait-il annuler leur rendez-vous ? Elle avait peur de décrocher. Finalement, elle saisit le combiné, l'autre main toujours crispée sur la photo. C'était Robert l'avocat : « Karen, je suis tellement content de t'avoir.

J'ai essayé partout. Puis j'ai pensé à ce numéro. Écoute, il faut absolument qu'on se parle.

— Il est onze heures du soir, Robert. Et je n'aurai plus jamais besoin de te parler.

— Karen, écoute-moi. Ma vie tient à ce coup de fil. Le cabinet a investi énormément de temps et d'argent dans cette histoire. Si tu ne signes pas, je suis dans la mélasse jusqu'au cou. C'est à moi qu'on va le reprocher. Wolper est sur le sentier de la guerre. On va me faire porter le chapeau. Fais-moi une fleur. Donne-moi quelque chose pour que je ne rentre pas les mains vides. Même si tu ne veux plus vendre à NormCo, laisse-moi placer pour toi un parfum. Unilever pourrait être intéressé. Ou je pourrais te transformer en société anonyme. Évidemment, ce n'est plus comme dans les années quatre-vingt, mais c'est encore possible.

— Je ne peux pas discuter maintenant. J'ai besoin de parler avec mon mari.

— Écoute, Karen, je ne voulais pas être mêlé à ses histoires personnelles, ce n'est pas mon genre. Je ne voulais pas être au courant de ses aventures. Les affaires sont les affaires, ta vie privée, c'est tes oignons. Mais il m'a mis dans une position impossible, ici, tu sais ce que je veux dire, et après tout, c'est la famille, quoi. Mais je veux que tu saches que je suis de ton côté.

— Va te faire foutre, Robert. » Et elle raccrocha d'un coup sec. Elle resta immobile. Des aventures ? Combien Jeffrey en avait-il eu ?

C'est alors que celui-ci arriva.

Plus trace du Jeffrey élégant qu'elle avait toujours connu ! Ses cheveux presque blancs étaient décoiffés, et une de ses manches était déboutonnée. Ça ne lui ressemblait pas du tout. Elle se sentit émue et retrouva un peu d'assurance. S'il était aussi bouleversé, l'espoir était encore possible...

« Qu'est-ce qu'il faut faire ? demanda-t-elle.

— Il faut signer le contrat avec NormCo, si ce n'est pas trop tard. Je crois que c'est encore possible. » Il parlait d'une voix morne, éteinte.

« Je ne parlais pas affaires.

— Il n'y a plus rien d'autre entre nous. »

Ce fut comme un coup au creux de l'estomac. Elle avait vu juste à propos de Lisa, Jeffrey ne l'aimait pas, mais pourquoi s'était-elle imaginé qu'il l'aimait, elle ? Elle devait être folle. Des aventures, voilà ce que Robert avait dit. Comment avait-elle pu croire qu'ils allaient se réconcilier ? Elle continuait de jouer à Cléopâtre, la reine des aveugles. Non, maintenant, elle voulait savoir la vérité — toute la vérité.

Jeffrey, de son côté, n'avait qu'une idée en tête : « Karen, tu dois me croire. La société n'a aucun moyen de s'en tirer sans NormCo. Ce n'est qu'une question de temps. J'ai passé en revue toutes les possibilités, c'est la seule solution. Peu importe ce que tu éprouves pour moi ou ce que j'ai fait, tu dois signer avec NormCo. C'est ta seule bouée de sauvetage. Sinon, tu te casseras la figure dans les deux ans. »

Après avoir perdu le bébé de Cyndi et Jeffrey, l'idée de perdre également sa société était plus qu'elle n'en pouvait supporter. Ses mains se mirent à trembler et des frissons lui parcoururent les bras. Plus elle se crispait et plus ses muscles semblaient se révolter. Elle pouvait comprendre que Jeffrey soit en colère, qu'il ait envie de la blesser, mais qu'il puisse ne plus l'aimer, c'était comme se sentir mourir. Et pourtant, c'était apparemment le cas et mieux vaudrait qu'elle s'y fasse. La Karen crédule, celle qui vivait dans la peur, les mensonges et l'aveuglement, était en train de mourir. Qui allait prendre sa place ?

« Qu'est-ce que tu veux exactement, Jeffrey ? fit-elle avec un calme apparent.

— Je veux récupérer ma vie, Karen. Je t'ai donné toutes ces années, ça ne te suffit pas, non ? J'ai arrêté ma peinture, je me suis consacré à toi, je t'ai faite, je t'ai donné mon nom et puis j'ai rendu ce nom-là célèbre. Tu as fait ce que tu rêvais de faire : dessiner des vêtements. Maintenant, c'est mon tour. On vend à NormCo, je récupère ma part et je reprends ma vie où je l'ai laissée. Je me remets à la peinture. J'ai besoin d'être moi-même. Je ne veux plus me faire insulter par tous les connards qui me prennent pour un mannequin. Je prends l'oseille et je file. Et toi, tu fais ce qui te plaît : tu peux continuer à créer des vêtements. »

Et là, la peur la frappa en plein visage. Brusquement, elle comprit que Jeffrey ne l'aimait plus. « Tu as toujours su que tu allais me quitter. Tu avais tout manigancé depuis longtemps. Tu as mis sur pied ce contrat pour pouvoir partir à l'aise. Tu as racheté le loft à ton nom. Mais il te fallait plus d'argent. Tu voulais me réduire à l'esclavage.

– Ce n'est pas vrai. C'est le meilleur contrat qu'on puisse imaginer. Mais tout arrive, dans la vie. On change. Tu m'as fait changer. T'es-tu seulement demandé ce que j'ai pu éprouver pendant que tu jouais les artistes dans ton atelier ? Tu coupais, tu drapais, tu vivais et tu mourais avec chaque nouveau dessin. Pendant ce temps, je m'occupais de la gestion et des rapports avec la banque. Et le plus drôle de l'histoire, c'est que s'il y en a un de nous deux qui a du talent, c'est moi. Et toutes ces revues idiotes, ces émissions de télévision qui ne s'intéressaient qu'à toi ! Elles te prenaient pour l'artiste de la famille. Tiens, c'est presque risible. Enfin, tu as eu ta chance. Alors à mon tour. Maintenant, je propose qu'on signe, qu'on divorce à l'amiable et que chacun poursuive son chemin. »

C'est alors qu'elle comprit combien il la haïssait. Il l'avait toujours prise pour une rivale. Au début, il voulait la garder dans l'arrière-boutique, pendant qu'il dirigeait la société, et maintenant, il lui reprochait également cela. Il était évident qu'il avait renoncé à peindre parce qu'il n'était pas capable d'être un grand artiste, mais c'était plus facile pour lui de jouer les martyrs. Et maintenant qu'il avait décidé, avec Mercedes, de se servir d'elle, de faire un battage publicitaire autour de son nom pour faire grimper les enchères, son amour-propre souffrait de la voir devenue célèbre.

« Mais tu es jaloux ! » constata-t-elle, interloquée. Il lui avait toujours dit qu'il était celui qui avait du talent, et elle le croyait. Mais Perry, Carl et Defina n'avaient-ils pas tenté de lui ouvrir les yeux ? Elle n'avait pas voulu le savoir. Croire que son mari était plus doué qu'elle la rendait heureuse. « Tu es jaloux.

— Ne sois pas ridicule. De quoi serais-je jaloux ? »

Elle ne répondit pas. Elle lui tendit la photo qu'elle tenait froissée dans sa main. « C'est quoi, cette connerie ? »

Il devint livide en voyant le cliché. « Où l'as-tu trouvé ?

— Karen Kahn, détective privé, se contenta-t-elle de répliquer.

— Alors tu sais, pour June... »

Alors voilà, c'était donc June Jarrick. C'était bien elle sur la photo, c'était pour elle qu'il avait acheté le loft. En fait, elle avait toujours été là. Elle était sa fiancée à l'époque où Jeffrey croyait avoir l'étoffe d'un artiste, puis quand il l'avait abandonnée, elle avait réagi en épousant Perry, qu'elle avait quitté après la mort de Lottie. June, une femme riche ayant de la classe, une femme de son milieu, une mondaine qui aimait s'encanailler avec des artistes. Elle pensa à toutes les nuits où elle avait tenté de le joindre, les nuits où il « jouait au poker », celles où il « vérifiait les chiffres de NormCo »...

Elle rougit de honte. June lui rendrait sa jeunesse, aiderait l'artiste en lui à se réaliser. C'était le rôle qui lui convenait, mais, cette fois, elle épouserait un vrai riche, un homme qu'elle avait jadis aimé et perdu. Madame Renaud avait raison, les pièces du puzzle se mettaient parfaitement en place, et Karen avait l'impression de saigner.

Elle pouvait aussi se mettre à la place de Jeffrey. Il avait aimé cette femme et peut-être l'avait-il toujours regrettée. Le divorce la lui avait rendue. A présent, son argent ne pouvait que séduire June et Jeffrey saurait très bien la réconforter de la perte de son enfant. Il commençait à avoir de l'entraînement.

« Depuis combien de temps ? demanda-t-elle. Combien ? »

Il détourna les yeux.

« Plus d'un an ? » Il hocha la tête presque imperceptiblement. Karen se rappela cette dernière année, ses absences à elle, ses soirées à lui. Elle lui avait rendu la part belle, sans se douter de rien. Elle pensa au gala du Oakley Award, à leur séjour à Paris, à leur nuit d'amour. C'était donc son cadeau d'adieu?

« Est-ce que Perry est au courant?

— Non, sinon il ne m'aurait pas vendu le loft.

— C'était donc pour June? Pour vous deux? »

Son silence était une réponse.

Ainsi, Lisa, c'était juste pour fignoler le décor, se dit Karen. Une façon de bien me mettre le nez dedans, d'humilier aussi ma pauvre sœur par-dessus le marché. Jeffrey n'avait peut-être pas envie de me voir débarquer à ce moment-là, mais il se serait sûrement débrouillé pour que je l'apprenne. Il se doutait que Lisa finirait par craquer et me le dire.

Karen regarda son mari droit dans les yeux, l'air résolu. « Écoute-moi, Jeffrey. Je pourrais te pardonner de m'avoir trompée, de m'avoir menti, mais pas d'avoir fichu ma vie en l'air. Tu étais prêt à vendre mon talent, mon nom, pour assurer ton avenir. Peindre? Vas-y, peins. Je ne t'en ai jamais empêché. Je voulais que tu le fasses. J'aurais pu trouver un autre directeur financier, mais je ne voulais pas d'un autre mari. Tu te prends pour un grand homme d'affaires, qui sait tirer toutes les ficelles, mais tu te trompes : c'est mon talent qui a fait la société. Alors merci pour ton aide, mais je vais recruter quelqu'un d'autre pour prendre ta place. Robert l'avocat a déjà postulé. De plus, je refuse de vendre à NormCo, et je vais continuer à travailler. Tu peux te garder la maison de Westport, et tu as toujours tes trente pour cent dans l'affaire. Mais ce n'est pas assez pour la diriger. Tu ne la dirigeras plus, c'est fini. Je vais la diriger, même si elle ne fait pas de bénéfices. Je la dirigerai du haut en bas, et tu n'en verras pas un centime. » Elle écumait de rage. Elle n'était pas du genre à dire des vacheries, mais c'était le moment de sortir quelques vérités bien senties. « Alors tu verras si June veut encore t'épouser sans le fric de NormCo, et si tu peux te payer le loft de ton meilleur ami sans exploiter ta femme. Et tu verras aussi jusqu'où tu peux aller avec tes jolis petits nus, et si ça te plaît d'être un talent mineur. »

Jeffrey la considéra un instant, la bouche crispée. « J'ai autre chose à te dire, tant qu'on y est. »

Elle secoua la tête. Elle avait déjà son compte. Que pourrait-il encore lui dire qui puisse la blesser. Mais elle se trompait.

« June est enceinte. Ce qui change tout. »

Ce coup-ci, il avait raison. La colère de Karen s'évacua instantanément et disparut. Le choc la laissa abasourdie, sans réaction, prête à s'apitoyer sur son sort et avec une forte envie de suicide.

« Je me battrai contre toi, Jeffrey. Ce divorce va te coûter cher.

— Tu t'en repentiras, Karen, fit-il menaçant.

— Oh, ça, c'est déjà fait. »

## Chapitre 33

# Un fil à la patte

Karen dormit au bureau. Malgré son désespoir, elle sombra dans un profond sommeil jusqu'à ce que le téléphone sonne, à sept heures du matin. Elle se sentit à la fois réconfortée et déroutée en entendant la voix chaleureuse de Centrillo. Il l'avait appelée chez elle sans arrêt ; il avait du nouveau. Elle devait venir à son bureau. « Tout de suite ? » demanda-t-elle. « Je pense que ça en vaut la peine », répondit-il simplement.

Dès qu'elle entra dans son bureau, il lui annonça de sa voix de baryton : « Je crois que nous l'avons retrouvée. Mon agent possède des détails, mais il tient à vous les communiquer lui-même. »

— Il l'a vraiment retrouvée ?

— Je le crois. Mais il veut être payé. Tout de suite. Vous savez que ce n'est pas dans mes manières, mais Mr Paige est un peu... » Centrillo se racla la gorge. « Hum... disons, pas très orthodoxe. »

Son bureau était toujours aussi impeccable, malgré l'absence de soleil en ce jour voilé. En face de Centrillo, sur une chaise en chêne, un petit homme était assis, occupé à s'arracher les petites peaux autour des ongles en s'aidant de l'autre main. Son long nez et les yeux cachés sous un front proéminent lui donnaient un air de rongeur. Il portait une chemise grisâtre dont le col bâillait. « Mrs Cohen, dit

Centrillo, je vous présente Minos Paige. Je crois qu'il s'est montré très efficace dans son enquête. »

Elle allait éclater s'ils continuaient à tourner autour du pot. « Vous pensez avoir réussi à retrouver ma vraie mère ? » demanda-telle.

L'homme sortit une large enveloppe tordue et froissée de la poche de sa veste. « Je livre la commande si vous avez le fric », annonça-t-il.

Elle hocha la tête.

« Voyons ce que vous avez », intervint Mr Centrillo.

Minos déchira l'enveloppe. Il en tira d'abord une sorte de photostat. « J'ai d'abord retrouvé Mrs Talmidge. Une vieille fille qui vit dans une maison de retraite à Saint Augustine. J'ai eu un premier coup de veine : elle se souvenait du nom parce qu'il y avait eu des problèmes avec l'adoption. J'ai dû aller au centre et raconter que je voulais un rancard avec elle. Ça se paie, un truc pareil, croyez-moi. J'ai dû me taper toute sa collection de figurines de Hummel et en plus, la coquine a essayé de me montrer bien d'autres choses. J'ai obtenu le nom de l'agence. Ai eu plus ou moins la date. Me suis pointé à Chicago. Me suis fait passer comme d'habitude pour un agent d'entretien. Ai joué une ou deux fois de la pince-monseigneur. Les dossiers avaient tous été expédiés au frigo. Mais les ai retrouvés. » Il indiqua le photostat. « C'est la copie de l'endroit, l'adresse de la maison où vous étiez. » Karen regarda l'épreuve. L'adresse indiquait 2881 Frederic-ston, Chicago Heights. Pas de code, c'était bien avant l'invention du code postal. Minos sortit un petit cliché en noir et blanc, celui où elle se tenait devant la maison. Il l'avait froissé et elle faillit le lui arracher des mains. Mais il en sortit une autre photographie, en couleur cette fois. « Voilà la mai-son. Mêmes briques, même numéro. » Il la fit passer à Karen. Elle compara les deux clichés. Les chiffres étaient disposés de la même manière, sauf qu'ils étaient peints en blanc au lieu d'être en noir comme autrefois.

Paige lui montra une autre image. C'était une vue de la

maison. « Marie et Alfredo Botteglia », déclara-t-il. Les mains tremblantes, Karen retourna la photo ; le nom était inscrit derrière. « Il est mort, reprit Paige. Elle est veuve et elle vit seule. Ai causé à une voisine. Elle se souvient d'une enfant qu'ils ont eu autrefois... elle a disparu. » Il avait une autre photo encore. C'était un portrait flou d'une femme poussant un caddie sur un parking de supermarché. Elle était petite, rondelette, les cheveux gris. Il était difficile de distinguer ses traits à cause de l'ombre d'un poteau à côté d'elle. Un autre cliché représentait de profil la même femme transférant des sacs de provision dans sa Pontiac bleue. Le profil de la femme n'avait aucune ressemblance avec celui de Karen, mais elle avait bien comme elle le nez proéminent. Hypnotisée, Karen ne pouvait détacher les yeux du visage de sa vraie mère.

# Chapitre 34

# Cousu de fil blanc

Debout devant le 2 881 Fredericston, Karen paya le chauffeur de taxi. Elle était allée directement du bureau de Centrillo à La Guardia pour sauter dans l'avion qui décollait à deux heures pour Chicago. En raison du décalage horaire, il n'était que trois heures trente, mais elle avait l'impression d'avoir vécu une vie au cours des deux dernières heures.

C'était un quartier ouvrier correct. Les maisons dataient toutes de la même période, construites dans l'immédiat après-guerre. La maison en bois des Botteglia se dressait sur son lopin plat, impeccable, avec deux niveaux, des briques d'un côté et un décor de bardeaux de l'autre. Une Pontiac bleue, la même que sur la photographie, était garée dans l'allée. Karen avait pris la précaution d'appeler auparavant le numéro que lui avait communiqué Paige, et elle avait eu besoin de rassembler tout son courage pour demander Marie. Lorsque la femme avait répondu « C'est moi », Karen avait raccroché brusquement.

Le nom, au-dessus de la sonnette, était décoloré. Karen pressa le bouton d'un doigt manucuré et Marie Botteglia ouvrit la porte.

Elle était très petite, au moins quinze centimètres de moins que Karen, mais elle avait l'air plus jeune et plus alerte que sur les photos. Les cheveux tirés en arrière sur la nuque, elle avait un visage agréable et moins ridé qu'on ne l'aurait cru. Elle leva les yeux sur Karen : « Oui ? »

– Je m'appelle Karen Kahn. » Karen lui tendit l'image froissée par Paige. « Je voudrais savoir si vous reconnaissez cette photo. »

Marie Botteglia fronça les sourcils puis, n'ayant visiblement rien à craindre, prit le cliché. Quand ses doigts effleurèrent ceux de Karen, celle-ci ressentit comme une onde électrique. Elle avait enfin vu, entendu et touché sa mère.

Marie chaussa ses lunettes qu'elle portait autour du cou, puis son visage changea, devint pâle, et elle regarda Karen avant de considérer de nouveau la photo.

« Mon bébé ? demanda-t-elle, et Karen fit " oui " en silence. Mon bébé ! » Et Karen tomba dans ses bras.

Elles pleurèrent beaucoup, bien sûr. Puis Karen dut donner quelques explications, et Marie secouait la tête en s'essuyant les yeux. « Je n'arrive pas à croire que tu t'en souviennes », répétait-elle. Elle n'arrêtait pas de toucher Karen, lui caressait le genou, lui prenait la main et même, timidement, lui passait la main dans le dos pendant qu'elles étaient assises côte à côte sur le petit sofa dans la pénombre du salon. Karen ne pouvait s'empêcher de penser à Belle, qui ne la touchait jamais. Marie l'avait déjà embrassée et passé la main sur la joue. « Je ne peux pas croire que tu m'aies retrouvée. Je suis au comble du bonheur. » Finalement, elle se leva pour faire du café et revint avec une assiette de *biscotti*. « J'ai juste ouvert une boîte, s'excusa-t-elle. Je ne m'attendais pas à ta visite. » Cela les fit rire.

Assises à la table de la cuisine pour boire le café, elles regardèrent l'album de photos que Marie était allée chercher. Karen remarqua une photo prise apparemment le même jour que l'autre. Habillée du même vêtement de ski, elle était perchée sur un muret, un dalmatien à côté d'elle.

« C'était un habit bleu, non ? » interrogea Karen. Marie

confirma. Karen posa le doigt sur la photo. « C'était ton chien ? Je ne m'en souviens plus.

— Non, il était à ma sœur... Spotty... Il est mort depuis longtemps. » Elle tourna une autre page et passa un bras autour de Karen. C'était quelqu'un de très physique. Il y avait une autre image de Karen avec un homme de belle taille, en pardessus et feutre sombres. « Alfredo, précisa Marie. Lui aussi est mort.

— Je sais, le détective me l'a dit. » Karen prit la main de Marie. Elle ne voulait pas la questionner. Mais Alfredo était-il son père ? Pourquoi l'avait-elle fait adopter ? Marie s'était-elle sentie coupable ou malheureuse de l'avoir fait ? Avait-elle tenté de la retrouver ? Karen ne se sentait pas la force de pousser plus loin. Elle regarda de nouveau la photo qu'elle tenait à la main.

« Tu t'en souviens ? demanda Marie.

— Non. » Elle regarda fixement l'épreuve et crut sentir le tissu rugueux contre son menton. Et une odeur, une odeur forte. « Il fumait le cigare ?

— Mais oui ! s'exclama Marie, les yeux pleins de larmes. Comment tu le sais ? Tu t'en souviens donc ?

— Une sensation plus qu'un souvenir, sans plus », dit simplement Karen, mais elle était aussi émue que Marie.

Elles déjeunèrent, et le repas n'aurait pu être plus différent de la cuisine de Belle. Marie – ma mère, se répétait Karen – ne s'était pas contentée de jeter quelques pâtes dans l'eau salée. Vite et sans effort, elle fit griller des poivrons, coupa des courgettes et prépara un succulent plat de chou-fleur. Sur la table étaient déposés un délicieux pain italien et de la bonne huile d'olive.

Karen considéra la petite cuisine et, en face d'elle, la figure ronde de Marie, ses habits sans coquetterie, les photos de ses nièces, de ses neveux et des autres membres de sa famille qui ornaient le réfrigérateur. Karen buvait des yeux ces images, celles de sa famille. Cela lui faisait drôle qu'ils aient tous l'air d'ouvriers italiens. Elle ne ressemblait à aucun. Elle était plus grande, les cheveux châtains, pas noirs, et elle avait le squelette plus lourd que les autres femmes. Pourtant, c'était sa famille, ses cousins, ses tantes et ses oncles qu'elle n'avait encore jamais rencontrés. Elle était passée à côté de tant de choses.

Elles mangèrent tant et plus. Puis Karen aida Marie à débarrasser la table, et celle-ci lui raconta quelques détails sur la maladie qui avait emporté Alfredo, et combien il lui manquait. « C'est à cause des cigares. Ah, lui et ses cigares! dit-elle en secouant la tête. Cette tête de mule. Enfin, c'est la vie! » Elle reprit l'album pour montrer à Karen d'autres photos. Elle retrouva la page où elles s'étaient arrêtées.

Quand Marie tourna la page, il y eut la même photo de Karen, debout devant l'entrée de la maison. Elles considérèrent longuement l'image en silence. « C'est le jour où on a appris la nouvelle, expliqua Marie en caressant doucement la main de Karen.

— Quelle nouvelle?

— Le jour où on a appris qu'on ne pouvait pas te garder. Ça a été un jour affreux. Je ne pouvais pas m'arrêter de pleurer. Enfin, c'est la vie! Alfredo disait que je te faisais peur à pleurer comme ça et que je me rendais malade, mais je ne pouvais pas m'arrêter. » Des larmes lui montèrent de nouveau aux yeux. Karen la prit contre elle pour la consoler.

C'était le moment ou jamais. La petite fille abandonnée, seule, remise à Belle, devait connaître la réponse à cette terrible énigme. « Mais pourquoi devais-tu le faire? Pourquoi ne m'as-tu pas gardée? interrogea Karen en faisant de son mieux pour conserver une voix douce et compréhensive.

— C'était l'État, hoqueta Marie. L'État ne nous a pas donné le choix. »

Karen la regarda d'un air déconcerté. Pourquoi l'État voudrait-il séparer une fille de sa mère? Marie et Alfredo l'avaient-ils maltraitée? C'était peut-être pour ça qu'elle ne se souvenait de rien. Ce n'était pas pour des raisons financières, puisqu'ils possédaient déjà cette même maison à l'époque, ce qui était plus que beaucoup de gens. Marie se moucha bruyamment. « Ça fait tellement longtemps, et pourtant, j'ai encore mal quand j'y pense. » Elle soupira. « Enfin, ça ne fait rien. On s'est bien occupé de toi, et c'est tellement merveilleux que tu m'aies retrouvée et de te revoir.

— C'est tellement merveilleux pour moi aussi de retrouver ma vraie mère. »

La vieille femme la considéra un instant, interloquée. « Que veux-tu dire ?

— Ma famille adoptive a été formidable, la rassura Karen sans en être tout à fait convaincue sur le moment. Mais j'ai toujours eu l'impression qu'il me manquait quelque chose. J'avais besoin de connaître ma vraie mère. »

Marie la regardait fixement, l'œil agrandi par la surprise. « Karen, on t'a gardée pendant presque quatre ans depuis que tu étais toute petite. J'étais sûre et certaine que l'État te donnerait à nous. Mais, bon, juste avant que l'adoption soit officialisée, l'autre est revenue et l'État t'a reprise à nous. Elle s'était mariée et elle voulait absolument te reprendre. Ça nous a brisé le cœur, mais elle avait la loi pour elle. Après tout, tu n'étais pas vraiment à nous. »

Karen, ahurie, parut ne pas comprendre. « Quoi ? lâcha-t-elle d'une voix sourde.

— Karen, je t'aime, je t'ai toujours aimée. Mais je n'étais que ta nourrice. Celle qui t'a élevée est ta vraie maman. »

## Chapitre 35

# Frais de représentation

« Lisa, il faut que je te voie. »

Quand elle entendit la voix de Jeffrey au bout du fil, Lisa faillit laisser tomber le téléphone. Avec l'accord que Karen ne voulait plus signer, les factures à payer et Leonard qui était prêt à la tuer, elle avait son compte. Cela l'avait contrariée, bien sûr, que Jeffrey ne cherche pas à la joindre après qu'ils s'étaient fait prendre par Karen. Mais depuis, avec cette affreuse odeur qui, heureusement, avait fini par disparaître, la rupture du contrat et les soupçons de Leonard, elle s'était félicitée de son silence. Elle avait autant envie de lui parler que d'attraper une autre infection vaginale.

« Voyons, Jeffrey, je ne peux pas te voir. » Elle eut même un certain plaisir à prononcer ces mots. Elle rendait Jeffrey responsable de tout. Il lui avait tourné la tête avec ces actions idiotes qui n'avaient aucune valeur. Il l'avait sortie, et était à l'origine de tous ses ennuis. Loin d'être une romantique, elle éprouvait une certaine satisfaction d'amour-propre à le remettre à sa place. Dommage qu'elle ne puisse le dire à personne !

« Il faut que je te voie, insista Jeffrey. Et peut-être que tu devrais amener Belle avec toi. »

Lisa sentit ses poumons se vider, tels deux ballons ratatinés et hors d'usage. De quoi voulait-il parler à sa mère ? Il l'avait toujours évitée. Était-ce une ultime tentative désespérée pour récupérer Karen ? Voulait-il se mettre à table devant Belle pour ensuite les supplier d'intervenir auprès de Karen ? Elle ne le laisserait certainement pas raconter à Belle son petit écart de conduite.

« Jeffrey, écoute-moi : c'est fini entre nous. Je ne veux plus te voir et rien ne pourra me faire changer d'avis.

— Bon sang de bon sang ! Ce n'est pas pour ça que je veux te voir. C'est à propos du pognon ! Du contrat ! Si tu veux avoir une chance de vendre tes actions, je dois te voir tout de suite avec ta mère.

— Où ? » demanda-t-elle d'une voix rauque et, sans un mot de plus, griffonna en silence ses indications.


Lisa faillit laisser tomber sa chope en entendant sonner. Elle était à bout. Le rendez-vous avec Jeffrey, sa mère et Robert l'avocat avait duré près de deux heures, puis la circulation sur la Van Wyck l'avait presque tuée. Elle devait être de retour avant une heure, pour être là quand Leonard appellerait. Qui pouvait bien sonner à la porte ? Les filles étaient en cours, Leonard au bureau, et elle n'attendait personne. Elle s'approcha des fenêtres de devant, prête à appeler la police.

Elle n'eut pas besoin de téléphoner : c'était justement la police, avec une voiture noir et blanc surmontée d'un gyrophare bleu. Qu'est-ce qu'ils foutaient là ?

Elle courut au bas des marches et ouvrit la porte. Deux policiers — un homme et une femme bâtie comme un mec — se tenaient sur le perron. Entre eux, tête baissée, Tiff attendait.

« Que se passe-t-il ? demanda Lisa à sa fille, mais ce fut la femme flic qui répondit à sa place :

— Vous êtes bien Mrs Leonard Saperstein ? » Lisa fit oui. « C'est bien votre fille Tiffany ? » interrogea l'autre. De nouveau, Lisa approuva. C'était quoi, ce cirque ?

« Pouvons-nous entrer ? » Lisa se poussa pour libérer le passage et ils entrèrent. C'est alors que Lisa remarqua que sa fille portait des menottes dans le dos. Comme une criminelle ! Elle resta un moment figée sur place, bouche bée, puis elle les suivit au salon comme une automate.

« Pouvons-nous nous asseoir ? » s'enquit encore la femme. Lisa hocha la tête tout en se promettant de ne pas aller plus loin. A présent, c'était à elle de poser des questions.

« Mais que se passe-t-il ?

— Il semble que Tiffany se soit rendue coupable de vol à l'étalage », répondit la femme.

Aussitôt, le placard plein de vêtements au premier étage lui revint en mémoire. Bon sang ! Pourquoi fallait-il que tout dérape dans sa vie ? D'abord la *bat mitzvah* puis Stephanie, son histoire avec Jeffrey, le contrat de KKInc, et ce truc par-dessus le marché ! Elle avait bien l'intention de parler à Tiffany – oui, vraiment – mais avec tous ces problèmes qui lui étaient tombés dessus, elle n'en avait pas eu l'occasion. Putain ! Ça allait lui coûter combien, cette connerie-là ? Et qu'allait dire Leonard en l'apprenant ?

Lisa porta une main à son front et repoussa ses cheveux. « Je ne comprends pas. Pourquoi ma fille volerait-elle ? Elle a tout l'argent qu'il lui faut. Elle a tout ce dont elle a besoin.

— Apparemment non, répondit la femme. Elle semble avoir eu besoin de deux blazers et d'une robe à huit cents dollars. »

C'était un vrai cauchemar. Cela ne pouvait pas lui arriver à elle. Elle regarda sa fille. Debout, ses grosses jambes écartées, elle détournait la tête.

« Écoutez, madame, n'est-il pas possible de retourner simplement les articles au magasin ? Elle n'a fait de mal à personne.

— Non, malheureusement. Il s'agit d'un vol important. Et il semblerait qu'elle ait déjà visité cette boutique. La direction envisage de porter plainte. Et j'aimerais bien jeter un œil dans la maison, si vous le permettez. »

Lisa songea aux tailleurs de petite taille, le prix encore épinglé dessus, bien rangés dans le placard de sa fille. « Je crois que je ferais mieux d'appeler mon avocat », déclara-t-elle froidement.

## Chapitre 36

## Sois Belle et tais-toi

Dès qu'elle sortit de l'aéroport, Karen fonça vers la station de taxis. Elle n'était pas d'humeur à rire et ne remarqua pas les gens qui faisaient la queue, furieux de se faire prendre leur place. « Rockville Centre, ordonna-t-elle au chauffeur en lui tendant un billet de cent dollars.

– Certainement, madame. » Et il lui ouvrit la portière.

Elle lui expliqua le chemin. C'était un Israélien, un des rares à ne pas travailler pour un central. « Vous devrez me payer le retour aussi, annonça-t-il, prêt à la bagarre.

– Conduisez-moi, c'est tout », fit-elle en lui jetant cent dollars de plus.

Aucune lumière n'était visible de la rue. Que ferait-elle s'il n'y avait personne ? Elle ne se voyait pas poireauter au Dunkin' Donut, ou assise sur les marches du perron à attendre le retour de Belle comme lorsqu'elle était petite, à Brooklyn. Il fallait que Belle soit à la maison. Comment sa mère pourrait-elle ne pas être là ?

Elle était là. Karen dut frapper pendant une bonne minute, mais finalement, Belle, en robe de chambre lavande, ouvrit la porte. « Karen ! Qu'est-ce que tu fais là ? Chut. Tu vas réveiller ton père. Il dort dans le séjour. Peu importe ! Que fabriques-tu ici ? »

Karen la bouscula pour entrer dans l'affreuse salle à manger tapissée de glaces, des glaces qui n'avaient dit et reflété que des mensonges, où ils avaient vécu des vies fausses pendant trente ans. Elle avait envie de briser tous les miroirs. Comme d'habitude, Belle croisa les bras sur la poitrine, prête à se protéger.

« Karen, que se passe-t-il ? » demanda Belle d'une voix où perçait plus que de la curiosité. Était-elle inquiète ? Avait-elle peur ?

« Tu m'as menti. Tu m'as toujours menti. »

Pour la première fois, Belle ne trouva pas de réponse. Pas d'excuse, pas de défense, rien. Sauf, peut-être, une lueur de crainte dans l'œil.

« Tu as déjà entendu parler des actions ? demanda-t-elle.

— Les actions ? Quelles actions ? » s'exclama Karen, déroutée. Elle n'allait pas laisser Belle détourner la conversation. « Je ne parle pas de ça.

— Alors, de quoi tu parles ? » Karen savait bien qu'elle s'en doutait.

« Tu m'as fait croire toutes ces années que tu m'avais adoptée. Comment as-tu pu ? Comment as-tu pu me renier ? » Les larmes lui montèrent aux yeux, mais Karen se retint. Après avoir trempé deux oreillers pendant le vol de retour de Chicago, elle avait l'impression d'être complètement tarie et endurcie. Elle n'était pas d'acier, mais de bois peut-être. Sauf que le bois ne tremblait sûrement pas comme elle. Car elle tremblait de rage. La colère n'était rien à côté de l'intensité du sentiment qui la submergeait.

« Pas ici, coupa Belle. Viens dans la chambre. »

Telle une enfant, Karen suivit docilement sa mère dans le couloir. Cela avait toujours été ainsi : des secrets, toujours des secrets. Ne dis rien à Lisa... Je le fais pour toi, mais ne dis rien à ton père... Si je te le dis, promets-moi de ne rien dire à ta mère... Elle en était malade.

Elles entrèrent dans la chambre. Le lit était couvert de vêtements que Belle avait sortis de l'armoire pour vérifier les boutons, retirer les peluches, repasser. Karen se tourna vers sa mère : « Tu m'as menti. Tu m'as fait croire que j'étais votre fille adoptive.

– Eh bien, tu l'es. » Karen n'en croyait pas ses oreilles. Le regard de Belle s'égara et s'arrêta sur un des côtés du miroir à trois faces où se reflétaient leurs silhouettes. « Arnold t'a adoptée. J'ai les papiers. »

Karen resta bouche bée. Belle était encore capable de finasser ? Jusqu'où irait-elle pour fuir la vérité et éviter de reconnaître qu'elle avait eu tort ? « Il ne s'agit pas ici de mon père, et tu le sais.

– Ben, quand j'ai dit qu'on t'avait adoptée, ce n'était pas un mensonge.

– Alors disons que tu as péché par omission, d'accord ? C'est mieux ?

– Qu'est-ce qu'elle me chante ? demanda Belle à son armoire. Elle est devenue catholique ou quoi ?

– Assez de conneries, Belle. Tu sais de quoi je parle. Pourquoi ne m'as-tu pas dit que tu étais ma vraie mère ? Pourquoi m'as-tu laissé croire autre chose ? »

Belle releva la tête d'un geste sec. « Je t'ai toujours dit que tu étais ma fille, et je t'ai toujours traitée comme telle. Ai-je jamais dit autre chose ? Jamais, au grand jamais. Je n'ai jamais fait de différence entre toi et ta sœur. Tu as eu tout ce que tu voulais. Et dès le départ, tu as été une enfant difficile. Tu as toujours été têtue. On a emménagé ici pour toi, on t'a offert les meilleures écoles, tu es allée en vacances. Quand as-tu eu faim ? Quand...

– Arrête ! hurla Karen. Si tu continues, je te jure que je te tue. Tu m'as menti, tu m'as volé tout ce temps. Je croyais que tu m'avais adoptée, que tu m'aimais, mais je croyais aussi qu'il y avait une autre femme qui m'avait donné le jour. Maintenant, voilà que j'apprends qu'il n'y a pas d'autre femme, mais seulement toi. Et que tu ne m'aimais pas, sinon tu ne m'aurais jamais mise en nourrice ni reniée comme tu l'as fait.

– Comment oses-tu me juger ou élever la voix avec moi ? »

Karen ferma les yeux à demi. « Belle, je te demande d'arrêter de penser à toi pendant dix minutes. Essaie de te mettre à ma place. Imagine ce que c'est de grandir dans cette maison en se disant que tout ce qui ne va pas, c'est parce qu'on est un enfant adoptif. Je n'étais pas aussi jolie que Lisa parce qu'on m'avait adoptée. On ne s'entendait pas parce que j'étais adoptée. Tu ne me manifestais pas beaucoup d'affection parce que j'étais adoptée. Et si, parfois, j'avais l'impression que je ne t'aimais pas, je devais faire très attention parce que j'étais adoptée. J'avais un espace, un trou en moi que je gardais pour ma véritable mère. J'en avais besoin pour survivre. Et il y avait un autre trou en moi parce que ma véritable mère m'avait abandonnée. Pense à toute cette place perdue, Belle! Je me sens vide. Tu ne m'as pas maltraitée, j'ai mangé à ma faim, un tas de gosses sont plus mal lotis. Mais tu m'as donné tous ces vides, et tu as placé ce mur entre nous. Pourquoi as-tu fait ça? Pourquoi as-tu menti? »

Karen se tut, les mains sur les tempes. « Je ne comprends pas. Je ne renierais jamais mon enfant. Pourquoi l'as-tu fait?

– Oh, tu n'as pas besoin de me traiter de haut, va! siffla Belle. A ma place, tu en aurais fait autant. Les choses étaient différentes à l'époque. Qu'est-ce que tu en sais, hein, Miss Superwoman, Miss Réussite? On t'a tout donné, on t'a aidée, on ne t'a privée de rien.

« Tiens, ce n'était pas si facile pour les autres. Moi j'ai été élevée dans un taudis. Ma mère était une ouvrière payée à la pièce. On déménageait toutes les fins de mois à la cloche de bois. Je portais des guenilles pour aller à l'école, des guenilles! Pas une fois je n'ai eu des chaussures correctes à me mettre. J'étais bonne élève, mais à quoi ça me servait? J'étais juste assez bonne pour me rendre compte que j'étais piégée d'avance. Il n'y avait pas de travail pour les femmes. Est-ce que j'irais en usine comme ma mère? J'ai réussi à passer mon bac et à m'inscrire en fac aux cours du soir pour pouvoir enseigner. Personne ne m'a aidée, on ne m'a pas fait de cadeau, crois-moi. Je devais choisir entre acheter les livres de classe ou manger. Tu crois que ma mère était super? Elle ne voulait qu'une chose : que je prenne un travail de couturière et que je ramène l'argent à la maison. Tu crois que j'avais envie d'être institutrice ? M'occuper toute la journée des mioches des autres ? Mais est-ce que j'avais le choix ? Ne t'imagine pas que le monde était comme dans un film de Joan Crawford. Au mieux, une femme pouvait devenir secrétaire. Alors je suis allée aux cours du soir et je travaillais le jour dans un grand magasin, rayon chemises pour hommes. Aux cours du soir, j'ai fait la connaissance d'Arnold, qui était gentil mais pas très romantique, et ni riche ni beau. Au travail, j'ai rencontré ton père. Il était de bonne famille. Il venait et dépensait plus en un quart d'heure pour des cravates que je ne gagnais en une semaine. Il m'a invitée à sortir, j'ai accepté. Il m'a fait découvrir un monde que je ne soupçonnais pas. On mangeait dans des restaurants où on vous servait sur des nappes, il buvait du vin – pas seulement les jours de fête, mais tous les soirs. Il m'a donné une bague. Alors j'ai cru qu'on était fiancés et j'ai accepté de coucher avec lui. Il n'y avait pas la pilule en ce temps-là, les filles bien élevées n'y connaissaient rien – on faisait confiance aux hommes. Bon, j'aurais mieux fait de ne pas me fier à celui-là. Dès qu'il a su que j'étais enceinte, il m'a laissée tomber. Je ne pense pas qu'il ait jamais eu l'intention de m'épouser. »

Belle eut un rire amer. « J'ai voulu me noyer, mais je n'ai pas eu le courage et je ne pouvais rien dire à personne... Qu'est-ce que tu t'imagines ? Tu crois qu'on pouvait avorter à tous les coins de rue comme maintenant ? Ou qu'il y avait des gens pour conseiller les jeunes filles qui avaient des problèmes ? Et l'université, tu crois qu'elle aurait autorisé une fille-mère à continuer ses études ? Et qu'on l'aurait laissée enseigner à des gosses ? Tu ne peux pas savoir comment c'était et les femmes de mon âge préfèrent oublier. Crois-moi ! Ma propre mère m'a jetée à la rue. Je me suis donc pris une chambre dans un meublé. C'était infâme, et j'ai caché ma grossesse pour pouvoir travailler le plus longtemps possible. Quand tu es venue au monde, j'avais projeté de te faire adopter. Mais dès que je t'ai vue, que je t'ai tenue dans mes bras, je n'ai pas pu. Tu crois que j'ai un cœur de pierre? Je t'ai gardée avec moi aussi longtemps qu'il m'est resté de quoi manger, puis j'ai dû te mettre en nourrice. J'avais le choix? Il n'y avait pas de crèches, à l'époque, et ma mère ne m'adressait plus la parole. Et de toute façon, elle avait d'autres bouches à nourrir. Mais je ne le lui ai jamais pardonné. Je ne les ai jamais revus.

« Qu'est-ce que j'étais censée faire, d'après toi? Et quelle vie pouvais-je te donner? Je devais te confier aux services sociaux. Tu t'imagines ce que ça veut dire? Puis j'ai repris mon travail et mes cours, et j'ai enfin obtenu un poste. Là, je n'étais en contact qu'avec des femmes et des enfants. Pas question de rencontrer un homme, quelqu'un de correct, qui pouvait gagner décemment sa vie. Alors j'ai recherché Arnold, j'ai fait comme si on se rencontrait par hasard et on a recommencé à sortir ensemble. Mais, cette fois, j'attendais avec impatience qu'il me demande de l'épouser.

– Alors il n'a rien su? A mon sujet?

– Il n'a rien su à mon sujet à moi. Il me prenait pour une jeune fille bien, et je lui ai surtout laissé ses illusions. Il était prêt à me donner tout ce que je voulais, alors j'ai voulu qu'on déménage pour Chicago et j'ai arrêté de travailler. Je voulais une maison à moi, de jolis vêtements, et te reprendre avec moi. Quand je lui ai annoncé que j'étais stérile, il n'a posé aucune question. Quand j'ai dit qu'on devrait adopter un enfant, il a accepté. Je ne sais pas s'il savait ou se doutait de quelque chose, il ne m'a jamais posé de questions et je n'ai pas eu besoin de mentir. Et à toi non plus, je n'ai pas menti. »

Ses lèvres minces pincées, Belle toisa Karen. « Alors ne le prends pas de haut avec moi, parce que tu ne sais pas de quoi tu parles. Tu ne sais pas ce que tu aurais fait à ma place. Moi, j'ai fait de mon mieux. »

Karen était réduite au silence. Comme d'habitude, Belle avait réussi à trouver la parade. Peut-être avait-elle fait de son mieux, et pourtant, ce n'était pas assez.

« Tu n'aurais pas dû mentir, s'obstina Karen. Tu as fait de nos vies un mensonge. Tu ne vois pas le mur que cela a dressé entre toi et papa? Et regarde-moi, et toi! Tu as toujours été distante avec moi.

– Tu en parles à ton aise. Tu n'as pas d'enfant, et si tu en avais, je ne suis pas sûre que tu t'en tirerais mieux. Lisa, elle, n'a pas fait mieux. L'une de ses filles n'arrête pas de vomir et l'autre va finir en prison. Stephie se drogue à cause de toi, et Tiff était tellement jalouse qu'elle s'est mise à voler. Ton père dit qu'elle a volé pour plus de mille dollars de vêtements. C'est un vol important.

– De quoi parles-tu? Qu'a fait Tiff?

– Tu vois? Sais-tu seulement ce qui se passe dans ta propre famille? Non. Trop occupée. Égoïste, va! Tu as toujours été une égoïste. Et tu t'imagines que tu aurais fait une bonne mère? Ha! ha! Tu serais aussi nulle que Lisa.

– Peut-être que Lisa n'a pas été une très bonne mère à cause de l'exemple qu'elle a eu. »

Belle la fixa un instant. « Vas-y, mets-moi tout sur le dos. C'est moi la méchante. Lisa, c'est de ma faute, ton père, c'est de ma faute, Stephanie, c'est de ma faute. Tout le monde, c'est de ma faute. »

Fidèle à sa tactique, Belle exagérait pour ridiculiser l'adversaire. Mais Karen ne se laisserait pas faire. « Oui, c'est de ta faute, parce que tu nous as menti et que tu ne nous as jamais fait sentir que tu nous aimais.

– Quoi? Alors vous n'avez pas eu de libre arbitre? C'est aussi de ma faute si ton mari couche avec ta sœur? »

Karen reçut le coup de plein fouet, mais elle vit aussi les manipulations et les tentatives de diversion qu'il représentait. Belle n'avait jamais eu d'égards pour les sentiments des autres, c'était sa façon à elle de survivre. « Oui, murmura Karen. C'est de ta faute. Si tu ne nous avais pas toujours mises en rivalité, si tu n'avais pas vanté sans arrêt mes qualités devant elle, et les siennes devant moi, peut-être ne se serait-elle pas consumée de jalousie. Elle a couché avec Jeffrey pour me faire souffrir, parce qu'elle n'a jamais cru qu'elle avait une chance de gagner.

— Et l'excuse de Jeffrey, c'est quoi, docteur Freud ? »

Karen se tut un instant. Elle faillit rétorquer : « Demande à mon père pourquoi un homme trompe sa femme. » Mais elle réussit à se retenir. « Tu n'aurais pas dû dire ça, répondit-elle simplement. Mon mariage ne te regarde pas. Je voulais seulement savoir si tu étais capable de demander pardon... Sache seulement que tu as détruit une partie de ma vie. Je vais continuer ma route, mais sans toi. »

Elle tourna les talons et sortit de la pièce. « Et ça veut dire quoi ? » cria Belle. Karen ne dit rien, elle continua d'avancer.

« Tu tournes le dos à ta famille, tu as perdu ton mari. Tu pourrais perdre encore plus. Tu verras ce que c'est d'être seule. Heureusement que tu n'as pas d'enfant, parce que si tu crois que j'ai été une mauvaise mère, je peux t'assurer que tu serais pire. »

Karen ne s'arrêta pas. Elle passa devant la porte ouverte de son ancienne chambre, devant la salle à manger où dormait Arnold tandis que la télévision diffusait une nouvelle fois *Dans la chaleur de la nuit.* Dehors, dans le noir, elle se rendit compte qu'elle n'avait nulle part où aller. Elle continua d'avancer jusqu'à Long Beach Road et le poste d'essence du carrefour. Elle entra dans la cabine téléphonique et, comme elle n'avait pas de monnaie, elle dut appeler en PCV. Quand enfin Carl put prendre la ligne, elle tremblait et claquait des dents au point qu'il put à peine comprendre ce qu'elle disait.

« Dis-moi seulement où tu te trouves, Karen, et je viens te chercher.

— Oh, Carl, articula-t-elle, je suis en enfer. »

## Chapitre 37

# Nom de nom

Carl avait bordé Karen dans son propre lit et, avec un Valium et un demi-verre de vin, elle avait sombré pendant presque dix heures d'affilée. Quand elle se réveilla, elle regarda fixement le plafond sans pouvoir se souvenir de l'endroit où elle se trouvait. Elle avait du mal à reprendre ses esprits. Les images se brouillaient, Paris, New York, les Marianas, Soho, Chicago, Rockville Centre et, pour finir, Brooklyn Heights. Elle grogna, se tourna sur le côté en remontant la couverture pour masquer le soleil qui s'engouffrait par la large baie et se reflétait sur le plafond. Telle une accidentée, elle conservait une immobilité presque parfaite, tentant d'évaluer les dégâts.

Carl entra sur la pointe des pieds. « Alors, la Belle au bois dormant se réveille ? Tu n'as pas besoin de te lever tout de suite, la rassura Carl. Il est encore tôt. » D'un geste maladroit, il pressa sa main dans la sienne. Elle lui avait tout dit, et le visage poupin de son ami était creusé par l'inquiétude, pour autant que celui-ci pût se creuser. « Quel gâchis, soupira-t-il. Rien ne me surprend plus de la part de Belle, mais je suis choqué par le comportement de Jeffrey... Tu vois, dit-il en secouant la tête, on ne peut décidément pas se fier aux hétéros. Karen, tu t'en remettras. Pense à Rose Kennedy et à ce qu'elle a dû endurer de la part de Gloria Swanson. Ça soutient le moral, des exemples pareils ! »

Elle ferma les yeux.

Carl se racla la gorge. « Bon, essaie de te dire que la trahison fait partie de la vie.

— Ben voyons, et le sida aussi. C'est pas pour ça qu'on doit aimer quand ça vous tombe dessus. Oh, Carl, qu'est-ce que je dois faire ?

— Rien. La catatonie m'a toujours réussi.

— D'accord, je vais essayer de dormir encore un peu », décida-t-elle, docile. Et Carl ressortit de la chambre sur la pointe des pieds.

Elle ne supportait pas l'idée de se lever. Même avec l'aide de Carl, elle n'était pas prête à affronter la journée, ni celles qui suivraient. Allongée sous les couvertures, elle pleura sur son sort. Et pourquoi pas ? Qui se désolerait pour elle, si elle ne le faisait pas ? Elle s'essuya les yeux avec le coin de la couette de Carl et la ramena sur sa tête. Quelques minutes plus tard, elle sombrait dans un sommeil agité.

De retour chez elle, Karen emballait ses affaires quand elle entendit du bruit au salon. Comme Ernesta avait fini sa journée, Karen se raidit de peur. Mais en entendant la voix de Jeffrey, elle fut rassurée. C'est sans doute que je ne le crois pas aussi mauvais qu'un voleur ou un violeur, se dit-elle en prenant le couloir.

Il était assis à la table de réfectoire, une liasse de paperasses devant lui. Les feuilles, le capitonnage des chaises et son visage étaient à peu près aussi blancs. « Qu'y a-t-il ? Que veux-tu ?

— La société », répondit-il sans un geste. Le ton était tout à fait résolu.

« Pas de veine ! » Pas très rassurée, elle fit volte-face et voulut sortir de la pièce.

« Tu n'as pas le choix, lui annonça-t-il. C'est un fait accompli. »

Elle se retourna. « Que veux-tu dire ?

— Tu ne veux pas écouter la voix de la raison, alors il n'y a pas d'autre solution. J'ai rencontré des membres du personnel et des membres de la famille. Nous sommes tous d'accord. En additionnant mes parts et les leurs, on a la majorité. Et on vend à NormCo sans toi. »

Sur le coup, elle fut incapable de parler, mais devant le ridicule, le culot d'une telle menace, elle retrouva un regain d'énergie. « C'est hors de question. Wolper n'achètera pas sans moi. Il me veut et il veut mon nom.

— Ton nom, il l'aura, répliqua Jeffrey. Il nous appartient. Et s'il ne paie pas autant sans toi, ce sera quand même pas mal. »

Elle le regarda fixement sans pouvoir y croire. « De quoi parles-tu?

— La marque " Karen Kahn " nous appartient. Je possède trente pour cent des parts. Avec celles de ma famille, les actions que tu as distribuées à des membres du personnel, avec Mercedes et...

— Et qui va créer les vêtements?

— On s'en balance! On trouvera quelqu'un. Bill a contacté Norris Cleveland.

— Norris? Tu rigoles!

— Ben non, ça l'intéresse. Elle connaît ton style. Les clientes remarqueront à peine la différence. Elles achèteront l'étiquette, c'est tout ce qu'on demande. C'est tout ce que Wolper attendait de toi, d'ailleurs. Wolper a nettement réduit son prix, mais ce sera encore très bien. En tout cas, ça vaut mieux que de te laisser tout foutre par terre. »

Après toutes les salades que Wolper lui avait débitées! Qu'il tenait à son talent, qu'il respectait son travail, et les clientes! Rien que des mensonges! Mais Jeffrey... C'était incroyable. « Tu ne peux pas faire ça. Je te traînerai en justice. Robert m'a proposé...

— Robert et Sooky ont déjà signé. De même que ma mère. Certaines filles de l'atelier aussi, et Lisa et ta mère ont accepté. Tu n'y changeras absolument rien.

— Lisa? Ma mère? »

C'était trop. Karen se laissa tomber sur une chaise. Belle !
Pourquoi était-elle surprise ? Belle devait avoir le dernier mot,
lancer la dernière flèche. Mais peut-être l'avait-elle fait avant.
N'avait-elle pas mentionné les actions ? Karen prit une profonde inspiration.

« Tu peux me prendre la société, mais tu ne peux pas me
prendre mon talent. J'irai travailler ailleurs.

— Fais ce que tu veux, Karen. Mais tu ne travailleras plus
sous le nom de Karen Kahn. Ce nom nous appartient. Tu l'as
utilisé comme personne morale bien avant l'offre de
NormCo. Maintenant, il est à moi et je peux en faire ce que
je veux. »

Elle réprima un gémissement. Belle... Belle et Jeffrey...
Unis, ils l'avaient dépouillée de l'œuvre de sa vie. Elle n'avait
qu'un regret : ne pas avoir un revolver sous la main.

« J'ai tous les papiers ici, conclut-il en se levant pour partir.
N'essaie pas de retourner au bureau. Je vais faire changer les
verrous et le système de sécurité. Janet est renvoyée, Casey
aussi, de même que Defina. Je suis dans mon droit. Tu rece-
vras ta quote-part, bien entendu. Robert s'en occupera. »

Par miracle, elle parvint à rester debout jusqu'à son départ.
Elle attendit que l'ascenseur soit reparti pour se laisser aller
contre le mur et s'effondrer sur le sol.

## Chapitre 38

# Chien perdu sans collier

En repensant à cette période de sa vie, Karen se rendit compte qu'elle avait toujours eu un plan de sauvetage. Mais seule dans l'appartement après le départ de Jeffrey qui n'avait laissé derrière lui que les papiers la dépouillant officiellement du fruit de son travail, elle mit un certain temps à reprendre ses esprits.

Quelle que soit la somme payée par Bill Wolper pour KKInc, il lui resterait assez pour vivre. Et elle aurait toujours un toit. En revanche, elle était dépossédée de son nom et de sa société – son enfant.

C'était tellement incroyable, inattendu, irréel. C'était peut-être pourquoi elle ne souffrait pas. En un sens, elle se sentait presque soulagée. Car, lorsqu'on vit dans le mensonge, c'est merveilleux quand ça s'arrête. La toile d'araignée dont avait parlé Madame Renaud était enfin réduite en lambeaux.

Elle aurait dû se douter, pour June. Toutes ces réunions de travail, le soir, les parties de poker la nuit quand elle était trop occupée pour poser des questions! Et elle savait aussi la vérité concernant Lisa et Belle. Aucune n'était capable d'amour. Leur ultime trahison n'était pas pire que les centaines de petites qui l'avaient précédée. Cela avait toujours été à Karen de donner, et à elles de prendre. Elles étaient obligées d'être égoïstes, parce que leurs ressources intérieures étaient si minables qu'elles devaient se montrer vigilantes.

A quel point Belle la haïssait-elle ? Elle poussa un profond soupir et se laissa choir sur les coussins de la banquette. Elle remercia le ciel de lui avoir donné Marie. Sans cet amour-là, elle aurait été aussi handicapée que sa mère et sa sœur.

Belle avait transmis sa haine d'elle-même à Lisa, à Karen et, bien sûr, à Stephanie et à Tiff. Une haine en cascade, communiquée d'une génération à l'autre. J'ai appris à travailler comme un cheval, se dit Karen. Je valais ce que valait mon travail. Si Jeffrey m'a jamais aimée, c'était pour ça. Il me reste au moins ça. Lisa, Belle ou ses nièces pouvaient-elles en dire autant ?

Les femmes de sa famille lui apparaissaient comme une pièce de tissu déployée devant elle, les fils de la trame provenant d'un unique écheveau de haine de soi se déroulant en continu. D'autres fils pouvaient s'ajouter au tissage à chaque génération, la trame restait inchangée, conférant sa texture particulière au tissu de la vie. Le reste n'était qu'une teinture superficielle. Trahies par les hommes, convaincues de leur infériorité, trois générations de femmes avaient appris qu'elles ne valaient rien.

Pourrais-je avoir un enfant si je ne me haïssais pas ? se demanda Karen. Et si j'en avais un, hériterait-il à son tour de cette haine ? Elle pensa au bébé dans les Marianas, à ses yeux noirs si vifs, qui attendaient tout de la vie. Que lui montrerais-je ? se demanda-t-elle.

Elle se tourna sur le côté et son corps se raidit. Peut-être ne pourrait-elle jamais redessiner sous son nom, mais, après tout, ce nom ne lui ressemblait plus. Il était devenu un produit, alors qu'elle n'était plus Karen Kahn. C'était le nom de son mari. Elle ne pouvait plus s'appeler Karen Lipsky non plus, Arnold n'était pas son vrai père. Et pourquoi devrait-elle porter le nom d'un quelconque donateur de sperme ? Elle savait qui elle était et si le public n'était pas capable de distinguer son travail de celui d'une Norris Cleveland, ce n'était pas sa faute. Toutefois, entre-temps, elle pouvait empêcher quelques abus qui se préparaient. Si elle ne pouvait pas sauver son nom, elle pouvait encore sauver son travail.

Ils se serraient dans l'entrée obscure de l'immeuble situé en face du 550 de la Septième Avenue. Karen souriait presque en sortant du taxi. Ils étaient tous en noir, comme pour un remake de *Mission impossible*. Janet était très pâle, mais les autres avaient un air sinistre.

Sans perdre de temps en propos inutiles, Karen déclara : « Espérons que Casey a volé la bonne clé. »

Carl, Janet, Casey, Mrs Cruz et Defina portaient des cartons vides. Carl en tendit deux à Karen. « Fais comme s'ils étaient lourds, lui ordonna-t-il. Si on transporte des choses pour entrer et pour sortir, c'est moins suspect que si on n'en porte que pour sortir. »

Karen approuva. Casey avait l'air de vaciller sous le poids. Ou il avait pris des cours avec le mime Marceau, ou il était particulièrement doué pour l'espionnage ! Janet se signa quand ils approchèrent du bureau de la sécurité du 550. « Et si le gardien refuse de nous laisser monter ? chuchota-t-elle.

— Je lui fous mon pied au cul ! » rétorqua Casey, ce qui arracha un petit rire à Karen. Ce côté de la personnalité de son responsable marketing lui était inconnu.

Le gardien sommeillait, les pieds sur le comptoir. « Faites le plus de bruit que vous pourrez, leur recommanda Casey. Ce n'est pas une opération clandestine.

— Je n'arrive pas à croire que ces salauds ne pouvaient pas attendre la semaine prochaine », déclara Carl très fort. Le gardien retira vivement les pieds de son bureau.

« Incroyable, non ? Bon, les rock-stars et les hommes politiques veulent ce qu'ils veulent quand ils le veulent, répliqua Defina, qui adressa un petit signe de reconnaissance au gardien. Vous voulez un biscuit ? J'ai l'impression qu'à vous aussi, un bon café ne ferait pas de mal. »

Il se frotta les yeux. « Oh, je ne dormais pas.

— Non, et nous non plus. Vous vous rendez compte ? Madonna a tiré Karen Kahn du lit pour lui faire son trousseau. Vous vous imaginez la lingerie ? On a apporté avec nous des cartons pleins de cuir et de latex. Une robe de mariée en latex, qui dit mieux ?

— Madonna se marie ?

— Chut, ne le répétez pas, intervint Carl.

— Avec qui ?

— Avec le frère de Bill Clinton. Sur Letterman demain soir, en direct, comme le mariage de Tiny Tim. » Le gardien siffla. « Il y a une réception après-demain à la Maison-Blanche. On doit finir tous les vêtements ce matin, y compris le premier bustier de Chelsea.

— Sans blague ?

— Sans blague.

— Hillary doit grimper aux rideaux.

— Pour le moins », rétorqua Defina en suivant le reste de la troupe dans l'ascenseur.


Il leur fallut un peu plus de deux heures pour empaqueter tous les croquis, motifs, blocs, et les recherches sur la mode que Karen avait accumulés en vingt ans de métier. Quand ils eurent rempli tous les cartons, Karen décrocha la plaque de l'Oakley Award qu'elle déposa sur la dernière boîte. Casey la scotcha. Carl regarda sa montre et annonça qu'il était quatre heures moins le quart. Karen contempla la pièce vide. Elle avait tant aimé cette vue sur la Septième Avenue... « On se tire », décréta Casey.

Karen se détourna de la fenêtre. « Je tiens à vous remercier. Aucun de vous n'avait à...

— Oh, que si, affirma Mrs Cruz en souriant.

— Qu'est-ce qu'elle va copier, Norris ? ricana Casey.

— Il me reste encore une chose à faire, signala Karen. Janet, j'ai besoin de vous. » La secrétaire hocha la tête. « Je vais vous dicter une lettre.

– Vous voulez me dicter une lettre maintenant ? bégaya la jeune fille.

– Ouais. » Les autres se mirent à tirer les cartons vers l'ascenseur, tandis que Karen prenait place à côté de Janet qui tapait sur l'ordinateur.

Defina revint dans le bureau vide de Karen. « Vous n'avez pas encore fini ? J'ai l'agent de sécurité en bas qui demande une visite privée au bureau Ovale, à la Maison-Blanche.

– Ça y est ! annonça Karen en tendant la lettre à son amie.

*Cher Bill,*

*Je tenais à vous remercier pour le voyage à Bangkok et aux Marianas. Il m'a apporté infiniment plus que nous n'aurions pu l'imaginer.*

*Je dois aussi vous dire que vous avez parfaitement su me duper, tout comme vous avez réussi à tromper d'autres femmes dans votre vie privée, de même que toutes les clientes de NormCo. Vous savez fort bien vendre du rêve et jouer sur les faiblesses des femmes. Cela nous ridiculise, bien sûr, et vous n'avez aucun respect pour nous. Vous exploitez celles qui sont au bas de l'échelle, depuis les esclaves de vos usines jusqu'à vos clientes, qui ne savent pas ce qu'elles achètent, et moi-même, une femme dont vous vous apprêtez à voler le travail.*

*Vous avez gagné, comme le font toujours les hommes comme vous.*

*J'aimerais seulement souligner que même les hommes comme vous doivent vivre avec les femmes, et quand vous nous aurez toutes ridiculisées, vous risquez de vous retrouver tout seul.*

*Bien à vous.*

*L'ex-Karen Kahn.*

Defina écarquilla les yeux puis approuva en silence.
« C'est bon ? demanda Karen.

– Parfait. Tu comptes laisser un petit mot à Jeffrey ? »

Avec un sourire sinistre, Karen plongea la main dans son fourre-tout, et en retira une bombe de peinture. Puis, démarrant bien à gauche du mur, elle tagua ses adieux en lettres de deux mètres de haut sur les murs et les fenêtres de son bureau. LES HOMMES SONT TOUS DES MACS.

Même si ce n'était pas tout à fait la vérité, ce n'en était pas loin.

## Chapitre 39

## Un ami qui vous veut du bien

Arnold liquidait son cabinet. Cependant Karen parvint à le joindre à son bureau et il lui dit de venir tout de suite.

Elle n'avait pas revu le bâtiment en brique à deux étages depuis qu'ils avaient fondé KKInc. Le fouillis était resté le même. Inez répondit à l'interphone et l'accueillit avec le sourire, un peu gênée peut-être. Arnold la reçut immédiatement.

Il était assis derrière le même bureau métallique tout balafré. « J'en ai pour une minute, dit-il. Je trie les affaires qui ne sont pas définitivement closes. » Elle leva les yeux. Le poème dont elle se souvenait était toujours dans son cadre terni : *Ma petite sœur j'ai enfermée, loin de la vie, de la lumière / (Pour une rose, pour un ruban, pour une couronne dans mes cheveux).* Le cauchemar des Marianas lui revint en mémoire et elle détourna le regard.

Arnold laissa tomber quelques dossiers dans un carton et jeta un autre dans un sac poubelle. « Alors, lança-t-il, tu as cédé ta majorité. Belle m'a dit ce matin qu'elle avait donné sa signature à Jeffrey. C'est effarant. »

Karen hocha la tête.

« J'ai toujours fait de mon mieux pour comprendre le point de vue de ta mère. Je savais qu'elle agissait sous le coup de la peur et non pas de la haine. Du moins, c'est ce que je me disais... J'ai commis beaucoup d'erreurs, Karen. Je regrette très profondément celles qui ont pu te faire du mal. »

Karen sentit sa gorge se nouer, mais elle se retint. Arnold savait-il qu'elle était l'enfant de Belle? Devait-elle le lui dire? Mieux valait s'en tenir aux affaires. « J'ai une chose à te demander. C'est toi qui nous as constitués en société. Est-ce qu'il y a quelque chose que je puisse faire pour conserver mon affaire? »

Arnold hocha la tête. « Je ne savais pas que tu avais distribué les actions. Je t'aurais déconseillé de le faire, mais c'était généreux de ta part. C'était peut-être même la meilleure solution. Tu es une brave petite, Karen. J'ai reçu un fax de Lars Dagsvarr. Pour lui, tu marches sur l'eau. » Il posa une main sur l'épaule de sa fille. « Je suis fier de toi.

— C'est vrai? J'ai pourtant l'impression d'avoir tout gâché.

— Tu t'es montrée courageuse et travailleuse. Et tu as joué ta partie avec de mauvais garçons. Il n'y a pas pire que l'industrie de la confection, et tu le sais. Ce sont cinquante milliards de dollars qui sont en jeu chaque année, plus que dans l'industrie automobile. La confection est entre les mains des hommes, et elle rend les femmes malades. J'ai vu Detroit planifier cette obsolescence sur les hommes dans les années cinquante et soixante, et je n'avais que mépris pour les types qui se laissaient prendre au piège du " nouveau modèle ". Je croyais que les femmes ne seraient jamais aussi bêtes – eh bien, si. » Il soupira. « Tu as bien fait. Tu n'as rien à te reprocher. »

Il se rassit précautionneusement, en tenant les accoudoirs de son fauteuil pivotant. « Alors, que comptes-tu faire?

— J'ai une idée. Créer une autre entreprise. Mais il y a quelque chose de plus important. Il s'agit d'un bébé... d'un bébé à adopter. » Elle s'interrompit. Elle n'avait pas l'habitude de se confier à Arnold. « Tu penses que c'est une bonne idée? Belle prétend que...

— Je vais te dire une chose, Karen. Je n'ai jamais regretté d'avoir épousé ta mère parce que, grâce à elle, je t'ai eue. Et je suis sûr que tu ferais une mère merveilleuse. Est-ce que j'ai répondu à ta question? »

Karen hocha la tête, trop émue pour parler.

« Karen, je quitte Belle. »

De nouveau, elle acquiesça en silence. « Mais tu t'occuperas de mon divorce ? »

Elle savait qu'elle pouvait compter sur lui.

Karen se rappela les prédictions de Madame Renaud. Après avoir parlé avec Arnold, elle n'eut plus aucune hésitation : elle allait retrouver aux Marianas le bébé qui lui était destiné. Et elle allait appeler Bobby Pillar parce que c'était un type sans chichis et qu'ils avaient besoin l'un de l'autre. Il avait besoin de classe, elle avait besoin d'une protection pour tirer son épingle du jeu et restructurer sa vie. Après être restée assise quelque temps, elle composa le numéro de Bobby sur la côte Ouest, et par miracle, il était là et elle put lui parler. Elle lui fit un bref résumé de la situation. Bobby semblait en connaître déjà un bout, et quand elle eut terminé, il éclata de rire.

« Les fumiers ! s'écria-t-il. Ils ont cru qu'ils pourraient te baiser comme ça ? Écoute-moi, j'ai plusieurs idées, mais la meilleure, c'est que tu viennes présenter une nouvelle collection sur ma chaîne câblée. De la bonne qualité, mais à un prix modéré.

— Attention, je ne peux plus me servir de mon nom.

— Qu'est-ce qu'on en a à faire ? Tu as mieux que ton nom : tu as toi. Et tu vas être incroyable à la télé. Non, justement : tu vas être *crédible*. On va consacrer une émission entière au prêt-à-porter, tu leur montreras toutes sortes de trucs, des trucs que t'aimes et d'autres que t'aimes pas. Et tu expliqueras ce que t'aimes et pourquoi, et après tu vendras tes propres créations. Pas aux riches salopes dont tu t'occupais jusque-là, mais à des vraies femmes, celles qui bossent et qui ne t'aimeront pas seulement pour ton nom, mais pour ton style. Pourquoi ne pas laisser tomber les dames du monde pour habiller l'Amérique ? »

Karen sourit, l'idée lui plaisait. « Des modèles qui tomberont bien sur des femmes de plus de quarante-cinq kilos ?

— Ouais ! Tu peux même foutre au chômage quelques mannequins anorexiques.

— Mais mon nom ! J'ai perdu mon nom.

— Putain, on s'en fout, on t'appellera Madame X s'il le faut. On dira à tout le monde comment ton mari t'a traitée, t'a dépouillée de ta société, de ton nom. Peut-être, tu as toujours ton nom, sauf que tu ne peux plus t'en servir pour le même genre de produit. Ils ne peuvent pas t'empêcher de bosser. En plus, j'ai un dossier sur Wolper que je meurs d'envie de sortir depuis qu'il m'a baisé sur cette histoire de câble. Eh, il ne se doute pas de ce qui l'attend ! Regarde ce que ça a donné pour Loni Anderson ! Et pour Ivana !... Je pense que Jeffrey et NormCo vont l'avoir dans les dents ! ajouta-t-il après une pause. Bien joué, Bill. Tu croyais t'être offert la vraie classe, mais c'est une bombe à retardement que tu as dans les pattes. Alors, ça ne te plaît pas ? » demanda-t-il en riant.

Si, ça lui plaisait beaucoup.

Ensuite, Karen appela Sally, au bureau de Harvey Kramer. Sally se montra encourageante, bien qu'avec prudence. « Ça pourrait se faire, dit-elle, mais en tirant quelques ficelles. Techniquement, vous et Jeffrey êtes toujours mariés et votre couple a le droit d'adopter un enfant. Mais avec cette rupture, je ne suis pas sûre de ce que dirait un tribunal. En revanche, je peux faire quelque chose pour l'immigration. »

Puis Karen appela Carl, qui avait fait les réservations et vint l'aider à boucler sa valise. Il la conduisit à l'aéroport en voiture. « Tu penses que je suis timbrée, Carl ? demanda-t-elle.

— Pas du tout. Pour moi, tu sais ce que tu veux et tu vas finir par l'avoir. Ça ne t'est pas venu comme ça, Karen. Ce n'est pas un caprice.

— Carl, il y a autre chose que je voudrais te demander. »

Elle chercha ses mots pour ne pas le heurter. « Écoute, je vais avoir de l'argent après la vente. Je voudrais qu'il en résulte quelque chose de bon. Alors j'aimerais que tu ouvres un salon à Manhattan. Depuis Paris, les mannequins t'adorent. Tu as la pêche. Fais-le, Carl.

— Pas question de toucher à un dollar du contrat de Jeffrey. Ça me rendrait malade.

— Moi, ça me rendrait heureuse, Carl. »

Il réfléchit un instant. « Bon, un prêt professionnel... strictement professionnel. » Elle acquiesça. « Merci, Karen. » Elle lui prit la main avec reconnaissance et la garda dans la sienne pendant tout le trajet jusqu'à l'aéroport.

Mr Dagsvarr attendait Karen à la sortie de la douane. « Vous n'êtes pas étonné de me voir? s'étonna-t-elle.

— Pas du tout, pas du tout.

— Pouvons-nous aller directement à l'hôpital? »

Mr Dagsvarr secoua la tête. « Il semble que le bébé ait été transféré. Il n'est plus à l'hôpital. » Karen ouvrit de grands yeux.

« Et pourquoi? Elle va bien? » Et si quelqu'un de la famille était venu réclamer la petite fille? La peur lui étreignit la poitrine. Était-elle condamnée à perdre aussi cet enfant-là?

« Ils l'ont simplement transférée. Comme elle n'était pas malade, il fallait la retirer de l'hôpital. Elle était censée aller à l'orphelinat des Marianas.

— Alors, y est-elle? Se porte-t-elle bien?

— Elle n'y est pas arrivée. Il y a eu une confusion dans les dossiers. Mais ça y est, on l'a localisée. » A présent, ils avaient quitté l'aéroport. La chaleur et l'humidité la frappèrent de plein fouet. Elle se sentit écrasée.

« Comment cela a-t-il pu se produire? Comment peut-on égarer un bébé?

— Oh, vous savez, les bébés ne manquent pas ici! répondit Mr Dagsvarr avec un soupir. J'aimerais pouvoir vous dire qu'ils sont élevés avec soin. » Il avait l'air épuisé.

« Allons voir le procureur général, dit-elle. J'ai déjà pris contact avec son bureau.

— Peut-être devrions-nous commencer par votre avocat, simplement, suggéra-t-il. Vous avez son adresse ? »

Karen arpenta à grands pas le couloir de l'hôpital méthodiste des Marianas. On avait expédié Lily – c'était le nom que Karen avait choisi pour sa fille – à l'hôpital parce qu'elle avait un peu de fièvre. Du moins était-ce ce qu'on lui avait, dit et c'était pourquoi on avait à nouveau déplacé l'enfant. A présent, Karen et Mr Dagsvarr gravissaient les marches conduisant à la maternité. Il lui portait aimablement son sac, puisqu'on ne pouvait rien laisser dans la voiture dont les portières ne fermaient pas. Malgré toute la reconnaissance qu'elle éprouvait pour lui, Karen était incapable de ralentir le pas. Quand ils atteignirent la nursery à l'extrémité du couloir, elle courait carrément.

Une infirmière portant la traditionnelle coiffe empesée s'interposa près de la vitre de la nursery. « Que puis-je faire pour vous ?

— Je viens chercher mon bébé », dit Karen.

L'infirmière la considéra un instant comme si elle était folle. Karen plongea la main dans sa besace et en sortit les papiers de garde temporaire que Mr Ching lui avait remis. « Je veux voir mon bébé », répéta Karen. Comme Mr Dagsvarr arrivait à son tour, l'infirmière se radoucit.

« Oh, bonjour, mon révérend », dit-elle et ils se mirent à parler. Karen en profita pour se rapprocher de la vitre. Derrière étaient alignés une douzaine de berceaux, tous occupés. Karen les passa rapidement en revue et, malgré la présence de deux petits Asiatiques, elle savait que Lily n'était pas là.

« Où est mon bébé ? » demanda-t-elle.

C'est alors qu'elle l'aperçut. Elle était dans une couveuse, mais le couvercle était relevé et, malgré les sept ou huit mètres qui les séparaient, Karen la reconnut immédiatement.

« Oh, la voilà. Voilà mon tout-petit », leur dit-elle.

## Chapitre 40

## Mieux vaut tard que jamais

Il fallut des heures pour passer le bureau de l'immigration, et encore, avec l'aide inestimable de Sally, d'un membre de la Chambre des représentants (mari d'une bonne cliente), l'intervention du bureau d'un sénateur et, pour finir, la visite de Harvey Kramer en personne. Karen se demandait quel risque un bébé de quatre semaines d'origine sino-américaine pouvait faire courir à la sécurité de l'Amérique, et n'osait imaginer l'épreuve endurée par ceux qui n'avaient pas sa chance, sa fortune et ses relations. Heureusement, Lily dormit presque tout le temps, enveloppée dans une couverture que Mrs Dagsvarr avait brodée pour elle quand elle avait appris que Karen revenait chercher l'enfant. Le linge était déjà sale, mais le nom de Lily était joliment brodé dans un coin.

Quand le taxi les déposa devant la marquise verte de son immeuble, sur West End Avenue, Karen était tout à fait réveillée. « Eh bien voilà, Lily. Pour le pire et le meilleur, tu es chez toi. » Elle regarda la petite frimousse. Mais Lily avait les yeux fermés, les longs cils si mignons pressés contre la joue rebondie. Elle avait son petit poing serré contre son menton et Karen ne put s'empêcher de sourire. Peut-être que sa décision avait été irrationnelle. Peut-être ne devrait-elle pas faire une chose pareille. Peut-être qu'un jour elle, ou Lily, le regretterait. Malgré tout, Karen n'aurait pas voulu que cela se déroule autrement.

Arrivée devant sa porte, elle glissa la clé dans la serrure et, comme elle ouvrait, elle se demanda si Ernesta était encore là. Il était près d'une heure de l'après-midi. Karen poussa du pied le sac que le portier avait déposé pour elle devant la porte et elle entra au salon.

« Surprise, surprise ! » chuchotèrent une vingtaine de voix. Karen sursauta, mais Lily n'en fut pas troublée. Defina, Casey, Carl, Janet, Mrs Cruz, Ernesta, Perry, Arnold, Inez et une dizaine d'autres personnes formaient un demi-cercle en tenant des ballons roses à la main. Même Elise Elliot était là, accompagnée de celles qui lui avaient servi de demoiselles d'honneur.

« Mon Dieu ! murmura Karen. Que faites-vous là ?

— On fête l'arrivée du bébé, expliqua Janet.

— Tangela était là. Elle va bien, mais elle a dû retourner à l'hôpital. Elle t'embrasse. Nous, ça fait des heures qu'on attend », précisa Defina.

Karen sourit. Toute sa vie, elle avait fait les choses en retard. Maintenant, elle allait découvrir tardivement les joies de la maternité. « Defina, tu crois que je suis trop vieille pour faire une bonne mère ?

— Coco, t'es pas trop vieille, tu as seulement l'art de te faire désirer.

— On voudrait bien la voir. » Une des gamines de l'atelier se mit à pleurer d'émotion. Encore bouleversée, Karen alla s'asseoir sur la banquette et étala la couverture, coinçant Lily entre deux coussins.

« C'est la dernière fois que vous voyez cette banquette blanche », annonça Defina. Tout le monde éclata de rire et se pressa pour admirer la Belle au bois dormant.

« Comment s'appelle-t-elle ? » s'enquit Perry. Il restait un peu à l'écart, et Karen imagina ce que cela représentait pour lui d'être là. Pensait-il à Lottie ? Buvait-il encore ? Elle ne le lui reprocherait jamais. Elle savait déjà que cela la tuerait si quelque chose devait arriver à son bébé.

« Elle s'appelle Lily », déclara Madame Renaud.

Karen ferma les yeux à demi et scruta le visage sombre en face d'elle. Elle sentit les poils se hérisser sur sa nuque. Est-ce que cette femme savait vraiment tout ? Madame Renaud ajouta avec un sourire : « C'est écrit sur la couverture... »

Perry s'approcha de l'enfant et couvrit d'une main le petit pied du bébé.

« Bienvenue, Lily », dit-il, et les larmes montèrent aux yeux de Karen. Mrs Cruz, qui avait dû s'en rendre compte, la serra dans ses bras.

« Elle a pas d'habits, votre pitchoune, alors on a fait ce qu'il fallait », annonça-t-elle. Et tous ensemble, ils déballèrent des tas de paquets. Il y avait des petites robes en batiste avec des smocks, une minuscule robe de fête en taffetas rose, une chemise de nuit à pois, des chaussons en laine bouclée toute douce, toute une adorable layette cousue main ! Quand avaient-ils trouvé le temps de la faire ? Comment avaient-ils appris la nouvelle ? Incapable de se retenir plus longtemps, Karen se mit à pleurer.

C'est alors que, sortant de la cuisine, Ernesta vint avec une poussette bleue, une vraie Rolls-Royce, expédiée d'Angleterre par Bobby Pillar. Un message l'accompagnait : *Chère associée,* Mazel tov ! *Si tu crées une collection de vêtements pour bébé, je lui paie l'université (une des meilleures, bien sûr).* Karen sanglota encore plus fort.

« Allons, regardez dans quel état vous l'avez mise », les réprimanda Carl. Perry tendit à Karen un mouchoir propre.

« Vous êtes si gentils, bafouilla-t-elle. C'est tellement gentil ! »

Janet se pencha sur l'enfant. « Elle parlera chinois ou anglais ? » demanda-t-elle innocemment.

Karen sourit. Janet était mignonne, même si elle n'était pas très futée. « Elle parlera sûrement avec l'accent de Brooklyn, à mon avis », hoqueta-t-elle.

L'enfant sur la banquette se réveilla enfin et commença à pleurnicher. Ernesta, avec l'autorité que lui conféraient des années de pratique, prit le bébé dans ses robustes bras.

« Moi, je suis l'autre grand-mère, décréta-t-elle à Marie en tapotant doucement Lily. Vous avez de quoi la nourrir ?

– Dans mon sac », indiqua Karen.

Karen s'installa sur la banquette et berça la petite pendant qu'elle avalait la moitié d'un biberon. Tout le monde en profita pour se restaurer, et Perry donna à Karen un *bagel* qu'elle parvint à grignoter. « C'était comment, le Minnesota ? lui demanda-t-elle tranquillement.

– Sec et glacé. Exactement comme moi. Je suis toujours au régime sec d'ailleurs », ajouta-t-il en portant une bouteille d'eau à ses lèvres.

Quand Lily eut terminé, Karen la tint contre son épaule et lui tapota doucement le dos en attendant son rot. Avant qu'elle ait eu le temps de se protéger l'épaule, Lily eut un renvoi qui macula l'épaule de Karen.

« Oh, non ! » s'exclama-t-elle. Perry éclata de rire, Mrs Cruz haussa les épaules. Ernesta essuya les dégâts d'un coup de torchon. Et Defina conclut avec un large sourire :

« Voilà à quoi ça sert, les vêtements. »

# Remerciements

Je tiens à remercier Nancy Lee Robinson avec qui j'ai eu l'honneur et le privilège de travailler à cet ouvrage. Nulle part il n'existe de meilleure secrétaire, assistante éditoriale et amie. Non seulement mes plaisanteries la font rire, mais elle sait aussi recharger l'imprimante!

J'aimerais également remercier Jean Merrill Balderston pour avoir su imposer les bons choix ainsi que pour ses idées créatives. Sa lecture sensible et généreuse de tout mon travail a représenté plus que je ne saurais dire. Merci également aux aimables lecteurs et lectrices de mes précédents livres qui m'ont envoyé de gentils messages. Ils ont été fort appréciés. Paul Mahon s'est montré encourageant, drôle et a fourni certains des meilleurs titres de chapitres ; j'ai énormément apprécié son humour et son esprit. Diana Hellinger a eu la patience de lire et relire les différents brouillons et, par on ne sait quel miracle, son enthousiasme n'a jamais faibli. Ruth Bekker a témoigné d'une grande perspicacité. Je remercie également Linda Fontaine Grady, une des femmes les plus élégantes que je connaisse, pour ses idées sur la mode. Curtis Laupheimer et Justine Kryven ont été merveilleux, comme toujours. Également merveilleux, Paul Eugene Smith ; j'espère ne jamais abuser de son aide. Je tiens aussi à remercier Jim et Christopher Robinson d'avoir pu se passer de leur Nancy quand je ne le pouvais pas. Et s'ils se mettaient tout de suite à déblayer la neige devant la porte ?

Et pour finir, je veux dire un grand merci à George Craig, Eddie Bell, Jack McKeown, Susan Moldow, Joseph Montebello, Larry Ashmead et Charlotte Abbott de Harper Collins qui m'ont soutenue sans relâche.

Cet ouvrage a été réalisé par la
SOCIÉTÉ NOUVELLE FIRMIN-DIDOT
Mesnil-sur-l'Estrée
pour le compte des Éditions Albin Michel
en juin 1996